Christine Anlauff
Schnurr mir das Lied vom Tod

PIPER

Zu diesem Buch

Auch der malerischste Dezember hat seine Schattenseiten. Eines Montags meldet ein anonymer Anrufer Liebermann einen Toten im Hof einer stillgelegten Tischlerei. Doch anstatt der Leiche findet sein Team dort nur einen merkwürdig geformten Schneemann. Als einer der Polizisten versehentlich dagegen stößt, kommt unter dem Schnee ein Knie zum Vorschein, dem ein ganzer Toter folgt. Wer ist der Unbekannte? Wer hat ihn umgebracht? Und warum diese eigenwillige Bestattungstechnik? Bei Liebermann schwindet der letzte Rest Hoffnung auf eine ruhige Vorweihnachtszeit, und er begibt sich zusammen mit seinem pelzigen Kollegen Serrano auf Mörderjagd.

*Christine Anlauff,* geboren 1971 in Potsdam, absolvierte eine Lehre als Buchhändlerin und studierte Archäologie und Geschichte. 2005 veröffentlichte sie ihren ersten Roman »Good morning, Lehnitz«. »Katzengold«, der erste Teil der Krimireihe um Kater Serrano und Kommissar Liebermann, erschien 2010 und wurde mit dem Deutschen Katzenkrimi-Preis ausgezeichnet. Der zweite Teil »Katzenmond« erschien 2012. Christine Anlauff lebt und schreibt in Potsdam – mit vier Kindern und (natürlich) einer Katze.

Für den Fall, dass Sie Hauptkommissar Liebermanns Schwäche für das Merken von Namen teilen, finden Sie am Ende des Romans einen Überblick, den Sie (oder Liebermann) bei Anflügen von Verwirrung gern nachschlagen können.

# Bismarck

Jede größere deutsche Stadt besitzt einen Park. Das ist eine Behauptung. Potsdam hat fünf, das ist eine Tatsache.

Wenn man den Stadtführern glauben darf, stellt jeder dieser urbanen Gärten ein Kleinod für sich dar und wird von mindestens einer architektonischen Perle geziert. Im Neuen Garten ist es das Marmorpalais. In Babelsberg das gotisch anmutende Schloss des Kronprinzen Wilhelm, im Volkspark eine energiefressende Palmenhalle, in Glienicke ein Jagdschloss und im berühmtesten von allen, dem Park Sanssouci, das Sommerhaus eines kleinwüchsigen Zynikers der europäischen Aufklärung: Friedrichs des Zweiten.

Trotz der hochtrabenden Bezeichnung »Schloss« ist Sanssouci eher eine Datscha: läppische zehn Zimmer, ein kleiner Mittelsaal und Kamine, die zu Friedrichs Zeiten nie ein Scheit gesehen hatten. Sie waren blanke Dekoration, denn der spartanische König wohnte nur von April bis Oktober auf Sanssouci, ehe er sich im August 1786 schließlich ganz zum Auszug entschloss und in einen Sarg umsiedelte. Kleine Räume waren ihm ohnehin die liebsten.

Für diesen letzten hatte Friedrich sich schon frühzeitig eine unterirdische Nische im Souterrain des Schlossberges reserviert, in direkter Nachbarschaft der Überreste seiner Lieblingshunde.

Leider nahm sein Nachfolger die Reservierung nicht ernst.

Statt neben die Hunde bettete er Friedrich neben seine Verwandten in die Potsdamer Garnisonkirche. Von dort wiederum floh die bleiche Familie gegen Kriegsende nach Westen auf den Stammsitz der Hohenzollern, was sich als weise Entscheidung erwies. Zwar ging die Garnisonkirche unter den Bomben der Alliierten nur halb zu Bruch, danach jedoch zogen Vertreter der Arbeiter und Bauernschaft ins Potsdamer Stadthaus, die einen systembedingten Groll gegen alles Royale hegten, und die erledigten den Rest.

Sechsundvierzig Jahre lang witterten Friedrichs Gebeine sehnsüchtig in Hechingen vor sich hin.

Und mit ihnen witterten, im weit entfernten Potsdam, die Knochen seiner Hunde.

Dann fiel eine Mauer.

Und eines Tages, als Friedrich seine Hoffnung schon fast aufgegeben hatte, bewegte sich plötzlich der Deckel seines Sarges. Die Gesichter zweier Männer ohne Perücke beugten sich über ihn.

»Holla!«, sagte der eine, auf dessen Nase ein seltsames Gestell hockte. »Man sieht ihm die Zweihundertfünfzig gar nicht an.«

Der andere starrte beeindruckt in die königlichen Augenhöhlen. »Ich würde sagen, er ist transportfähig.«

Als Friedrich endlich, in der Nacht des 17. auf den 18. August 1991, nach Sanssouci heimkehrte, wartete dort außer seinen Hunden noch jemand auf ihn. Es war ein kleiner Kater, der später den Namen Bismarck tragen sollte.

Tier und Monarch grüßten sich stumm. Dann sank Friedrich unter Flötenmusik in die Tiefe, während der Kater einen Schnürsenkel ins Visier nahm, der unbeachtet von einem schwarzen Schuh hing. Es dauerte eine Weile, bis er ihn zu fassen bekam. Als er ihn endlich hatte, zerrissen Blitze die Luft.

Steif vor Schreck ließ sich der Kater ein paar Meter

durch Staub und Splitt schleifen, ehe ihn eine übergeordnete Macht durch die Luft wirbelte und er an genau der Stelle niederging, von der er eine Stunde zuvor aufgebrochen war.

ALS DER CHEFFOTOGRAF DER Tageszeitung *Märkische Allgemeine* die Ausbeute der Nacht durchging, schwelgte er in einer Laune müder Zufriedenheit. Eine Serie von Bildern zeigte den Kanzler bei der Niederlegung des Kranzes. Wie es sich gehörte, trug er einen dunklen Anzug zu schwarzen Halbschuhen. Im Hintergrund eine Riege »Langer Kerls«, deren Dreispitze der Szene ein historisches Timbre verliehen. Helmut Kohl selbst neigte sich von Bild zu Bild tiefer, während seine Haare eisern die Stellung hielten.

Die Augen des Fotografen leuchteten auf. Da! Das war es! Der Kanzler hatte das Gebinde abgelegt, sich aber noch nicht wieder erhoben.

Bildunterschrift: *Letzter Diener vor dem ersten Diener seines Volkes.* Das perfekte Foto für die Titelseite, bis auf...

Er stutzte.

Am rechten Schuh des Kanzlers hatte sich ein Schnürsenkel gelöst. Und daran hing – eine Katze! Verdammt, was machte die Katze da? Bestürzt griff er nach den anderen Fotos. Dasselbe. Weshalb hatte er das Vieh nicht bemerkt?

Fluchend schleuderte der Cheffotograf die Abzüge auf den Tisch. Er hasste Katzen!

DERWEIL BERICHTETE DAS OBJEKT seiner Wut im Gebüsch hinter dem Grabrondell aufgeregt von seinem Abenteuer.

Das Ergebnis war enttäuschend. Seine Geschwister

glaubten ihm nicht, wiewohl das falsche Licht und der Lärm der Beerdigungsgesellschaft noch immer nachhallten. Am meisten enttäuschte ihn die Reaktion seiner Mutter. Sie gab ihm eine Ohrfeige und wies ihm beim anschließenden Stillen die kleinste Zitze zu. Trotzig fügte sich der Kater. Er hatte gesehen, was er gesehen hatte. Und gespürt, was er gespürt hatte: den kalten Hauch eines Geistes.

Im Morgengrauen verließ er seine Familie auf Nimmerwiedersehen. Er war jetzt fünf Wochen alt und bereit, es allein mit dem Leben aufzunehmen. Eine Weile hockte er sich auf die Steinplatte, die das Loch von gestern inzwischen bedeckte, und sog den betörenden Duft eines Lilienkranzes ein. Dann stand er auf, hob seine Nase gen Südwesten und folgte ihr.

Sie führte ihn durch den Park auf eine Straße und die Straße entlang in eine Gegend mit hohen Steinblöcken. Hässlich. Aber nach einer Weile entdeckte der Kater eine gewisse Ähnlichkeit zwischen den Blöcken und dem Schloss, neben dem er bisher gewohnt hatte. Nur weniger Gold gab's hier und mehr Steine dazwischen, auf denen dröhnende Vierräder und schlanke, aber gefährliche Zweiräder rotierten. Menschen mit und ohne Junge. Auch Katzen, die ihn feindselig durch Zaunstreben hindurch beäugten. Der Kleine beachtete sie nicht.

Während der ersten Zeit nächtigte er in einem verlassenen Fuchsbau in einem am Rand des Viertels gelegenen Sumpf und ernährte sich von Spitzmäusen und Vogeljungen. Tagsüber streifte er auf der Suche nach einem besseren Quartier durch die abgezirkelten Straßen.

Bis zum Herbst hatte er jedes Gebäude, jeden Garten und Schuppen, der noch nicht von seinesgleichen belegt war, inspiziert. Viele waren es nicht. Als er sich endlich – es ging auf November zu – für einen muffigen, aber trockenen Keller in einem Eckhaus entschied, traf er die Frau.

Das heißt, sie traf ihn. Er selbst lag auf der Lauer nach einer Blaumeise, die auf dem Gehweg vor seiner zukünftigen Heimstatt herumhüpfte. Als er die Alte bemerkte, war es zu spät.

»So ein schmucker Kleiner«, murmelte sie.

Der Kater verstand kein Wort. Wohl aber verstand er die Botschaft des Herings, der ihm vor die Pfoten platschte. Eine Fessel aus säuerlich-modrigem Duft umschlang seine Nase. Benommen machte er einen Schritt rückwärts. Dann zwei nach vorn. Und schon gruben sich seine Zähne in das mürbe Fleisch.

Er hatte erst einmal im Leben Fisch gegessen, einen kleinen Silberling mit roter Schwanzflosse aus einem Teich im Park, der nach Sumpf geschmeckt hatte. Kein Vergleich zu diesem hier, dessen Säure sich auf abstoßend eindringliche Weise in seine Zunge grub, sodass er beim Kauen ständig zwischen Brechreiz und der Überzeugung schwankte, nie wieder etwas anderes fressen zu wollen.

Die Alte brabbelte etwas vor sich hin. Das störte den Kater etwas in seinem Genuss, aber nicht so sehr, dass er seine Delikatesse deshalb fahren gelassen hätte. Ab und zu hielt er im Schmatzen inne und blickte argwöhnisch zu ihr auf. Die Alte lächelte. Als er den Hering bis auf die Gräten abgenagt hatte, erhob sie sich, wies auf ein zerbrochenes Kellerfenster, das er schon gesehen hatte, und verschwand im Haus. Sie hatte ihn nicht angefasst.

TAGS DARAUF, ALS ER vom Jagen heimkehrte, war die Gräte des Herings weg, und ein neuer lag an ihrer Stelle. Diesmal sogar auf einem Teller.

Obgleich er satt war, fraß der Kater ihn zur Hälfte, die andere nahm er mit in sein neues Quartier.

Am nächsten Tag dasselbe. Und am übernächsten. Diesmal trat die Alte aus dem Haus, als er dem Hering die

Haut abzog, um sie sich als Höhepunkt für den Schluss aufzuheben. Er verharrte einen Moment, und ihre Augen kreuzten sich. Dann fraß er weiter.

Von der Alten drohte ihm keine Gefahr, auch wenn er sich insgeheim fragte, was sie veranlasste, ihn zu füttern. Deshalb wich er auch nur eine Winzigkeit zurück, als sie die Hand durch den Zaun streckte. Gerade so, dass ihre knochigen Finger ins Leere griffen. Statt mürrisch zu werden, gab sie nur einen keckernden Laut von sich und brummelte: »Bismarck.« Ein Wort, das der Kater ebenso wenig verstand wie alle anderen.

Erst Wochen später, als der Winter eingezogen war und er sich angewöhnt hatte, auf seinen Hering zu warten, um ihn nicht halb gefroren verspeisen zu müssen, dämmerte dem Kater, dass die Alte mit »Bismarck« ihn meinte. Warum sonst wiederholte sie das Wort so regelmäßig, wie sie die Teller wechselte? Nun gut. Solange sie ihrer abendlichen Pflicht nachkam, sollte sie ihn nennen, wie sie wollte.

Im Frühling gestattete er ihr aus einer übermütigen Laune heraus sogar, ihn zu streicheln. Nach all den Heringen, fand Bismarck, war er ihr etwas schuldig.

Zu seiner Erleichterung tat es nicht weh. Im Gegenteil war es sogar ganz angenehm. Ihm war, als ob die Hand der Alten die warme Abendsonne in sein Fell massierte. Von da an gehörte auch das Streicheln zum Ritual. Die Alte kam, strich ihm über den Rücken und stellte den Hering in den Garten vor Bismarcks Kellerfenster.

Mit ihr kamen und gingen die Jahreszeiten und die Jahre. Ohne dass er darum gebeten hatte, wurde Bismarck von den Katzen der Umgebung nach und nach als einer der Ihren akzeptiert. Er kümmerte sich nicht darum, schwängerte hier und da ein paar Weibchen, meist Streunerinnen, knüpfte einige unverbindliche Bekanntschaften zu Katern, um über zugezogene Hunde oder Funde von Rattengift im Bilde zu sein, und jagte manchmal Mäuse, mehr zum Sport als aus Notwendigkeit. An sonnigen Tagen lag er unter dem Flieder vor seinem Kellerfenster und dachte über die Vorhersehbarkeit der Dinge nach. Manchmal dachte er auch an den Geist seiner Kindheit und fragte sich, wie es ihm ging und ob er die Kälte, die er verströmte, selbst spürte, was bedeuten würde, dass er bis in alle Ewigkeiten fror.

Etwa sieben Jahre nach seinem Einzug im Viertel kam Bismarck eines Abends nach Hause und stellte fest, dass der Hering fehlte.

Seine erste Reaktion war Verblüffung. Die zweite Ärger. Er konnte sich an kein vergleichbares Versäumnis der Alten erinnern. Die dritte: Sorge.

Sie wuchs, je tiefer die Dunkelheit wurde, je umtriebiger die Schatten und je grollender sein Magen. Zu allem Übel begann es auch noch zu regnen. Frustriert kaute Bismarck auf dem Schwanz des Vortagsherings herum.

Als sich gegen Morgen endlich die Haustür öffnete, schoss er triefend durch den Zaun. Aber es war nicht die Alte, sondern ein Mann.

Egal. Er drängte an ihm vorbei und stand zum ersten Mal in einem Haus.

Ihn empfingen abgestandene Luft und ein gestufter Berg, der sich über mehrere Absätze in die Höhe zog. Von jedem gingen zwei Türen ab. Hinter einer von ihnen wohnte die Alte, nur hinter welcher?

Da Bismarck sie nie in Begleitung gesehen hatte, schloss er zunächst alle aus, vor denen Schuhe in unterschiedlichen Farben und Größen standen. Ebenso die, hinter denen sich mehrere Stimmen vernehmen ließen. Also alle.

Als er den dritten Absatz erreichte, fröstelte es ihn

plötzlich. Es war, als ob von links ein klammer Nebel auf ihn zu kroch. Und gleichzeitig stieg ihm ein vertrauter Geruch in die Nase. Bismarck zwang sich zur Ruhe. Geräusche – keine. Nicht das typische Schlurfen, nicht das Gebrabbel, mit dem das Schlurfen meist begleitet wurde. Nur eine kalte Hand, die sich auf seinen Rücken legte. Bismarcks Fell sträubte sich, seine Atmung geriet durcheinander. Sauerstoff flatterte ziellos durch seine Lungen, ohne sie zu nähren.

Von plötzlichem Entsetzen gepackt kroch er, den Bauch am Boden, rückwärts. Die ersten Stufen rutschte er mehr oder weniger hinab, dann richtete er sich zitternd auf. Die Luft hatte annähernd Normaltemperatur, offenbar reichte das Hoheitsgebiet der kalten Hand nicht bis hierher. Dafür bohrte sich leise eine brüchige Stimme in seinen Schädel. »Kommst du mich besuchen, Bismarck?«

Der Kater verstand nur seinen Namen, aber das reichte ihm völlig. Er wusste, dass er zum zweiten Mal in seinem Leben einen Geist getroffen hatte.

DEM AUSZUG DES KÖRPERS seiner alten Gönnerin wohnte er nicht bei. Da er nun wieder auf die Jagd angewiesen war, streifte er durch den Sumpf.

Aus demselben Grund verpasste er auch den Einzug ihrer Nachfolgerin. Umso überraschter war Bismarck, als eines warmen Nachmittags sein Name in den Vorgarten drang.

Das war nicht die Stimme der Alten oder ihres Geistes. Misstrauisch tauchte Bismarck aus dem Laub auf.

Vor dem Zaun stand ein noch junges Menschenweibchen. Braunes Kopffell, helle Haut. Eckige Pfoten ohne Krallen. Eine davon schob einen Hering durch die Streben.

Bismarck war so baff, dass er alle Vorsicht vergaß und zu ihr hinüberstakte.

»Du bist also der komische Kater, der Bismarckheringe frisst«, sagte das Weibchen. »Freut mich, dich kennenzulernen. Ich bin Nico.«

Seltsam, dachte Bismarck. Wie es schien, wechselten seine Versorgerinnen zuweilen die Gestalt. Er gestattete ihr, ihn anzufassen, was sie behutsam tat.

»Gut«, sagte die Frau und stand auf. »Ich hab noch was zu tun. Wir sehen uns ja jetzt häufiger!«

In der Tür drehte sie sich noch einmal um.

»Sie ist gestorben, das weißt du bestimmt. Aber was du vielleicht nicht weißt, ist, dass sie eine Karte hinterlassen hat, mit der Bitte, dir jeden Tag einen Bismarckhering zu bringen. Rührend, was?«

Bismarck fand es nicht besonders rührend, er fraß bereits. Außerdem hatte er nicht das Mindeste verstanden.

WIEDERUM ZWEI JAHRE SPÄTER brach der Krieg aus. Eine kleine, aber wütende und über jede Regel erhabene Schar Kater stürmte vom benachbarten Park auf das Viertel ein und begattete gnadenlos jedes Weibchen, das sie zu fassen bekam, unabhängig davon, ob es rollig war oder nicht.

Eines Morgens tauchte ein eleganter Graugestromter in Bismarcks Quartier auf.

Bismarck kannte ihn vom Sehen, er lebte einige Straßen weiter im Hof des Fleischers.

»Es geht die Kunde, dass die Feinde sich am Kuhtor sammeln«, sagte der Graue ohne Gruß oder Einleitung. »Eines unserer Weibchen lockt sie von dort in die alte Tischlerei.« Er verzog das Maul. »Ich finde, man sollte sie dort erwarten.«

Ganz wohl war Bismarck nicht, und überhaupt, was gingen ihn die Rivalitäten fremder Kater an. Andererseits stand sein Ruf auf dem Spiel. Seufzend schloss er sich also dem Grauen an. Seufzend ging er neben ihm in Position, als der Lockvogel und ihr wildes Gefolge in die Tischlerei platzten. Seufzend sprang er auf den Ersten los und bemerkte zu seinem Erstaunen, dass es Spaß machte, ihm die Zähne in die Seiten zu schlagen.

Als er mit ihm fertig war, wandte er sich triumphierend um und sah einen Kater, der von einem Holzstapel zum Sprung auf seinen neuen Bekannten ansetzte. Im letzten Moment schoss Bismarck vor und schleuderte ihn aus der Bahn.

»Danke«, sagte der Graue.

»Keine Ursache. Machen wir ihn gemeinsam fertig.«

Der Graue schüttelte den Kopf.

»Lieber nicht. Das ist der Schwätzer, er gehört Balthas.« Er deutete auf einen gedrungenen Schwarzen, der schweigend auf einen brüllenden Roten einhieb. »Anführer gegen Anführer.«

»So ist das also«, sagte Bismarck.

»Ja. Wir sind hier fertig. Wenn du willst, zeige ich dir die Abfalltonne des Fleischers. Du hast sie dir verdient.«

Diesmal folgte Bismarck ihm gern. Weniger wegen der Tonne. Es machte nicht viel Sinn, schon satt zu sein, wenn einen ein Hering erwartete. Aber was sollte er sagen, er mochte den Grauen einfach.

VON JENEM TAG AN bekam Bismarck regelmäßig Besuch. Manchmal überredete der Graue ihn zur Jagd, manchmal plauderten sie über Neuigkeiten, manchmal schwiegen sie nur. Diese Treffen waren Bismarck die liebsten. Ungefähr vier Jahre nachdem sie sich kennengelernt hatten, brachte der Graue eines warmen Oktobertages ein spindeliges Junges mit, das ihm bis aufs Haar glich.

»Serrano, mein Sohn«, sagte er verlegen. »Seine Mutter

ist überfahren worden, ich habe ihm einen Platz in meinem Schuppen abgetreten.«

»Freut mich«, log Bismarck.

Serrano schielte ihn an und pinkelte unter den Flieder.

Und dann jener Tag im April. Bei einem seiner seltenen Gegenbesuche fand Bismarck im Hof der Fleischerei nur Serrano vor. Beim übernächsten genauso. Serrano wirkte inzwischen deutlich besorgt. Normalerweise weihte sein Vater ihn ein, wenn er in mehrtägigen Auswärtsgeschäften unterwegs war. Die beiden waren ein für männliche Verwandte ungewöhnlich harmonisches Team.

Während der nächsten Wochen erschien Bismarck täglich in der Fleischerei, und jedes Mal wurde seine Hoffnung, den Grauen wiederzusehen, geringer. Sie erlosch völlig, als er eines Morgens den Kopf in dessen Schuppen schob und in die halb geschlossenen Augen des schwarzen Balthas blickte.

»Er ist verletzt«, raunte Serrano hinter ihm. »Du hast bestimmt von seinem letzten Kampf mit dem Schwätzer gehört.«

»Nein.« Bismarck wusste wenig. Früher hatte der Graue ihm die Neuigkeiten zugetragen. »Wie ist er ausgegangen?«

Serrano hob den Kopf. Er reichte Bismarck jetzt annähernd an die Schultern.

»Endgültig.«

»Hoffen wir's«, krächzte Balthas. »Kratz mir mal den Nacken, Junge!«

Bismarck sah von einem zum anderen. Die Vertrautheit zwischen dem Sohn seines besten Freundes und dem Prinzeps des Viertels passte ihm nicht. Er hatte Serrano für treuer gehalten.

Verbittert verließ er den Hof mit der Absicht, nie wiederzukommen. In der Einfahrt stolperte er über eine

Katze. Ein struppiges Ding, das ihn aus halb geschlossenen Augen anfunkelte und das altbekannte Lied der Fruchtbarkeit sang. Bismarck begattete sie im Vorübergehen. Für den Grauen.

# 1

DASS AUCH DER SCHÖNSTE Winter seine Schattenseiten hatte, bemerkte Streuner, als er eines Abends im Dezember nach der Jagd zu seinem Imkerwagen zurückkehrte und ihn nicht mehr vorfand. Nur ein paar Erdnarben, wo er gestanden hatte, und Spuren, die ins Viertel hineinführten.

Abgeholt. Verdammt, was jetzt?

Sein erster Gedanke galt natürlicherweise Maja, seiner Gefährtin seit dem letzten Frühling, die ein paar Ecken weiter im Keller eines Lebensmittelladens wohnte. Maja war ein offenes, warmherziges Wesen. Außer wenn es um ihren privaten Bereich ging. Manchmal erlaubte sie ihm, bei ihr zu speisen, zum Übernachten hatte sie ihn noch nie eingeladen.

Während er sich in Bewegung setzte, dachte Streuner über Alternativen nach. Natürlich war der Imkerwagen einmalig gewesen, aber wenn es drauf ankam, war er nicht anspruchsvoll. Ein Dach und ein einigermaßen dichter Windschutz genügten für den Moment.

Nachdem er eine Weile getrabt war, fiel ihm ein leeres Haus ein, in dem er vor dem Kälteeinbruch eine Spitzmaus gejagt hatte. Die Katzenschaft mied es ehrfürchtig, denn der Legende zufolge hatte der vormalige Revierprinzeps Balthas dort seine blutigsten Schlachten gegen den berüchtigten Schwätzer geschlagen. Streuner scherte sich wenig um die alten Geschichten. Sowohl Balthas als auch sein Widersacher waren tot, der Winter war zu früh gekommen, und er brauchte eine Unterkunft.

Sobald er durch die zerstörte Tür des legendären Hauses schlüpfte, musste er allerdings einsehen, dass alte Geschichten zuweilen durch neue ersetzt wurden. Das Gebäude war nicht mehr leer.

Aus dem oberen Geschoss drangen Geräusche. Murmeln, Klappern, Schlurfen. Ein Mensch. Streuner verharrte am Fuß der Treppe, die er gerade hatte besteigen wollen, und sah sich um. Zu seiner Rechten führte eine weitere Treppe, mehr eine Stiege, nach unten. Er hatte von außen schon gesehen, dass das Haus einen Keller hatte und auch zwei notdürftig mit Pappe verstellte Fenster, von denen er eines locker würde öffnen können. Andererseits sollte er zumindest einmal nachsehen, mit welcher Art Obermieter er es künftig zu tun hatte. Ein Mensch, der sich bei dieser Kälte in einem leeren Haus verschanzte, musste zwangsläufig einen Schlag weghaben. Vielleicht war er ein Verstoßener, vielleicht tickte er nicht richtig und bekam hin und wieder Anfälle, die ihn bis in den Keller trieben. Nein, ein ruhiger Schlaf erforderte Kenntnis der Dinge.

Einige Minuten später wusste Streuner Bescheid.

Er fand seinen neuen Mitbewohner, bis über den Kopf in ein möhrenfarbenes Wechselfell gewickelt, mitten im Dreck auf einem Polster, wo er an einer Glasröhre nuckelte und mit jemandem neben sich redete, der nicht vorhanden war.

Das Gute: Streuner kannte ihn. Tagsüber stand er manchmal mit ein paar anderen Männern im Hof neben dem Getränkeladen. Auch da stets mit hochgeklappter und zugeschnürter Kapuze, als wollte er sich vor der Welt verbergen. Ein armer Irrer, aber wenigstens nicht aggressiv. Im Gegensatz zu den anderen hatte Streuner ihn nie lamentieren oder gestikulieren gesehen. Nur trinken und schweigen. Und hier wohnte er also. Beruhigt stieg Streuner in den Keller hinunter.

SEINE PROGNOSE STELLTE SICH als richtig heraus. Der Kapuzenmann war ein ruhiger Geselle. In der Regel verließ er das Haus nach ihm und kehrte bei Anbruch der Dunkelheit zurück.

Am fünften Tag trafen sie sich bei dieser Gelegenheit auf der Treppe. Streuner hatte der Versuchung nicht widerstehen können, im Versteck seines Mitbewohners nach Fressbarem zu suchen, und die Alarmsignale zu spät empfangen. Der Kapuzenmann schwenkte erschrocken einen Beutel, als der Kater an ihm vorbeiwischte. Streuners Nase traf ein betörender Fleischduft, der ihm bis in den Keller hinunterfolgte.

Am nächsten Morgen lag ein halb abgenagter Hühnerknochen auf der Hausschwelle. Streuner erkannte sofort, dass es ein Geschenk war. Der Grundstein für eine temporäre Freundschaft.

Zugegeben, auch eine schwierige Freundschaft, die ihn zuweilen Überwindung kostete. Der Kapuzenmann war ebenso harmlos, wie er freigiebig war, aber er stank erbärmlich, sobald er seine Jacke öffnete.

Und er redete mit einem Lappen. Schon nach kurzer Zeit hatte Streuner begriffen, dass sein Kumpel sich bei ihrer ersten Begegnung nicht mit einem unsichtbaren Menschen, sondern mit dem schmutzigen Stofffetzen unterhalten hatte, den er allabendlich unter seiner Jacke hervorholte und entweder auf seinem Schoß oder neben sich ausbreitete. Es war Streuner unverständlich, was der Kapuzenmann an ihm fand, seiner Meinung nach gehörte der Lappen verscharrt, denn auch er stank. Aber bitte: Sollte er seinen Fetzen herzen, mit den Lippenspitzen berühren, zum Schlafen unter seinen Kopf legen oder ihm Geschichten erzählen, ihm war es gleich, solange er ihm damit nicht zu nahekam.

Das dauernde Glasröhrengenuckel duldete Streuner ebenfalls, obgleich er fand, dass es dem Kapuzenmann nicht bekam. Hinterher heulte er zuweilen und stolperte über seine Füße, wenn er ins Treppenhaus zum Pinkeln ging, danach schlief er ein.

Dafür war er angenehm zurückhaltend. Im Unterschied zu den meisten Menschen, die ihre Hände nahezu zwanghaft an jeder Katze abwischten, die ihnen zu nahekam, berührte er Streuner nie. Fütterte ihn bloß, kicherte manchmal nach seinen einseitigen Gesprächen mit dem Lumpen und ließ ihn ansonsten in Ruhe.

Noch vor dem ersten Schnee hätte Streuner es nie für möglich gehalten, sich einmal an die Gesellschaft eines Menschen zu gewöhnen. Geschweige denn, einen zu mögen. Ungefähr zwei Wochen nachdem der Winter sie zusammengeführt hatte, fand er sich zu seiner eigenen Überraschung eines Abends zusammengerollt am Fußende der schmutzigen Schlafmatte wieder. Der Kapuzenmann merkte es, brummte und schob behutsam einen Zipfel seines Schlafsackes über seinen Rücken. Den Gestank bemerkte Streuner kaum noch, wohl aber die Wärme, die von den Füßen des anderen ausging. Von da an verlegte er sein Quartier endgültig aus dem Keller des Hauses in die muffelig-heimelige Wohnhöhle des Kapuzenmanns.

Maja verzog spöttisch das Maul, als er ihr davon erzählte.

»Mein Held entwickelt sich zu einer Hauskatze.«

Aber so war es nicht. So war es ganz und gar nicht. Zwei Streuner verstanden einander, das war alles.

BIS ZU JENEM DUNKLEN Tag im Dezember.

Ausnahmsweise waren der Kapuzenmann und er gemeinsam zu ihren jeweiligen Tagesrunden aufgebrochen, der eine Richtung Getränkeladen, der andere zum Park.

Als Streuner am Nachmittag heimkehrte, hörte er schon von Weitem Stimmengewirr, das lauter wurde, je näher er kam. Von bösen Ahnungen erfüllt, eilte er durch das Tor – und prallte zurück.

In dem sonst so stillen Hof vor seiner Unterkunft wimmelte es von Menschen. Sie schrien herum, zerwühlten den Schnee und rollten ihn zu Kugeln, die sie zu grotesken Gebilden zusammenklebten.

Vom Kapuzenmann war nichts zu sehen. Falls er vor ihm zurückgekehrt war, hatte er mit Sicherheit auf dem Absatz wieder kehrtgemacht und war vor dem Spektakel geflohen.

Wütend und neugierig zugleich pirschte Streuner sich hinter den Holzstapeln, die einen Teil des Hofes bedeckten, an das Zentrum des Geschehens. Was taten die hier? Wozu die Monster aus Schnee, galten sie einem der vielen unverständlichen Rituale, mit denen Menschen ihr Leben spickten?

Vorsichtig schielte er um die Ecke eines Stapels. Einige der Gesichter kamen ihm vage bekannt vor. Leute aus der Gegend also.

Streuner setzte sich. Mit einem Auge behielt er das Hoftor im Blick, mit dem anderen die Störenfriede. Wenn er schon unfähig war, sie zu vertreiben, würde er wenigstens über sie wachen.

## 2

HAUPTKOMMISSAR HENDRIK LIEBERMANN KONNTE sich nicht erinnern, schon einmal einen so frühen Wintereinbruch erlebt zu haben. Die Medien überschlugen sich mit Nachrichten über flächendeckendes Verkehrschaos und überquellende Notaufnahmen. Schon Ende November waren die ersten beiden Obdachlosen erfroren, und allenthalben dröhnten Räumfahrzeuge durch die Straßen. Dabei war es gerade mal einen Tag vor dem ersten Advent. Während er Schnee vom Bürgersteig der Lennéstraße in einen Zinkeimer schippte, malte sich Liebermann Szenarien aus, in denen Potsdam bis Weihnachten nach und nach zu einem Eskimodorf mutierte.

Am Morgen hatte sein Vermieter, der alte Bellin, ihm vorwurfsvoll einen blauen Schneeschieber vorgeführt.

»Sechs Uhr dreißig spätestens muss der Weg frei sein, sonst hängt mir das Ordnungsamt am Hals. Und zwar hier und vor dem Haus da drüben auch. Das bedeutet, dass ich mitten in der Nacht aufstehe, noch bevor Sie überhaupt einen Zeh gerührt haben!«

»Warum beauftragen Sie nicht eine Firma?«, hatte Liebermann gefragt.

Prompt hatte Bellins Gesicht sich wie ein Stadtplan zusammengefaltet. »Eine Firma, eine Firma! Und wer jammert dann wegen gestiegener Betriebskosten?!«

Während er eine letzte Ladung in den Eimer schleuderte, beschloss Liebermann, dass die Probleme seines Vermieters ihn nichts angingen. Er hatte genug eigene.

Allen voran einen Typen aus Teltow, der seine Freundin vor anderthalb Wochen mit einem Hammer erschlagen hatte. Sie war gerade von der Arbeit zurückgekehrt und nicht einmal mehr dazu gekommen, die Stiefel auszuziehen. Oberkommissar Müller, Liebermanns mürrische rechte Hand, tippte auf Eifersucht, was Liebermann bezweifelte. Und zwar schlicht und einfach, weil ihm das Opfer, eine verschwiegene, maushaarige Brillenträgerin, für einen Leidenschaftsmord unpassend schien.

Weder die Mutter der Toten noch ihre Kolleginnen wussten von einem Freund. Allerdings hatte sie ihren Nachbarn zufolge seit Oktober regelmäßig Männerbesuch empfangen. Die zur Linken beschrieben einen schwarzhaarigen, untersetzten Kerl mit Koteletten, die zur Rechten einen sportlichen, glatt rasierten Dunkelblonden. Einig waren sie sich nur darin, dass er eine grüne Jacke mit Fellkragen getragen hatte.

Nach einer Phase allgemeiner Verwirrung hatte Kriminalanwärter Jean-Pierre Simon schließlich den Vorschlag gemacht, die Beschreibungen einfach zusammenzuwerfen. Herausgekommen war das Phantombild eines mittelgroßen brünetten Mannes mit angedeuteten Koteletten, mäßig ausgeprägtem Profil, eher ovaler Gesichtsform und grüner Jacke mit Fellkragen, dem beide Parteien ohne Zögern zugestimmt hatten.

So viel dazu.

Überraschenderweise hatte das Bild offenbar einen Nerv getroffen. Seit es im Internet und in den einschlägigen Lokalpressen veröffentlicht worden war, meldeten sich in regelmäßigen Abständen Zeugen, die angaben, den Grünjackigen getroffen zu haben. In einem Nachbarort von Teltow hatte er sich in einem Supermarkt bei einer jungen Frau nach dem Regal mit dem Katzenfutter erkundigt und anschließend charmant mit ihr geplaudert. Als er ihr nach dem Einkauf gefolgt war, hatte sie noch vermutet, er hätte sich in sie verliebt, und vor ihrem

Haus auf ihn gewartet, um ihm wenigstens ihre Telefonnummer zuzustecken. Dann, im Näherkommen, war sein Lächeln plötzlich zu einer Grimasse gefroren. Und im selben Moment war der Frau das Phantombild eingefallen, das in ebenjenem Supermarkt gehangen hatte. Vor allem die grüne Jacke darauf. In letzter Sekunde hatte sie ihrem Verehrer die Tür vor der Nase zugeschlagen, sich in ihre Wohnung geflüchtet und die Polizei angerufen. Eine ähnliche Meldung kam aus Babelsberg, nur dass der Grünjackige sein potenzielles Opfer – ebenfalls eine junge Frau – nach dem Einkauf auf dem Weg zum Auto aus heiterem Himmel angefallen und zu Boden geworfen hatte. Als eine andere Frau ihr beherzt zu Hilfe geeilt war, hatte er von ihr abgelassen und war geflüchtet.

Nach dieser Episode hatte der Grünjackige offenbar einen Hasen getroffen, denn von Babelsberg aus lief seine Spur in Haken über mehrere umliegende Ortschaften bis nach Fahrland. Man musste ihm lassen, dass er zumindest seinem Muster treu blieb: Er sprach jüngere Frauen an, flirtete mit ihnen und wurde urplötzlich, manchmal mitten im Gespräch, gewalttätig. Mal früher, mal später. In Fahrland hatte er es sogar bis zu einer Verabredung gebracht, doch kurz vor dem Treffen war seine Erwählte im Internet auf das Phantombild gestoßen. Inzwischen parkte ein Wagen dauerhaft direkt vor der Tür der Mordkommission. Sobald ein neuer Anruf einging, schnappte Oberkommissar Müller sich Simon, den Anwärter, oder wer immer gerade herumstand, und raste los. Aber es brachte nichts, der Grünjackige war ihnen immer eine Nasenlänge voraus.

Liebermann nahm seinen Schnee-Eimer auf, um ihn in den Hof der alten Tischlerei zu tragen.

Möglicherweise sind wir einem Spieler auf den Leim gegangen, dachte er, der sich einen Jux daraus macht, uns quer übers Land zu scheuchen. Gleich darauf verbot er sich jeden Gedanken an den Teltowmörder. Es war Wochenende. Das hatte auch ein Mörder zu respektieren.

SEINE FREUNDIN NICO NAHM ihm den Eimer ab. »Danke. Ich glaube, jetzt reicht's.«

Liebermann massierte lächelnd seine Finger und betrachtete den Schneemann mit Spitzhut, dem Nicos Tochter Zyra mit energischem Klopfen den letzten Schliff verpasste. Hinter dem Koloss kam seine eigene Tochter hervor.

»Ihm fehlt eine Katze«, sagte Miri mit skeptischem Blick.

»Seit wann hat der Papst eine Katze?«, fragte Liebermann.

»Das ist nicht der Papst! Das ist der Nikolaus.«

»Der Nikolaus hat auch keine Katze.«

Nico machte ein warnendes Zeichen. Darauf verkniff sich Liebermann die Bemerkung, dass man dem Heiligen, wenn er denn unbedingt eine Katze haben musste, auch einfach das zerzauste Wesen beigeben könnte, das einige Meter weiter am Rocksaum einer vollbusigen Schneekönigin hockte und das Treiben argwöhnisch beobachtete. Die Schneekönigin hatte Nicos Freundin Estrella entworfen. Neben ihr nahmen sich die übrigen Exponate geradezu plump aus, zumal sie als Einzige ein echtes Kleidungsstück in Form einer violetten Stola trug.

Liebermann vermutete, dass sie aus einer der zerfledderten Kleidertüten stammte, die am Straßenrand vor der Tischlerei der Abholung harrten.

Mit gemischten Gefühlen sah er auf Estrellas Bauch. Obwohl sie einen Parka trug, ließ sich ihr Zustand kaum noch übersehen. Sie war drei Monate weiter als Nico, drei Monate schwangerer, wie Miri zu sagen pflegte. Und im

Gegensatz zu ihm erwartete ihr Freund Jürgen seinen Nachwuchs mit ungetrübter Freude.

Liebermann kratzte eine Handvoll Schnee vom Boden, formte ihn zu einer Kugel und zielte auf das Kinn des falschen Papstes. Stattdessen traf er seinen Freund Ralph, der just mit einem Paar alter Gummistiefel in der Hand den Hof durchquerte.

EINE HALBE STUNDE SPÄTER standen die Schneeskulpteure beieinander und empfingen Glühwein, den Jürgen großzügig aus einem Thermokübel schenkte. Für Schwangere und Kinder gab es Tee.

Liebermann bog die Finger um seinen Becher und beobachtete erleichtert, wie sie sich röteten. Jürgen war nicht nur ein beneidenswert glücklicher Vater in spe, er wusste auch, wie man Nachbarn am Leben hielt.

»Welch ein Konzil«, sagte Estrella, nachdem sie mit ernsthafter Miene das Rondell der weißen Gestalten abgeschritten hatte. »Könnt ihr erkennen, was Ralph da geknetet hat?«

»Den Weltuntergang«, tippte Nico.

»Meinst du? Ich hab noch nie einen Weltuntergang mit Gummistiefeln gesehen.«

»Reitstiefel waren in den Säcken draußen leider nicht zu finden«, knurrte Ralph. »Das ist Friedrich der Große.«

»Na schön, dann zumindest der Untergang Österreichs«, korrigierte Nico.

»Wenn es Friedrich wäre, hätte er dann nicht eher einen Windhund?« Liebermann deutete auf die zerzauste Katze, die den Platz gewechselt hatte und nun zu Füßen des gestiefelten Preußenkönigs saß.

»Die kenne ich!«, rief Zyra. »Die ist manchmal auf dem Sportplatz am Park. Sie wohnt aber *im* Park.«

»Aha.«

Liebermanns Interesselosigkeit beeindruckte Zyra nicht im Mindesten. »Vielleicht ist sie umgezogen, weil es ihr im Park zu kalt ist und sie dauernd einschneit, und da nicht.«

Sie deutete auf einen lang gestreckten Bau, der den Hof nach Westen hin begrenzte. Da sie laut Ralph auf dem Gelände einer alten Tischlerei standen, hatten sich in dem Gebäude vermutlich einst Lagerräume und eine Werkstatt befunden.

Ralph kannte den Besitzer. Das heißt, er hatte ihn gekannt, denn er war vor ein paar Jahren gestorben und hatte den Hof seinen Söhnen vererbt, die ihn verwildern ließen, um ihn, wie Ralph vermutete, irgendwann gewinnbringend in Wohnbauland umzuwandeln.

Liebermann betrachtete die schneebedeckten Holzstapel. Allem Anschein nach hatte sich die Nachbarschaft an einigen schon zu schaffen gemacht. Er ließ sich Glühwein nachschenken.

Als Estrella »Ach Gott!« murmelte, sah er sich um.

In einem ersten Impuls dachte er, dass Ralph gerade den Hof verließ. Dann stellte er fest, dass er sich nur von der Jackenfarbe hatte täuschen lassen, einem schmutzigen Orange. Ralph stand hinter ihm und plauderte mit Nico. Der Typ dort im Tor war kleiner und trug zerschlissene Turnschuhe, keine Stiefel wie sein Kumpel. Außerdem besaß Ralphs Jacke keine Kapuze. Und wenn, hätte er sie nicht bis auf die Nasenspitze zugezogen.

»Noch ein Anwärter auf deinen Glühwein.« Liebermann grinste.

Jürgen schüttelte den Kopf. »Der braucht was ganz anderes. Sag bloß, du bist ihm noch nie begegnet«, wunderte er sich, als Liebermann die Brauen hob. »Er tigert schon seit Wochen durch die Stadt, immer mit derselben Jacke und mit zugebundener Kapuze, als wäre er am Südpol.

Deshalb nennt man ihn auch den Kapuzenmann. Wenn du mich fragst, klingelt es bei ihm nicht richtig.«

»Tatsächlich?«

Wie gebannt starrte Liebermann auf das orange Wesen, das unruhig auf der Stelle trat. Er versuchte, sein Alter zu schätzen, scheiterte aber daran, dass sich alles Schätzbare unter schmuddeligem Stoff verbarg. Um wenigstens irgendeinen Erfolg zu verbuchen, schätzte Liebermann das Alter der Jacke.

»Komisch, dass er nicht weitergeht«, sagte Ralph, der inzwischen auch aufmerksam geworden war.

Nico spähte an ihm vorbei. »Gott sei Dank, er lebt noch. Jedes Mal, wenn in den Nachrichten von erfrorenen Obdachlosen die Rede war, hab ich gefürchtet, es hätte ihn erwischt.«

Liebermann warf einen prüfenden Blick auf die Schuhe des Kapuzenmanns. »Woher willst du wissen, dass er obdachlos ist? Vielleicht läuft er einfach gern.«

Statt einer Antwort ging Nico auf das Tor zu. Sie hatte kaum drei Schritte gemacht, als der Kapuzenmann im Schneetreten innehielt und sich duckte. Im nächsten Moment war er verschwunden.

Mit düsterer Miene kehrte sie zurück. »Mist. Ich war wohl zu forsch.«

»Vielleicht kommt er wieder. Und wenn nicht, hat er jetzt immerhin Gesellschaft.« Liebermann deutete auf den leeren Platz zu Füßen Friedrichs des Großen. »Die Katze ist ihm auf den Fersen.«

STREUNER FOLGTE DEM KAPUZENMANN bis zur nächsten Weggabelung. Er wollte sehen, wohin jemand lief, dem man den Zutritt zum eigenen Heim verwehrte. Links um die Ecke, wieder ins Viertel hinein, von wo er vermutlich auch gekommen war. An der Geschwister-Scholl-Straße blieb Streuner endlich stehen. Er hatte keine Lust auf Straßen und Vierräder und schon gar nicht auf Menschen. Aus demselben Grund konnte er nicht nach Hause.

Jetzt hieß es in sich gehen und nachdenken. Nicht über seinen Kumpel, der musste selbst sehen, wie er zurechtkam. Sondern über die Zukunft. Den kommenden Abend, vielleicht die Nacht. Nach den Turbulenzen des Nachmittags empfand Streuner ein tiefes Bedürfnis nach Ruhe. Eine gewisse Grundwärme wäre auch nicht abzulehnen. Er wusste, wo es beides gab. Und er wusste, dass sie es nicht mögen würde.

# 3

DEN VORMITTAG DES ERSTEN Adventssonntags verbrachte Liebermann in der Kirche. Da er einem atheistischen Elternhaus entstammte und somit keinerlei Erfahrungen mit religiösen Verhaltensmustern hatte, fühlte er sich unsicher, wusste mit den Anschlagbrettern nichts anzufangen, auf denen die Abfolge der Lieder verzeichnet war, blieb sitzen, wenn alle anderen aufstanden, verstand kaum ein Wort von der Predigt des Pfarrers und war fast erleichtert, als es eine Rückkopplung in dessen Mikrofon gab, das wie eine übergroße Rosine an seinem Beffchen klebte.

Außerdem suchten ihn während des Gottesdienstes verschiedene ketzerische Gedanken heim, die erst durch den Auftritt des Kinderchors erstickt wurden.

Zyra und Miri strahlten wie Weihnachtsengel. In ihren weißen Kleidern sahen sie aus wie Baisers mit Schokoflocken obenauf, und als sie auf ein Zeichen der Chorleiterin ihre Stimmen hoben, wurden Liebermann die Augen feucht. Für eine Sekunde oder zwei konnte er sich vorstellen zu glauben, kamen ihm die Fresken im Altarraum und die bunten Glasmosaike der gotischen Bogenfenster nicht kitschig, sondern feierlich vor.

Dann endete der Choral, die Einnahmen der letzten Kollekte wurden verkündet, die Frau neben ihm kontrollierte die Aufnahmen ihrer Handykamera, und Liebermann stürzte auf die Erde zurück.

AM NACHMITTAG BESUCHTE SIE Nicos Mutter.

Während der dreivierteljährigen Beziehung mit Nico hatte Liebermann sie erst einmal gesehen, am Einschulungstag von Miri und Zyra, eine winzige, korpulente Matrone mit überraschend glatter Haut und herabgezogenen Mundwinkeln.

Als die Mädchen nach den Aufnahmefeierlichkeiten zu ihrer ersten Schulstunde entschwunden waren, hatte Nico sie einander vorgestellt, worauf ein kurzer, belangloser Wortwechsel erfolgt war.

Diesmal hatte sie den weiten Weg von Berlin-Köpenick nach Potsdam anlässlich der ersten Kerze auf sich genommen, wie sie sagte. Doch darauf fiel Liebermann nicht herein.

Die Matrone bestand darauf, dass er ihren selbst gebackenen Stollen anschnitt, und beobachtete skeptisch jede seiner Bewegungen. Sie befragte ihn nach der Mutter seines Kindes und vor allem nach dem Grund für die Trennung. Seine Antwort quittierte sie mit einem mechanischen Griff zur Kaffeekanne. Liebermann vermutete, dass ihr ein Witwer als Schwiegersohn lieber gewesen wäre. Während die Kerze herunterbrannte, wuchs seine Lust, nach dem Besen zu greifen und die Matrone mitsamt ihrem Stollen aus der Wohnung zu kehren.

Gegen acht endlich ging sie von selbst.

»Sie mag mich nicht«, stellte er fest, als die Tür ins Schloss fiel.

Nico setzte Tassen ineinander. »Nimm's nicht persönlich. Du erinnerst sie an meinen Vater, der sie verlassen hat, als ich fünf war. Er hatte dasselbe längliche Gesicht wie du.«

»Also hab ich keine Chance.«

Sie lächelte, etwas erschöpft, wie Liebermann fand. »Doch. Werde berühmt. Das hat mein Vater nie geschafft.«

## 4

MAJAS KELLER LAG NOCH in tiefer Finsternis, als Streuner erwachte. Irgendetwas hatte sich in seine Träume gebohrt. Ein Geräusch. Er setzte sich auf, um ihm nachzuspüren. Vielleicht bekam der Laden oben eine frühe Lieferung. Nein, Totenstille. Genau besehen hätte er in diesem Fall auch das Dröhnen von Vierrädern hören müssen, es war aber ein einzelner Ton gewesen. Und eher von ferne.

Er harrte eine Weile aus, den Kopf in den Nacken gelegt, die Ohren wie kreisende Trichter, dann sah er ein, dass das Geräusch sich verzogen hatte oder Teil eines Traums gewesen war, an den er sich nicht mehr erinnern konnte.

Über ihm schlief Maja auf ihrem Polster aus einzelnen Handschuhen. Ihre Sammlung war legendär, und in Katzenkreisen hieß es, dass man sich ihre Gunst, also Informationen und Tratsch kaufen konnte, wenn man ihr nur einen schönen Handschuh mitbrachte. Das war natürlich Quatsch. Er hatte ihr Wohlwollen ganz ohne Gegenleistung bekommen. Obwohl, grübelte er, ihren runden Körper genüsslich mit den Augen streifend, er sich seit einer Weile nicht mehr sicher war, ob er es noch in dem Maße besaß wie im Sommer. Manchmal hatte er den Eindruck, dass er sie nervte. Gestern zum Beispiel war sie alles andere als erfreut gewesen, als er sie um Nachtasyl gebeten hatte. Nicht auf ihrem Lager, nur in einer staubigen Ecke, aber dennoch: Er musste aufpassen, dass er sich ihre Achtung erhielt.

Da er nun einmal wach war, beschloss er, gleich damit anzufangen.

Er schlapperte etwas Wasser aus ihrem Napf und verließ lautlos den Keller.

In der Nacht hatte es wieder geschneit. Über die Wege vor den Häusern zog sich ein etwa pfotentiefer weicher Teppich. Ein Zeichen, dass es noch sehr früh am Tag sein musste. Aus irgendeinem Grund duldeten die Menschen auf ihren Wegen keinen Schnee und beseitigten ihn bei erstbester Gelegenheit. Vielleicht, dachte er in Erinnerung an das Spektakel vom Vortag, ist er ihnen heilig und darf nur als Baumaterial für monströse Gottheiten benutzt werden.

Im Hof empfing ihn angenehmes Schweigen. Streuner durchschritt den Reigen der weißen Gestalten, den die Bauleute zurückgelassen hatten, und sah sie sich zum ersten Mal genauer an, wobei er Unterschiede in der Sorgfalt feststellte, mit der man sie geformt hatte. Die meisten bestanden einfach aus drei übereinandergesetzten Kugeln, bei anderen waren menschliche Gliedmaßen erkennbar. Ein paar waren neu, eine sitzende und drei Gnome, die kaum größer waren als er. Nach seiner Übersiedlung zu Maja war das Spektakel also noch weitergegangen.

An diesem Punkt seiner Betrachtungen zuckte Streuner plötzlich zusammen. Da war es wieder, das Geräusch. Nur lauter diesmal und schärfer. Erschrocken sah er sich um. Nichts, nur die Figuren. Dennoch war ihm, als sei da noch etwas, etwas, das eine eisige Kralle durch seinen Pelz bohrte.

Er biss die Zähne zusammen und raste ins Haus, die Treppe hinauf, in die traute, stinkende Gesellschaft des Kapuzenmanns.

DER NICHT DA WAR. Ausgerechnet.

Ungläubig strich Streuner durch den Raum. Beroch eine Pappschachtel, die vor der kalten Feuerstelle herumlag. Daneben standen zwei leere und eine halb gefüllte braune Glasröhre – des Kapuzenmanns Abendprogramm. Also war er nach dem Abzug der Bauleute wieder zurückgekehrt.

Und dann: Noch einmal losgezogen?

Sein Blick fiel auf die leere Matte und verharrte auf einem grauen Stofffetzen an ihrem Kopfende. Er war zerdrückt, so als hätte etwas darauf gelegen. Oder jemand. Er wusste auch, wer, denn der lag jede Nacht darauf.

Irgendetwas stimmte nicht.

## 5

ALS LIEBERMANN AM ERSTEN Adventsmontag ins Büro kam, fand er Oberkommissar Müller in eine Zeitung vertieft. Beim Näherkommen erhaschte er einen Blick auf die Seite mit den Sportnachrichten. Es erstaunte ihn, dass sein behäbiger Stellvertreter, den schon ein Gang zur Teeküche ins Schwitzen brachte, sich für Fußball interessierte. Aber warum nicht.

»Vor zehn Minuten hat jemand angerufen, vor fünf und vor zwei«, sagte Müller, ohne seine Lektüre sinken zu lassen.

»Und wer?«

Der Oberkommissar unterstrich etwas. »Keine Ahnung, er hat nichts gesagt.«

»Er?«

»Wir kriegen es schon noch raus. Die Abstände werden kürzer.«

Wie auf Kommando klingelte das Telefon.

Mit einer Bewegung seines Kugelschreibers gewährte Müller seinem Chef den Vortritt.

Nachdem Liebermann die übliche Vorstellung heruntergeleiert hatte, hörte er atmosphärisches Rauschen. Dann klickte es.

»Hallo?«

Aufgelegt.

Liebermann und Müller sahen sich an, im selben Augenblick klingelte es erneut.

Diesmal war der Oberkommissar schneller. »Mordkommission. Entweder Sie sagen was, oder wir stehen in einer halben Stunde vor Ihrer Tür!«

Seine Drohung schien Früchte zu tragen, denn er behielt den Hörer in der Hand. Dafür schlief seine karge Mimik völlig ein.

»Wo?«, fragte er und schrieb etwas auf den Rand seiner Zeitung. »Und mit wem habe ich das Vergnügen?« Er warf den Hörer weg. »Feigling!«

»Was wollte er?« Liebermann zog seine Jacke aus.

»Die können Sie anbehalten«, murrte Müller. »Vielleicht verarscht uns der Typ bloß, er hat durch einen Stimmverzerrer gesprochen. Aber nachsehen sollten wir wenigstens.«

»Wonach?«

Nach drei Monaten in der Mordkommission war Liebermann an die Übersprünge des Oberkommissars gewöhnt.

Müller rollte seine Zeitung zusammen und zog ein Pillenröhrchen aus der Hosentasche. Auch an die chronischen Magenbeschwerden des Oberkommissars hatte Liebermann sich gewöhnt.

»Er meint, dass in einem Hof in der Lennéstraße eine Leiche sitzt. Nummer 21.«

Liebermann hielt im Knöpfen seiner Jacke inne. »Sitzt?«

»Wahrscheinlich erfroren. Wäre ja nicht das erste Mal dieses Jahr.«

UNGEFÄHR AUF HALBER STRECKE zur Lennéstraße wandte Liebermann sich erneut an Müller.

»Sagen Sie, dieser Hof, zu dem wir fahren, gehört der zu einem Wohnhaus?«

»Zu einer Tischlerei.«

»Ah.«

»Warum?«

»Weil ich mich frage, warum nur ein Einziger auf den

Toten aufmerksam geworden ist. Bei einer Tischlerei ist es etwas anderes, zumal, wenn sie leer steht.«

»Ich habe nicht gesagt, dass sie leer steht«, sagte Müller, ohne den Kopf zu wenden.

»Das stimmt. Aber sie steht trotzdem leer.«

Darauf erwiderte Müller nichts. So wie Liebermann sich an seine notorische Übellaunigkeit gewöhnt hatte, war er davon abgekommen, seinen Vorgesetzen an normalen Maßstäben zu messen. Man machte sich nur unglücklich damit. Vor allem, wenn man den Fehler beging, daran zu denken, dass man womöglich selbst Leiter der Mordkommission wäre, hätte der Typ mit dem schwammigen Blick seine Bewerbung nur einen Monat später eingereicht. Inzwischen hatte Müller einen Weg gefunden, derart blutdruckfeindliche Überlegungen abzuwürgen, indem er sich bei Unterhaltungen mit Liebermann einfach den Pokal vorstellte, den er auf seinem letzten Schachturnier gewonnen hatte.

Als sie die Lennéstraße 21 erreichten, warteten dort bereits ein Krankenwagen und einer von der Revierpolizei.

»Wer hat die denn gerufen?«, schnaufte Müller.

»Ich. Falls es für uns dort nichts zu tun gibt, muss sich jemand um die Formalitäten kümmern.«

Der Oberkommissar dachte krampfhaft an einen versilberten Becher mit seinem eingravierten Namen, während er den Wagen vor einem Halteverbotsschild parkte.

Im Tor der Tischlerei kamen ihnen zwei Beamte und ein Arzt in Kittel und Wattejacke entgegen, der zuerst Müller, dann Liebermann eine behandschuhte Hand entgegenstreckte.

»Friedrichs. Wo genau soll die Leiche liegen?«

»Sitzen«, verbesserte Liebermann, winkte den anderen, ihm zu folgen, und schritt durch das Tor.

Im Großen und Ganzen bot der Hof denselben Anblick wie zwei Tage zuvor, nur dass die Schneemänner seiner Nachbarn Schleier aus Neuschnee trugen und in ihrer Mitte zwei rauchende Sanitäter standen. Zu Füßen von Ralphs Preußenkönig hockte die zerzauste Katze, als hätte sie sich seither keinen Millimeter wegbewegt. Liebermann nickte ihr zu, um zu signalisieren, dass er sie wiedererkannte, und wandte sich an die Sanitäter.

»Haben Sie den Hof schon durchsucht?«

Die beiden fixierten ihn unschlüssig. Erst als Liebermann seinen Ausweis zückte, sagte der eine: »Ja.«

»Und das Haus?«

»Auch. Es war niemand drinnen. Nur eine Matratze, ein Haufen schmuddeliges Zeug, ein Gaskocher und die Katze da.«

Er winkte zu Liebermanns vierbeinigem Bekannten hinüber, der dem Gespräch mit konzentriertem Blick folgte. Liebermann nickte wieder, bedauernd diesmal.

»Schade, dass sie nicht reden kann. Die Katze scheint hier zu wohnen, jedenfalls hat sie uns vorgestern beim Bau der Schneemänner assistiert.«

Dr. Friedrichs erfasste mit einer erstaunten Armbewegung das Rondell. »Die hier sind von Ihnen?«

»Von Freunden und Nachbarn genau genommen. Ich habe nur für das Material gesorgt. Wie es aussieht, haben wir Nachahmer auf den Plan gerufen. Die Zwerge vor der Schneekönigin dort sind zum Beispiel neu und der da auch.« Liebermann zeigte auf eine unförmige Figur, die etwa drei Meter vor ihnen gegen einen Holzstapel gelehnt hockte, und stutzte plötzlich.

Mit einem schalen Geschmack auf der Zunge ging er zu ihr hinüber. Müller folgte ihm.

Einige Sekunden lang standen Haupt- und Oberkommissar vor dem Schneemann und betrachteten ihn stumm. In Größe und Umfang ähnelte er Estrellas Schneekönigin. Nur folgte jene der klassischen Dreikugelform, dieser war eher ein expressionistisches Gebilde aus zwei Kegeln, die ineinander übergingen, und einer Kugel. Der untere Kegel war etwas klobiger als der obere und ähnelte entfernt einem Rock. Im oberen hatte jemand mithilfe von vier Zigarettenfiltern eine Knopfleiste angedeutet.

»Haben Sie eine Tüte dabei, Müller?«

Der Oberkommissar wandte ihm das Gesicht zu. »Erst der Fangschuss, dann bellen, nicht umgekehrt.«

Derweil waren auch die Sanitäter, der Arzt und die beiden Beamten herangeschlendert.

»Wir dampfen ab«, sagte Dr. Friedrichs. »Wie es aussieht, hat unser Toter sich getrollt, oder jemand wollte nur unseren Sinn für Humor testen.«

»Warten Sie noch einen Moment«, bat Liebermann und nickte Müller zu.

»Geben Sie den Fangschuss ab!«

»Brust oder Kopf?«, fragte der Oberkommissar grimmig.

»Versuchen Sie's mit den Beinen. Und Ihnen würde ich empfehlen, einen Schritt zurückzutreten«, sagte er zu den anderen.

»Wozu?«, fragte Friedrichs.

Dann schloss er den Mund und sah zu, wie Müller seinen rechten Fuß mit Wucht in den unteren Kegel des Schneemanns rammte.

Nach dem zweiten Tritt hielt der Oberkommissar inne und kniete nieder, um die entstandene Bresche zu untersuchen. Als er wieder aufstand, blühten auf seinen Wangen zwei rosige Flecken.

Der Arzt starrte auf den zerstörten Kegel. Dort, wo der Stiefel ihn getroffen hatte, fehlte eine etwa zehn Zentimeter dicke Schicht Schnee.

Darunter lugte etwas Blaues heraus.

»Was ist das?!«

»Ich würde sagen, ein Knie«, meinte Liebermann.

»Oh Gott! Woher wussten Sie, dass ... dass er hier drin steckt?«

»Das ist eine berechtigte Frage. Aber die interessantere wäre: Woher wusste es der Anrufer, der uns benachrichtigt hat?«

EINE DERARTIGE BETRIEBSAMKEIT HATTE die alte Tischlerei vermutlich seit Jahrzehnten nicht gesehen. Zwar hatte man wegen des Zauns auf Flatterbänder verzichtet, aber in der Lennéstraße und der angrenzenden Wendeschleife drängten sich Einsatzfahrzeuge, Schaulustige, Krankenwagen und einige Vertreter der Lokalpresse, denen die Kunde vom »gefüllten Schneemann« über das Trinkwasser zugeleitet worden sein musste.

Die Einzige, die sich erlaubt hatte, direkt auf das Gelände zu fahren, war die Gerichtsmedizinerin Franziska Genrich. Niemand hatte gewagt, sie aufzuhalten. Sie galt als unberechenbar, cholerisch und auf biblische Weise nachtragend, weshalb man sich allgemein bemühte, ihr aus dem Weg zu gehen. Dabei war die Wahrheit schlicht. Franziska Genrich hatte für lebende Gesellschaft wenig übrig. Sie duldete sie, wenn es sich nicht vermeiden ließ, und ihren Kindern gegenüber bemühte sie sich sogar manchmal um Zärtlichkeit. Aber ihre wahre Leidenschaft galt denen, die die Luft nicht mit sinnlosem Geplapper erfüllten, keinerlei Erwartungen mehr hatten, demnach auch nie enttäuscht oder beleidigt waren und die ihrerseits nichts versprachen, was sie nicht halten konnten. Mit einem Wort: Toten.

Als Liebermann zwischen sie und die beiden Beamten trat, die sich mit Klappspaten an dem morbiden Schneemann zu schaffen machten, tat er es deshalb behutsam, um sie mit seiner Vitalität nicht zu ärgern.

Sie hielt in ihren Tiraden gegenüber den Polizisten inne.

»Was gibt's? Wollen Sie zusehen, wie Ihre Dilettanten mir meinen Patienten verhunzen?«

»Ich bin neugierig, wie er aussieht«, sagte Liebermann.

»Dann beeilen Sie sich! Wenn die hier mit ihm fertig sind, ist es zu spät.«

Bislang hatten die Schaufler Kopf und Schulterpartie des Toten freigelegt, und soweit man es überblicken konnte, waren beide intakt. Allerdings ließ sich noch nichts Abschließendes sagen, weil sie in einer orangen Steppjacke steckten, deren Kapuze knapp unter der Nase zugebunden war. Liebermann stutzte und versuchte, aus seinem unzuverlässigen Gedächtnis ein Bild abzurufen. Da er dabei nicht sehr weit zurückgehen musste, gelang es ihm.

»Den kenne ich.«

Dr. Genrich kniff die Augen zusammen.

»Woher wollen Sie das wissen, so eingewickelt, wie er ist!«

»Ebendeshalb. Vielleicht hat Dr. Friedrichs Ihnen erzählt, dass ich beim Bau der uns umgebenden Schneefiguren anwesend war, ausgenommen die drei Zwerge und die Skulptur, die die Jungs gerade entmanteln. Gegen Ende der Veranstaltung kreuzte dieser Typ hier auf. Er war genauso eingepackt wie jetzt, lungerte eine Weile herum und verdrückte sich wieder. Irgendjemand sprach davon, dass man ihn den Kapuzenmann nennt.«

»Originell«, sagte Dr. Genrich mit einem Blick auf den steifen Torso.

»Man sagt weiter, er sei einer aus der Obdachlosenszene. Demnach gehören die Sachen, die unsere Leute in der Tischlerei gefunden haben, möglicherweise ihm.«

»Stimmt«, bestätigte einer der Beamten. »Jetzt fällt's mir ein, dass ich ihn schon mal gesehen habe. Vor einer Woche ungefähr hockte er bei uns im Hauseingang.«

Die Miene der Gerichtsmedizinerin verzog sich. »Ein Obdachloser?«

Seit dem Kälteeinbruch waren bereits zwei Männer ohne feste Unterkunft erfroren, einer auf der Freundschaftsinsel und einer auf der Treppe der Französischen Kirche. Im Unterschied zum Kapuzenmann hatte sich bei jenen allerdings niemand die Mühe gemacht, sie hinterher zu Schneemännern zu verbauen. Liebermann sagte es der Medizinerin, mit dem Ergebnis, dass ihre Miene sich etwas aufhellte, bis er hinzufügte, dass beim Tod der beiden Männer auch noch kein Schnee gelegen habe.

»Was ist«, bellte sie die Beamten an. »Soll mein Patient Frostbrand kriegen, oder wie!«

Simon kam angestapft.

»Der Eigentümer der Tischlerei ist da.«

»Schicken Sie ihn her.« Liebermann warf einen forschenden Blick auf die Nase, die aus dem winzigen Luftloch der orangen Kapuze stak, einen auf die zerzauste Katze auf der Treppe des Tischlereigebäudes, und wieder einen auf die Nase. Dann sagte er zu Dr. Genrich: »Ich muss mich korrigieren. Am Sonnabend war er nur halb so zugeschnürt. Im anderen Fall wäre er gegen den nächstbesten Zaunpfosten gerannt.« Er deutete auf die Kapuze. »Haben Sie's gemerkt, es sind keine Augen zu sehen.«

SIMON KEHRTE IN BEGLEITUNG eines hageren Mannes in blauen Arbeitshosen, Skijacke und Turnschuhen zurück, der sich verwirrt umsah und zusammenzuckte, als sein Blick auf den Toten fiel.

»Herr Abrams«, stellte Simon vor.

Der Hagere nickte zerknirscht. »Ich wollte eigentlich nur nach meinem Bruder sehen. Stattdessen sagt man mir...« Er hob den Blick, senkte ihn aber sofort wieder. »Ist er das?«

»Ja.«

»Furchtbar. Und ausgerechnet hier. Aber schließlich, wenn man das Tor offen lässt, muss man sich nicht wundern, wenn Hinz und Kunz ihr Unwesen treiben. Das predige ich Jakob rund um die Uhr, aber er hört ja nicht auf mich.«

»Jakob?«

»Mein Bruder. Die Tischlerei gehört zur Hälfte ihm. Er plant, sie zu einem Hostel umzubauen.«

Er machte eine Bewegung in Richtung der Beamten, die gerade die Hüfte des Kapuzenmannes freilegten. »Man sieht ja, was dabei rausgekommen ist. Ein Hostel für Obdachlose.«

Liebermann fand ein Kaugummi in seiner Jackentasche. Während er es auswickelte, betrachtete er Abrams, wie man ein Paar originelle Schuhe betrachtet oder ein unbekanntes Werkzeug.

»Woher wissen Sie, dass der Tote obdachlos ist?«

Abrams zuckte die Achseln. »Wenn er eine Wohnung hätte, warum sollte er dann sommers wie winters mit zugezogener Kapuze durch die Stadt tigern?«

»Dann kennen Sie ihn also?«

»Wer nicht? Das ist der Kapuzenmann. Der ist stadtbekannt. Weiß man schon, woran er gestorben ist?«

Die Beamten hoben den freigescharrten Toten auf eine bereitstehende Trage. Kaum hatten sie ihn abgelegt, schnauzte Dr. Genrich sie beiseite und beugte sich über ihn.

»Nein«, antwortete Liebermann. »Bisher wissen wir nur, dass er in einem Schneemann steckte.«

»Wie grotesk. Und ausgerechnet hier«, wiederholte Abrams. »Da müssen Irre am Werk gewesen sein. Haben Sie die übrigen Schneemänner schon untersucht? Vielleicht steckt in denen ja auch noch wer.«

»Kaum. Die haben wir gebaut.«

»Die Polizei?«

»Nein, nein, Freunde und Nachbarn von mir. Das Tor stand offen«, fügte Liebermann zu seiner Verteidigung hinzu.

Abrams nickte düster.

»Solange ich allein für die Tischlerei verantwortlich war, habe ich penibel darauf geachtet, es geschlossen zu halten, schon wegen der Versicherung. Aber ich kann nicht dauernd herkommen, um es zu kontrollieren. Im Gegensatz zu Jakob hab ich ein Geschäft zu führen und eine demente Mutter zu versorgen.«

»Die demnach auch die Mutter Ihres Bruders ist.«

Abrams winkte ab.

»Wein, Weib und Gesang, das ist das Einzige, womit Jakob sich beschäftigt. Ein Lebemann, da kann man nichts machen, und wie fast alle seines Schlages ebenso einnehmend wie verantwortungslos.«

Zum ersten Mal betrachtete Liebermann den Tischler genauer. Ein schmales Allerweltsgesicht. Einer, bei dessen Alter man sich vermutlich regelmäßig verschätzte. Er tippte auf etwas über vierzig. Aber vielleicht zeugten die tief liegenden Augen und die Falten um seinen Mund auch weniger von Jahren als von den täglichen Sorgen eines kleinen Handwerkers. Seine rechte Hand zierte ein langer Kratzer, an der linken fehlten ein Finger und der halbe Daumen. Kein Handwerk für Zimperliche.

»Brauchen Sie mich noch?«, fragte Abrams, der sich unter dem forschenden Blick des Kommissars sichtlich unwohl fühlte.

»Für den Moment nicht. Es sei denn, Sie wollen hinter uns abschließen.«

»Ich lasse Ihnen den Schlüssel da. Und meine Karte. Mein Laden ist in der Geschwister-Scholl-Straße, ganz in der Nähe. Direkt darüber wohne ich, bringen Sie mir den Schlüssel einfach vorbei, wenn Sie fertig sind.«

Ein flacher Schlüssel und eine Visitenkarte wechselten die Besitzer.

Hinter ihnen brüllte die Gerichtsmedizinerin Hübotter von der Spurensicherung an, der sich an den Taschen des Toten zu schaffen machte.

Hübotter ließ sie stehen, kam zu ihnen herüber und zeigte Liebermann zwei Münzen und einen Gutschein für ein Fast-Food-Restaurant. »Das hier hab ich vor der Genrich gerettet. Er hatte es in den Taschen.«

»Keine Papiere?«

»Nein. Mal sehen, ob drinnen noch was zu holen ist.«

Hübotter entfernte sich. Unter den wachsamen Augen von Dr. Genrich und der zerrauften Katze wurde der Kapuzenmann in den Wagen der Gerichtsmedizin verladen. Liebermann zog seinen Post-it-Block aus der Tasche und bat Abrams um die Telefonnummer seines Bruders.

»Wenn er in letzter Zeit häufiger als Sie hier war, ist es möglich, dass er den Toten getroffen hat. Wie es aussieht, hat Letzterer hier gewohnt.«

Der Tischler schrieb langsam und sorgfältig. »Gewohnt?«, fragte er, als er den Block an Liebermann zurückgab. »Bei der Kälte?«

»Warum nicht? Immer noch besser als auf der Straße.«

SIE DURCHQUERTEN EIN STAUBIGES Treppenhaus, in dem verstreute Bier- und Schnapsflaschen Abrams missbilligendes Gemurmel entlockten, und betraten einen quadratischen Raum in der oberen Etage.

»Das ist das ehemalige Büro meines Vaters. Vor der Wende hat er hier auch ausgestellt. Entwürfe und fertige Möbel. Er nannte es ›Kleine Potsdamer Möbel-Messe‹. Heutzutage kann man es sich nicht mehr vorstellen, aber manchmal hat der Raum nicht alle Besucher gefasst. Dann betrieben meine Mutter und ich draußen einen Bierstand und einen Grill, um die Wartenden bei Laune zu halten.«

»Und Jakob?«

»Der hat auf seinem Dreirad Lieder geträllert und Süßigkeiten dafür kassiert. Wir sind sechs Jahre auseinander.« Abrams sah sich um und deutete auf einen hellen Fleck an der Wand. »Dort hat ein Fernsehschrank mit eingelassener Bar gestanden, ein Geschenk für meine Mutter zum zwanzigsten Hochzeitstag. Sie wollte ihn nicht, er war ihr zu dunkel. Also hat mein Vater ihn hier behalten und seine Skizzen darin aufbewahrt.«

»Wo ist der Schrank jetzt?«

»In meiner Werkstatt. Als Werkzeugablage.«

»Sie besitzen noch eine andere Werkstatt?«

»Eine kleine, hinter meinem Laden in der Geschwister-Scholl-Straße. Ich hab mich auf Restaurierung, Reparaturen und Kücheneinbau verlegt, das Einzige, was noch läuft. Hier lagere ich nur Holz. Noch ein paar Jahre, und die Tischlerei wird vollständig vom Schimmel aufgefressen sein, falls Jakob versagt. Dann bleibt nur noch der Grundwert.«

Von zweien der vier Wände schälte sich vergilbte Raufaser. Die beiden Doppelfenster waren innen gebrochen, und unter ihren Füßen wellte sich verkrusteter PVC-Belag. Trotz der Kälte roch es moderig.

In der Ecke, die am weitesten von der Tür entfernt war, lag eine Matratze auf dem Boden. Ein offener Schlafsack und ein grauer Lumpen waren nachlässig darauf geworfen, das Fußende flankierte eine Pappkiste mit herausquellendem Müll.

Neben dem Kopfende hatte der fremde Bewohner eine Art Kochecke eingerichtet, eine seltsame Konstruktion, bestehend aus einem Hocker mit einem darüberliegenden Backblech, auf dem zwei quer gelegte Ziegelsteine einen runden Grillrost trugen. Auf dem Rost stand ein Topf und darauf eine Gurkendose. Alles, von der Matratze bis zum Topf, starrte vor Dreck.

Die Leute von der Spurensicherung packten bedächtig ihre Sachen zusammen.

»Nein«, sagte Hübotter, als Liebermann ihn fragte. »Kein Ausweis oder sonst was. Aber das muss bei Obdachlosen nichts heißen. Manche vergraben ihr persönliches Zeug, damit's ihnen keiner klaut, manchen wurde es schon geklaut, oder sie haben es verloren. Die Straße hat ihre eigenen Gesetze. Wir haben ein paar Haare von der Matratze gesammelt, aber ich weiß nicht, ob die uns weiterhelfen. Sehen aus wie Tierhaare. Vielleicht von der Katze, die sich hier herumdrückt.« Missmutig zog er die Handschuhe aus. »Ein komisches Vieh, offenbar genauso plemplem wie der Tote mit seiner Kapuze. Erst schleppt es mir den Fetzen da hinterher, als wär's ein Los der Fernsehlotterie«, er deutete zum Lumpen auf dem Schlafsack, »und als ich's weggescheucht hab, hat's versucht, mir ins Bein zu beißen. Na ja, mir reicht's. Scheißkälte. Obwohl lieber Kälte als der Gestank, der hier sonst herrschen würde. Haben Sie den Müll gesehen? Wär es Sommer, würde es hier vor Maden nur so wimmeln. Nichts anfassen«, sagte er zu Abrams, der vor der schäbigen Schlafstatt in die Hocke gegangen war.

»Das ist der Eigentümer«, erklärte Liebermann. »Was ist mit dem Herd? Ich sehe einen Rost, aber keine Heizquelle, womit hat der Tote denn gekocht?«

»Damit.« Hübotter zog ihn zu dem Hocker und wies grinsend auf die Gurkendose.

Als Liebermann hineinsah, fiel sein Blick auf eine Sammlung weißer Scheiben vom Durchmesser eines Badewannenstöpsels. »Spiritustabletten, nicht schlecht, wie? Ich frag mich, wo er die herhatte. Aus einem Outdoorladen wohl kaum.«

»Altbestände vielleicht. Von einem Kumpel oder aus seiner letzten Unterkunft oder gestohlen.«

Abrams gesellte sich zu ihnen, um den Inhalt der Dose einer Visitation zu unterziehen. Er schüttelte den Kopf.

»Gestatten Sie, dass ich in meinen Laden zurückkehre? Meinen Schlüssel haben Sie ja. Und meine Karte auch, falls Sie noch Fragen haben.« Er reichte Liebermann die Hand. »Sollten Sie Jakob erreichen, wäre ich Ihnen sehr verbunden, wenn Sie mir Bescheid gäben. Wir hatten vor zwei Tagen einen kleinen Streit wegen meiner Mutter, seitdem versuche ich vergeblich, ihn zu sprechen. Nicht, dass das etwas Besonderes wäre. Wen er in seinem Leben gerade nicht brauchen kann, den ignoriert er einfach. Und von mir aus könnte er auch bleiben, wo der Pfeffer wächst, nur fragt unsere Mutter ständig nach ihm. Jakob ist ihr Goldjunge, müssen Sie wissen, der Einzige, an den sie sich klar erinnert.« Er lächelte bitter und schlurfte davon, den Kopf eingezogen wie eine Taube im Winter.

# 6

FÜR DIE BEGRIFFE EINER Katze, deren Leben siebenmal schneller vergeht als das eines Menschen, dauerte es ewig, bis sich der neuerliche Ansturm der Zweibeiner endlich legte. Als Letzte verließen ein Dunkelhaariger und ein Dicker mit spärlichem Kopfpelz den Hof, der Dicke brummend, der andere still.

Streuner setzte sich neben den Schneehaufen, der bis vor Kurzem noch den Kapuzenmann beherbergt hatte. Trauer? Nein, obgleich er sich an ihn gewöhnt hatte. Von nun an würde der abendliche Happen ausbleiben, das war natürlich bedauerlich. Aber immerhin waren Matte und Decke noch da. Zum Essen würde er sich zukünftig in die Reihe der Interessenten an der Abfalltonne des Fleischers mischen und zuweilen Maja besuchen, zumindest so lange, bis ihm eine bessere Idee gekommen war. Maja würde es dulden, unwillig, etwas von oben herab, aber dulden. Vielleicht sollte er ihr zum Dank doch einmal ein Geschenk mitbringen, schaden konnte es jedenfalls nicht.

Streuner erhob sich. Bevor er vor den anrückenden Weißen und Blauen in Deckung gegangen war, hatte er hinter einem der Holzhaufen etwas im Schnee schimmern gesehen.

Er umrundete den Stapel und scharrte es frei. Ein Handschuh, an der Unterseite festgefroren, er lag also schon länger da. Er löste ihn vom Untergrund und trug ihn zu seinem vorherigen Sitzplatz, um ihn zu begutachten. Maja war wählerisch. Zwar betrieb sie das Sammeln und Sortieren von Handschuhen mit einer Leidenschaft, die ihn manchmal befremdete, aber sie nahm nicht alles. Zum Beispiel mussten sie mindestens zur Hälfte aus Wolle bestehen. Glück gehabt. Dieser hier war ein grau-blau getigerter Fingerling mit einer Innenfläche aus einem Material, das sich wie Leder anfühlte, aber anders roch. Außen war es Wolle. Streuner versuchte sich zu erinnern, ob einer der Schneeschaufler zwei Tage zuvor solche Handschuhe getragen hatte. Je länger er nachdachte, desto unruhiger wurde er.

Denn jedes Mal, wenn er seinen inneren Fokus auf die pelzlosen Hände richtete, die hier im Hof Schnee geformt, Gefäße gehalten, herumgewedelt hatten, kam er am Ende bei dem Dunkelhaarigen an.

Vergeblich versuchte Streuner ihn aus seinen Gedanken zu verbannen. Der Dunkelhaarige verschob die Ereignisse. Und zwar deshalb, weil er sie zusammenlegte. Er war vor zwei Tagen dagewesen, um Schneeriesen zu bauen, und heute, um einen davon wieder einzureißen und den Kapuzenmann daraus hervorzuziehen.

In einem letzten Versuch, abzuwehren, was längst schon einen Weg in seinen Schädel gefunden hatte und dort genüsslich die ersten Eier ablegte, versetzte Streuner dem Fingerling einen Hieb und trabte mit bleiernen Pfoten in das Haus.

Sie hatten es verwüstet, Staub aufgewirbelt und ihre vielfältigen Marken hinterlassen. Es würde Tage brauchen, bis die Luft sich wieder beruhigt hatte.

Aber der Fetzen lag noch da, auf die Matte geworfen von dem Idioten, dem er ihn gezeigt hatte. Noch jetzt klingelten Streuner die Ohren von dessen Elsterstimme. Begriffen hatte der nichts.

Mit angehaltenem Atem nahm er den Fetzen zwischen die Zähne und floh wieder hinaus in den Hof.

Dort legte er ihn behutsam neben den Fingerling und

beschloss, etwas zu tun, was er gemeinhin vermied, weil es ihm als das Gegenteil von Lebensfreude erschien: zielgerichtet geradeaus zu denken.

Vor zwei Tagen hatten der Dunkle und ein paar Leute aus dem Viertel ihre Schneefiguren gebaut. Die Stimmung: zu laut, aber fröhlich. Dann war der Kapuzenmann gekommen und hatte sich wenig amüsiert über die Ausgelassenheit der anderen gezeigt, was Streuner absolut verstand.

Ebenso verständlicherweise war seine Reaktion Flucht gewesen. Bis dahin nichts Auffälliges. Das Auffällige kam jetzt. Streuner legte die Ohren an, um sich besser konzentrieren zu können.

Gestern früh war er von einer warmen, wenn auch abgebrochenen Nacht von Maja hierher zurückgekehrt. Kein Kapuzenmann weit und breit. Nur sein Tuch. Normalerweise: Der Kapuzenmann verschwand mit seinem Tuch. Oder: Der Kapuzenmann und das Tuch waren anwesend. Etwas anderes kam nicht infrage.

An dieser Stelle begann der Faden, an dem Streuner zog, sich zu verknoten. Und zwar nicht wegen der erstmaligen Trennung von Kapuzenmann und Tuch, sondern wegen eines Phänomens, das ihn an etwas erinnerte, dessen er sich nicht erinnern wollte.

Im Herbst hatten Maja und er, auf einen Tipp aus der Nachbarschaft hin, die Leiche von Majas Tochter Krümel aus einem Kompost im Park gescharrt. Der Hinweis war nur ein ungefährer gewesen. Dennoch war Streuner geradewegs auf die Mitte des Komposthaufens zugesteuert, hatte sich einige Meter durch gärendes Laub gekämpft und wie in Trance vor einer blauen Tüte haltgemacht. Wegen der allgemeinen Fäulnis drum herum erübrigte sich jeder Gedanke daran, dass der Leichengeruch ihn geführt haben konnte. Später hatte Maja ihn danach gefragt, verwundert, argwöhnisch, ein wenig spöttisch, wie es ihre Art war. Instinkt, hatte er geantwortet und gegrinst, wie es seine Art war. Und gleichzeitig geschaudert. Denn er wusste, dass er log. Vielmehr hatte ihn damals beim Betreten der fauligen Grabstätte etwas gestreift. Wie kalte Zugluft war es ihm in den Kopf gefahren, und mit ihr knisternde Laute. Lose Laute, die ungeordnet in dem kalten Hauch herumgetrieben waren, aber ihre Botschaft war unmissverständlich und ihr Sog schrecklich. Noch Tage später hatte er gefröstelt, wenn er daran dachte, dass der Geist einer Toten ihm an die Seele gefasst hatte. Und warum ihm? Warum nicht Maja, die schließlich Krümels Mutter gewesen war?

Damals war Streuner für einige Zeit zum Schauspieler geworden. Eine marinierte Kakerlake hier, ein Witz dort – um den anderen keine Angriffsfläche zu geben, um sich selbst nicht für verrückt erklären zu müssen. Und nun wieder.

Die Laute hier waren leiser gewesen, natürlich, da sie durch eine zentimeterdicke Schicht festgeklopften Schnees gedämmt waren, wie Streuner jetzt wusste. Als sie ihn vor seinen Augen freigelegt hatten, war es ihm wie Schuppen von den Augen gefallen. Er hatte den Geist des Kapuzenmanns reumütig begrüßt, wie einen alten Freund, den man verraten hatte. Im Grunde hätte dieser Augenblick seiner zweiten Begegnung mit dem Jenseits die Ordnung wiederherstellen müssen.

Er war verrückt, na schön, er wurde von Geistern heimgesucht, aber immerhin hatte sich mit der Bergung des Kapuzenmanns das Rätsel um seinen Stofffetzen gelüftet. Er und der Fetzen waren nie getrennt gewesen. Dafür war der Kapuzenmann tot.

Die Frage, wie er zu einem Schneemonster geworden war, ging ihn nichts an, das war Menschensache. Zum Beweis dafür gereichte Streuner das aufgeregte Getümmel am Fundort der Leiche.

Dennoch verdichtete sich in ihm mit jeder Sekunde der Eindruck, dass immer noch etwas offen war. Etwas, das mit den Lauten, die er beim Abtransport seines leblosen Kumpels gehört hatte, zusammenhing. Da es menschliche Laute gewesen waren, hatte er sie nicht verstanden, eines aber sehr wohl: Es waren keine Laute der Befreiung oder des Abschieds gewesen. Sie erinnerten auch in keiner Weise an das Gestammel des Kapuzenmanns, wenn er mit seinem Tuch gesprochen oder zu tief in die Glasröhre geblickt hatte. Vielmehr hatten sie drängend geklungen, wütend beinahe, und irgendwie fremd.

Streuner schloss die Augen und trat abwechselnd auf der Stelle, Letzteres, um nicht anzufrieren, Ersteres, um sein Gehirn in Bewegung zu halten.

Er hatte der Freilegung seines Kumpels aus verschiedenen Perspektiven und Entfernungen beigewohnt. Einmal hatte er sogar die herausfordernde Witterung seiner Jacke eingefangen. Unterdessen war der Kapuzenmann in sitzender Haltung aus dem Schnee gewachsen, wie ein Hamster aus dem Mais. *Auf* dem Schnee hatte anfangs eine der Flaschen gelegen, an denen er so gern genuckelt hatte, später war sie von einem der Weißen eingesammelt und in eine Tüte gesteckt worden.

Mit einem Ruck hielt Streuner die Rückblende an.

Fuhr sie eine Regenwurmlänge zurück. Noch einmal. Flasche, Kopf des Kapuzenmannes, eingeschnürt wie je, Flasche weg, Schultern des Kapuzenmannes und Auftauchen des Dunkelhaarigen, der vor zwei Tagen schon hier gewesen war. Dunkel meinte Streuner, ihn von irgendwoher zu kennen. *Wring dein Gedächtnis aus!*

Er kam auf eine bekannte Straße mit Katzenbuckelpflaster, die von hell getünchten Häusern gesäumt wurde. Wandte sich geschlossenen Auges nach rechts und stand vor einem verblühten Flieder. Die Jahreszeit stimmte nicht ganz, dafür aber die Tür, die sich neben dem Flieder öffnete und einen dunkelhaarigen Mann mit zwei Mädchen freigab. Die Mädchen gingen nach links davon, der Mann über die Straße zu einer anderen Tür. Im selben Moment schlängelte sich Serrano aus dem Flieder und trabte zu Streuner heran. »Was machen die Schnecken?«

Mit einem Schluckauf erwachte Streuner aus der Vergangenheit. Er wusste, woher er den Dunklen kannte. Es war der Ordnungshüter, Gefährte von Serranos Versorgerin. Serrano wiederum: Gefährte von Maja und Prinzeps des Viertels, beides ehemalig. Und gleichzeitig fiel ihm ein, was ihm außer der hohlen Stimme aus dem Jenseits an dem Toten noch aufgefallen war: die Hände.

Streuner packte das Geschenk für Maja und machte sich mit dem schwer begreiflichen Gefühl auf den Weg, einen Auftrag zu haben.

Und zu allem Übel auch noch den Auftrag eines Geistes.

# 7

DIE ERSTE KONFERENZ, DIE die Mordkommission und ihre technischen Trabanten zu Ehren des Kapuzenmanns ansetzten, erfüllte Liebermanns Erwartungen und sonst nichts. Diverse Tüten waren herumgereicht worden, man hatte erste Anwohneraussagen eingeholt und sich an Auslegungen der weißen Kruste versucht, in die man den Toten eingebacken hatte.

Einige waren durchaus unterhaltend gewesen, zum Beispiel die von Kommissarin Holzmann, der ein ähnlich körperlicher, nur goldener Sarkophag des Pharaos Tutanchamun eingefallen war, oder Hübotters Hinweis auf die konservierenden Eigenschaften von Schnee, der in der These gipfelte, jemand habe den Obdachlosen erfroren aufgefunden und der Nachwelt erhalten wollen.

»Bis zum Frühling?«, hatte Müller geknurrt.

»Wahrscheinlich hat man ihn nur eingebuddelt, damit er nicht stinkt«, hatte sich ein jüngerer Beamter vorgewagt.

Alles in allem beschäftigten Liebermann nach der Konferenz dieselben Fragen wie vorher. Wie der Mensch hinter dem Pseudonym Kapuzenmann mit bürgerlichem Namen hieß, woher er kam und welche Umstände ihn in den Schnee befördert hatten.

Weiterhin der Stimmverzerrer des Anrufers. Er hatte Müller gebeten, die künstliche Stimme nachzuahmen, worauf der Oberkommissar einen Anfall bekommen und den Konferenzraum verlassen hatte, um mittagessen zu gehen.

Als Liebermann kurz nach zwei das Büro betrat, das

Oberkommissar Müller sich mit Simon teilte, würdigte Müller ihn keines Blickes, während Simon errötete.

»Es gibt Neues vom Teltowmörder.«

Sofort war Simon auf den Beinen. »Wo?«

»An einer Bushaltestelle in Kartzow. Eine junge Frau hat ihn in Satzkorn als Anhalter mitgenommen und während der Fahrt die Jacke von dem Phantombild auf ihrer Arbeitsstelle wiedererkannt. Daraufhin hat sie ihren Fahrgast mit der Ausrede, sie habe etwas vergessen und müsse noch einmal zurück, an der Bushaltestelle in Kartzow ausgesetzt, an der schon ein paar ältere Leute warteten. Vielleicht ist sie deshalb noch einmal glimpflich davongekommen. Nehmen Sie Fräulein Holzmann mit!« Er gab Simon einen Zettel, und der Anwärter hastete nach draußen. Liebermann wandte sich an Müller.

»Ich möchte mich bei Ihnen entschuldigen.«

»Wofür genau?«, brummte der Oberkommissar.

Liebermann geriet ein wenig in Verlegenheit. Der Tipp mit der Entschuldigung stammte von Kommissarin Holzmann. Wofür, hatte sie nicht gesagt.

»Für die Sache mit dem Anruf. Ich wollte Sie nicht vorführen.«

»Treffend ausgedrückt.«

»Nun. Ja. Nichtsdestotrotz müssen wir uns um diesen Anruf kümmern.«

Müller griff schweigend nach dem Telefon.

»Was tun Sie da?«

»Den Verkehrsbetrieben Bescheid geben, dass sie den Fahrer der Buslinie 609 anweisen sollen, in Kartzow nur Gäste rauszulassen, keine aufzunehmen. Sonst ist der Typ weg, wenn unsere Leute kommen, falls es nicht eh zu spät ist.«

»Ich habe die Verkehrsbetriebe schon angerufen.«

Müller fuhr herum. Manchmal war ihm der Hauptkommissar unheimlich. Dies war ein solcher Moment. Argwöhnisch sah er zu, wie Liebermann sich auf Simons Tisch niederließ und einen neuen Block aus der Tasche zog. Für seine Notizen benutzte der Hauptkommissar mit Vorliebe Post-it-Zettel, die er hinterher überall im Amt verstreute.

»Ein Stimmverzerrer«, sagte Liebermann leichthin, »bezieht seinen Namen von der Eigenschaft, eine Stimme so zu verändern, dass sie tiefer und leiernd oder schnell und spitz wird. Welche dieser beiden Einstellungen hatte unser Anrufer gewählt? Kommen Sie, gehen Sie in sich. In einem von Dr. Genrichs Kühlschränken liegt ein Obdachloser, der nicht nur sein Leben, sondern auch seinen Namen vermisst. Wenn schon nicht für mich, dann tun Sie's für ihn!«

Müller grunzte erleichtert. Da war er wieder, der Liebermann, den er hasste, seit er zum ersten Mal einen Fuß über die Schwelle der Mordkommission gesetzt hatte. Der Schwafler mit dem regressiven Benehmen eines Traumapatienten. Und jetzt also auch noch Weißer Ritter der Obdachlosen.

Er drehte seinen Stuhl herum, sodass er breitbeinig vor seinem Chef saß.

»Er klang wie ein Frosch.«

»Wie ein Frosch oder eine Kröte?«

»Ein Froschfrosch. Und was die Geschichte Ihres toten Freundes betrifft, wie wär's damit: Bekanntermaßen ist er seit Wochen durch Potsdam geirrt, in verlotterten Hosen und einer speckigen Jacke, die bis auf die Nasenspitze zugeknotet war.«

»Nicht ganz«, unterbrach Liebermann. »Sonst hätte er nichts sehen können. Ich stimme Ihnen aber zu, dass sie bei seinem *Auffinden* bis auf die Nasenspitze zugeknotet war.«

»Nasenspitze oder nicht, er hatte bei jedem Wetter diese verdammte Kapuze auf! Ergo hatte er entweder eine Sonnenallergie oder einen ausgewachsenen Verfolgungswahn. Gegen das Erste spricht, dass wir Winter haben. Für das Zweite die leere Flasche, die neben ihm lag, plus die Altglassammlung in seinem Versteck. Suff und Wahn sind häufig miteinander verheiratet.«

Liebermann bewegte den Mund und schrieb etwas auf seinen Block. Dann stand er auf. »Ich mag es, wenn Sie sich in die Biografien toter Stadtstreicher vertiefen, das fördert Ihre lyrische Ader. Auf die Idee mit der Sonnenallergie bin ich noch nicht gekommen. Abgesehen davon passt das, was Sie gerade erzählt haben, auf jeden zweiten Obdachlosen. Aber nicht jeder zweite Obdachlose, hoffe ich jedenfalls, steckt ohne Papiere, bis über die Augen zugeschnürt in einem Schneemann. Überlegen Sie weiter, ich komme später noch einmal vorbei.«

LIEBERMANN KEHRTE IN SEIN eigenes Büro zurück, wo er die Denkpause seines Oberkommissars nutzte, um den grünen Zettel seines neuen Blocks neben die beiden gelben des letzten auf die Schreibtischunterlage zu kleben und über den vorangegangenen Dialog zu grübeln. Sonnenallergie. Er hatte Müller schon einmal unterschätzt. Das lag daran, dass der kompakte Schädel des Oberkommissars wie ein Panzerschrank mit nur wenigen Fächern erschien, in denen sein Erfahrungsschatz und das StGB lagerten. Offenbar existierte dort darüber hinaus jedoch noch eine schmale, verborgene Ablage für »Weiteres«.

Während Liebermann sich über den Zettel mit den Nummern der Tischlereibrüder beugte, nahm er sich vor, diese Ablage im Auge zu behalten.

Dann wählte er die Handynummer des jüngeren Abrams. Nach mehrmaligem Piepen landete er in der Mailbox. Er versuchte es erneut, mit demselben Erfolg, bat um Rückruf und rief Abrams den Älteren an.

Statt des Tischlers meldete sich eine Frau.

»Einen Augenblick, er ist hinten in der Werkstatt.«

Eine Minute später hörte Liebermann Abrams' schnellen Atem.

»Pardon, ich war gerade beim Furnieren.«

»Kein Problem. Ich wollte nur sagen, dass ich Ihnen heute Nachmittag den Schlüssel vorbeibringe.«

»Gut, falls ich nicht da sein sollte, geben Sie ihn meiner Angestellten. Haben Sie meinen Bruder erreicht?«

»Nur seine Mailbox.«

»Ja, mit der bin ich auch gut befreundet. Ich hoffe, Sie haben ihm keine Nachricht im Namen der Polizei hinterlassen, dann können Sie nämlich lange auf einen Rückruf warten. Als die Polizei das letzte Mal was von ihm wollte, ist er Hals über Kopf nach Polen abgehauen. Vor einigen Wochen ist er erst zurückgekommen.«

»Ich habe gesagt, dass wir ihn als Zeugen benötigen.«

»Na gut.« Abrams seufzte. »Hoffen wir, dass er sich meldet. Mir geht es um unsere Mutter, wissen Sie. Sie wird langsam unausstehlich mit ihrem Gejammer nach Jakob. Mich nimmt sie als selbstverständlich hin, krittelt an mir herum und hält mir vor, was Jakob alles besser machen würde. Dabei macht er absolut gar nichts, außer ihr in Abständen Blumen vorbeizubringen und Geld aus der Zuckerdose zu klauen. Erst kürzlich hatten wir Streit deswegen. Aber ich will Sie nicht mit Familieninterna langweilen.«

»Kürzlich?«, fragte Liebermann, der sich keineswegs langweilte, sondern an die Zuckerdose seiner Großmutter dachte, in der sie ausschließlich Zwanzigpfennigstücke aufbewahrt hatte.

»Samstag, ja. Ich wollte Jakob überreden, vorübergehend wieder bei unserer Mutter einzuziehen, damit er zumindest nachts ein Auge auf sie haben kann. Das hätte mir einige Wege und das Geld für die Nachtschwester erspart. Aber es war nichts zu machen. Warum ich sie nicht in ein Heim stecke, hat er gefragt, und dann ist er abgehauen. Seitdem ... Funkstille.«

»Ich versuche es weiter«, sagte Liebermann. »Ihrer Mutter wegen und unseretwegen. Wir suchen jemanden, der den amtlichen Namen des Kapuzenmanns weiß.«

»Viel Glück«, seufzte Abrams. »Bei seinem Bekanntenkreis würde es mich nicht wundern, wenn Jakob den tatsächlich kennt. Na ja, irgendwann werden Sie ihn schon erwischen.«

NACHDEM ER AUFGELEGT HATTE, ging Liebermann zu Müller hinüber, um sich nach dem Stand seiner Überlegungen zu erkundigen. Der Oberkommissar war gerade dabei, eine Liste aller ansässigen Träger, die sich um Obdachlose kümmerten, zu erstellen.

Beeindruckt kehrte Liebermann in sein eigenes Büro zurück und nahm die letzte Nummer in Angriff. Die schwierigste.

Seit dem dramatischen Ende ihres letzten gemeinsamen Falls hatte sich das Verhältnis zwischen ihm und Dr. Genrich vorübergehend gebessert. Nicht so, dass man zusammen in die Kneipe gegangen wäre, aber immerhin waren sie auf eine Ebene gelangt, die ohne Heckenschüsse auskam und in Liebermann die Hoffnung auf eine freundlich-kollegiale Zukunft nährte.

Doch vor etwa einem Monat war Dr. Genrich die Waffenruhe offenbar plötzlich langweilig geworden. Eine banale Sache, eine Nachfrage wegen der Interpretation einiger Hämatome am Oberschenkel eines Selbstmörders, hatte ausgereicht, sie wieder an den Anfang ihrer

Beziehung zurückzuwerfen. Liebermann verstand den Umschwung weder, noch wusste er, was er dagegen tun sollte, aber er bekümmerte ihn.

Denn er mochte die zickige, kettenrauchende Kleine mit den Umgangsformen eines Metzgers.

Als gälte es, sie schon vorab zu beschwichtigen, wählte er die Nummer des gerichtsmedizinischen Instituts mit Bedacht. Nach dem vierten Klingeln meldete sich eine verwirrend freundliche Stimme.

»Doktor Genrich?«

»Nein, Dr. Gerlach. Dr. Genrich ist absent. Kann ich Ihnen helfen?«

»Es geht um den Obdachlosen, der heute bei Ihnen eingetroffen ist«, hob Liebermann an, während er sich fragte, was »absent« bedeutete.

»Der taut noch. Vor morgen ist da leider nichts zu machen.«

»Ein Foto müsste wenigstens zu machen sein. Der Tote hatte keine…«

»Verstehe. Vom Gesicht haben wir schon welche, ich schicke sie Ihnen rüber.«

Liebermann schwieg. Dr. Gerlach schien eine von der flotten Sorte zu sein. In dem Fall konnte er ihre nächste Antwort vielleicht einfach abwarten, ohne sich die Mühe zu machen, eine Frage zu stellen. Einige Sekunden verstrichen.

»Entschuldigung«, ließ sich Dr. Gerlach wieder vernehmen. »War es das?«

»Fast«, antwortete Liebermann ein wenig enttäuscht. »So, wie er jetzt da bei Ihnen liegt, was würden Sie über den Toten…«

»Zwischen 30 und 35, männlich, dunkelhaarig. Er hat eine Schlagwunde am Hinterkopf, vermutlich die Todesursache. Dazu ein Hämatom auf der rechten Wange.«

»Und der Teint?«

»Blass. Er ist tot. Wahrscheinlich war er es auch schon, bevor er in Schnee verpackt wurde«, fügte Dr. Gerlach hinzu.

Liebermann hob den Kugelschreiber von seinem Block. Eine Schlagwunde. Der Mann war also nicht erfroren oder in Alkohol ersoffen.

»Wenn Sie sagen, dass er blass ist, meinen Sie damit nur totenblass oder irgendwie anders blass?«

»Bitte?«

»Ich meine, deutet irgendetwas auf eine Pigmentstörung hin?«

»Wie kommen Sie denn darauf?«

»Ein Hinweis aus der Bevölkerung«, murmelte Liebermann und verabschiedete sich.

Er kritzelte ein paar Worte auf seinen Block. Dann riss er den Zettel ab, klebte ihn sorgfältig unter die anderen und ging wieder zu Müller hinüber.

Als er eintrat, legte der Oberkommissar gerade den Hörer auf. Liebermann ließ sich in Simons Drehstuhl fallen.

»Die Geschichte des Kapuzenmanns kommt langsam in Gang«, sagte er um sich selbst kreisend. »Laut Gerichtsmedizin bekam er eins über den Schädel, ehe man ihn vergraben hat. Das heißt, einen Schritt rückwärts gedacht, dass er vor seinem Ende menschlichen Kontakt hatte.«

»Welche Offenbarung«, knurrte Müller.

»Sie brauchen nicht zu brummen, nur weil er jetzt endgültig unser Fall ist.«

Der Oberkommissar sah finster drein. »Wir haben schon diesen Teltowmörder am Hacken, und es ist Advent.«

Liebermanns Augen glitten zu einem geschmückten Plastikbäumchen neben Müllers Computer. Ende der letzten Woche hatte der Oberkommissar es dort aufgestellt, zusammen mit dem Klappadventskalender, den Kommissarin Holzmann ihnen allen geschenkt hatte. Drei der Fensterchen waren geöffnet. Wo sein eigener Adventskalender abgeblieben war, wusste Liebermann nicht genau, umso seltsamer berührte ihn das Traditionsbewusstsein seines Stellvertreters.

Müller bemerkte den Blick und wurde noch eine Kleinigkeit dunkler. »Na schön, letztlich ist es auch egal, ob irgendeiner seiner Kumpel ihn nur verscharrt oder ihm vorher noch eins mit seiner Flasche übergebraten hat. Streit um den letzen Schluck Fusel, das hatten wir schon öfter. Wenn wir erst ein Foto und einen Namen haben, knöpfe ich mir die Saufköpfe am Bahnhof vor.«

»Ersteres bekommen wir von Dr. Genrichs neuer Kollegin, Dr. Gerlach.«

»Die ist nicht neu. Sie sind ihr vor einem Monat im Zusammenhang mit diesem Selbstmörder begegnet.«

»Ja«, erwiderte Liebermann, der sich jetzt, da der Oberkommissar davon sprach, vage erinnerte. »Und wie geht's mit Letzterem voran?«

»Mühsam.« Müller deutete auf einen Zettel voller Telefonnummern. »Die vom Obdachlosenasyl kennen unseren Toten ungefähr so gut wie wir. Übrigens unter derselben Bezeichnung. Scheinbar mochte er Massenunterkünfte nicht so, jedenfalls hat er nie im Asyl genächtigt. Die Leiterin hat mich an die Diakonie verwiesen.«

»Gut.« Liebermann erhob sich und ging zur Tür. Dort drehte er sich noch einmal um. »Was hatten Sie eigentlich heute in Ihrem Adventskalender?«

Der Oberkommissar wurde rot. »Einen Schneemann.«
»Interessant. Und morgen?«
»Woher soll ich das wissen? Ich mache die Fenster erst

auf, wenn sie dran sind. Das ist das Prinzip von Adventskalendern.«

»Richtig«, entgegnete Liebermann. »Warten wir also auf morgen.«

## 8

ES KAM STREUNER ENTGEGEN, Maja nicht zu Hause vorzufinden. Das gab ihm die Gelegenheit, sich ohne mühselige Erklärungen für eine Weile auf ihrem Lager auszustrecken und zu dösen. Es mussten Hunderte Handschuhe sein, die Maja im Laufe der Jahre in ihrer Nische hinter einem Stapel alter Getränkekisten gesammelt hatte. Ein paar Mützen waren auch darunter. In jedem Frühjahr pflückte sie sie auseinander, um sie zu lüften, sortierte sie und polsterte ihr Lager neu. Die begehrlichen Blicke ihrer Besucher quittierte sie mit gespielter Gleichgültigkeit, aber Streuner ließ sich davon nicht täuschen.

Bevor er sich zusammenrollte, legte er sein Geschenk gut sichtbar vor einer der Getränkekisten ab, eine Art Eintrittskarte gewissermaßen, und stöberte nach etwas Fressbarem. Das Einzige, was er fand, war ein Brocken streng gewürzte Blutwurst zwischen Majas Futter- und Trinknapf und einen halb toten Weberknecht. Es war die falsche Jahreszeit, um wählerisch zu sein. Also fraß Streuner sie beide, dann legte er sich hin und schlief sofort ein.

Er wurde von einem unsanften Stich in den Rücken geweckt. Vor seiner Schlafstätte stand nicht Maja, sondern Serrano.

»Du hast dich verändert, Süße«, versuchte Streuner es mit einem Scherz.

»Du dich auch, Süße. Wo ist sie?«

»Das weiß der Katzenfänger. Leider hat sie keine Aufzeichnungen darüber hinterlassen, was nachvollziehbar ist, denn sie lebt hier allein.«

»Tatsächlich«, machte Serrano spöttisch.

»Ich bin nur Gast«, verteidigte sich Streuner. »Und nur so lange, bis ich eine neue Unterkunft gefunden habe. Meine letzte wurde kontaminiert.«

»Womit?«

Streuner blinzelte. »Menschen – toten und lebenden.«

»Toten?« Serrano setzte sich.

»Ja, nun«, Streuner spuckte ein Stück Spinnenbein aus. »Genau genommen nur einer. Ich hab mir die Unterkunft mit ihm geteilt, als er noch lebte. Er stank erbärmlich, aber sonst war er ganz umgänglich für einen Menschen. Hat sein Futter mit mir geteilt und so. Dann war er eine Weile weg, und nur sein Tuch lag herum, und heute haben ihn die Lebenden aus einem Schneemonster gegraben.«

Er begann, sich zu putzen.

Verwirrt sah Serrano ihm dabei zu. Es war nichts Neues, dass Streuner in Fragmenten sprach. Normalerweise aber verstand man wenigstens die Hälfte. Diesmal begriff Serrano nichts, außer einem Toten. Einem menschlichen Toten, der ihn nach dem Gewohnheitsrecht des Viertels nichts anging, solange in sein Schicksal keine Katzen verwickelt waren. Er überlegte, wie es sich in diesem Fall verhielt. Eine Katzenleiche hatte Streuner nicht erwähnt, allerdings beschäftigte dieser Mensch ihn offenbar so sehr, dass er sein Quartier aufgegeben hatte. Genügte das? Serrano dachte eine Weile darüber nach. Dann fragte er: »Was für ein Tuch?«

Streuner ließ das Putzen sein.

»Ein fleischgrauer, übel riechender Fetzen. Er hat mit ihm geschmust wie eine Katze mit ihren Jungen, hat es immer bei sich getragen, mit ihm geredet, es sich nachts unter den Kopf gelegt. Mit mir hat er auch geredet, aber lange nicht so. Als ich gestern von Maja kam, war er weg. Das kam vor, er war öfter weg, um durch die Gegend zu streifen, wobei er sein Gesicht in der Kapuze seines Wechselfells verbarg – einer seiner Ticks. Besonders war aber, dass er das Tuch zurückgelassen hatte. Und heute...« Er brach ab und schob zerstreut einen braunen Fäustling auf einen bunten. »Na ja, heute hat sich herausgestellt, dass es doch nichts Besonderes war. Der Kapuzenmann war in der Nähe seines Tuches geblieben. Nur steckte er bis über den Zipfel seiner Kapuze im Schnee und war deshalb unsichtbar.«

Der Wechsel in Streuners Ton und das leichte Flackern, bevor er mitten im Satz angehalten hatte, fielen Serrano auf.

»Maja wird nicht sonderlich erfreut sein, dich hier in ihrem Keller über den Winter zu bringen«, sagte er. »Sie ist eine großzügige Gastgeberin, wenn man mal so vorbeikommt, und man möchte meinen, dass ihr etwas an dir liegt. Aber mich mochte sie einst auch, dennoch lag ihr immer an einer strikten Trennung unserer Unterkünfte.«

»Ich weiß.«

»Du appellierst also an ihre Solidarität. Hast ihr sogar ein Geschenk mitgebracht.« Er deutete auf den graublauen Fingerling vor den Kisten. »Warum? Dein Kumpel ist tot. Was hindert dich, euer gemeinsames Quartier ab jetzt allein und völlig ungestört zu nutzen?«

Streuner kratzte sich hinter dem Ohr. »Das ist schwer zu erklären.«

»Sicher. Wenn man es jemandem erklären müsste, der noch nie einen Geist getroffen hat.« Serrano beobachtete amüsiert, wie Majas Geliebtem die Pfote vom Ohr rutschte. »Woran hast du ihn erkannt? An seiner Kälte wohl kaum, bei diesen Temperaturen.«

Streuner blinzelte nervös. »Er... hat mit mir gesprochen.«

»Wahrhaftig? Das ist etwas Besonderes. Der Geist, den ich kenne, macht sich einen Spaß daraus, mich mit einer abstrusen Zeichensprache zu unterhalten. Statt ordentlich zu reden, schickt er Boten, eine Ameise etwa oder eine Schnecke, die mir kindische Schleimspuren hinkrakelt. Wie ich sehe, ist deiner weitaus entgegenkommender. Aber für seine Rücksicht war Bismarck auch zu Lebzeiten schon nicht berühmt.«

»Bismarck? Der Alte, den es letzten Frühling dahingerafft hat?«

»Und dessen Platz ich eingenommen habe«, bestätigte Serrano. »Vielleicht bilde ich mir auch nur ein, dass sein Geist die alten Gewohnheiten beibehalten hat, zu denen auch sein Stammplatz gehört. Wenn ja, dann ehrt meine Verrücktheit immerhin sein Andenken. Bismarck hatte selbst einen ganz guten Draht zu Geistern.«

Streuner starrte ihn an und senkte dann plötzlich den Blick. »Ja, das hat meine Mutter mir erzählt. Aber bis zum September wusste ich nicht, dass er mir seine Gabe vererbt hat.«

»Wieso sollte Bismarck dir auch...« Serrano musterte sein Gegenüber. Absurd. Streuner hatte rein gar nichts mit seinem alten Freund und Lehrmeister gemein. Außer vielleicht die leicht schräg stehenden Augen. Die flache Nase. Die weiße Schwanzspitze? Außerdem hatte Bismarck sich nie was aus Streuner gemacht, er hatte ihn genauso herablassend behandelt wie alle, ausgenommen vielleicht seinen Vater und ihn.

Streuner winkte ab. »Du weißt doch, wie das läuft. Wahrscheinlich konnte er sich einen Tag später nicht mal mehr daran erinnern. Meine Mutter schon. Sie hatte sich ihn ausgesucht und sich ihm, als es so weit war, in den Weg geworfen. Solange wir an ihren Zitzen hingen, hat sie ununterbrochen von ihm geredet. Von seiner Klugheit, seinem Stolz und seiner Gabe, Geister zu hören. Was Weibchen so reden. Nach einer Weile hat ihr keiner mehr zugehört. Und jetzt kommst du und erzählst mir, dass es nicht bloß verliebte Plapperei war. Junge, Junge!«, sagte er und fuhr sich über den Bart. »Und du hörst also *seinen* Geist?«

»Nein, wie schon gesagt, spricht er eher indirekt mit mir«, meinte Serrano ungehalten. »Durch Zeichen.«

»Bei mir ist es anders. Mit mir reden sie direkt, wenn auch in einer verkürzten Sprache. Ich bin selbst verwundert, dass ich sie verstehe. Jedenfalls die Geister von Katzen. Der vom Kapuzenmann ist irgendwie komisch.«

»Weshalb?«

»Tja, zuerst wegen der Stimme. Sie war nicht nur hohler als die des Lebenden, sondern sie lag auch ungefähr einen halben Ton daneben. Trotzdem bestand kein Zweifel daran, dass sein Geist etwas von mir wollte, er hat mich geradezu bedrängt. Ich hatte Angst, dass er weiter auf mich einstürmt, selbst nachdem sein Körper schon lange in der Erde schmort und Würmer mästet. Wenn du selbst Erfahrung mit Geistern hast, weißt du ja, wie aufdringlich sie sein können.«

Bei mir und Bismarck ist es eher umgekehrt, dachte Serrano.

»Und was, meinst du, will dein Kapuzenmann?«

Mit einem Seufzen, in dem die Pein seiner mystischen Bekanntschaften mitschwang, schüttelte Streuner den Kopf. »Mir fällt nur eins ein. Es missfällt ihm, dass er tot ist.«

»Verständlich. Und was sollst du dagegen tun?«

»Nichts. Aber sagen wir mal, der Tod wäre sehr plötzlich und womöglich durch einen anderen Menschen über ihn gekommen, der ihn hinterher im Schnee versteckt hätte. Und jetzt...« Streuner stand auf und stakte steifbeinig eine Runde durch den Keller. »Jetzt sinnt er auf Rache.«

Serrano wiegte den Kopf. »Mithilfe einer Katze? Meiner Erfahrung nach regeln Menschen ihre Dinge unter sich, so wie wir die unseren.«

»Der Kapuzenmann war speziell«, gab Streuner zu bedenken.

»Trotzdem. Nimm's nicht persönlich, aber du bist etwas klein für eine handfeste Menschenrache.« Er stockte. »Für etwas anderes hingegen wärst du groß genug«, setzte er nachdenklich hinzu.

Streuner zog die Wangen ein. »Nämlich?«

»Die Rache in die Wege zu leiten, indem du jemanden auf die Fährte des Mörders setzt. Wie gesagt, Menschen regeln ihre Sachen unter sich. Aber die Art, wie sie es tun, ähnelt unserer. Verdienste lobt man, Verbrechen werden bestraft.«

Ein Geräusch unterbrach sie. Einen Augenblick später glitt Majas weicher Körper durch das Kellerfenster über ihren Köpfen. Sie schüttelte sich und sah verdutzt von einem zum anderen.

»Habt ihr kein Zuhause?«

Maja war eine reinrassige deutsche Ladenkatze, was so viel hieß, dass ihr Stammbaum in völligem Nebel lag, bis auf eine Tatsache: Keiner ihrer Vorfahren konnte dünn gewesen sein. Doch ihre gemütliche Korpulenz täuschte. Unter den Schichten von Fell und Fleisch wohnte ein wacher Verstand und in ihrem Maul die spitzeste Zunge des Viertels.

»Dein Geliebter ersucht dich um Asyl, weil ihn ein Geist verfolgt«, meinte Serrano, Streuners warnenden Blick ignorierend.

»Was für ein Geist?«

»Der eines Menschen.«

Maja trabte zu ihrem Fressnapf hinüber, um enttäuscht zurückzukehren.

»Ein frischer Geist?«

»Ziemlich.« Streuner schob den grau-blauen Handschuh etwas tiefer in ihr Blickfeld. »Ungefähr einen Tag alt und tiefgekühlt.«

Ohne irgendeine sichtbare Regung schnippte Maja den Handschuh auf ihr Lager.

»Der Geist hat ihn beauftragt, seinen Mörder zu finden«, erklärte Serrano. »Je schneller, desto eher verlässt Streuner deinen Keller wieder.«

»Ich erinnere mich nicht, ihm das Asyl schon gewährt zu haben.«

Mit gleichgültiger Miene sprang sie aufs Lager, zog den Fingerling zu sich, drehte und wendete ihn, roch schließlich daran und rümpfte die Nase. »Ist der auch aus deinem Geisterhof?«

Streuner nickte. »Aber nicht vom Geist selbst, den Geruch hätte ich dir erspart. Er lag im Schnee. Jemand hat ihn wohl verloren, einer der Monsterbauer von vorgestern vielleicht.«

»Was für Monsterbauer?«

»Unter anderen die Frau, von der Serrano jeden Abend sein Schnitzel empfängt, und ihr Freund«, fuhr Streuner, glücklich, endlich einmal etwas Interessantes berichten zu können, fort. »Aber von denen ist er nicht. Die Schnitzelfrau trug rote Handschuhe und ihr Freund überhaupt keine.«

»Einem Menschenweibchen wäre der hier ohnehin zu groß«, meinte Maja abschätzig. »Der gehört einem ausgewachsenen Menschen mit breiten Pfoten und entsprechenden Fingern, der …« Sie schnupperte erneut daran. »… durch Rauchstängel atmet. Widerlich, ich werde ihn lüften müssen, ehe er zu gebrauchen ist.«

Sie holte aus und warf den Handschuh mit einem routinierten Schlenker auf den Sims ihrer Einstiegsluke. Dann wandte sie sich an Serrano. »Und was willst du? Suchst du auch einen Schlafplatz?« Ihre grünlichen Augen glänzten über ihn hinweg. »Oder brauchst du mal wieder Auskünfte, oder bist du etwa meinetwegen hier?«

Serrano nickte bedächtig. »Ich bin deinetwegen hier und um dir Neuigkeiten zu *bringen*.«

»Das wäre ja mal was. Lass hören!«

»Cäsar hat sein Amt als Revierprinzeps für den Winter an Ben abgetreten. Seine menschliche Herrschaft hat ihn nach einem Unfall mit einem Eiszapfen vorübergehend im Haus eingesperrt.«

»Was du nicht sagst. Und wo bleibt die Neuigkeit?«

»Die Neuigkeit ist, dass Ben sein Vertretungsamt wiederum an mich abgetreten hat. Ihm war unwohl bei der Vorstellung, jemandem Befehle erteilen zu müssen. Das überfordert ihn.«

Maja blinzelte. »Das heißt, *du* bist jetzt wieder Prinzeps des Viertels?«

»Vorübergehend.«

»Das will ich hoffen«, entgegnete sie, von alten Gefühlen heimgesucht und deshalb kühler als beabsichtigt. Es war ein Dreivierteljahr her, dass Serrano sein Prinzipat freiwillig an seinen Sohn abgegeben hatte, ein Ereignis, das im Viertel bis dahin beispiellos war. Und noch ein halbes Jahr länger, dass er sie um einer halbwüchsigen Rotgoldenen willen verlassen hatte. Nun ja – Streuner war gekommen und hatte ihr einen Trostwurf gezeugt, die Rotgoldene hatte den Frühling nicht überlebt, und ihre Freundschaft mit Serrano war in eine neue Phase getreten. Dennoch stach es zuweilen, wenn etwas sie an die alten Zeiten erinnerte.

Um sich davon abzulenken, sagte sie: »Packen wir's

an. Falls mir nichts entgangen ist, haben wir also einen menschlichen Geist, der erst Ruhe findet, wenn Streuner denjenigen, der ihn dazu gemacht hat, seiner Strafe überführt, richtig?«

Streuner riss Maul und Augen auf, doch Maja gebot ihm, zu schweigen.

»Ich helfe dir nicht, weil ich an Geister glaube, mein Lieber, sondern weil ich will, dass du schleunigst in deine Unterkunft zurückkehrst, damit ich dir zärtliche Gedanken schicken kann. Hier kann ich dir nur meinen Napf und einen Platz unter einem der Dosenregale bieten. Mein Angebot ist also Folgendes: Ich kümmere mich um den Handschuh.«

»Mit welchem Ziel?«, fragte Serrano, der ihren Ausführungen bewundernd gefolgt war. Maja war immer noch die Alte.

»Dem Ziel, seinen Besitzer zu finden natürlich. Es sei denn, Streuner erinnert sich daran, dass einer der Monsterschöpfer ihn vorgestern getragen hat. Wenn nicht, könnte es der Schöpfer des Geistes gewesen sein.«

»Halte dich lieber an die letzte Variante«, murmelte Streuner.

»Schön, nehmen wir sie als Arbeitsgrundlage. Der Inhaber gehörte nicht zu den Skulpteuren. Demnach war er zu einer anderen Zeit im Hof deines Quartiers. Vorher oder nachher?«

»Nachher«, sagte Streuner bestimmt. »Vorher hat es geschneit, da wäre er überdeckt worden. Danach auch, aber viel weniger. Er war nur mit einer dünnen Schneeschicht bedeckt und festgefroren, also gehört er auch den Leuten nicht, die den Kapuzenmann heute Vormittag ausgegraben haben.«

»Das heißt irgendwann zwischen vorgestern Abend und heute Nacht.«

»Eher vorgestern Abend oder Nacht. Danach war ich da, mit Ausnahme eines kurzen Abstechers zur Fleischerei. Ich hätte bemerkt, wenn jemand in den Hof gekommen wäre.« Streuner senkte die Lider für einige Sekunden. »Bestimmt sogar vorgestern Abend«, sagte er schließlich. »Als ich gestern früh von dir kam, hatten sich zu den anderen Monstern nämlich einige neue gesellt. Drei kleine, die aussehen wie Mäuse in Bettelstellung, und das große, aus dem sie den Kapuzenmann gegraben haben. Am Holzstapel dahinter habe ich den Handschuh gefunden.«

»Fassen wir mal zusammen«, sagte Maja. »Jemand hat deinen Kumpel vorgestern Nacht vergraben und anschließend einen seiner Handschuhe zurückgelassen.«

Mit einem für ihre Fülle sehr eleganten Satz sprang sie auf den Fenstersims, fegte das heikle Beweisstück zurück aufs Lager und folgte ihm. Streuner und Serrano scharten sich darum.

Mit zwei Blicken maß sie die Länge der Fingerlinge, drehte den Handschuh auf die Rückseite, schnüffelte die lederartige Innenfläche entlang, öffnete ihn schließlich und schnüffelte auch innen. Schließlich separierte sie einen hellblauen Fussel, der sich in den Maschen der Innenhand verfangen hatte, und schloss die Augen.

Serrano nutzte ihr Nachdenken, um sich bei Streuner leise nach Liebermann zu erkundigen. »Du sagst, er wäre beide Male dabei gewesen?«

»Wenn dieser Mensch der Gefährte deiner Schnitzelfrau ist, dann ja. Vorgestern war ihm kalt. Heute war er grüblerisch.«

Maja öffnete die Augen. »Meine erste Diagnose lautet: Der vermutliche Inhaber des Handschuhs, der Streuner und mir den Winter vergällt, ist ein männlicher menschlicher Halbwüchsiger. Männlich wegen der Größe des

Fingerlings, halbwüchsig wegen des Musters. Ausgewachsene Menschen tragen selten getigerte Wechselfelle zu hellblauen.« Sie wies auf den Fussel. »Wahrscheinlich von seiner Jacke, in deren Taschen er seine Handschuhe zwischenzeitlich aufbewahrt. Er benutzt Glimmstängel, auch das spricht für männlich, verstärkt durch die Tatsache, dass er nachts Leichen vergräbt.«

Sie hob plötzlich eine Pfote. Kurz darauf gab ein leises Knarren das Öffnen der Kellertür kund.

»Der Lehrling«, murmelte sie.

Mit einem Satz verschwand Streuner unter einem Regal.

Auch Serrano erhob sich.

Maja hielt ihn zurück. »Hilf mir, ihm seinen Geist auszutreiben.«

»Ich versuch's.«

Sie lächelte. »Danke. Ich werde meinen Teil dazu beitragen, indem ich den Handschuh in der Nachbarschaft herumzeige. Vielleicht kennt ihn jemand.« Sie seufzte. »Es ist nicht so, dass ich Streuner nicht mag...«

»Ich weiß. Wenn du den Besitzer hast, gib mir Bescheid. Den Rest erledige ich.«

Was nicht einfach werden würde, so begriffsstutzig wie Liebermann während ihrer letzten Fälle gewesen war.

Serrano versuchte sich vorzustellen, den Kommissar mittels eines Handschuhs auf einen wildfremden Menschen zu hetzen. Es gelang ihm nicht, also ließ er es und schlüpfte durch das Fenster in dem Moment, als der Lehrling der Lebensmittelfrau die letzte Stufe hinabstieg. Geisterjagd, dachte er, das Leben hält immer noch Überraschungen bereit.

## 9

BEI EINBRUCH DER DÄMMERUNG kehrten Simon und Kommissarin Holzmann hungrig und deprimiert zurück. An der bezeichneten Haltestelle in Kartzow hatten sie statt des Teltowmörders nur eine Rentnerin aufgegabelt, die sich undeutlich einer Person in grüner Jacke erinnerte, welche das Bushäuschen bei ihrem Eintreffen verlassen hatte und in Richtung des Kartzower Schlosses gewandert war. Aber weder in dem zu einem Hotel umfunktionierten Schloss noch in der angrenzenden Siedlung hatten sie eine grüne Jacke gesichtet. Die Anwohner hatten nur entsetzt die Augen aufgerissen und ihre Frauen und Töchter zusammengerufen, um sie durchzuzählen und wegzusperren. Einmal mehr war ihnen der Teltowmörder durch die Maschen geschlüpft.

»Langsam glaube ich, dass er diese Schauspiele eigens für uns inszeniert«, schnaufte Kommissarin Holzmann, während sie sich aus ihrem Parka pellte. »Um der Welt die Unfähigkeit der Polizei zu beweisen.«

»Unnötig«, sagte Liebermann. »Alle Welt glaubt an die Unfähigkeit der Polizei.«

Sie zuckte die Achseln. »Fällt Ihnen eine andere Erklärung ein? Er weiß, dass er gesucht wird, und macht sich einen Spaß daraus, in Abständen irgendwo eine Frau anzufallen und dann gemächlich zum nächsten Ort zu marschieren, während wir uns noch am letzten abrackern.«

»Was uns sagt, dass wir versuchen sollten, ihn aufzuspüren, bevor er das nächste Mal auftaucht.«

»Dazu brauchten wir einen Profiler. Und dazu wären mindestens drei Morde nötig.«

Liebermanns Blick glitt zu dem Kaktus auf dem Fensterbrett, einer stacheligen Kugel, die sein Vorgänger ihm hinterlassen hatte und die irgendjemand an seiner statt hin und wieder goss. Simon vielleicht. Er tastete eine Idee ab, ließ sie wieder fallen und nahm sie vorsichtig noch einmal auf, um sie auf Armeslänge zu betrachten. Ein toter Obdachloser in einer Tischlerei, etwa fünfzehn Kilometer von Kartzow entfernt. Erschlagen, wie das Mädchen aus Teltow. Noch ein ausstehender Mord bis zum Profiler, wenn die Theorie etwas hergab. Einziger Makel: Das zweite Opfer war ein Mann.

»Warten wir auf die Ergebnisse von Dr. Genrich.« Er begann, in der Papierlawine auf seinem Schreibtisch zu kramen. Die Ordnung dort entsprach ungefähr der in seinem Kopf. Liebermann wusste, dass der strukturierte Müller darunter litt und Kommissarin Holzmann manchmal heimlich Hand an seinen Tisch legte, aber nach seinem Erfolg vom September, wo er innerhalb der ersten drei Tage nach seinem Eintritt in die Mordkommission einen Mörder gefasst und den Seelenfrieden eines Lehrers gerettet hatte, duldete man seine Macken weitestgehend. Bis auf Simon, der sie sogar zu bewundern schien, wie alles an seinem Chef.

Nachdem zwei Zettel der Verwaltung zu Boden gesegelt waren, fand Liebermann, was er gesucht hatte, und legte das Foto zwischen Kommissarin Holzmann und Simon auf die Tischkante.

Dr. Genrich oder die hurtige Dr. Gerlach hatte die Kapuze des Toten geöffnet, sodass sein Gesicht frei lag. Neben den Stoppeln eines Zweitagebarts zeigte es ein etwa handtellergroßes Hämatom, das sich vom rechten Wangenknochen hinauf bis unters Auge zog.

Liebermann deutete darauf. »Wie es aussieht, hat er sich das Veilchen vor dem Tod gefangen.«

»Sicher«, sagte Simon, ohne seinen Blick von dem marmorierten Gesicht zu wenden. »Es ergibt keinen Sinn, Tote zu schlagen.«

»Er ist so jung«, bemerkte Kommissarin Holzmann. »Ein Jammer, dass so einer schon so tief gesunken ist.«

»Möglicherweise war er nie sehr weit oben«, tröstete Liebermann sie. Etwas an dem Bild gefiel ihm nicht.

Es war Simon, der vor ihm darauf kam. »Nicht, dass ich mich in der Straßenszene besonders gut auskenne, aber ich würde behaupten, dass Rasuren da relativ unpopulär sind, zumal im Winter.«

Jana Holzmann zuckte die Achseln. »Vielleicht hätte ihn ein Bart unter der Kapuze gejuckt. Womit wir wieder bei der Kapuze wären.«

»Und bei seiner Anonymität«, ergänzte Liebermann. »Während der Teltowmörder seinen nächsten Zug vorbereitet, hat Müller das Bild des kapuzenlosen Kapuzenmannes an die einschlägigen Obdachlosenstellen geschickt. Bis auf eine haben sich alle zurückgemeldet.«

»Und?«, fragte Simon.

»Die Vermummung hat ihren Zweck vollkommen erfüllt. Jeder kennt den Kapuzenmann, keiner sein Gesicht oder den Namen. Er ist ein stummes oranges Phantom, das zu unbestimmten Zeiten an unbestimmten Orten auftaucht.«

»Stumm?«, fragte Simon.

»Jedenfalls hat ihn nie jemand reden gehört. Es tut mir leid, Simon, aber wie es aussieht, folgen wir der Spur eines Geistes. Fragen Sie Müller, der hatte heute früh einen Schneemann in seinem Adventskalender.«

»Wirklich«, sagte Simon errötend. »Ich hatte ein Paar Handschuhe.«

Liebermann lächelte, ob erleichtert oder nachsichtig, war nicht zu erkennen. »Und Sie, Jana?«

»Ich hatte noch keine Zeit.«

Zu dritt gingen sie hinüber in das winzige Büro, das Kommissarin Holzmann sich zuweilen noch mit Praktikanten teilte. Der letzte hatte durch ständiges Gekippel ein Loch im Linoleum hinterlassen, was sie nicht müde wurde zu beklagen.

Mit einem Finger der rechten Hand drückte sie auf einen bestimmten rückwärtigen Punkt der Kalenderkarte. Darauf sprang vorn ein Fenster auf. Mit zusammengekniffenen Augen beugten sich Liebermann und die Kommissarin darüber.

»Was soll das sein?«, erkundigte sich Liebermann. »Ein Panther?«

»Eine Katze.« Kommissarin Holzmann klappte die Karte auf und hielt sie sich vor die Nase. »Bombay: Verspielt, anhänglich, intelligent«, las sie und stellte sie an ihren Platz zurück. »Ich fürchte, die Orakel meines Kalenders taugen nichts. Es ist ein Katzenkalender. Was war denn in Ihrem?«

Sie wartete einige Sekunden, ehe sie die Frage etwas lauter wiederholte.

Liebermann fuhr zusammen. »Es tut mir leid, ich hab ihn verbummelt.«

Er drehte sich auf dem Absatz um und verließ den Raum. Heute war Montag, der 3. Dezember. Aus irgendeinem Grund verursachte ihm die Vorstellung von einundzwanzig weiteren Katzen, die in seiner unmittelbaren Nähe hinter Papierfenstern lauerten, Unbehagen.

UNBEHAGEN WAR AUCH, WAS Franziska Genrich empfand, als sie kurz vor Dienstschluss noch einmal die Temperatur des Toten maß und dabei sein Gesicht betrachtete. Im Laufe der letzten beiden Jahrzehnte waren Hunderte Leichen an ihr vorübergezogen, ganz oder in Stücken, friedliche, zornige, alte, reife und junge. Bedauert hatte sie keine davon, dazu war es zu spät. Geschmerzt hatten sie die Kinder. Gemocht hatte sie viele. Besonders die, die während der Obduktion mit Überraschungen aufgewartet hatten.

Insofern hätte sie sich in den Jüngling auf dem Tisch auf der Stelle verlieben sollen. Nicht nur, weil er laut dieses Stiesels von der Spurensicherung schon vor seinem Tod stumm gewesen sein sollte – was ihr sehr sympathisch war –, sondern auch, weil er es gar nicht nötig hatte, mit irgendetwas aufzuwarten. Er *war* die Überraschung, gepellt aus einem eisigen Überraschungsei.

Dennoch hatte es ihr schon im Hof der Tischlerei, als diese Deppen mit ihren Schippen um ihn herumgetanzt waren, leicht im Nacken gezogen, wie vor einem Migräneschub.

Und obgleich sie präventiv eine Tablette genommen hatte, war das Ziehen im Laufe des Tages stärker geworden. Als hielte eine knochige Hand ihr Genick umklammert. Warum? Um sie am Vorpreschen zu hindern? Und dann auch noch Liebermann, dieser Trottel: rief an, kaum dass die letzten Schneekristalle von der Leiche getaut waren. Sie hatte es gerade noch geschafft, der verdutzten Gerlach den Hörer in die Hand zu drücken und ihr ein Zeichen zu machen. Gott sei Dank schwatzte die Gerlach nicht nur, sondern begriff auch hin und wieder was. *Absent!*

Womit sie nicht mal ganz unrecht hatte, fand Franziska. Irgendwie hatte sie seit geraumer Zeit tatsächlich das Gefühl, etwas neben sich zu stehen. Aber das hatte andere Gründe, allen voran einen, der ihren Nachnamen trug und sich von spanischen Studentinnen feiern ließ, während sie neben der Arbeit Haushalt und Kinder am Hals hatte.

Dem Geplapper der Gerlach nach hatte Liebermann ein Foto verlangt. Zähneknirschend hatte sie ihm eins geschickt. Im anderen Fall, wusste sie, würde er zwei Stunden später auf der Matte stehen, um sie mit seinen Nachtaugen zu absorbieren. Franziska schüttelte sich bei der Erinnerung an die letzte Gelegenheit dieser Art, dann schleuderte sie Liebermann mit einem Kopfrucken von sich, wobei sie ein leises Knacken zu hören meinte, und vertiefte sich erneut in das Rätsel auf ihrem Tisch.

Denn dass es eins war, stand außer Frage. Irgendetwas stimmte nicht mit dem Toten. Abgesehen davon, dass er zu jung war, um schon zum Abfall zu gehören, war er auch zu ansehnlich, um zum Abfall zu gehören.

Und schon fing das Rätseln an. Warum die Kapuze? Die Frage fiel kaum in Franziskas Ressort, aber das war ihr egal. Abgesehen von dem Hämatom auf der rechten Wange, hatte ihr Patient ein schmales, beinahe weibliches Gesicht, von der Sorte, die bei Frauen allerhand auslösen konnte, wie sie aus bitterer Erfahrung wusste. Also warum versteckte er es?

Franziska kniff die Augen zusammen und ließ im Geiste alle Prominenten unter vierzig Revue passieren, die ihr einfielen. Die Anzahl erwies sich als recht überschaubar.

Vorsichtig hob sie eine der klebrigen Ponysträhnen an, um herauszufinden, ob sie gefärbt war. Möglich, aber wenn, dann ganz frisch. Ein frisch gefärbter Obdachloser war Unsinn. Ein psychisch labiler Promi auf der Flucht – schon eher. Oder etwas völlig anderes, aber trotzdem auf der Flucht, ein entlaufener Insasse zum Beispiel oder ein Krimineller, jedenfalls kein Sonnenallergiker! Wusste der Teufel, mit welchem Narrenkahn Liebermann wieder in See stach. Am besten, man kümmerte sich gar nicht darum. Haushalt, Kinder und ein Mann, der abends durch spanische Bars strich, dachte Franziska grimmig, ihr Bedarf an Ärgernissen war gedeckt. Für alle Fälle riss sie dem Toten zwei Haare aus dem Pony und trug sie zu den anderen, die sie aus seiner Kapuze geklaubt hatte. Die Unterwäsche würde sie sich später vornehmen, genauso wie das, was sie umhüllte.

Als sie den Tisch mit dem Kapuzenmann an die Wand schob, stutzte sie plötzlich. Zog ihn wieder zu sich heran. Drehte vorsichtig seinen Kopf ein wenig und begutachtete erst die Wunde am Hinterkopf, wie sie es mit Dr. Gerlach schon einmal getan hatte, dann das talgstarrende Futter der Kapuze. Anschließend setzte sie die unterbrochene Tätigkeit mit auf wunderbare Weise gelockertem Nacken fort. Sie wusste endlich, warum die Tablette nicht angeschlagen hatte. Von Anfang an war ihr klar gewesen, dass der zur Möhre gewickelte Kerl nicht erfroren war. So etwas roch sie. Dass es zunächst dennoch so ausgesehen hatte, war ihr ins Genick gefahren. Insofern hätte sich angesichts der entfernten Kapuze und der Wunde eigentlich Erleichterung einstellen müssen. Doch nichts dergleichen. Warum: Weil sie wiederum das Gefühl eines Fehlers gehabt hatte.

Dabei sprang es einem geradezu ins Auge, hatte man sich den Schnee erst mal rausgekratzt.

Trotz der annähernd dreieckigen Kerbe, die im Innern seines Schädels vermutlich verheerende Schäden angerichtet hatte, befanden sich in der Kapuze des Toten nur wenig Blut und so gut wie keine Hautfetzen.

Was bedeutete, dass der Kapuzenmann zum Zeitpunkt des Mordes barhäuptig gewesen war.

## 10

NACH EINER EINSEITIGEN UND deshalb frustrierenden Unterhaltung mit dem Geist seines alten Mentors Bismarck machte Serrano sich auf den Weg. Sein Ziel war die Geschwister-Scholl-Straße und dort ein Haus, in dem seit dem Sommer vier besondere Katzen wohnten. Drei davon hatten, zusammen mit dem Hund, der sie bewachte, im September für allerhand Wirbel im Viertel gesorgt. Aber es waren nicht die Perserinnen, denen Serranos Besuch galt, sondern ihre siamesische Anführerin. Seit jenen Ereignissen um das Katzenhaus hatte er sich angewöhnt, täglich einmal bei Wu vorbeizusehen, um mit ihr zu plaudern oder ihr eine »Lektion« zukommen zu lassen. Die Bezeichnung stammte von ihr und wurde stets von einem ironischen Lächeln begleitet, aber sie traf es auf den Punkt. Treffsicherheit war eine von Wus hervorstechenden Eigenschaften, so wie die Schulterblätter ihre hervorstechendsten Körperteile waren. Aber derlei Beobachtungen behielt Serrano lieber für sich.

Während er die Ossietzkystraße entlangtrabte, überlegte er, welchen Winkel oder Bewohner des Reviers er ihr heute vorstellen würde.

Der offizielle Sinn der »Lektionen« bestand darin, Wu nach und nach in die Gegend einzuführen, ihren häuslich geprägten Horizont zu erweitern und ihr die Angst vor der Freiheit zu nehmen. Inoffiziell hoffte Serrano darauf, dass sie seine Besuche eines Tages ebenso freimütig erwiderte, wie sie von der Terrasse ihres Hauses in den Pavillon ihres Gartens wechselte. Doch noch lag dieses Ziel fern. Und da er um die Überwindung wusste, die es sie jedes Mal kostete, ihm durch die Pforte des Gartens zu folgen, hatte Serrano sich gefügt. Zunächst mit gönnerhafter Nachsicht, dann mit zunehmendem Genuss. Auch das war etwas, das er ihr nicht sagte: dass sich jeder Hof, den er mit ihr zusammen betrat, unter ihren silbernen Pfoten verwandelte, sodass es ihm zuweilen schien, als sähe er ihn überhaupt zum ersten Mal, und auch dass er sich schon am Ende jeder Führung auf die nächste freute und gleichzeitig davor fürchtete. Denn mit jeder »Lektion« schrumpfte der Kuchen, dessen er Wu teilhaftig werden ließ. Was, wenn er aufgegessen war?

Vor einigen Wochen hatte Serrano damit begonnen, die Happen noch einmal in Häppchen aufzuteilen, um diesen trüben Tag hinauszuschieben, dennoch dachte er manchmal an ihn, und dann wurde ihm eng um die Brust.

Wu, dieses dürre Wesen mit dem Stolz einer Kaiserin, den sie nicht einmal an der Schwelle des Todes verlor, was würde er ihr heute zeigen? Zunächst einmal hatte er eine Neuigkeit für sie. Eine, die ihn ein bisschen schneller traben ließ als sonst. Er würde ihr auch von Streuners Geist erzählen, warum nicht? Vielleicht hatte sie etwas mehr dazu zu sagen als Bismarck, dessen atmosphärische Anwesenheit in letzter Zeit immer mehr abnahm. Vielleicht hatte der Alte nach einem halben Jahr seinen Schwebezustand satt und kam langsam zur Ruhe. Ein trauriger Gedanke, aber besser, man stellte sich darauf ein.

Als er in die Geschwister-Scholl-Straße einbog, hatte Serrano eine Idee.

Sie war etwas morbide, aber Wu würde beeindruckt sein. Solcherart beflügelt legte er noch einen Zahn zu. Beeindruckt. Wenn schon nicht von der Lokalität selbst, dann von seiner Beherztheit.

DIESMAL WARTETE SIE SCHON am Tor, als er ankam.

»Bereit?«

»Das Übliche«, sagte sie.

Serrano lächelte. »Das Übliche wäre ein Schritt von etwa der Länge eines Herings.«

»Spotte ruhig.« Sie schloss die Augen und glitt wie ein Mondstrahl zwischen zwei Streben hindurch.

»Was mutest du mir heute zu?«, fragte sie aufatmend. »Ein weiterer Hof, in dem man mit Abfällen beworfen wird, ein geheimes Hühnergehege, oder der Keller eines Katers mit chronischen Geschwüren, der kaum einen klaren Satz herausbringt?«

»Sei nachsichtig mit dem Knöterich. Dieses Geschwür hat ihm der Sohn des Schwätzers angehängt, seitdem nagt es ihm am Verstand.«

»Er wäre es längst los, wenn er sich mal putzen würde«, entgegnete Wu, während sie an seiner Seite zu laufen begann. »Also, wohin?«

»Folge einfach dem Prinzeps.«

Sie lächelte. »Dem Exprinzeps, meinst du.«

»Genau genommen meine ich den Vertretungsprinzeps.«

Wu trabte eine Weile stumm neben ihm her. Dann fragte sie: »Wie das?«

Serrano erzählte es ihr, wobei er versuchte, jeden Anklang von Stolz in seiner Stimme zu meiden, was ihm nur halb gelang.

»Und, fühlt sich die Vertretung ihrem Amt gewachsen?«

»So halbwegs.« Sie hatte einen wunden Punkt erwischt. Im Gegensatz zu Maja war er kaum über die gegenwärtigen Händel der ansässigen Katzenschaft unterrichtet. Es war Wochen her, dass er den Kratzbaum neben der menschlichen Futter- und Getränkestation konsultiert hatte. Etwas, das er schleunigst nachholen musste, um sich einen Eindruck über die aktuellen Würfe, Wegzüge und Verabredungen zu verschaffen. Er würde außerdem die täglichen Visiten wiederaufnehmen und Maja über die Stimmung im Revier befragen müssen. Dinge, die bis vor einem halben Jahr seinen Alltag bestimmt und ihn danach nicht mehr interessiert hatten. Abgesehen von einer Visite in einem Haus mit vier Katzen, von denen drei Perserinnen waren. Obendrein hatte man ihm einen Geist angehängt. Ohne es zu merken, wurde er langsamer.

»Was ist?«, fragte Wu.

»Nichts. Wir sind gleich da.«

Sie bogen um einen Wohnblock und gelangten in eine vereiste Gasse zwischen einem Pferdestall und der Rückseite der Tischlerei. Serrano verdrängte seine Unsicherheit, indem er zielstrebig hindurcheilte. Die Gegend war ihm geläufig, irgendwo da vorn links hatte er einmal eine Katze nach ihren verschwundenen Jungen befragt, in einem Garten, der an die Straße des schicksalhaften letzten Kampfes zwischen seinem Amtsvorgänger und einem Gesetzlosen grenzte. Die Tischlerei selbst hatte er noch nie betreten. Aber Serrano meinte sich vage eines Hofes zu erinnern, der mit Holzstapeln bepflastert war.

Dass er den richtigen erwischt hatte, erkannte er, als er mit Wu an seiner Seite durch ein Tor schritt und die von Streuner erwähnten Schneemonster erblickte. Und gleich darauf ihn selbst.

Mit einer Kopfbewegung bedeutete ihr Serrano, dass alles in Ordnung sei, und ermunterte Streuner, zu ihnen zu kommen.

Der Zerzauste kam angetrippelt.

»Dies ist Streuner, ein alter Bekannter«, stellte Serrano vor. »Und das ist Wu, eine Freundin von mir.«

»Ah«, machte Streuner.

»Sie ist Siamesin.«

»Sieh an.«

»Serrano will dir damit erklären, warum ich so dünn bin«, sagte Wu.

»Ach so, ja.«

Streuner linste ein paarmal haarscharf an Wu vorbei und scharrte im verharschten Schnee.

»Ich hab schon Dünnere gesehen«, meinte er schließlich. »Aber die waren tot.«

Serrano fand es an der Zeit, einzuschreiten.

»Da ihr euch jetzt kennengelernt habt, würde es dir etwas ausmachen, wenn ich Wu mit deinem Geist vertraut mache?«

»Aber ... gar nicht«, sagte Streuner unschlüssig.

»Gut«, erwiderte Serrano und begann. Er war keine zwei Sätze weit gekommen, da wurde er unterbrochen.

»Entschuldigung, wäre es nicht besser, wenn ich die Geschichte erzähle? Ich meine, wenn du unbedingt willst ... aber ich finde, ich bin irgendwie ein bisschen näher dran.«

»Bitte.«

Serrano rechnete damit, dass Streuner die Gelegenheit nutzen und ein Epos vor Wu ausbreiten würde, in denen mindestens vier Hinweise auf die von ihm erfundenen Delikatessen vorkamen, für die er berüchtigt war. Aber er irrte sich. Ein Epos war es nur durch die melodische und irgendwie rhythmische Erzählweise, die der Geschichte vom Leben und Tod des Kapuzenmannes und seinem Hinübergleiten in die Geisterwelt etwas Getragenes verlieh. Wu hörte gebannt zu.

»Und als man ihn von dannen trug, trennte sich seufzend vom Körper sein Geist. Hier harrt er nun, bleich, von kühlen Fesseln gebunden, des Namens, der endlich Erlösung verheißt.«

»Er hat keine Ahnung, wer sein Mörder war?«, fragte Wu.

Streuner schüttelte trübe den Kopf. »Bis er fällt, bis sichtbar der Mund, der den Richterspruch spricht, fragt sein Opfer in fremden Köpfen, in Stein, Eis und Spinnweb nach.«

»Hat er auch in deinem Kopf nachgefragt?«

»Oh ja. Das ist der Grund, warum ich die Tischlerei aufgegeben habe. Je weiter ich von ihr entfernt bin, desto leiser wird seine Stimme. Aber sie verstummt nie ganz.« Streuner seufzte. »Ich vermute, bis ich oder jemand anders seinen Mörder gefunden hat.«

»Wir könnten dir helfen«, schlug Wu vor und sah zu Serrano. »Was ist, Prinzeps?«

Serrano underdrückte die Bemerkung, dass er sie deshalb hierher geführt hatte. Jedoch kam Wu in seinem Plan bislang eher als Ratgeberin und Bewunderin seiner zukünftigen Ermittlungen vor, weniger als aktiver Teil derselben.

»Du hast uns noch immer nicht gesagt, warum du trotz des lauernden Geistes hierher zurückgekehrt bist«, sagte er zerknirscht zu Streuner.

»Um etwas zu holen.« Der Zerzauste drehte sich um und verschwand.

Wu sah ihm nach. »Ein kultivierter Bursche.«

»Er frisst Schnecken.«

»Tatsächlich? Wegschnecken oder Hornschnecken? Ich hatte eine Ahne, von der es heißt, sie hätte nichts mehr geliebt als getrocknete Wegschnecken. Sie soll neunzehn Jahre alt geworden sein.«

Noch während Serrano darüber grübelte, woher Wu so detaillierte Kenntnis ihrer Ahnen bezog, kehrte Streuner zurück.

Aus seinem Maul baumelte ein dreckiger Stofffetzen.

Behutsam, als handle es sich um ein Neugeborenes, legte er ihn in den Schnee.

»Das ist das Allerheiligste des Kapuzenmannes. Das Tuch, das er immer bei sich trug, das nachts unter seinem Kopf oder Kinn schlief und mit dem er geredet hat wie mit einem von seinesgleichen.«

»Umgekehrt ist kaum anzunehmen, dass es mit uns redet«, sagte Serrano und beugte sich über das Tuch, um gleich darauf zurückzuzucken. Es stank wie die Hölle.

Streuner, den Jahre auf Landstraßen und in moderigen Verschlägen gegen Gerüche abgehärtet hatten, ergriff den Lappen und zerrte ihn ein wenig auseinander. Ein kurzer grauer Streifen mit menschlichen Zeichen wurde sichtbar.

»Wenn ihr mich fragt, ist das hier einmal ein Wechselfell gewesen. Vielleicht eins meines Kumpels aus einer besseren Zeit, was meint ihr?«

»Möglich«, gab Serrano zu. »Aber selbst wenn, wüsste ich nicht, wie es uns zu seinem Mörder führen sollte.«

»Über Umwege«, sagte Streuner und wandte sich um. Er verharrte eine Sekunde und drehte sich wieder zurück.

»War es der Geist?«, fragte Wu ehrfürchtig.

Streuner nickte.

»Was hat er gesagt?«

»Das weiß ich nicht, er spricht in Menschensprache. Aber es war etwas anderes als sonst, und es klang fordernd. Mir scheint, er will uns das Tuch ans Herz legen.«

»*Mir* scheint, *du* willst es uns ans Herz legen«, knurrte Serrano. Die Entwicklung seines Ausflugs ging ihm zunehmend gegen den Strich. Erst hüllte Bismarck sich in Schweigen, und jetzt hing Wu an den Lippen dieses zotteligen Geistersehers, der schon seine Nachfolge bei Maja angetreten hatte. Warum, spielte keine Rolle.

»Na und«, entgegnete Wu, wie um das Fass vollzumachen. »Wie ich es sehe, gibt es im Moment nichts anderes, an das wir uns halten können, als das Tuch. Vielleicht ist es eine Sackgasse, aber es könnte sich auch als Brücke in die Geschichte des Toten entpuppen. Und irgendwo in dieser Geschichte versteckt sich vielleicht sein Mörder. Einen Versuch wäre es wert.«

Sie deutete auf den markierten Streifen. »Diese Zeichen hier haben Menschen gemacht, das sieht man an den Knoten. Wir brauchen jemanden, der sie lesen kann.«

Streuners Bewunderung für Wu hatte ihren Höhepunkt erreicht. »Also brauchen wir einen Menschen.«

Serrano sah auf seine Pfoten. Das ersparte ihm das gefürchtete Aufglimmen einer Idee in Wus Augen. Er wusste, sie würde zuerst darauf kommen, später der zerzauste Trottel. Aber er wusste auch, dass die Reihenfolge weder etwas am Ergebnis änderte noch an seiner Unlust, es zu hören.

»Was ist mit deinem Nachbarn, dem Ordnungshüter«, fragte Wu, »der im September der Spur des Toten aus der Havel gefolgt ist?«

Allein die Vorstellung, Liebermann mit einem stinkenden Tuch im Maul um Hilfe zu bitten, ödete Serrano an. Außerdem: »Wie mir scheint, *ist* er bereits hinter dem Mörder des Kapuzenmannes her. Er hat den Toten heute früh gefunden.«

»Ach von *dem* reden wir!«, fiel Streuner ein. »Na worauf wartest du dann? Hin mit dem Tuch! Heute früh, als die Grabungen in vollem Gange waren, habe ich versucht, es einem der anderen aufzudrängen. Er wollte es nicht, hat mich weggescheucht, dieses Rattenhirn. Warum: Weil er nicht der Chef der Truppe war. Und weil ich nicht du war. Wenn wir beides ändern, haben wir unseren Helfer und können uns entspannt zurücklehnen, während er die Arbeit macht.«

In seiner Stimme schwang so viel Hoffnung, dass Serrano die Entgegnung, die er schon parat hatte, hinunterschluckte. Zudem machten ihm Wus blaue Augen zu schaffen.

»Na gut. Aber das mit dem Zurücklehnen wird nichts. Der Ordnungshüter mag sein, wie er will, aber sicher ist, dass er eine lange Leitung und keinerlei Antennen für Körpersprache hat. Wenn ich ihm mit dem Tuch komme, wird Folgendes geschehen: Er wird mich rügen, ihm Müll anzuschleppen, und es wegwerfen.«

»Du wirst sicher eine Möglichkeit finden, ihn davon abzuhalten«, sagte Wu schmeichelnd.

Und Streuner fügte hinzu: »Wer, wenn nicht du!«

## 11

LIEBERMANN PASSIERTE EBEN DAS Kuhtor, das vom Park Sanssouci in das Viertel überleitete, als sich sein Handy meldete. In der Annahme, es sei Nico oder eines der Mädchen, sagte er: »In drei Minuten bin ich da.«

Schweigen.

Zu spät sah er auf das Display. »Verzeihen Sie. Ich dachte, Sie wären meine Freundin.«

»Tut mir leid«, säuselte Dr. Genrich. »Manchmal kann man's sich nicht aussuchen.«

»Was gibt's?«

»Nichts, das es auch nur annähernd mit Ihrem Privatleben aufnehmen könnte. Nur, dass der Kapuzenmann ohne Kapuze abgedankt hat.«

»Und dass...«, begann Liebermann, der sich in die rhetorischen Pässe der Medizinerin immer erst einfummeln musste.

»Er hat eins auf den blanken Schädel gekriegt. Und zwar nicht mit einer Flasche, sondern mit was Kantigem. Schönen Feierabend!«

Liebermann wog das Handy in der Hand, bis ihn die Kälte in die Fingerspitzen stach, dann schob er alles zusammen in die Jackentasche. Die Jacke war dunkelblau, hüftlang, und Nico fand sie scheußlich. Liebermann mochte sie, weil sie geräumige Taschen besaß und ihn wärmte, mehr verlangte er nicht von einer Winterjacke.

Während er weiterging, dachte er über Dr. Genrich nach. Dass sie von sich aus angerufen hatte und auch noch nach Feierabend, war ungewöhnlich. Demnach regte es sie auf, dass ihr neuer Patient barhäuptig in den

Tod gegangen war. Liebermann nicht. Seiner Meinung nach hatte auch ein Kapuzenmann das Recht, seinen Kopf hin und wieder zu lüften, zumal, wenn er sich zu Hause wähnte.

War das Genrichs Problem? Dass es das Opfer in seinem »Wohnzimmer« erwischt hatte? Er blätterte einige Stunden zurück und hielt bei Hübotter von der Spurensicherung an, der vor einer schmutzigen Schlafstelle stand und über einen archaischen Kocher und Tierhaare dozierte. Von Blutspuren war nicht die Rede gewesen. Es hätte aber welche geben müssen, wenn den Kapuzenmann dort ein Streich auf den blanken Schädel ereilt hätte.

Unbewusst verlangsamte Liebermann den Schritt und hielt an. Es dauerte einige Sekunden, bis er realisierte, dass er vor dem Tor der Tischlerei stand. Dahinter schimmerten im Nachmittagsdämmer die Silhouetten der übrig gebliebenen Schneegesellschaft. Nach kurzer Überlegung zog er Abrams' Schlüssel aus der Tasche und betrat den Hof.

An den Schneemann des Toten erinnerte nur noch ein flacher Haufen, drum herum war alles platt getreten. Die Zigarettenkippen, die ihm als Knöpfe gedient hatten, und die Flasche zu seinen Füßen waren längst auf dem Weg ins Labor. Undeutlich erinnerte sich Liebermann, dass auch hier nicht von Blut die Rede gewesen war. Nun ja, es hatte geschneit, bis gestern und die Nacht über wieder.

Als er sich umdrehte, begegnete er dem Kohleblick von Ralphs Preußenkönig. Er schien ihm vorwurfsvoll. Vielleicht, weil man ihm die Stiefel geklaut hatte und er jetzt barfuß gegen die Österreicher ziehen musste.

LIEBERMANNS FREUDE HIELT SICH in Grenzen, als er um die Ecke zur Meistersingerstraße bog und den alten Bellin vor Nicos Haus Schnee schieben sah.

Nach Tagen wie diesen gelüstete es ihn nach Wärme, Streicheleinheiten und Abendbrot. Nicht nach Klagegesängen. Behutsam tastete er nach dem Schlüsselbund. Noch etwa zehn Meter. Bellin lehnte den Schneeschieber gegen einen Baum und hob die Hand.

Seufzend erwiderte Liebermann den Gruß.

Als er bei dem Alten ankam, murrte der etwas und beugte sich ächzend zu einem roten Eimer hinunter. Liebermanns Blick fiel auf etwas Grobkörniges, in das der Alte mit beiden Händen hineingriff, um es mit den weitläufigen Bewegungen eines Sämannes über den Bürgersteig zu streuen.

»Ihre Freundin sieht in letzter Zeit ein bisschen blass um die Nase aus«, brummte er dabei. »Sie sollten Ihr vielleicht etwas mehr unter die Arme greifen, in ihrem Zustand.«

Liebermann fand, dass Nicos Zustand den Alten nichts anging. Während er sich an ihm vorbeischlängelte, zog er verärgert seinen Schlüsselbund aus der Tasche. Zwei Kaugummistreifen wirbelten durch die Luft. Beim Aufheben begegnete er hinter dem Zaun des verschneiten Vorgartens zwei gelben Augen.

»Lach nicht!«, sagte er zu Serrano. »Es ist nicht jedem gegeben, sich durch Kellerfenster zu quetschen.«

»Was murmeln Sie da?«, fragte Bellin.

»Nichts.« Liebermann richtete sich auf. »Meine Taschen sind zu groß.«

»Nähen Sie sie zu!«, riet ihm der Alte und hielt im Streuen inne, um seinen Hut nach hinten zu schieben. »'s wird wieder Schnee geben, verfluchter Mist. Jetzt zeigt sich, ob das Zeug was taugt.«

»Was?«

»Das Salz. Laut Aufschrift soll es den verdammten Schnee in null Komma nichts wegschmelzen.«

»Sie müssen es vorher auflösen«, sagte Liebermann und steckte den Schlüssel ins Schloss.

»Warum?«, fragte Bellin misstrauisch.

»Damit die Ionen vom Salz die vom Eis binden und in Matsch verwandeln können. Es ist eine Frage des Gefrierpunktes. Früher bei meinen Großeltern hab ich häufig die Zufahrt zum Stall gespritzt. Allerdings war das auf dem Land«, fügte er hinzu. »Ich glaube, auf städtischen Gehwegen ist Streusalz verboten.«

»So, glauben Sie. Wann haben Sie eigentlich das letzte Mal Ihren Treppendienst gemacht?«

Statt einer Antwort verschwand Liebermann im Haus.

Erst auf der Treppe bemerkte er, dass er Begleitung hatte. Das überraschte ihn, normalerweise mied Serrano Gebäude, mit Ausnahme seines Kellers. Im Maul trug der Kater einen schmutzigen Lumpen.

»Kann ich dir helfen?«

Serrano knurrte und spuckte ihm dem Lumpen vor die Füße.

Liebermann betrachtete ihn irritiert. Aus dem Stoff hing etwas wie ein Träger.

»Vielen Dank, aber wir sind hinreichend ausgestattet.« Er deutete auf seine Jacke und stieg, ungeachtet des Knurrens in seinem Rücken, die Treppe hinauf.

Er hatte gerade den ersten Absatz erreicht, als das Knurren in Fauchen überging.

»Wehe!«, sagte er und ging weiter.

Als er oben ankam, stand Serrano neben ihm, im Maul den Fetzen, in den Augen ein gefährliches Glimmen. Liebermann dachte an seine Hose. Dann fiel ihm ein, dass der Kater ihr nichts anhaben konnte, da sein Maul bereits gestopft war. Nebenbei fragte er sich, was Serrano an dem Lumpen fand. Vielleicht wollte er ihn waschen lassen?

Er klopfte. Heulen, Schritte, und die Tür wurde aufgerissen. Miri erschien in einem von seinen Hemden und mit verstrubbelten Haaren. »Hast du Geld?«

»Wofür?«

Sie bog die Mundwinkel nach unten. »Ich bin ein stummes Waisenkind, und meine Mutter muss sich operieren lassen. Sie hat ... Mikividose.«

»Grundgütiger«, sagte Liebermann und überlegte, ob die Kunde vom Kapuzenmann sich in so kurzer Zeit schon bis in die Grundschulen hinein verbreitet haben konnte. »Vermutlich hast du nicht mal ein warmes Zuhause, du armes Ding.«

Sie schüttelte betrübt den Kopf. »Ich schlafe in Straßenbahnhaltestellen auf einer Bank. Meine Schwester schläft drunter. Wir haben immer Hunger. Bitte, bitte, gib uns ein bisschen ...« Sie verdrehte die Augen, wankte und stürzte plötzlich zu Boden. Doch ihr Ohnmachtsanfall dauerte nur Sekunden, dann robbte sie vorwärts und schnappte mit einem Glückschrei nach dem Lumpen.

»Ein Hemd! Zyra, ich hab ein Hemd!« Sie sprang auf, und weg war sie.

LIEBERMANN FAND NICO IN der Küche, mit einem Messer und geröteten Augen, die einer aufgeschnittenen Zwiebel geschuldet waren. Um ihre Beine strich schnurrend der halbwüchsige Dienstag. Im Unterschied zu Serrano war Dienstag ein Stubenkater, ein Umstand, den Liebermann in Abständen erfolglos zu ändern versuchte.

Er schob ihn mit dem Fuß beiseite, küsste Nicos Nacken und freute sich daran, wie sie zusammenzuckte.

Ihre Antwort traf ihn am Ohr. Es war ein Ritual, das sie hin und wieder ein wenig ergänzten.

»Wie geht's dem Körnchen?«, fragte er und berührte ihren Bauch. »Hat es wieder geziept?«

»Nur einmal, ganz leicht. Hilfst du mir? Du könntest das Nudelwasser aufsetzen.«

Während sie das Abendbrot vorbereiteten und Dienstag mehrere Scheinangriffe auf eine Pfanne mit Hackfleisch unternahm, erzählte Liebermann behutsam von seinem neuen Fall. Nico hielt abrupt im Möhrenreiben inne.

»Scheiße. Hier im Viertel, und keiner hat's gemerkt!«

»Doch. Der Typ mit dem Stimmverzerrer.«

Sie straffte sich, wobei über ihrem Hosenbund der Ansatz einer leichten Wölbung sichtbar wurde. »Ja, aber *wir* haben mit dem Schnee gespielt, in dem ihr den Kapuzenmann gefunden habt. *Wir* haben ihn am Samstag sogar in der Hofeinfahrt lungern und weglaufen sehen. Und keiner ist ihm nach. Ist er halt abgehauen, der Penner. Und jetzt ist er halt tot, der Penner. Tja, tragisch, aber warum wird er auch Penner und sucht sich Bekannte, die ihm eins überziehen, wenn er mal nicht so will wie sie. Also weiter in der Tagesordnung.«

»Das mit den Bekannten ist Spekulation.«

»Klar. Habt ihr etwas Besseres?«

Liebermann schwieg. Seit sie schwanger war, reagierte Nico manchmal ungewöhnlich heftig. Sie begann wieder zu reiben.

Nach einer Weile murmelte sie: »Seltsam, oder? Dass der Anrufer anonym bleiben wollte?«

Ein Friedensangebot. Liebermann nahm es erleichtert an.

»Vielleicht hat er schlechte Erfahrungen mit der Polizei gemacht oder Angst vor Belästigung oder ein schlechtes Gewissen, falls er in die Sache verwickelt ist. Man könnte sich zum Beispiel fragen, woher er von dem Toten wusste. Der war vollständig in Schnee eingebacken und somit unsichtbar. Hätte ich nicht zufällig gewusst, dass der Schneemann, in dem er steckte, jünger war als unsere Skulpturen, wären wir allesamt an ihm vorbeigelaufen.«

Ein siedender Fettspritzer traf seine Wange, als Nico das Tomatenpüree in die Pfanne goss.

»Naheliegenderweise wäre der Anrufer dann ebenfalls ein Obdachloser.«

»Ja«, sagte Liebermann und betastete die brennende Stelle. »Aber ein ziemlich fortschrittlicher. Er besitzt einen Stimmverzerrer.«

Nico entsorgte die Möhrenraspel in die Pfanne. Sie bewegte sich anmutiger seit einer Weile, als wolle sie das Kind in ihr nicht erschrecken.

»Wenn wir wenigstens den Namen des Toten hätten«, fing Liebermann wieder an. »In seiner Geburtsurkunde wird wohl kaum Kapuzenmann stehen. Und warum hatte er die Kapuze nicht auf, als er erschlagen wurde, aber später, als wir ihn fanden? Und warum so fest zugezogen?«

»Damit man die Wunde nicht sieht.«

»Und den Schneemann hat man um ihn herumgebaut, damit man ihn nicht sieht?«

»Sicher ist sicher.«

»Wer so auf Sicherheit bedacht ist, ruft nicht zwei Tage später die Polizei an.«

Nico runzelte die Stirn. »Noch ist nicht bewiesen, dass der Anrufer der Mörder ist.«

»Womit sich der Kreis schließt. Wenn er es nicht war, woher ...«

»Vielleicht war er ein Komplize.«

Liebermann verschluckte den Rest der Frage.

Mit der einen Hand rieb er seine Wange, mit der anderen rührte er die Nudeln um. Der Fall fing jetzt schon an, ihn zu nerven.

Besser, man verdrängte ihn, indem man etwas Praktisches tat, wie die Mädchen zum Essen zu holen. Auf dem

Weg ins Kinderzimmer hob Liebermann den Lumpen vom Boden. Ende des Dramas der zwei armen Waisenkinder an der Haltestelle. Zu seiner Zeit hatte man Indianer gespielt.

An der Tür kratzte es.

Da er schon mal im Flur war, öffnete Liebermann sie. Dahinter – Dunkelheit. Erst als er das Hauslicht einschaltete, sah er auf der Fußmatte zwei Katzen sitzen. Die eine war Serrano, die andere ein zerrauftes Vieh, das bei seinem Anblick feindselig den Rücken krümmte.

»Na endlich«, sagte er und warf Serrano den Lumpen hin. »Dachte ich's mir, dass du ihn noch brauchst.«

Er schielte auf den fremden Kater. Oder der da, dachte er, zu dem passt dreckiger Stoff besser. Als die Mädchen angesprungen kamen, wich der Zerraufte fauchend zurück. Serrano wandte ihm den Kopf zu und gab einen knappen Laut von sich.

Darauf berappelte sich der andere und kroch wieder näher.

Neben Liebermann ging Zyra in die Knie.

»Hallo«, sagte sie. »Du bist doch die Katze, die uns beim Schneemannwettbewerb zugeguckt hat.«

»Beißt sie?«, fragte Miri hinter den Beinen ihres Vaters hervor.

»Weiß nicht.« Zyra streckte die Hand aus und tippte dem Zerrauften leicht auf den Kopf, worauf er erstarrte.

»Nein. Aber vielleicht hat sie Flöhe.«

Irgendwo in Liebermanns Speicher setzte sich ein Rädchen in Bewegung, griff auf ein anderes über und brachte einen Prozess in Gang. Er fasste den Zerrauften genauer ins Auge: braun-schwarz gefleckt, leicht schräg stehende Augen, Zotteln unterhalb der Ohren und am Bauch, flache Nase, weiße Schwanzspitze. Zyra hatte recht. Sein Blick wanderte weiter auf den Lumpen.

Als seine Finger sich um den schmierigen Stoff schlossen, murrte Serrano und stand auf. Der Zerraufte folgte ihm.

»Komisch«, sagte Miri, als die beiden Katzen um das Treppengeländer verschwanden. »Was wollten die bloß.«

»Mir den hier ans Herz legen, glaube ich«, sagte Liebermann und hob den Lumpen in die Höhe.

»DU SPINNST.« NICO GAB Dienstag einen Klaps, worauf er quengelnd von ihrem Bein abließ. Wie ein Hund folgte Liebermann ihr ins Kinderzimmer und zurück in die Küche.

»Ich weiß, dass es dämlich klingt, aber was würdest du denken, wenn dir ein Kater, der dir schon zweimal bei Ermittlungen geholfen hat, plötzlich ein stinkendes Hemd aufdrängt?«

Sie hielt im Tellerstapeln inne und sah ihm tief in die Augen. Liebermann hasste diesen Blick. Er fühlte sich festgenagelt, wie einer seiner Pinnwandzettel, fragwürdig, eine kurze Notiz von ungewisser Bedeutung.

»In Begleitung eines anderen, der zufällig in der Tischlerei wohnt und sowohl beim Schneemannwettbewerb als auch beim Bergen der Leiche anwesend war«, schloss er.

Es verstrichen Sekunden, während derer Dienstag eine altersschwache Mücke durch den Raum hetzte.

»Lass uns erst einmal die Mädchen ins Bett bringen«, sagte Nico.

KAUM LAGEN DIE MÄDCHEN im Bett, nahm sie den Faden wieder auf.

»Wie meintest du das mit Serrano und deinen letzten Ermittlungen?«

Liebermann lächelte und legte den Lumpen auf den Tisch.

»Du hast selbst gemerkt, dass sich der neue Fall schleppend anlässt. Wir haben nicht einmal den Namen des Toten, um ihn ordentlich zu beerdigen. Was wir dagegen zuhauf haben, sind Katzen. Katzen im Adventskalender von Kommissarin Holzmann, Katzen am Tatort. Speziell ein zerrauftes, braunes Exemplar, das uns sowohl am Samstag als auch heute in der Tischlerei aufgelauert hat und von dem Zyra glaubt, dass es dort überwintert. Und das mir jetzt in Begleitung Serranos ein stinkendes Kinderhemd ins Haus schleppt.« Mit zwei Fingern hob er den Lumpen an. »Solange wir mit leeren Händen dastehen, was schadet es, einer Idee nachzugehen und diesen Wischmopp aus der Tischlerei zwischenzeitlich als Kollegen zu betrachten? Stellt er sich als Niete heraus, Schwamm drüber. Wenn nicht...«

Nico beugte sich über den Tisch und nahm ihm seufzend den Lumpen ab.

»Welch grausamer Gott ließ mich nur an dich geraten?«

»Zwei. Sie liegen nebenan und schlafen.«

»Stimmt. Also, dieses ehemals rosa-braun gekringelte Hemd hier gehört einem Mädchen. Gehörte, genauer gesagt. Das Muster stammt aus den Ost-Achtzigern. Woher ich das weiß? Zufälligerweise hatte ich früher das gleiche. Und das hat der Kapuzenmann bei sich gehabt?«

»Nein«, sagte Liebermann, den die Informationsflut leicht überforderte. »Aber ich erinnere mich, es in der Nähe seiner Schlafstelle liegen gesehen zu haben. Und wenn Serranos struppiger Gefährte dort wohnt, kennt er es vermutlich.«

Nico schlug die Beine übereinander. »Geben wir uns also spaßeshalber der schrägen Vorstellung hin, der Kapuzenmann und eine Katze versuchen in einer Tischlerei zusammengekuschelt über den Winter zu kommen.

Dann wird der Kapuzenmann ermordet. Und am Tag seiner Entdeckung schleppt sein tierischer Freund dem Leiter der Ermittlungen ein vergammeltes Kinderhemd an, das Letzterer schon einmal in der Tischlerei gesehen zu haben meint. Woraus er den pfiffigen Schluss zieht, dass es für den Fall von Bedeutung ist.«

Sie verstummte. Als Liebermann den Mund öffnete, fuhr sie fort.

»Dieser Logik folgend, wäre anzunehmen, dass das Hemd entweder dem Mörder gehört, der es am Ort seiner Schandtat in Beisein der Katze verloren hat, oder dem Kapuzenmann selbst.«

»Letzteres«, entgegnete Liebermann.

»Warum?«

»Wie du gerade gesagt hast: Die Katze hat das Hemd erst heute angeschleppt. Wäre sie beim Mord dabei gewesen und wüsste, dass das Hemd dem Mörder gehört, hätte sie es schon früher gebracht. Das heißt, bis heute früh war sie genauso ahnungslos wie wir.«

Dienstag kam ins Zimmer gefegt und sprang in eine leere Bodenvase unter dem Fenster. Nach einigen Sekunden begann die Vase zu schwanken und kippte um, worauf der Kater fauchend aus dem Raum schoss. Liebermann erhob sich und richtete die Vase wieder auf.

»Sind wir uns einig, dass das Hemd aus irgendeinem Grund dem Kapuzenmann gehört?«

»Im Rahmen deines Märchens«, stimmte Nico zu. »Aber ich verstehe immer noch nicht, warum die Katze es uns gebracht hat.«

Mit Befriedigung quittierte Liebermann das »uns«.

»Um uns in die Spur des Kapuzenmannes zu setzen. Die vielleicht zu seiner Identität und darüber hinaus zu der Geschichte seines Ablebens führt. Offenbar glaubt auch die Katze, dass die Polizei Hilfe nötig hat.«

»Die sie der Polizei – warum gleich noch mal – zukommen lässt?«

»Weil sie sich als Hinterbliebene des Kapuzenmanns betrachtet. Oder aus einem anderen Grund. Das ist schließlich ihre Sache.«

Nico deutete auf den Halsausschnitt des Lumpens. »Da ist ein Etikett eingenäht.«

Gemeinsam beugten sie sich über den schmalen, graurosa Streifen.

»N.S. 62«, sagte sie nach einer Weile unentschlossen. »Oder N.S. G2.«

Sie hob das Hemd auf und hielt es sich so dicht vor die Augen, dass Liebermann unwillkürlich den Atem anhielt.

»Nein, eine 6 ist schmaler. Ich würde sagen, G2.« Sie ließ das Hemd sinken. »Das Erste sind Initialen.«

»Und G2?«

»Keine Ahnung. *Gruppe 2* vielleicht. In unserem Ausbildungskrankenhaus damals waren die Kittel mit Bügelsignaturen ausgezeichnet, damit sie in der Wäscherei nicht verloren gingen. Auf meinen stand hinter N.B. S6 für Station 6. Vielleicht verhält es sich hier ähnlich. Diese Signatur wurde übrigens nicht eingebügelt, sondern mit der Hand einge...« Sie brach ab und zog scharf die Luft ein.

Als Liebermann aufsprang, schüttelte sie den Kopf. »Alles gut, das Baby kneift halt manchmal. Ich glaube, ich geh ins Bett.«

Liebermann lauschte dem Klappen der Badezimmertür und starrte abwesend auf den Lumpen.

Kneifen? Ein Kind, das gerade mal so groß war wie ein Daumennagel?

## 12

AM DIENSTAG BETRAT DER Hauptkommissar die Flure der Mordkommission ausnahmsweise als Erster. Der Zweite war Simon, der bei seinem Erscheinen zusammenfuhr und mit einem gemurmelten Gruß in der Teeküche verschwand. Die seltsame Verlegenheit des Kriminalanwärters wunderte Liebermann. Indes kam er nicht dazu, darüber nachzudenken, weil Müller im selben Augenblick schnaufend die letzte Stufe zum Kommissariat enterte, gefolgt von der grazilen Jana Holzmann.

Liebermann orderte sie stehenden Fußes in den »Konferenzraum« – ein ungenutztes Büro, an dessen Wänden sich ausrangierte Möbel aller Art stapelten und das sie für Beratungen nutzten.

Er wartete, bis sich Simon, mit gesenkten Augen und einem Kaffeetablett, zu ihnen gesellte, dann legte er den Lumpen mit der Signatur nach oben auf den Tisch und eröffnete die Runde mit Nicos Vermutung vom letzten Abend. Die Katze verschwieg er.

»Wie Sie sehen, stehen auf dem Signaturstreifen die Buchstaben N. S. – wahrscheinlich die Initialen des Besitzers. Darauf folgen ein G und eine 2, was auf eine nähere Bestimmung innerhalb einer Institution schließen lässt.«

»Sanatorium«, sagte Kommissarin Holzmann kurz angebunden. »Als Kind war ich mal zur Lungenkur, da mussten wir unsere Wäsche auch zeichnen. War eine elende Plackerei, all die Schilder einzunähen. Später im Heim fügten wir unseren Initialen die Abkürzungen für die Gruppen hinzu. Meine hieß A1.«

»Was bedeutet das?«, erkundigte sich Simon schüchtern.

»Atemwege, Gruppe 1. Gruppe 2 waren die schwereren Fälle. Ansonsten gab es auch eine P-Gruppe – Prophylaxe – und eine D-Gruppe – Dermatologie.«

»Und was würden Sie zu einer G1 sagen?«, fragte Liebermann beeindruckt.

Die Kommissarin wiegte den Kopf. »Einfach Gruppe 1. Vielleicht hatten die da keine Unterscheidungen nach Krankheiten. Vielleicht war es auch kein Kurheim, sondern ein Kinderheim. Was für den Werdegang des Toten sprechen würde, falls es wirklich sein Hemd ist. Es sieht mir mehr nach einem Mädchenhemd aus.«

»Genau«, schaltete sich Müller ein. »Wahrscheinlich hat er den Fetzen einfach irgendwo aufgelesen und als Taschentuch benutzt. Also wenn Sie nichts dagegen haben, gehe ich jetzt an die Arbeit. Wir haben genug zu tun, als dass wir uns die Zeit mit Spielchen vertreiben können.«

»Was denn?«, erkundigte sich Liebermann sacht.

Am Hals des Oberkommissars schwoll eine Ader. *Der Ärger schießt ihm in die Venen*, wie Simon es nannte.

»Der Teltowmörder ist noch immer auf freiem Fuß, falls Sie das vergessen haben.«

»Und wie gedenken Sie seiner habhaft zu werden, Oberkommissar? Wollen Sie sich in irgendeinem x-beliebigen Dorf an der Bushaltestelle postieren? Nein, was den Teltowmörder betrifft, dachte ich, waren wir übereingekommen, auf seinen nächsten Schlag oder sein nächstes Auftauchen zu warten. Das ist bitter, aber alles andere wäre Energieverschwendung.«

Müllers Ader vibrierte leicht. »Es stehen außerdem noch zwei Rückmeldungen von sozialen Trägern aus, die den Kapuzenmann identifizieren könnten.«

»Na gut. Denen widmen Sie sich. Bleiben immer noch drei von uns, die sich dem Kapuzenmann von einer anderen Seite her nähern können. Die Zeit läuft, und bislang haben wir nichts als eine Schlagwunde unter seiner Kapuze. Dr. Genrich rief mich gestern nach Dienstschluss an«, fügte er hinzu, als Kommissarin Holzmann die Hand hob. »Offenbar ist dem Mann die Kapuze erst post mortem übergezogen worden.«

»Er ist nicht erfroren?«

»Das weiß ich nicht. Aber wenn, war er vorher schon verletzt.«

»Danke für die Information«, knurrte Müller. »Wie gut, dass sie Ihnen noch eingefallen ist.«

»Ich hatte sie die ganze Zeit im Kopf.«

»Es war also Mord?«, fragte Simon.

»Vermutlich. Und zwar einer, der uns einen interessanten Blick auf den Mörder offeriert. Es ist ein spezieller Typ mit Sinn für schwarzen Humor. Jeder andere hätte den Toten einfach im Schnee verscharrt oder in den Keller der Tischlerei geworfen. Meiner Meinung nach sind beide sogar bessere Verstecke als ein Schneemann, der Publikum anzieht.«

»Wir suchen also einen besonders abgebrühten Typen«, fasste Müller monoton zusammen.

»Es wäre nicht das erste Mal.« Liebermann merkte, dass ihn diese Feststellung beinahe glücklich machte. Banale Verbrechen langweilten ihn immer ein wenig.

»Am Ende war es der Teltowmörder«, murmelte Kommissarin Holzmann. »Ich hätte nichts dagegen: zwei Fliegen mit einer Klappe.«

Müller sah schnaufend auf seine Uhr, ein mächtiges Gerät mit einer Vielzahl von Funktionen, die Liebermann sich noch nicht alle erschlossen hatten, und die ihn deshalb beeindruckte.

Als er die Sitzung schloss, übergab er die Uhr samt dem ihr anhängenden Oberkommissar wieder in die Obhut der sozialen Träger.

Simon brach wenig später Richtung Lennéstraße auf, um die Anwohner der Tischlerei ins Gebet zu nehmen, während Kommissarin Holzmann von Liebermann in ihr Büro begleitet wurde. Dort legte er den Lumpen ab und bat sie, ihren Computer einzuschalten.

»Was wir suchen, ist eine Einrichtung für Kinder, in der Ende der Achtziger-, Anfang der Neunzigerjahre jemand mit den Initialen N. S. untergebracht war.«

Die Schultern der Kommissarin, die bis eben noch straff gewesen waren, fielen herab. »Wie stellen Sie sich das vor? Bundesweit gibt es Hunderte Kinderheime, noch mehr Kurheime, noch viel mehr Krankenhäuser, Jugendgefängnisse…«

»In Krankenhäusern gibt es keine Gruppen«, unterbrach Liebermann, »sondern Stationen.«

»Und in Kurheimen wird man sich schwerlich an Teilnehmer von Durchgängen vor zwanzig Jahren erinnern«, konterte Kommissarin Holzmann.

Liebermann überlegte kurz. »Sie haben recht. Versuchen Sie es also zuerst mit Heimen und Jugendgefängnissen, wobei ich bei Letzteren vermute, dass deren Insassen eher in Trakte, Häuser oder Blocks eingeteilt sind, aber wer weiß. Nehmen Sie noch die jugendpsychiatrischen Einrichtungen hinzu«, ergänzte er in Erinnerung an die notorische Vermummung des Toten. »Und fangen Sie in Potsdam und Umgebung an. Wenn Sie nicht fündig werden, arbeiten Sie sich nach außen vor.«

Die Kommissarin blieb skeptisch. »Und wenn ich, wie zu vermuten steht, mehrere Treffer mit den Initialen N. S. lande?«

»Sofern Sie ihnen eine *Gruppe 2* oder etwas mit gleichlautender Abkürzung zuordnen können, schicken Sie jedem dieser Treffer die Fotos aus der Gerichtsmedizin.«

Kommissarin Holzmann schwieg. Nach gut drei Monaten Umgang mit Liebermann wusste sie, wann es Zeit war, aufzugeben und die Klappe zu halten.

Sie rief die Startseite von Google auf und gab seufzend »Kinderheime Potsdam« ein.

ZUR SELBEN ZEIT, NUR einen Kilometer weiter südlich, setzte Franziska Genrich dem Kapuzenmann das Messer auf die Brust. Nahezu geräuschlos glitt es wie der silbrige Bug eines Schiffes durch die Oberfläche des Toten.

Zuweilen, wenn sie in die Tiefen ihrer Patienten hinabstieg, fühlte Franziska sich weniger als Medizinerin denn als Archäologin. Manchmal auch als Mund der Toten, der an ihrer statt der Nachwelt die Wahrheit ins Gesicht brüllte.

Über Floskeln wie »In Frieden von uns gegangen« konnte sie nach sechzehn Berufsjahren nur lachen. Kein Einziger ihrer Patienten war in Frieden gegangen, nicht einmal die, die es völlig überraschend aus den Schuhen gekippt hatte. Auch in ihren Augen, Blut und Gehirnen fand sich das Echo der Hölle, die sie gesehen hatten, bevor ihre Seelen ins Jenseits und ihre Körper in ihren Obduktionssaal eingezogen waren.

Was das betraf, hatte der Kapuzenmann Glück gehabt. Zwar bewies die Delle in seinem Schädel, dass auch er nicht in Frieden gegangen war, aber wenigstens hatte er seinen Tod nicht mehr miterlebt, das war immerhin etwas. Still und unbemerkt war das Leben aus ihm herausgerieselt. Wie lange es dafür gebraucht hatte, würde sie wissen, wenn alle Daten beisammen waren, aber allzu lange konnte es nicht gewesen sein.

Haut und Haare waren mit den Blutproben auf dem

Weg ins Labor, ebenso seine Klamotten, wofür Franziska dankbar war, sie hatten das ganze Gebäude verpestet. Außer den Schuhen, die der Leiche fast von allein vom Fuß gefallen waren, weil sie ihm zwei Nummern zu groß und so löcherig waren, dass einer angemessenen Belüftung nichts im Wege gestanden hatte. Eigentlich hatte sie Frostbeulen unter den Socken erwartet.

Franziska führte den Schnitt zu Ende, hieß Dr. Gerlach die geteilten Wogen festklammern und griff zur Säge. Eine Viertelstunde später lag der Kapuzenmann in seiner ganzen Pracht vor ihnen.

Dr. Gerlach zog kurz ihre Nasenflügel ein, während Franziska eine handliche Kamera auf den Toten richtete. Widerwillig, weil sie fand, dass eine so private Angelegenheit wie eine Obduktion eigentlich unter vier Augen gehörte. Die der Gerlach waren ein Paar zu viel, aber dagegen ließ sich nichts machen. Wenigstens gegen die vernebelten Augen des Hauptkommissars hatte sie vor einigen Wochen eine Lösung gefunden. Franziska war einigermaßen stolz auf die Idee mit der Kamera. Liebermann hatte sie das neue Aufzeichnungsgerät als Fortschritt und Zugeständnis an seinen schwachen Magen verkauft.

Schon bei ihrem ersten gemeinsamen Fall hatte sie gesehen, wie er angesichts der Leiche grün im Gesicht geworden war. Nun, in Zukunft brauchte er keine Angst vor plötzlichem Erbrechen mehr zu haben. Franziska kommentierte die gefilmte Obduktion und schickte sie direkt ins Kommissariat, wo Liebermann sie sich auf einem anonymen Bildschirm ansehen konnte. Sogar mehrmals, falls er einen masochistischen Tag hatte, und mit seinem gesamten Team.

Seine überschwängliche Dankbarkeit hatte sie beinahe gerührt. Der Idiot.

»Die Leber ist vergrößert«, sagte Dr. Gerlach neben ihr.

»Was haben Sie denn erwartet?« Franziska zog ihre Stirnlampe über, ein bescheidener Ersatz für ein Spotlicht. »Wahrscheinlich saufen alle Obdachlosen wie die Löcher. Außerdem ist die Leber noch nicht dran.«

Die Gerlach klappte den Mund zu.

Erst als ihre Vorgesetzte sich über den offenen Brustkorb beugte, fragte sie schüchtern: »Was sagen Sie zu den Zähnen?«

»Schreiben Sie auf: leichtes Aneurysma am unteren Ende der Aorta. Wahrscheinlich Raucherlunge. Die Zähne haben Zahnstein, sind aber so weit intakt, beziehungsweise saniert, was soll mit denen sein?«

»Ebendas«, bemerkte die jüngere Ärztin. »Ich finde es seltsam, dass sich ein Obdachloser die Zähne sanieren lässt.«

Franziska funkelte ihre Kollegin an. Da Dr. Gerlach sie um einen Kopf überragte, musste sie zu ihr aufblicken, etwas, woran sie sich nie gewöhnen würde.

»Ist Ihnen während Ihrer scharfsinnigen Überlegungen mal der Gedanke gekommen, dass Obdachlose selten als solche geboren werden? Wenn Sie sich schon als Detektiv versuchen, haben Sie sicher auch seine Füllungen analysiert.«

»Ja, Amalgam und Plastik.«

»Amalgam und einmal Plastik, das am Zahnrand bröckelig ist. Ich wette, keine der Füllungen ist jünger als fünfzehn Jahre. Zu der Zeit war unser Kapuzenmann noch ein Kapuzenjunge. Gucken Sie sich lieber die Fingernägel an und sagen Sie mir, was Ihnen dazu einfällt!«

Mit verächtlichem Schnaufen wandte Franziska sich wieder den Organen des Toten zu, die heute in ihrer Begleitung zum ersten Mal außer Haus gehen würden.

Sie durchtrennte die Aorta knapp unterhalb der geweiteten Stelle. Als sie das Herz ans Licht hob, lief ihr Blick über die neben dem Körper ausgestreckten Arme des Toten, die blass waren, aber nicht so weiß, wie sie bei einem, der sommers wie winters eingepellt war, erwartet hätte. Von Sonnenallergie war er jedenfalls weit entfernt.

»Die Fingernägel sind geschnitten«, raunte Dr. Gerlach. »Vom Schmutz darunter hab ich Proben genommen.«

»Bravo.«

Franziska legte das Herz auf die Waage und feixte in die Kamera. »Ich entnehme das Herz. Und wie meine charmante Kollegin gerade bemerkte, schnitt sich der Tote die Fingernägel. Im Gegensatz zu Ihnen. Sie beißen sie ab.«

»Wer?«, fragte die Gerlach.

»Der Typ am anderen Ende der Kamera.«

»Der Hauptkommissar mit der sanften Stimme?«

»Genau der. Schreiben Sie: Herz, 280 Gramm.«

## 13

SERRANO ERWACHTE DURCH EINE Luftbewegung aus einem kurzen Dämmer.

Verquere Träume hatten ihn heimgesucht. Hirngespinste, in denen sich Wu und Streuner abwechselnd um einen Handschuh und eine Speckrinde balgten, während er und Maja danebensaßen, unfähig, das Spiel zu unterbrechen, von dem sie beide wussten, was es bedeutete.

Als er die Augen öffnete und Wus schmales Gesicht sah, glaubte er zunächst an eine neuerliche Wendung des Albtraums. Dann hob das Gesicht eine Lefze, und mit einem Ruck kam er zu sich.

»So klärst du also deine Fälle? Im Schlaf?«

»Unter anderem«, murmelte Serrano. »Ich schließe die Augen und lasse den Gedanken freien Lauf. Unbeeinflusst von meinem Willen, gehen sie manchmal unvermutete Wege, wechseln die Seiten und legen eine neue Sicht auf die Ereignisse frei.«

»Haben sie dir eben auch eine neue Sicht beschert?«

»So weit war ich noch nicht«, entgegnete Serrano ausweichend. »Du bist ihnen zuvorgekommen.«

»Tut mir leid.«

Sie kokettierte. Ihre Stimme klang nicht reumütig, sondern stolz. Und, die letzte Schuppe seines Traums abschüttelnd, begriff er, worauf. »Du hast es geschafft! Die Königin verlässt ihr Heim zum ersten Mal allein. Hat es dich große Überwindung gekostet?«

»Es ging. Schwieriger war, die Perserinnen zu beruhigen, die mich in dieser Minute vermutlich in den Klauen eines gewalttätigen Katers wähnen. Dabei war der einzige

Kater, den ich unterwegs getroffen habe, sehr höflich. Er hat mir von einer Abfalltonne in irgendeiner Fleischerei berichtet und darüber, dass er dich nach dem Mahl aufsuchen wird.«

»Hat er seinen Namen genannt?«

»Nicht nötig. Es war dein Kumpel Streuner.«

Serranos Freude fiel in sich zusammen. Im nächsten Moment schalt er sich selbst. Seit wann ließ er sich von Träumen schrecken!

Dennoch blieb seine Laune auch noch angeschlagen, als er Wu von der gelungenen Übergabe des Lumpens erzählte. Er merkte es daran, dass er ihre Begeisterung sofort dämpfte, indem er auf Liebermanns geistige Trägheit verwies.

»Er wollte den Lumpen nicht. Es war seine Tochter, die ihn genommen hat, und niemand weiß, was später mit ihm passiert ist. Vielleicht hat sie ihn immer noch. Vielleicht liegt er inzwischen im Müll.«

»Vielleicht hat dein Freund Liebermann die Bedeutung des Lumpens aber auch erkannt und folgt bereits seiner stinkenden Spur.«

»Er ist nicht mein Freund«, knurrte Serrano. In ihm gärten die giftigen Ausläufer des Traumes und verdickten ihm das Blut. Wus Ermittlungseifer ärgerte ihn. Denn je länger er darüber nachdachte, umso deutlicher erinnerte er sich daran, dass Streuner diesen Eifer geweckt hatte. In die Düsternis mischte sich plötzlich der Wunsch, Wu loszuwerden, ehe der Zerzauste eintraf, um – was? Neuigkeiten vorbeizubringen? Sie hier zu treffen? War Streuners Hinweis auf den nach dem Mahl geplanten Besuch bei ihm nicht eine Botschaft an Wu, dass er sie hier wiederzusehen hoffte?

Während Serrano nach einem Vorwand suchte, sie nach Hause zu schicken, strahlte sie ihn aus blauen Augen an.

»Dieses Vierrad für Menschenjunge sieht bequem aus«, sagte sie und nickte seiner Schlafstatt zu. Serrano streifte den Kinderwagen mit einem Blick.

»Es quietscht, wenn man sich bewegt.«

Er könnte sie zu einem Spaziergang einladen. Auf diese Weise entginge ihm zwar Streuners Botschaft, falls er denn eine hatte, aber die konnte er auch später noch einholen. Er öffnete gerade das Maul, als ein Scharren vor dem Fenster verkündete, dass es zu spät war.

Anders als Wu wagte Streuner nicht, einfach in das Refugium des wiederberufenen Prinzeps einzudringen. Er wartete im Vorgarten, bis sie zu ihm herauskamen.

An seinem Kinn klebte eine blutige Faser, was bewies, dass er sich nach der Mahlzeit noch nicht geputzt hatte. Warum? Weil, folgerte Serrano, er keine Zeit hatte verlieren wollen, Wu zu folgen.

Wie verlegen er ihrem Blick auswich, wie zwanghaft er den Schnee trat – ekelhaft!

»Was ist?«, fragte er scharf.

Streuner hörte auf, Schnee zu treten. »Der Geist des Kapuzenmannes hat wieder zu mir geredet.«

»Aha. Und was hat er gesagt?«

»Keine Ahnung, ich verstehe seine Sprache doch nicht. Jedenfalls klang es erst hoffnungsvoll und dann enttäuscht. Dabei wurde seine Stimme leiser, wie wenn die Tür zu einem entfernten Raum geschlossen wird.«

»Na also. In dem Fall sitzt er fest und kann dir nichts mehr tun. Theoretisch könntest du jetzt sogar in die Tischlerei zurückkehren.«

»Um Himmels willen«, stammelte Streuner. »Als ob Türen einem Geist etwas anhaben könnten. Im Gegenteil: Je leiser die Stimme, desto tiefer bohrt sie sich in meinen Kopf. Im Moment sitzt sie direkt in der Mitte, und es fühlt sich an, als ob sie Schwingungen aussende.«

Mit verheerenden Folgen, dachte Serrano und behielt Wu im Auge, um zu sehen, wie Streuners Geschwätz auf sie wirkte.

Sie senkte sacht die Wimpern.

»Immerhin habt ihr den Lumpen an Liebermann weitergegeben«, sagte sie so leise, dass es fast als Schnurren durchging. »Ein Anfang wäre also gemacht.«

»Ja«, schnurrte Streuner zurück.

Serrano merkte, wie sich sein Nackenfell zu sträuben begann. »Was ist eigentlich mit Maja? Hat sie schon Rückmeldungen zu dem Fingerling aus der Tischlerei?«

»Noch nicht. Sie ist gerade mit ihm unterwegs. Gestern hat sie die Katzen aus ihrer Straße befragt, heute nimmt sie die nächste, dann die übernächste und so weiter.«

»Warum fängt sie nicht an der Tischlerei an?«, erkundigte sich Wu. »Es erscheint mir logischer, sich von innen nach außen vorzuarbeiten, als umgekehrt.«

Streuner leckte sich über das Maul. »Maja hat ihre eigene Systematik. Am besten, man funkt ihr da nicht rein.«

»Gut«, sagte Serrano, um die Sache zu beenden. »Warten wir auf Majas Bericht. Ich behalte Liebermann im Auge. Falls jemandem von uns noch etwas einfällt, gibt er den anderen Bescheid.« Er stand auf. »Das wäre alles«, fügte er hinzu, als Streuner sitzen blieb.

»So, ja, ja.« Streuner sah zu Wu. »Da ist noch etwas, bei dem ich mir nicht sicher bin, ob es uns bei unseren Ermittlungen von Nutzen ist.«

Ein fadendünnes Dampfwölkchen schlängelte sich aus Wus Nase. »Wie wäre es, wenn du es uns erzählst? Zu dritt lässt es sich leichter auf seinen Nutzen hin wiegen.«

Wieder erschien der dankbare Ausdruck auf Streuners Gesicht. »Heute früh spukte mir etwas durch einen Traum.«

»Spielte er zufällig in der Tischlerei?«, fragte Serrano sarkastisch.

Der Zerzauste wandte sich zu ihm.

»Das wäre naheliegend, nicht? Aber tatsächlich spielte er in einem anderen Hof. Dem kleinen neben dem Getränkeladen, ihr kennt ihn vielleicht. Ein paar Menschen sitzen dort immer auf Baumstümpfen um einen umgekippten Schrank herum und nuckeln an Glasröhren. Ab und zu steht einer auf und holt neue aus dem Laden. Je weiter der Tag fortschreitet, desto lauter werden sie und desto unsicherer die Schritte des jeweiligen Röhrenlieferanten.«

»Ja«, sagte Wu zu Serranos Überraschung. »Ich bin dort vorbeigelaufen.«

»Manchmal hockte auch der Kapuzenmann dort. Anders als in der Tischlerei sprach er dort nie, sah keinem ins Gesicht und nuckelte einfach bloß.«

Serrano brach mit den Krallen eine zarte Eisscholle entzwei, die vor seinen Pfoten lag.

»Und weiter?«

»Im Traum sprach er. Und zwar mit einem der anderen Männer. Beziehungsweise, er brüllte ihn an. Der andere brüllte zurück und versuchte ihm seine Röhre wegzunehmen, bis der Kapuzenmann sie aus dem Hof herauswarf, worauf sein Widersacher ihr nachstürzte und verschwand. Darauf lachte der Kapuzenmann, zog eine außergewöhnlich fette Kakerlake aus der Tasche und schenkte sie mir. Mir läuft jetzt noch das Wasser im Mund zusammen, wenn ich daran denke.«

Serrano brach die Hälften der Scholle wiederum in Hälften. Er wusste nicht, was er sagen sollte. Den langsam herabsinkenden Ohren nach ging es Wu ebenso.

»Die Sache ist, dass es diesen Streit wirklich gegeben hat«, schloss Streuner und sah sie erwartungsvoll an.

»Schön, nur leider ist der Kapuzenmann nicht neben dem Getränkeladen gestorben«, entgegnete Serrano.

»Natürlich nicht, es war ja auch nur ein Traum. Aber nachdem ich aufgewacht war, fiel mir ein, dass der Kapuzenmann einige Tage vor seinem Tod Besuch hatte. Eines Abends kam er nach Hause, und kaum hatte er seine Tüte mit Hühnerresten abgelegt, ging die Tür auf, und noch ein anderer kam herein. Einer mit Fellstoppeln im Gesicht und einem Glimmstängel im Maul. Es dauerte keine zehn Sekunden, da hatte er mit seinem Qualm den ganzen Raum verpestet. Dem Kapuzenmann ging sein Auftauchen ziemlich gegen den Strich, und das zeigte er dem anderen. Er zog seine Kapuze noch tiefer, kehrte ihm den Rücken zu, versteckte die Tüte unter seinem Schlafsack, kraulte mir den Rücken, was er noch nie gemacht hatte, und stopfte den Lumpen hastig unter sein Schlafpolster.«

»Und der andere?«

»Der war einer von denen, die erst was merken, wenn man ihnen die Wade zerfetzt. Er trampelte herum, blies seinen Rauch in jede Ecke, als wolle er den Raum markieren, und jetzt denke ich, dass das wahrscheinlich sogar sein Plan war, denn am Ende ließ er sich wie selbstverständlich auf das Lager des Kapuzenmannes fallen, wobei er die Hühnertüte bemerkte. Er zog sie hervor, warf seinen Glimmstängel auf den Boden und begann zu essen.«

»Wo bleibt der Streit?«, unterbrach Serrano.

»Der kommt jetzt. Als der andere sich an seinem Futter vergriff, stürzte sich der Kapuzenmann auf ihn und entriss ihm die Tüte, die dabei kaputtging. Der andere lachte nur, und nun war es mit dem Kapuzenmann endgültig vorbei. Ich hab ihn noch nie so brüllen gehört. Eigentlich hatte ich ihn in Gegenwart eines Menschen überhaupt noch nie gehört, normalerweise sprach er nur mit seinem Lumpen. Der andere war genauso erschrocken wie ich.

Zuerst. Dann zertrat er die Hühnerteile – und steckte sich seelenruhig einen neuen Glimmstängel an.«

»Und der Kapuzenmann?«, drängte Serrano.

»Er stieß ein Schnauben aus wie ein kaputtes Vierrad, packte den anderen und schleifte ihn zur Tür. Zu dem, was danach kommt, kann ich nur noch wenig sagen, weil ich mich in einen Nebenraum verdrückt habe.«

Er sah ängstlich zu Wu.

»Verständlich«, sagte sie.

»Und auch nötig. Denn den Geräuschen nach ging die Rangelei auf der Treppe erst richtig los. Als der Kapuzenmann einige Zeit später zurückkam, hinkte er und betastete unter der Kapuze sein Gesicht. Dann verkroch er sich für ein langes Gespräch mit dem Lumpen auf seiner Matratze.«

Sie schwiegen. Ein Streit mit einem Fremden musste nichts bedeuten. Er konnte allerdings von Bedeutung sein, wenn man bedachte, dass der Kapuzenmann einige Tage darauf tot in einem Schneehaufen gesteckt hatte.

»Kam dir der Eindringling bekannt vor?«, fragte Serrano.

Streuner zog die Pfoten aus dem Schnee. »Was heißt bekannt. Es war einer von denen, die manchmal im Trinkerhof herumlungern. Wenn ich dort vorbeischnüre, dann nicht, um mir ihre Visagen einzuprägen. Der Kapuzenmann fällt natürlich auf, die anderen ähneln sich alle, bis auf einen Fetten, der meterweit nach schlechter Verdauung riecht. Der, den ich meine, trägt ein blaues Wechselfell mit Pelzkragen und eine schwarze Mütze.«

»Handschuhe?«

»Ach, darauf willst du hinaus. Nein, ich glaube nicht. Dann hätte er seinen Glimmstängel wohl kaum halten können, geschweige denn, sich einen neuen anzünden. Außerdem sind mir seine Krallen aufgefallen.«

»Was war mit denen?«

»Er hatte eben keine. Schnurgerade abgewetzt, ungewöhnlich für einen von seinem Schlag. Der Kapuzenmann hat seine, wenn sie zu lang wurden, einfach heruntergefressen, aber nie alle gleichzeitig, wodurch sie unterschiedlich lang waren.«

SIE VERLIESSEN IHN KURZ nacheinander. Zuerst Streuner, der Maja zur Mittagsfütterung und dem aktuellen Handschuhrapport in ihrem Keller erwartete, dann Wu, die er gern noch ein wenig aufgehalten hätte. Aber sie hatte den Perserinnen versprochen, nicht allzu lange fortzubleiben.

Als sie ging, folgte Serrano ihr unauffällig ein Stück, um sich zu vergewissern, dass sie wirklich die Richtung zum Katzenhaus einschlug. Einige Hauseingänge weiter schämte er sich dafür und verkrümelte sich unter seinen Flieder, der um diese Jahreszeit so aussah, wie er sich fühlte.

In seiner Ratlosigkeit wandte er sich an Bismarcks Geist.

*Was soll ich tun?*, fragte er ihn stumm. *Versuchen, Liebermann von dem Streit des Kapuzenmannes zu erzählen* – was eine scheußliche Plackerei werden würde, so resistent, wie der Kommissar gegen alternative Verständigungsmodelle war – *oder mich mit deinem verkorksten Sohn selbst an die Fersen des Streithahns heften?*

Da Bismarck sich gern darin gefiel, in Zeichen zu antworten, setzte sich Serrano, schlang seinen Schwanz um die Vorderpfoten, sah dem alten Fischauge auf der anderen Straßenseite beim Schneefegen zu und wartete geduldig. Nach einer Weile kam die Schnitzelfrau den Weg herauf. In einer Hand trug sie einen prall gefüllten Beutel, mit der anderen zog sie an einer Schnur ein Holzgerüst mit einer Kiste hinter sich her. Vor Serranos Flieder fuhr das

Gerüst plötzlich auf einen Stein auf und kippte um. Obst und Glasröhren verteilten sich über den Weg. Die Schnitzelfrau schloss sekundenlang die Augen. Dann ging sie in die Knie, lehnte den Beutel gegen den Zaun und begann mit leisem Stöhnen, die verlorene Fracht einzusammeln. Auf der anderen Straßenseite warf das Fischauge seinen Besen in den Schnee und stürmte herüber. Einige Handgriffe, die das Fischauge mit beruhigenden Worten begleitete, und schon war die Kiste wieder voll.

Aus seinem Versteck beobachtete Serrano, wie sich das Gesicht der Schnitzelfrau erhellte.

Aber auch so hatte er Bismarcks Rat längst verstanden. Es war einer seiner Lieblingssprüche gewesen: *Gib oder nimm Hilfe – und sei stets der Beschenkte.*

Was nützte es, wenn Streuner den Besucher des Kapuzenmanns identifizierte? Falls er nicht nach Mord stank, konnten sie ihm weder etwas nachweisen, noch ihn zur Verantwortung ziehen.

Dafür brauchte es einen Menschen, und am besten einen, der ohnehin schon mit der Sache befasst war.

Serrano seufzte. *Wenn* er denn mit der Sache befasst war.

UM HALB EINS VERSUCHTE Liebermann den Bruder des Tischlers zum vierten Mal an diesem Vormittag ans Telefon zu bekommen, legte mitten in der Mailboxansage auf und beschloss, mittagessen zu gehen. Unterwegs grübelte er darüber nach, ob es klug war, unter verdeckter Nummer bei Jakob Abrams anzurufen. Er wäre sicher nicht der Einzige, dem anonyme Anrufer genauso suspekt waren wie die Polizei.

Kommissarin Holzmann hatte offenbar mehr Erfolg. Sie telefonierte, als er sie abholen wollte.

Müller hatte seinen Computer bereits verlassen.

Liebermann fand ihn an einem der Fenstertische des Speiseraums, zusammen mit Simon, der seine Jacke über die Stuhllehne gehängt hatte.

Bei seinem Auftauchen stockte der Anwärter mitten im Satz und brach ab.

»Fahren Sie ruhig fort«, ermunterte Liebermann ihn und verschwand zur Essenausgabe.

Als er zurückkehrte, schien Simon noch immer nach dem Ende seines Satzes zu suchen.

In der Hoffnung, ihm wieder in die Spur zu helfen, erkundigte Liebermann sich nach den Ergebnissen der Zeugenbefragung. Seit einiger Zeit fand er, dass der junge Kriminalanwärter sich zuweilen etwas seltsam benahm. Mangels besserer Erklärung deutete Liebermann diese Wesensänderung als Begleiterscheinung eines Zusammenpralls mit einer Frau. Keines besonders glücklichen, wie es aussah.

Simon tunkte einen Fleischbrocken in seiner Suppe unter, der neben dem Löffel wieder hochkam. Mit dem Kopf deutete er auf ein Heft neben sich.

»Direkte Zeugen konnte ich nicht auftreiben. Nur zwei Anwohner aus dem Haus gegenüber der Tischlerei, die sich in der Nacht auf letzten Sonntag über Lärm beschwert haben. Ein Rentner und eine junge Mutter.«

»Lärm welcher Art?«, fragte Liebermann und biss in seinen Wrap.

»Grölen und Geräusche, als wenn jemand etwas demoliert hätte, sagt der Rentner. Er hat aus dem Fenster gebrüllt, was nichts genützt hat, und wollte gerade die Polizei rufen, da brach der Krach ab. Die junge Frau bestätigt das, sie vermutet betrunkene Jugendliche, die randalierend durch die Straße gezogen sind. Dazu würde die andere Beschwerde des Rentners passen. Angeblich hat seine Frau am Samstagvormittag zwei Kleidertüten an den Straßenrand gestellt, die am nächsten Morgen zerrissen und geplündert waren. Die sind weg, wahrscheinlich wurden sie inzwischen abgeholt. Aber ein Stück neben der angegebenen Stelle ist der Briefkasten eines Einfamilienhauses verbeult. Der Besitzer war nicht da, deshalb konnte ich ihn nicht fragen, wie alt die Beulen sind. Bei den Kollegen ist keine entsprechende Anzeige eingegangen.«

»Vielleicht sind die Bewohner des Hauses schon seit Längerem absent«, sagte Liebermann, stolz, das Wort nach seinem gestrigen Telefonat mit Dr. Gerlach nachgeschlagen zu haben.

Die Obduktion musste in vollem Gange sein, und – so ihr nicht eine trotzige Phase in den Weg kam – würde bald einer von Dr. Genrichs kleinen Filmen eintrudeln. Einen Namen allerdings würde auch sie dem Kapuzenmann nicht aus den Eingeweiden ziehen.

»Ich werde Hübotter bitten, den Briefkasten zu untersuchen. Mit etwas Glück findet er Spuren von Stiefeln oder Händen daran. Was die Kleidertüte betrifft, war sie am Nachmittag schon zerrissen. Ihnen mag aufgefallen sein, dass einige der Schneemänner im Hof bekleidet waren. Wann haben die Anwohner den bewussten Krach denn gehört?«

»Kurz vor zwei Uhr nachts«, sagte Simon und legte den Löffel zur Seite. Liebermann beobachtete es stirnrunzelnd.

»Ist etwas mit Ihrer Suppe nicht in Ordnung?«

»Doch. Ich bin nur satt.«

Die Schüssel des Anwärters war noch zu drei Vierteln voll. Plötzlich regte sich in Liebermann Ärger auf die unbekannte Geliebte, die in dieser Sekunde vermutlich irgendwo auf einem Sofa saß und mit dem Appetit einer begehrten Frau ein Schnitzel verspeiste, während Simon unter seinen Augen zu Asche zerfiel.

Aus einem Impuls heraus legte er ihm die Hand auf den Arm.

»Passen Sie auf sich auf, Simon. Lassen Sie kein Schindluder mit sich treiben. Niemand verdient, dass ein anderer seinetwegen verhungert. Und diejenigen, die es hinnehmen, zuletzt.«

Der Arm zuckte leicht. Simon zog ihn weg und stand auf. »Entschuldigen Sie, ich muss zur Toilette.«

»Armer Kerl«, sagte Liebermann zu Müller, als er verschwunden war. »Haben Sie gesehen, wie er gegangen ist? Als würde er Fußfesseln tragen.«

»Lassen Sie ihn in Ruhe!«, brummte der Oberkommissar. »Und wenn ich Ihnen einen Tipp geben darf: Setzen Sie eine Weihnachtsfeier an und laden Sie Ihre Frau dazu ein.«

Während Liebermann noch über den merkwürdigen Rat nachgrübelte, kehrte Simon zurück und nahm mit dünnem Lächeln den Löffel wieder auf.

»Sie haben recht. Essen hält Körper und Geist zusammen.«

»Körper und Seele«, gurrte Kommissarin Holzmann und ließ sich neben ihm nieder. Ihr Tablett ähnelte einem Altar zum Erntedankfest. Ein Beweis, dass sie nicht mit unglücklichen Leidenschaften zu kämpfen hatte. Zufrieden spießte sie eine Cocktailtomate auf.

»Ich glaube, ich habe den Namen unseres Toten.«

»Das ging schnell«, lobte Liebermann. »Dürfen wir ihn hören?«

»Roman Stölzel.«

Schweigen.

»Aber die Initialen im Kragen des Hemdes«, meinte Liebermann nach einer Weile behutsam, »lauten N. S., nicht R. S.«

»Ja, weil es ursprünglich seiner Schwester Nora gehört

hat. Die beiden waren zusammen im Kinderheim Reesen, bis Nora Ende der Achtziger woandershin verlegt wurde. Vermutlich hat Roman das Kleidungsstück als Andenken behalten.«

»Blödsinn«, murrte Müller. »Es gibt haufenweise Namen mit den Anfangsbuchstaben N. S. Ich wette, dass allein Simon in seiner Verwandtschaft schon etliche davon hat. Na, Simon, irgendein Norbert oder Nick?«

»Natalie.«

»Na also.« Müller zerbiss einen Knorpel. »Und auch Heime gibt's Hunderte.«

»Aber keines, in dem die Kinder ihre Etiketten selbst gestickt haben«, konterte die Kommissarin. »Die Sekretärin in Reesen ist erst nach der Wende dorthin gekommen und wusste nichts über die Gepflogenheiten der Achtziger. Aber sie hat mich mit der Waschfrau verbunden, die sich sowohl der beiden Stölzels als auch der samstäglichen Nähstunden entsinnt. Rosa Etikettband für die Mädchen, weißes für die Jungen. Sie nannten es Handarbeitslehre.«

»Na schön.« Müller zog eine Grimasse. »Ein gammliger Fetzen mit einem Wäscheband, das jede Ostmutter zu Hause hatte, auf der einen Seite. Ein Säuferstützpunkt in Potsdam-West mit dem Kapuzenmann als Stammkunden auf der anderen. Eine Auskunft von einem der Träger für Obdachlosenhilfe«, fügte er hinzu, als sich die Augen der Mordkommission auf ihn richteten, bis auf Simons, der in ein Lorbeerblatt seiner Suppe versunken war.

»Juristisch gesehen ist er eigentlich kein Träger, sondern ein Verein, der unter dem Dach der Diakonie läuft und sich ›Treibholz‹ nennt.«

»Welch lyrischer Name«, bemerkte Kommissarin Holzmann, »für Menschen, die vom Sturm des Lebens angespült wurden.«

»Unsinn! Weichgespült höchstens. Und zwar von Bier und Klarem Stechlin. Wir reden hier von Alkoholikern, nicht von menschlichen Planken.«

»Von den Überbleibseln gesunkener Schiffe«, präzisierte Liebermann, der Gefallen an dem Bild zerschellter Helden fand.

»Wracks«, flüsterte Simon seinem Lorbeer zu.

Müller lief violett an, das Signal für einen nahenden cholerischen Anfall. Liebermann beeilte sich, das Ruder herumzureißen. Das Segel neu zu setzen, das Schiff wieder in ruhigere Gewässer zu führen. Es erstaunte ihn, wie reich die Seefahrt an Metaphern war.

»Ich nehme an, der Name, den dieser Verein Ihnen genannt hat, ist nicht mit dem aus dem Kinderheim identisch.«

Ein Klirren. Müller hatte seinen Löffel fallen gelassen. Ihn abgegeben, dachte Liebermann im Bann der Sprachbilder.

»Der Tote heißt Kapuzenmann. So wird er bei allen Trägern, die Obdachlose betreuen, geführt. Vielleicht hatte er früher einen anderen Namen, aber wenn, dann ist er – um mich Ihrer kitschigen Ausdrucksweise zu bedienen – bei seiner Ankunft in Potsdam untergegangen. Die Sache ist nämlich, dass er stumm war, wie soll man da seinen Namen erfahren, ohne ihm an die Wäsche zu gehen? Oder sein Alter, was das größere Problem war.«

»Warum?«

Endlich entspannte sich Müller ein wenig. »Weil die Träger sich den Klub der einheimischen Penner aufgeteilt haben. Jeder Obdachlose bedeutet ein Säckchen voll Gold, aber nur, wenn man die Exklusivrechte an ihm hat. Bis vor zwei Jahren besaß ›Treibholz‹ in dieser Hinsicht die absolute Hoheit. Dann bekam irgendjemand in der Stadtverwaltung einen karitativen Koller und schrieb

Fördermittel für einen weiteren Träger aus, der zufälligerweise vom Schwager des zuständigen Fachbereichsleiters geführt wurde. Das Ergebnis war totales Chaos. Plötzlich konnten sich die Penner vor Samaritern nicht mehr retten und tranken, um mit ihrer neuen Beliebtheit klarzukommen, vorsichtshalber noch eine Pulle mehr. Dann kamen sie auf den Trichter, die Sozialarbeiter gegeneinander auszuspielen. Machte zum Beispiel ein Streetworker von ›Treibholz‹ seine Runde, boten sie ihm in aller Freundschaft eine Zigarette des neuen Trägers an und verwiesen beiläufig auf ihre zerschlissene Isomatte. Das führte dazu, dass jener Streetworker am nächsten Tag einige Stunden früher erschien und eine fabrikneue Isomatte nebst zwei statt eines Päckchens Zigaretten ablieferte. Es entbrannte schließlich ein Wettlauf um die Gunst der Penner, der einem Wahlkampf in der Endphase ähnelte, bis ein investigativer Journalist die Blase eines schönen Tages platzen ließ, indem er den Missbrauch von Fördergeldern beklagte, die für ein und dieselbe Leistung doppelt gezahlt würden, nämlich vom Land und von der Stadt.«

»Worauf ›Treibholz‹ auf sein Erstgeborenenrecht in Sachen Penner pochte«, riet Liebermann.

»Klar, half bloß nichts. Denn die Stadt pochte ihrerseits auf ihr Recht, ihren ärmsten Kindern mütterlich beistehen zu dürfen, und kam auf eine neue Idee, die ihr offenbar irgendein Scheidungsrichter eingeflüstert hat. Die Kinderlein wurden getrennt. Das Sorgerecht für die Jüngeren bis siebenundzwanzig wurde ›Treibholz‹ zugesprochen, das für die Älteren dem städtischen Träger. Wird das Problem jetzt klarer?«

Da Simon nicht zur Verfügung stand, wechselte Liebermann einen verständnisinnigen Blick mit Kommissarin Holzmann.

Bis zum Anruf von Dr. Genrich hätte keiner der bei der Bergung der Leiche Anwesenden das Alter des Kapuzenmannes schätzen können.

»Um unseren Toten kümmerten sich also beide Träger.«

»Sie rissen sich um ihn«, bekräftigte Müller. »Aber weil einer der ›Treibholz‹-Leute in der Gegend wohnt, hat er die Schlacht am Ende für seinen Verein entschieden. Präsenzbonus sozusagen.«

»Machen Sie einen Termin mit ihm!«

Der Oberkommissar wickelte gemächlich zwei Stück Würfelzucker aus, schob sie sich in den Mund. »In einer Viertelstunde. Beeilen Sie sich lieber mit dem Essen!«

ALS DER STREETWORKER ANDERTHALB Stunden später in Müllers Begleitung den Konferenzraum betrat, flog Liebermann die Frage durch den Kopf, ob ›Treibholz‹ seine Mitarbeiter möglicherweise aus den Reihen ihrer Kunden rekrutierte.

Der Mann schien ihm ebenso alterslos wie der Tote, was daran lag, dass sein Gesicht hauptsächlich aus Haaren bestand. Dort, wo sie endeten, begann eine textile Landschaft, die entweder aus demselben Material gestrickt war oder der Wolle eines mit ihm verwandten ockerfarbenen Pudels, den man selten wusch.

Erst auf den zweiten Blick bemerkte er die leuchtenden grünen Augen und einen goldenen unteren Schneidezahn.

»Im ›Katinka‹ war's«, sagte der Haarige grinsend und gab ihm die Hand. »Sie haben vier Burger anschreiben lassen.«

Liebermann erinnerte sich. Ein Abend Ende Oktober. Er hatte Nico und die Mädchen zum Essen eingeladen und beim Bezahlen gemerkt, dass er seine Brieftasche vergessen hatte. Beim Anschreiben hatte neben ihm ein haariger Kerl mit einem Goldzahn gestanden.

»Bastian Kleiber, genannt Wolle. Tut mir leid, dass ich zu spät bin, wir hatten einen Notfall. Einer unserer Betreuten hat sich eine Blutvergiftung zugezogen, ich musste ihn in die Klinik bringen.«

Er ließ sich auf einen Stuhl fallen und nickte erst Simon, dann Kommissarin Holzmann zu, die ihm eilfertig eine Tasse Kaffee hinstellte.

»Traurige Sache, das mit dem Kapuzenmann. Aber irgendwie auch zu erwarten.«

»Weshalb?«

Wolle spreizte die Finger, wobei auch auf den Rückseiten seiner Hände kleine Haarbüschel sichtbar wurden.

»Weil er ein Opfertyp war. Nett, harmlos wie eine Fliege, aber ebenso empfindlich, was den Raubeinen vom Stützpunkt natürlich nicht verborgen geblieben ist. Wenn er sein Level überschritten hatte, fing er manchmal an zu weinen. Sagte nie ein Wort, obwohl ich mir sicher bin, dass er sprechen konnte. Gehört hat er nämlich ausgezeichnet, das hab ich an seinen Reaktionen gesehen, wenn die anderen sich über ihn lustig machten. Dann zog er seine Kapuze noch enger zu. Außerdem hat er mal gestöhnt, und dazu gehört schließlich eine Stimme, nicht? Super Kaffee!«, sagte er zu Kommissarin Holzmann. »Das war, als er die Sache mit dem Bein hatte. Ganz üble Geschichte. Ab und zu geh ich am Stützpunkt auf ein Bierchen vorbei. Bisschen quatschen, gucken, ob alle einigermaßen beisammen sind und 'ne Butze für die Nacht haben, besonders jetzt, bei der Kälte. Der Kapuzenmann war nicht immer da. Aber wenn, hab ich ihn ganz genau unter die Lupe genommen.«

»Um über sein Alter herumzurätseln?«, fragte Liebermann.

Der Streetworker zuckte die Achseln. »Hauptsächlich, um an seiner Psychose dranzubleiben. Der Mann hatte einen ausgewachsenen Verfolgungswahn, das war klar, auch den Raubeinen vom Stützpunkt. Da die aber alle irgendeine Klatsche haben, nahmen sie es hin und witzelten nur hin und wieder drüber. Im Grunde begreifen die Saufbrüder sich nämlich als Familie, einer hilft dem anderen, sie bescheißen sich auch, aber wenn's hart auf hart kommt, stehen sie wie ein Block. Na ja, eines Tages im November kam der Kapuzenmann jedenfalls angehinkt. Sagte nichts, trank sein Bier und hinkte von dannen. Das nächste Mal konnte man es schon kaum noch hinken nennen. Er schleppte sich heran, die Nasenspitze weiß wie ein Zuckerhut, und er stank wie die Pest. Und wenn ich sage, wie die Pest, meine ich: nicht wie sonst, sondern hochgradig ungesund. Die anderen waren auch beunruhigt, das hab ich gemerkt. Er ließ sich aber nicht helfen. Kaum, dass ich auf das Bein gezeigt hatte, kroch er davon. Zwei Hauseingänge weiter habe ich ihn wieder aufgegabelt, wimmernd wie ein Baby. Da hab ich den Notdienst gerufen. Gibt's noch Kaffee?«

Er wartete nicht, bis Kommissarin Holzmann aufsprang, sondern schenkte sich selbst nach.

»Im Krankenhaus meinten sie, dass es höchste Eisenbahn gewesen wäre. Das Bein stand quasi im Begriff, durchzufaulen. Er muss sich irgendwo verletzt haben, dann ist Dreck in die Wunde gekommen, Frost dazu, die Sache begann zu schwären. Um ein Haar hätte man ihm das Bein abgenommen, aber...«

»Moment«, unterbrach Müller. »Warum haben Sie am Telefon nichts davon gesagt?«

»Wovon?«

»Vom Krankenhaus. Sie haben mir versucht weiszumachen, Sie hätten keine Ahnung, wie der Kapuzenmann hieß, aber eine Einweisung ins Krankenhaus bedeutet Aufnahme der Personalien, bedeutet Versicherungskarte.«

Im Bartgestrüpp des Streetworkers bewegte sich etwas. »Darf ich fragen, wie häufig Sie schon Kontakt zu psychotischen Obdachlosen hatten?«

»Einmal«, antwortete statt Müller Liebermann in Gedenken an den vergangenen Samstag.

»Und, haben Sie da einen Ausweis zu Gesicht bekommen?«

»Ich habe nicht danach gefragt.«

»Schade. Wen auch immer Sie da getroffen haben, er hätte Ihnen im Brustton der Überzeugung versichert, dass eines Nachts ein Rudel Ratten oder Außerirdische gekommen wären und seine Papiere aufgefressen hätten.«

»Wohl kaum. Es handelte es sich um den Kapuzenmann.«

Wolle kniff die Augen zusammen. »Ach so. Da er nicht redet, liegt die Sache bei ihm natürlich anders. Keine Geschichten also. Aber auch kein Ausweis. Keine Versicherungskarte. Nur einer, der bei lebendigem Leib verfault und sich wie ein Verrückter, der er auch ist, dagegen wehrt, dass man ihm seine dreckige Jacke auszieht. Was tut also der diensthabende Arzt in der Notaufnahme?«

Er machte eine Pause und blickte von Müller zu Liebermann und zurück. Als nichts kam, sagte er: »Er wirft einen Blick auf das stinkende Bein, wird blass und rammt ihm erst mal eine Tetanusspritze hinein. Dann weist er eine Schwester an, eine Akte mit dem Arbeitstitel ›Kapuzenmann‹ anzulegen. Dann schiebt er ihn in den OP. Dieser Arzt hat nämlich einen Eid geleistet, der zu einer Zeit entstand, als Ausweise und der ganze Schrott noch gar nicht erfunden waren.«

»Und wer hat die Rechnung bezahlt?«, fragte Müller grollend.

Wolle kratze sich eine Stelle seines Bartes, hinter der Liebermann sein Kinn vermutete. »Unser Verein.«

Auf der anderen Tischseite hob sich ein Finger.

»Entschuldigen Sie«, sagte Simon. »Haben die Leute im Krankenhaus den Kapuzenmann vor der Operation nicht ausgezogen?«

Der Steetworker beäugte ihn amüsiert.

»Sicher doch. Im anderen Fall hätten sie auch gleich die Finger von ihm lassen können, so verkeimt, wie er war. Als ich am nächsten Tag mit meinem Notfallset vorbeikam: Zahnbürste, Hausschuhe, Sie wissen schon, lugte unten ein nackter Fuß aus seiner Bettdecke. Er trug noch das OP-Hemd, seine Klamotten hatte das Personal zu hundert Prozent entsorgt.«

»Dann«, sagte Simon etwas lebhafter, »haben Sie ihn also ohne Kapuze gesehen?«

Wolle nickte. »Sie sind ein heller Bursche. Aber Sie kennen den Kapuzenmann nicht.«

»Nur tot.«

»Und selbst da hatte er sich in seine Kapuze geschnürt, wie ich gehört hab. Warum wohl ließ er bei meinem Besuch im Krankenhaus seinen Fuß aus der Decke hängen?«

Simon hob die Schultern. »Weil er sie über den Kopf gezogen hatte?«

»Präzise. Bis zu seinem fettigen Haaransatz. Auf dem Nachttisch lag eine Besorgungsliste für mich. Das vom Krankenhaus verlangte Zeug hatte ich schon dabei, aber er hatte sie noch ein bisschen ergänzt. Und nun raten Sie mal, womit.«

Niemand antwortete, stattdessen fragte Liebermann: »Haben Sie seine Wünsche erfüllt?«

»Was sollte ich denn machen? Einem Irren schlägt man keine Wünsche ab, wenn man sein Vertrauen will. Und das wollte ich, weiß Gott, warum. Vielleicht, weil ich den Typen als mein persönliches Projekt gesehen habe. Weil ich gehofft habe, ihn irgendwann zu einem Psychiater zu schleppen. Was, wie ich jetzt begreife, nur mit Gewalt geklappt hätte, und selbst dann...« Er seufzte und stützte den Kopf in die Hand, ein trauriger Yeti. »Noch am selben Tag bin ich losgezogen und hab ihm eine Daunenjacke mit Kapuze gekauft, Unterwäsche, Hose und Thermosocken. Sogar gefütterte Stiefel.«

Liebermann runzelte die Stirn. »Stiefel?«

»Ja, aus Goretex. Nicht ganz billig, aber erstens bezahlt's der Verein, und zweitens dachte ich an den Winter.«

»Ich frage nur, weil er bei meiner Begegnung mit ihm und auch gestern, als wir ihn ausgegraben haben, Turnschuhe trug.«

»Wirklich? Verdammt, aber so sind sie. Kaum schenkt man ihnen mal was Gutes, schleppen sie es in den nächsten Secondhand.«

»Sie meinen, er hat die Stiefel weiterverkauft?«

»Wäre nicht das erste Mal. Hacke – das ist einer vom Stützpunkt, der sich manchmal ein bisschen um den Kapuzenmann gekümmert hat – war Spezialist darin, Klamotten zu erbetteln und sie dann für ein paar Euro zu verkloppen, damit er seine Schulden im Getränkeladen begleichen und neu anschreiben lassen konnte. Das Ende vom Lied war, dass er nur noch Kram aus der Kleidersammlung gekriegt hat. Vielleicht hat er seinem Kumpel die Stiefel abgeschwatzt. Zuzutrauen wär's ihm.«

Unauffällig tastete Liebermann nach seinem Block. Hacke. Ein Name, der auf eine frühere Beschäftigung zurückging? Oder auf einen Zustand?

»Wenn es so war, woher hatte der Kapuzenmann dann die Turnschuhe?«, fragte Kommissarin Holzmann.

»Entweder aus einem Kleidersack oder von Hacke, der sie auch von dort hatte. Schuhe findet man in einer Überflussgesellschaft überall.«

»LANGSAM GEHT'S VORAN«, SAGTE Müller zufrieden, als der Streetworker gegangen war. Eine SMS hatte ihn abberufen. Der Klient mit der Blutvergiftung war wieder auf die Beine gekommen und im Schwesternzimmer seiner Station bei der fortgeschrittenen Verkostung eines Desinfektionsmittels erwischt worden. Man hatte ihm den Magen ausgepumpt und ihn in die Neurologie verlegt.

»Womit?«, fragte Liebermann.

Müller starrte ihn an, um herauszufinden, ob der Hauptkommissar seine Beschränktheit nur spielte oder ob sie echt war.

»Wir haben einen Treffpunkt, an dem der Kapuzenmann mit seinesgleichen soff. Einer von denen hat sich, ich zitiere: ein bisschen um ihn gekümmert. Zum Beispiel, indem er ihm seine neuen Stiefel aus den Rippen geleiert hat. Was, wenn der Kapuzenmann sie eigentlich gern behalten hätte? Wie wir von Wolle wissen, war er aber ein erklärter Opfertyp. Weich, nahe am Wasser gebaut und schwächlich. Angenommen, dieser Hacke wäre genau das Gegenteil, was läge da für ihn näher, als sich einfach zu nehmen, was man ihm nicht freiwillig gibt? Doch gegen alle Erwartungen wird sein Kumpel plötzlich fuchtig. Es kommt zum Handgemenge, das Hacke beendet, indem er ihm kurzerhand irgendein Brett über den Schädel zieht. Ende der Vorstellung.«

»Klingt plausibel«, sagte Kommissarin Holzmann. »Und außerdem widerspricht die Geschichte meinen Heimrecherchen in keiner Weise. Hier die Tat, dort die Identität des Opfers, was meinen Sie, Hauptkommissar?«

Liebermann sah auf Simon, der seinem Blick ausnahmsweise standhielt. »Die Sache mit den Stiefeln ist nur eine Hypothese von Wolle.«

»Wenigstens *ist* es eine Hypothese«, sagte Simon ruhig.

»Durchaus. Aus diesem Grund wäre es wohl angebracht, sie zu prüfen.«

Ohne ein Wort stand Müller auf.

»Wenn Sie die Gelegenheit dazu haben, kaufen Sie unterwegs eine Flasche Schnaps«, riet Liebermann ihm. »Eine nicht allzu billige. Aber auch nicht die teuerste, falls Ihnen daran liegt, von den Säufern nicht jede Woche wegen einer neuen Stiefelgeschichte zum Stützpunkt bestellt zu werden.«

»Und ich?«, fragte Kommissarin Holzmann.

»Sie versuchen herauszubekommen, wo die Schwester von diesem Roman heute steckt, wir brauchen jemanden, der ihn identifiziert.«

»Habe ich schon. Es gibt eine Nora Stölzel in Wiesbaden, aber die ist erst einundzwanzig. Sonst niemanden.«

Liebermann seufzte. »Dann vereinbaren Sie für morgen einen Termin in diesem Kinderheim. Für Simon und mich.«

Er verließ den Konferenzraum mit dem Gefühl, ein annehmbarer Psychologe zu sein. Unglücklichen Leidenschaften begegnete man, das wusste er aus Erfahrung, am wirkungsvollsten mit Arbeit. Und mit Gesellschaft.

## 14

ALS LIEBERMANN BEI ANBRUCH der Dämmerung noch immer nicht heimgekehrt war, stattete Serrano Maja einen Besuch ab. Lieber wäre er zu Wu ins Katzenhaus gegangen, aber ihm fiel kein Grund für einen Besuch ein. Und nur den Perserinnen hallo zu sagen schien ihm zu durchschaubar.

Früher hatte er sich um solche Dinge nie Gedanken gemacht.

Vor Majas Napf saß das Objekt seiner Eifersucht. Es sah aus, als hätte Streuner sich seit Stunden nicht bewegt.

»Sie ist immer noch unterwegs«, murmelte er. »Möchtest du hier auf sie warten, oder soll ich dir Bescheid geben, wenn sie kommt?«

Serrano zögerte. »Ich sehe auf dem Rückweg noch einmal vorbei.«

»Rückweg wovon?«

»Dem Hof neben dem Getränkeladen. Ich will mir den Menschen aus deinem Traum ansehen.« Eine Antwort aufs Geratewohl. Serrano hegte nicht die geringste Absicht, Bismarcks Rat zu übergehen. Sein Besuch bei Maja hatte nur den Zweck gehabt, die Zeit bis zu Liebermanns Ankunft zu füllen und Trost in ihrem dicken, klugen Gesicht zu suchen, um am Ende vielleicht mit einer Idee heimzukehren, wie er den trotteligen Kommissar auf die Fährte des Widersachers vom Kapuzenmann setzen sollte.

Streuner stand schwerfällig auf. »Soll ich dich führen?«

»Nicht nötig. Ich werde ihn schon finden.«

»Blaues Wechselfell mit Pelzkragen und Mütze.«

»Und um das Kinn herum stoppeliges Fell, ich weiß.«

»Nicht nur ums Kinn, auch die Wangen hinauf bis an die Augen. Da fällt mir ein, dass es inzwischen natürlich gewachsen sein könnte, in dem Fall wäre es nicht mehr stoppelig.«

»Mir reichen seine Wechselfelle. Außerdem hast du gesagt, dass er Glimmstängel raucht.«

»Das tun sie alle. Aber er hat eine durchdringende Stimme, heller als die der anderen, daran kannst du dich festhalten. Von der Statur her ist er dem Kapuzenmann ähnlich, nur ein wenig stabiler. Bist du sicher, dass du allein zurechtkommst?«

»Ja, warte du hier auf Maja. Sie wird einen Zuhörer brauchen, wenn sie Neuigkeiten bringt, sonst platzt sie.« Serrano grinste in sich hinein und dachte an Wu, die mit Neuigkeiten noch schlechter haushalten konnte als die Dicke.

»Du hast sie ziemlich gemocht, wie?«, stellte Streuner fest. »Und sie dich. Sie redet immer noch von dir.«

In Serrano zog sich etwas zusammen. *Immer noch?* Sprach man so über jemanden, den man erst vor wenigen Stunden verlassen hatte?

»Du wirst vielleicht lachen, aber manchmal glaube ich, dass sie sich nur für mich interessiert hat, um deine Gleichgültigkeit zu ertragen. Dauernd vergleicht sie mich mit dir. Ich weiß ja, dass ich nicht der Schnellste bin, trotzdem tut es weh, sie sagen zu hören, dass ein Gespräch mit dir nur halb so lange dauert wie mit mir und ihr darum viel mehr ausgetauscht habt.«

Serrano hörte nur noch halb zu. In ihm war ein Wort eingerastet. »Sie findet mich gleichgültig?«

»Vielleicht nicht direkt gleichgültig, aber zumindest etwas in der Art.« Streuner überlegte, wobei sichtbar wurde, dass er wirklich nicht der Schnellste war. »Sie meinte, seit dir diese kleine Goldene über den Weg gelaufen wäre, hätten deine Besuche zunehmend Kondolenzbesuchen geglichen. Sie kam sich alt vor und fett. Dabei ist sie die prächtigste Katze, die die Welt je gesehen hat.«

Ein Luftzug strich durch Serrano. Streuner redete nicht von Wu.

»Aus diesem Grund«, sagte Serrano aufatmend, »wird sie stets die Grande Dame des Viertels bleiben. Und«, fügte er hinzu, »mach dir keine Gedanken darum, warum sie dich gewählt hat. Tatsache ist, dass du es warst und niemand anders.«

Streuner scharrte verlegen auf dem Estrich des Kellers. »Ja.«

»Möglicherweise hat ihr deine Reiselust imponiert. Unabhängigkeit beeindruckt. Vor allem jene, die sich einen Verlust ihres Nestes nicht mehr vorstellen können, wie Maja. Vielleicht kannst du deshalb Geister sehen.«

»Wie meinst du das?«

»Du bist wie sie«, sagte Serrano. »Du streunst herum, frei und – von Maja mal abgesehen – ungebunden, mit offenen Sinnen.« Teilweise durchlässigen, ergänzte Serrano bei sich. »Den Geistern, die ebenfalls frei herumfliegen, musst du geradezu als Landebahn erscheinen. Also kehren sie flüsternd in dir ein. Bismarck ging es in seiner Jugend ähnlich.«

Streuner sah ihn beinahe so ehrfürchtig an wie einige Stunden zuvor Wu.

»Das scheint mir logisch. Kein Wunder, dass Maja noch an dir hängt.«

»Es ist nur eine Logik von vielen«, wehrte Serrano ab. Er wandte sich dem Fenster zu. »Vielleicht wäre es doch besser, wenn du mich zum Hof der Glasröhrenmänner begleitest. Falls der Typ aus deinem Traum das blaue Wechselfell gegen ein anderes getauscht hat. Bei Menschen weiß man nie.«

SIE SUCHTEN SICH EINEN Platz zwischen zwei Mülltonnen auf der gegenüberliegenden Straßenseite des Hofes, um seinen Eingang im Blick zu haben, ohne selbst gesehen zu werden.

Nach einer Weile tauchte ein blaues Wechselfell auf und verschwand rechts hinter der Mauer, die den Hof vom Fußweg abgrenzte.

»War er das?«

»Ich weiß nicht«, sagte Streuner. »Es ging zu schnell.«

Sie warteten. Von fern klang das Läuten der Kirche, um die sich ringförmig die Straßen des Viertels zogen.

»Viermal«, meinte Streuner.

»Ich hab's gehört.«

Streuner sah flüchtig auf die Ruine von Serranos rechtem Ohr, dann richtete er den Blick wieder auf das Tor.

Langsam wurde es dämmerig. Je tiefer die Sonne sank, desto betriebsamer wurde es um die Kater herum. Menschliche Weibchen mit ihren Jungen knirschten über den Split, mit dem der Schnee bestreut war. Vierräder schlitterten vorbei. Im Fenster des Getränkeladens schrillte plötzlich ein bunter Stern auf. Streuner blinzelte erschrocken.

Endlich, nach einer Ewigkeit, tat sich wieder etwas im Hofeingang. Ein Mensch erschien, oder besser, ein Fass mit menschlichen Gliedmaßen. In den Armen trug er Glasröhren, mit denen er vorsichtig Richtung Getränkeladen balancierte. Serrano fasste ihn ins Auge. »Ist er das?«

»Nein.«

»Aber er trägt ein blaues Wechselfell und eine Mütze.«

»Er ist zu mächtig.«

Als der Mensch mit neuen Röhren beladen aus dem Laden zurückkehrte, riss Serrano die Geduld. Seine Ballen schmerzten vor Kälte, und darüber hinaus lief er Gefahr, Liebermann zu verpassen, der jeden Moment nach Hause kommen musste.

»Wir gehen rein. Mittlerweile ist es so dunkel, dass die Trinker uns ohnehin nicht sehen.«

Im Schatten des nächsten Vierrads huschten sie hinüber und durch das Tor. Dahinter empfing sie wohltuende Dämmerung. Serranos Pupillen entspannten und dehnten sich, bereit für neues Futter. Davon gab es genug. Der Hof wurde von drei Gebäuden gefasst. Zwei davon kannte Serrano, weil sie zur Straße hinausgingen, das hintere war ein niedriger Flachbau. Ein einzelnes beleuchtetes Glasauge deutete auf Bewohnerschaft hin. Davor befand sich die bewusste Sitzecke.

Während sie Schutz hinter einem leeren Pflanzkübel nahe dem Eingang suchten, fragte sich Serrano, woher Wu von den Baumstümpfen und dem quer gelegten Schrank wusste, aus denen die Trinker ihren Stammplatz gebildet hatten. Er war nie mit ihr hier gewesen.

»Sie sind nicht vollzählig«, flüsterte Streuner neben ihm. »Manchmal kommt noch ein haariger Dünner und Drahtiger, der andauernd mit dem Kopf wackelt.«

»Wir sind nur wegen einem hier«, entgegnete Serrano frostig. Wer sagte ihm eigentlich, dass der Zerzauste wirklich so langsam schaltete, wie er vorgab? Und sein Bangen um Majas Gunst nicht eine Finte war?

»Der fehlt.«

»Aber sonst war er immer da?«

»Weiß ich nicht«, erwiderte Streuner. »Ich hab den Hof selbst erst im Herbst entdeckt, als Abkürzung zur Abfalltonne beim Fleischer. Von hier aus sieht man es nicht, aber an dem Haus dahinten ist eine Regenrinne, über die man erst auf das Dach und von dort auf einen Schuppen des Getränkeladens gelangt. Von da ist es nur noch ein

Klacks bis zur Fleischerei. Sagen wir mal so: Ich hab ihn so oft gesehen, dass er mir aufgefallen ist. Ungefähr so oft wie den Kapuzenmann. Nein, den etwas weniger, aber der hatte es ja auch nicht so schwer mit dem Auffallen.«

Streuners Geschwätz begann Serrano zu ermüden. »Hast du ihn in letzter Zeit hier gesehen?«

»Himmel, na ja, heute nicht, gestern war ich nicht hier ... letzte Woche? Ja, so ungefähr. Ich erinnere mich, dass er mit einer ganzen Kiste Glasröhren ankam, was für allgemeine Freude gesorgt hat. Außer beim Kapuzenmann. Der verschwand erst in seiner Kapuze und bei nächster Gelegenheit aus dem Hof.«

»War das vor oder nach dem Streit?«

»Nach, denke ich. Warum hätte der Kapuzenmann sonst abhauen sollen?«

Serrano hob die Pfoten. Die vorderen zwiebelten, die hinteren spürte er kaum noch. Er entschied sich zu einer letzten Frage, auch wenn er sich nicht sicher war, ob die Antwort etwas bedeutete. »Hast du gesehen, ob der Typ aus deinem Traum häufiger Röhren verteilt hat?«

Diesmal brauchte Streuner nicht zu überlegen. »Nein. Und zwar, weil er bis auf dieses eine Mal schon vor Ort war, wenn ich kam. Aber dann stand immer eine Kiste Röhren neben ihm.«

ALS SIE SICH EINIGE Minuten später trennten, gab Serrano vor, noch etwas erledigen zu wollen. »Es dauert nicht lange, ein paar Minuten, dann stoße ich zu euch.«

In Wahrheit ertrug er Streuners Gesellschaft nur noch mit Mühe. In seiner Brust saß ein Dorn, der sich langsam zu seinem Herzen vorarbeitete.

Er verdankte ihn Streuners feuchten Augen, seiner devoten Anbetung der Siamesin und seiner sporadischen Anwesenheit im Hof der Trinker. Den auch Wu schon einmal betreten haben musste. Und zwar nicht allein, so weit kannte er sie.

Um seiner Ausrede Nachdruck zu verleihen, trabte er in Richtung Fleischer. Nach ein paar Metern vergewisserte er sich durch einen Schulterblick, dass Streuner in die Ossietzkystraße gebogen war, und lief zurück. Der Dorn in seiner Brust pochte leise. Ein Sprung über seinen Schatten, ein kurzer Besuch bei Wu, und er wäre ihn los. Oder er saß noch tiefer, sodass sein Herz auf halbem Schlag stehen blieb. Warum nicht? Auch auf diese Weise wäre er das Problem los.

Doch da ergab sich ein weiteres. Serranos Pfoten weigerten sich, den Weg zum Katzenhaus einzuschlagen.

Er ging einige Meter zurück und nahm Anlauf. Er kam exakt bis zur Kreuzung, an der Streuner ihn verlassen hatte, ehe der Mut ihn verließ. Beim zweiten Mal immerhin halb darüber. Der dritte Versuch endete vor den Füßen eines menschlichen Kolosses, der gerade um die Ecke bog. In letzter Sekunde wich Serrano zwei mächtigen Stiefeln aus und verharrte.

Die Stiefel kamen ihm nicht im Mindesten bekannt vor. Wohl aber der Aufbau darüber. Und vor allem dessen Geruch, eine säuerlich-strenge Note, die in der Kälte weniger stechend war als in seiner Erinnerung, ihm aber trotzdem wie Essig in die Nase kroch. Um jeden Zweifel auszuschließen, blickte Serrano den Stiefeln nach. Vor dem Tor des Trinkerhofs wechselte ein dicker Mensch einen Sack mit klirrendem Inhalt von einer Hand in die andere, ehe er entschlossen hindurchschritt.

Einen Augenblick später war Serrano an seiner Seite. Den sauren Geruch ignorierend, drückte er sich verwirrt hinter den bewährten Pflanzkübel. Was tat Liebermanns bulliger Kumpel bei den Trinkern?

Hatte er die Adresse etwa aus dem schmutzigen Lumpen gezogen, den Streuner und er dem Kommissar aufgezwungen hatten? Was an sich schon eine Sensation wäre, denn bislang waren Liebermann und seine Leute nicht gerade durch besondere Schnelligkeit aufgefallen.

Falls dieses Wunder aber wahr geworden war, warum kam Liebermann dann nicht selbst? Der Hof gehörte zu seinem Wohnrevier, nicht dem des Dicken.

Der trat eben zum Grüppchen der Trinker und stellte seinen Sack auf den Schranktisch. Mit Mienen, die Misstrauen und Gier verrieten, sahen sie zu, wie er einige braune Röhren herauszog.

Einer von ihnen rief etwas und schob sich einen Glimmstängel in den Mund. Zwei andere folgten seinem Beispiel und sahen zur Tür des rückwärtigen Hauses, die sich bald darauf für einen großen Menschen mit hängenden Schultern und zugewachsenem Gesicht öffnete.

Im Dämmerlicht wirkte die Farbe seines Wechselfells verwaschen. Es mochte blau sein, den Kragen konnte Serrano nicht sehen, weil er sich einen Wollschlauch um den Hals geschlungen hatte.

Der Dicke straffte sich und ging einen Schritt auf ihn zu. Ein paar gemurmelte Worte, und der Ankömmling kam näher und griff grinsend nach einer der Röhren. Das Zeichen für die anderen, sich auf die übrigen zu stürzen. Aus der zufriedenen Miene des Dicken schloss Serrano, dass er sich am Ziel wähnte. Worte, Gesten, ausholend beim Anführer der Trinker, sparsam beim Dicken. Nach einer Weile jedoch wendete sich das Blatt. Jetzt ruderte der Dicke mit den Armen, während seine Stimme lauter wurde, der Anführer hingegen zog sich zusehends in sich selbst zurück. Serrano kam der Verdacht, dass einzig seine Röhre ihn noch am Platz hielt. Als er sie ausgetrunken hatte, ließ er sie achtlos vor dem Dicken zu Boden fallen und wankte ins Haus zurück.

Mit finsterem Gesicht wandte der Dicke sich den anderen Trinkern zu. Sie drehten befangen ihre Röhren in den Händen. Ab und zu fiel noch ein Wort, langsam und schwer, wie die letzten Tropfen nach einem Sommerregen.

Schließlich begriff der Dicke, dass das Spiel vorbei war. Er packte seinen Sack, stieß ein tiefes Knurren aus und stapfte davon.

Mit ihm ging Serrano.

Während er ihm durch Vorgärten folgte, fragte er sich gespannt, wohin der Dicke seinen wuchtigen Schritt als Nächstes lenken würde. Zu Liebermann? Nein. Den Blick starr geradeaus gerichtet, stapfte er an der Einmündung zur Meistersingerstraße vorbei und blieb zwei Türen weiter vor einem Vierrad stehen. Wieder Klirren, diesmal in der Tasche seines Wechselfells, ein leises Klicken, und Serrano wusste Bescheid. Er wartete nicht ab, bis der Dicke eingestiegen war. Stattdessen machte er kehrt und huschte über die Straße zu Maja.

DAS BILD ÄHNELTE DEM von vorhin. Nur dass es dunkler geworden war und Majas Napf sich wie von Wunderhand wieder gefüllt hatte. Davor hockte, mit gesenktem Kopf, Streuner.

»Vor einer Weile war die Ladenfrau hier und hat Futter gebracht«, murmelte er. »Den rosa Fisch, den Maja so liebt. Aber sie kommt nicht.«

»Vielleicht war sie während unserer Abwesenheit hier«, entgegnete Serrano. »Hast du nach Zeichen gesucht? Früher hat sie eine der leeren Obstkisten dort hinten unter dem Regal markiert, um mich über ihre Unternehmungen zu unterrichten.«

Er schlängelte sich an Streuner vorbei und untersuchte die Kiste. Die Markierungen daran waren alt, vermutlich so alt wie ihre Trennung.

»Bei mir macht sie es mit Handschuhen«, sagte Streuner. »Sie legt sie in einem bestimmten Muster.«

»Und?«

»Nichts.«

Der Interimsprinzeps und sein Konkurrent sahen sich an. Ausnahmsweise dachten sie dasselbe. Egal, in welchen Abenteuern Maja unterwegs war, es war noch nie vorgekommen, dass sie ihr Abendbrot versäumt hatte.

## 15

UM HALB FÜNF UHR nachmittags kanzelte Franziska Genrich mit Genuss einen jungen Polizisten ab, der sich um vier Minuten verspätet hatte, und gab ihm den Stick mit dem Film für Liebermann.

Während der Junge zu seinem Auto zurückschlurfte, stellte sie sich vor, wie der Hauptkommissar auf die Innereien des Kapuzenmannes reagieren würde. Die Leber glich einem Ballon, der Magen war entzündet und ein guter Teil der Lungenbläschen von einer Substanz verkleistert, die sie davon abgehalten hatte, wie üblich nach einer Obduktion den Standaschenbecher im Foyer des Instituts aufzusuchen. Vor allem aber die Stimmbänder hatten es ihr angetan. Wenn es nach ihnen ging, hätte der Tote gut und gerne als Hörbuchsprecher arbeiten können. Vielleicht mit etwas verrauchter Stimme, aber auf jeden Fall hatte er eine besessen. Seine Stummheit hatte demnach andere Ursachen, so sie nicht überhaupt eine Legende war. Das fand Franziska faszinierend.

Es lenkte sie eine Weile von den unerquicklichen Gedanken an ihren Feierabend ab. Vom Wäschekorb, dessen Fülle im umgekehrten Verhältnis zu ihrem Kühlschranks stand, was bedeutete, dass sie sich vor der Heimkehr noch durch Menschenmassen im Supermarkt schieben und danach den halben Abend mit der Waschmaschine zubringen musste. Die andere Hälfte ging fast ganz für die vielfältigen Beschwerden und Wünsche ihrer beiden halbwüchsigen Kinder drauf. Und der Rest für den Ärger über ihren abwesenden Gatten. Manchmal fragte sie sich, was sie damals geritten hatte, seinen Heiratsantrag anzunehmen. Und dann auch noch schwanger zu werden. Aber hinterher war man immer klüger.

Franziska merkte, wie ihre eben noch gute Laune abzurutschen drohte, und rief sich eilig wieder Liebermanns Entsetzen beim Betrachten des Films herbei.

Das Gesicht des Hauptkommissars war wie ein Buch, in dem sich jede Regung unmittelbar niederschlug. Freute er sich, wurden seine Augen rund und nahmen die Farbe von Schwertlilien an, seine Stirn glättete sich, und vor seinen Ohren bildeten sich Fältchen.

Bei Ärger, Ekel oder Unverständnis hingegen schob sich Liebermanns Oberlippe spitz nach vorn, sein Blick nebelte sich ein und verschwand zur Hälfte unter Wimpern, während er seine rechte Augenbraue zwirbelte, bis sie einem halb gerupften Huhn ähnelte.

In solchen Fällen war Franziska jedes Mal versucht, ihm die Hände auf den Rücken zu binden und ihm eine aufmunternde Ohrfeige zu verpassen.

Diesmal freute sie sich.

Sie blendete die schwarzen Flecken auf den Lungenflügeln des Kapuzenmannes aus und ging an der über einem Bericht brütenden Dr. Gerlach vorbei zur Raucherinsel.

UNGEFÄHR IN DEM MOMENT, als die Pathologin ihren ersten Lungenzug nahm, klopfte der von ihr abgekanzelte Polizist zum zweiten Mal an Liebermanns Bürotür. Beim dritten Mal öffnete sich die daneben, und Kommissarin Holzmann erschien.

»Er hat Feierabend gemacht«, sagte sie mit einem Blick auf den Umschlag in seiner Hand. »Legen Sie den auf seinen Schreibtisch, falls Sie eine freie Ecke finden. Oder geben Sie ihn mir.«

Ohne das Zögern des jungen Beamten zu beachten,

nahm sie ihm den Umschlag ab und versuchte die krakelige Notiz darauf zu entziffern.

»Sie Armer«, sagte sie, als sie fertig war. »Ich hoffe, sie hat Sie nicht zu hart rangenommen.«

Der Polizist brummelte etwas von zu spät kommen.

»Machen Sie sich nichts draus. Sie hätten gar nicht pünktlich kommen können. Wären Sie's, hätte Dr. Genrich Ihre Uhr einfach vorgestellt. So ist sie eben.«

Kommissarin Holzmann lächelte und schob den Umschlag in ihre Tasche.

Ihre Verabredung für den Abend hatte vor wenigen Minuten abgesagt. Da kam ihr Dr. Genrichs Film gerade recht. Sie liebte Krankenhausserien. Vor allem solche, in denen wirklichkeitsgetreue Operationsszenen vorkamen. Aber was war ein Film schon gegen das Original? Nein, es würde mit Sicherheit ein spannender Abend werden.

## 16

MAJA HATTE DREI STRASSEN mit vierunddreißig Aufgängen und ebenso viele Höfe abgeklappert, als sie an das weiße Haus in der Lennéstraße kam. Sie hatte es sich mit Bedacht für das Ende ihrer Tour aufgehoben.

Zwar lag der Holzhof mit Streuners trauriger Hütte gleich gegenüber, aber in dieser Gegend lebten nur zwei Katzen, die man befragen konnte. Bei der einen brauchte sie es gar nicht erst versuchen, sie wohnte bei einem älteren Paar im letzten Garten vor dem Kuhtor und ging so gut wie nie raus.

Die andere war vor ein paar Wochen hierher gezogen. Bei Majas Antrittsbesuch hatte sie nicht besonders helle, aber unkompliziert gewirkt.

Vor allem war sie Freigängerin.

Zum Glück musste Maja sie nicht lange suchen. Die Neue saß wie ein Empfangskomitee in der Gartenpforte vor ihrem Haus und putzte sich den Bauch. Solche Freizügigkeit wird ihr spätestens im Frühling vergehen, dachte Maja, auch wenn sie sterilisiert ist.

Sie warf den Fingerling vor ihr auf den Boden. Die andere zuckte zusammen.

»Ach du bist's«, sagte sie aufatmend. »Du warst schon einmal hier. Aber ich habe deinen Namen vergessen.«

Das fing ja gut an.

»Maja. Und du bist ... Mulli.«

»Nicht mehr. Sie haben mich umbenannt, jetzt heiße ich Kobatong.«

Himmel, dachte Maja, hoffentlich ist das nicht der letzte Stand!

»Hast du etwas dagegen, wenn ich dich Ko nenne? Das andere ist mir zu lang.«

»Mir auch. Was willst du mit dem Fingerling?«

»Ihn seinem Besitzer zurückbringen«, erwiderte Maja, erfreut über Kos Direktheit. »Deshalb wär mir lieb, wenn du einen Blick drauf wirfst und mir sagst, ob du ihn kennst.«

Wie unlängst sie selbst krallte Ko sich den Fingerling, schlug ihn ein paarmal hin und her, um beide Seiten zu sehen, und roch daran.

»Uh! Der Halbwüchsige aus dem Dritten.«

»Bist du sicher?«, fragte Maja überrascht. Vielleicht hatte sie Ko, ehemals Mulli, doch unterschätzt.

»Ziemlich. Er benutzt Glimmstängel, und er hat ein Paar Fingerlinge von dieser Sorte. Wenn er mich damit gestreichelt hat, stockte das Material der Innenflächen manchmal auf meinem Fell. Das war unangenehm. Aber ich hab's ihm nicht gezeigt, weil ich ihn nett finde. Er mich auch, glaube ich.«

Maja stellte sich vor, wie Ko einem Mörder schnurrend um die Beine strich. Ihr wurde ein wenig übel. Einer, der seinesgleichen umbrachte, wusste sie aus Erfahrung, machte auch vor Katzen nicht halt.

»Dich finde ich übrigens ebenfalls nett«, sagte Ko. »Es gibt nicht viele von uns, die sich um Menschen kümmern.« Sie deutete auf den Fingerling. »Und ihnen ihr Eigentum zurückbringen.«

»So bin ich eben. Und wie komme ich nun an ihn ran? Die Haustür ist zu.«

»Moment.« Ko stand auf und wackelte zum Haus. Dort setzte sie sich unter eines der unteren Glasaugen, legte den Kopf in den Nacken und stieß einen Schrei aus, bei dem Majas Rückenfell sich schlagartig aufstellte.

Einen Augenblick später summte die Tür. Ko brach ihr

Geschrei ab, rannte hin und drückte sie mit dem Kopf auf.

»So macht man das«, sagte sie, als Maja ihr verdutzt ins Haus folgte. »Sie denken, sie haben einen im Griff, nur weil sie einem dauernd neue Namen geben, dabei ist es umgekehrt. Na ja, ich zeig dir noch, wo du auf den Handschuhjungen warten kannst, dann muss ich hoch. Wenn ich schreie, glauben sie nämlich, ich habe Hunger. Dort die Treppe runter.«

Es war ein Kellergang, wie Maja ihn von früher aus Serranos Haus kannte. An beiden Seiten Türen. Vor der ersten links blieb Ko stehen.

»Das ist der Zweiradkeller. Er ist zu, da hilft auch kein Schreien. Aber wenn der Handschuhjunge nach Hause kommt, bringt er immer zuerst sein Zweirad hier herunter. Bleib also einfach hier sitzen, dann kannst du ihn nicht verfehlen. Meistens trägt er ein graues Wechselfell mit Kapuze. Sein Zweirad ist schwarz wie die Nacht.«

NACH KOS ABSCHIED BEMÜHTE Maja sich, nicht zu oft an das Abendessen zu denken, das ihrer in ihrem heimischen Napf harrte. Um sich den Hunger zu vertreiben, lief sie den Kellergang mehrmals der Länge nach ab und überprüfte die Türen. Sie waren allesamt verschlossen. So musste man sich fühlen, wenn man gefangen war: Leichte Panik, verstärkter Puls, aber wenigstens merkte man den Hunger nicht mehr. Sie setzte sich wieder an ihren Platz.

Nach Ewigkeiten hörte sie oben die Haustür klappen. Gleich darauf wurde es bis in den Keller hinunter taghell. Das war einerseits beruhigend, andererseits sah der Handschuhmensch sie jetzt genauso deutlich wie sie ihn. Weil ihr daran nicht sonderlich lag, sah Maja sich hastig nach einem Versteck um. Ein Eimer unter einem

Wasserhahn, besser als nichts. Sie schlüpfte hinter ihn, gerade rechtzeitig, bevor das Objekt ihrer Observation die Treppe herunterkam.

Ko hatte recht. Für einen Menschen sah er ganz passabel aus. Offenes Gesicht, grüne Augen, fast wie die einer Katze. Unter dem Arm trug er ein schwarzes Zweirad. So weit, so gut.

Maja wartete, bis er das Zweirad untergebracht, die Tür wieder verrammelt hatte und die Kellertreppe hinaufgestiegen war. Erst dann huschte sie hinter ihm her. Den Fingerling ließ sie liegen, er behinderte sie nur. Dritter Stock, hatte Ko gesagt – aber welche Seite?

Um das herauszufinden, musste sie ihm wohl oder übel folgen.

Erster Absatz, zweiter. Sorgsam achtete Maja darauf, immer eine Treppenflucht hinter ihm zu bleiben.

Kurz vor dem dritten Stock hatte Maja den Eindruck, dass der Handschuhmann über die Schulter sah. Erschrocken drückte sie sich an die Wand.

Entwarnung, er ging weiter.

Mit plötzlicher Beklommenheit fragte Maja sich, wie sie nach dem Ende ihrer Beschattung aus dem Haus herauskommen sollte. Aber eins nach dem anderen. Erst Gewissheit, dann die Haustür.

Der Handschuhmensch war auf seiner Etage angekommen und – verharrte.

Ein Stockwerk unter ihm, ein halbes unter Maja, war eine Tür aufgeflogen. Der zerzauste Schopf eines alten Mannes erschien, dann ein blauer Sack. Der Alte warf ihn mit einem Ruck ins Treppenhaus, wandte den Kopf und sah sie an. Mit angehaltenem Atem klebte Maja an der Wand. Die nahezu farblosen Augen des Alten paralysierten sie. Die einzelnen Haare, die aus seinem Kinn staken, ebenso. Das Einzige, das sie in ihrer Benommenheit begriff, war, dass dieser Mensch Katzen hasste. Dann schlugen die Ereignisse über ihr zusammen.

Der Alte kam knurrend aus seiner Wohnung gewatschelt. Gleichzeitig näherten sich Schritte von oben. Maja erhaschte noch einen Blick auf ein Paar abgewetzte Winterschuhe, dann griff eine Hand um ihren Bauch, eine zweite in ihren Nacken, und sie wurde in die Luft gerissen. Im nächsten Moment glitten Treppenstufen unter ihr dahin, die sie nicht berührte, sie hörte etwas klappern, schwebte weiter, die Stufen gingen in eine Ebene über, sie rauschte an einem Ständer voller Wechselfelle vorbei und landete plötzlich auf etwas Rutschigem.

Dicht an ihrem Ohr vernahm sie eine warme Stimme. Maja schüttelte sich und sah in das Gesicht des Handschuhmenschen. Dann entfernte es sich. Ungefähr zwei Meter vor ihr schloss sich eine Tür. Ein Knirschen im Schloss, und Maja begriff, dass sie diesmal wirklich gefangen war.

Sie befand sich auf einem Tisch. Und neben ihr, halb verdeckt von Papieren, die bei ihrer Landung durcheinandergestoben waren, lag ein grau-blauer Fingerling.

## 17

IM UNTERSCHIED ZUM LETZTEN Mal schwenkte der alte Bellin heute keine Salzschippe, sondern einen Gartenschlauch.

»Ich hab mich schlaugemacht. Sie haben recht mit der Flüssigkeit. Aber man kann es auch umgekehrt machen. Nicht das Salz auflösen, sondern den Schnee anfeuchten.«

Liebermann warf einen Blick rückwärts, um nach den Mädchen Ausschau zu halten, die jeden Moment vom Hort kommen mussten.

Als er nichts sah, wandte er sich wieder an Bellin. »Jemand muss den Matsch aber auch wegräumen. Sonst gefriert er über Nacht.«

»Jemand?«, schnaufte er Alte. »Ja, ja, jemand wird sich schon finden, der sich vor meinen beiden Häusern zu Tode schuftet. So wie Ihre Freundin sich noch zu Tode schleppt.«

Liebermann wurde aufmerksam. Er kannte Bellins Angewohnheit, jeden vermeintlichen Angriff mit einem Gegenangriff zu kontern, aber etwas in der Stimme des Alten sagte ihm, dass es sich diesmal nicht nur um Säbelgerassel handelte.

»Was meinen Sie?«

Augenblicklich zog sich Bellin zurück. Er hatte den Gegner am Brustschild getroffen, mehr wollte er nicht.

»Wie ich es sage. Sie sollten sie nicht so viel schleppen lassen in ihrem Zustand. Und wenn ich mich richtig entsinne, ist eine ihrer Töchter eigentlich Ihre. Also kümmern Sie sich auch mal darum.«

Er kehrte Liebermann den Rücken und stapfte zu seinem Schlauch, der inzwischen einen Flussarm in den Schnee gegraben hatte.

NICO SPÜLTE DIE BROTDOSEN der Mädchen aus.
»Bellin übertreibt. Heute Vormittag ist mir auf dem Rückweg vom Einkaufen der Schlitten umgekippt, und ich bin ein bisschen in die Knie gegangen. Da kam er angerannt, um mir zu helfen. Vermutlich dachte er, ich hätte mir was getan.«
»Und hast du dir etwas getan?«
»Nein.« Sie trocknete sich die Hände an der Hose und legte sie Liebermann um die Hüften.
»Warum bist du in die Knie gegangen?«, fragte er.
»Mein Gott, Hendrik, es ist Winter! Die Bürgersteige sind teilweise überfroren, und meine Schuhe haben kein Profil.«
Liebermann nahm ihre Hände und legte sie sich auf die Wangen.
»Ich möchte, dass du von heute an nicht mehr einkaufen gehst.«
»Dann werden wir verhungern.«

BEIM ABENDESSEN SPÄHTE LIEBERMANN unauffällig über den Tisch und versuchte zu zählen, welche der darauf befindlichen Lebensmittel er besorgt hatte.
Nach einer Weile brach er die Prüfung beschämt ab.
Zum ersten Mal, seit Serrano ihn als winziges Fellbündel hier abgeliefert hatte, fütterte er Dienstag nach der Mahlzeit, was den Kater in sichtbare Verwirrung stürzte, deckte den Tisch ab und fegte anschließend die Küche. Beim Aufkehren klingelte sein Handy.

OBERKOMMISSAR MÜLLER GAB SICH keine Mühe, seinen Triumph zu verbergen. »Dieses Oberhaupt vom Säuferstützpunkt stinkt wie ein alter Fisch.«

»Das war zu erwarten.« Liebermann bemühte sich, einhändig Schmutz auf die Kehrschaufel zu befördern. »Falls er damit allerdings niemanden außer Sie belästigt, können wir da nicht viel machen. Gestank ist Privatsache.«

In die folgende Stille hinein klapperte etwas, und Liebermann wusste, dass der Oberkommissar eine Pille gegen seinen nervösen Magen nahm.

»Sie können es nicht ausstehen, wenn einer vor Ihnen die Nadel aus dem Misthaufen zieht, wie?«

»Im Gegenteil: Ich gönne Ihnen alle Nadeln und Misthaufen dieser Welt. Also, wonach stinkt dieser Hacke?«

»Nach schlechtem Gewissen, und zwar meilenweit. Erst kam er wie ein junger Bock aus seinem Bau gesprungen, als er mein Bier gewittert hat, aber kaum …«

»War er nicht misstrauisch?«

»Am Anfang nicht. Wollen wir uns jetzt über Lockvögel unterhalten, oder was?«

»Nein, fahren Sie fort.« Das Handy ans Ohr gepresst bugsierte Liebermann die Kehrschaufel zum Mülleimer.

»Also. Wie gesagt, erst kam er arglos angerannt. Vielleicht, weil ich nicht der Einzige bin, der ab und zu mal was Flüssiges am Stützpunkt vorbeibringt. Einer der Gefolgsleute von Hacke hat mich gefragt, ob ich einen gewissen Jakob kenne. Der scheint ihnen getränkemäßig öfter mal auszuhelfen. Hacke jeden …«

»Moment«, unterbrach Liebermann. »Jakob – und wie weiter?«

»Keine Ahnung. Die reden sich mit Vornamen oder Spitznamen an.«

Liebermann ließ den Dreck samt Kehrschaufel in den Mülleimer fallen und angelte einen Wachsstift der Mädchen vom Spülschrank.

»Hacke tat also irgendwas«, sagte er, während er den Namen auf ein Küchenbrett krakelte.

»Vergessen Sie's«, knurrte Müller. »Ich werde meinen Bericht morgen auf der Konferenz abliefern. Vielleicht hört mir einer von den anderen zu.«

»Seien Sie nicht gleich beleidigt, Oberkommissar! Ich höre Ihnen zu. Nebenbei reinige ich eine Küche. Und morgen gibt es keine Konferenz, weil ich mit Simon in dieses Kinderheim fahre. Sie könnten mit Ihrem Bericht also höchstens Kommissarin Holzmann beeindrucken. Was ist jetzt mit Hacke?«

»Wie ich schon sagte, er stinkt nach schlechtem Gewissen.«

»Und ab wann haben Sie das gerochen?«, fragte Liebermann geduldig.

Der Müll war verklappt, Nico auf dem Sofa, er hatte Zeit. Ein wenig. Genug, um einem Säuferabenteuer zu lauschen, ehe er die Mädchen ins Bett bringen und sich auf einen kleinen Abendspaziergang begeben würde. Auf dem Küchenbrett vor ihm leuchtete ein Name.

»Ab dem Moment, als ich ihm zu seinen Stiefeln gratuliert habe«, sagte Müller, noch immer trotzig.

»Verstehe. Ich nehme an, sie waren warm, solide und gut erhalten.«

»Brandneu trifft's besser. Nach solchen Stiefeln können Sie lange in Kleidercontainern graben. Aber kaum hatte ich ein Wort darüber verloren, ist er zugeklappt wie eine alte Auster. Er nuschelte was von ›Weihnachtsalmosen‹, dann pichelte er nur noch stumm sein Bier. Weihnachtsalmosen, dass ich nicht lache!« Zur Bekräftigung lachte Müller auf.

Liebermann verzog das Gesicht. »Gut, mal angenommen, Hacke trägt die Schuhe unseres Toten. Dann ist das vielleicht ein Hinweis auf seine berühmte Geschäftstüchtigkeit. Es ist noch keiner auf einen Mord. Wegen eines Paars Stiefel bringt man keinen um.«

»In Ihren Kreisen vielleicht nicht. Wenn Ihnen die Füße frieren, gehen Sie einfach in einen Schuhladen.«

»Jetzt werden Sie melodramatisch. Wenn Hacke die Füße frieren, wartet er einfach den nächsten Besuch von Wolle ab und zeigt ihm seine Frostbeulen. Es tut mir leid, aber Sie müssen mir schon mehr bringen.«

Es trat eine giftige Pause ein.

»Wenn Sie mich *einmal* ausreden lassen würden«, raunzte Müller, »dann hätten Sie es längst. Bevor ich mit den Stiefeln anfing, hab ich Hacke und die anderen Jungs vom Stützpunkt nach dem Kapuzenmann gefragt. Sie wissen, dass er tot ist.«

»Wer nicht.«

»Ruhe! Und sie haben sich in meiner Anwesenheit den Kopf darüber zerbrochen, wer ihn umgelegt haben könnte.«

»Natürlich. Endlich ist mal was los, das muss man feiern. Wen hatte Hacke denn im Verdacht?«

»Den Vermieter des Kapuzenmanns.«

»Ich denke, er war obdachlos?«

»Eben. Trotzdem krähte Hacke auf seine widerliche Art, der Kapuzenmann hätte wohl seine Miete nicht pünktlich bezahlt.«

»Hm. Und was denken Sie darüber?«

»Dass Hacke irgendeinen geplatzten Deal für den Tod seines Kumpels verantwortlich machen wollte. Einer, in dem er vielleicht sogar selbst mit drinhing.«

»In dem Fall wäre er aber nicht ganz trocken im Oberstübchen, Ihnen die Sache auf die Nase zu binden.«

»War er auch nicht. Er war alles andere als trocken, das nehmen Sie mal als gegeben. Außerdem ist er ein Angeber und ein Schlachtross. Und noch was, das Sie hoffentlich von Ihrem Anwaltsgetümel runterbringt: Er raucht dieselbe Zigarettenmarke, deren Kippen als Knöpfe im Schneemann des Toten gesteckt haben. Im Hof einer Tischlerei, die Hacke mit Sicherheit kannte. Und jetzt nehmen Sie noch die Stiefel und seinen Angstgestank dazu.«

Um Zeit zu gewinnen, wechselte Liebermann das Handy vom rechten ans linke Ohr. Er wettete, dass Müller sich die Zigaretten absichtlich für den Schluss aufgespart hatte. Und er ahnte die Antwort, als er sich erkundigte, ob der Oberkommissar zufälligerweise eine der Kippen mitgenommen hatte.

»Gut«, sagte er matt. »Schicken Sie sie zu den anderen ins Labor und bestellen Sie Hacke morgen zur Befragung ein.«

Was schwierig werden könnte, dachte er, falls das Oberhaupt der Säufer Lunte gerochen hatte.

## 18

OBWOHL ES ERST KURZ nach acht war, fand Liebermann das Schaufenster unter dem Schild mit der Aufschrift: »Möbelmaß – Anfertigung, Einbau, Restaurierung« von einem Rollo verhängt und die Tür daneben geschlossen.

Enttäuscht wollte er schon wieder abdrehen, als ihm im letzten Moment die Idee kam, nach einem Klingelschild zu suchen. Er fand drei, und auf allen stand Abrams. Nach kurzer Überlegung wählte er das mittlere.

Der Tischler hob verblüfft die Brauen, als er die Tür öffnete und Liebermann ihm den Schlüssel der Tischlerei ins Gesicht hielt.

»Danke.«

Da der Hauptkommissar keine Anstalten machte, zu gehen, fügte er hinzu: »Sind Sie in Ihrem Fall schon etwas weitergekommen?«

»Wie man's nimmt. Wir haben eine Tür zur Vergangenheit des Toten gefunden. Vielleicht sogar zwei.«

»Aha.«

»Die erste sehe ich mir morgen an. Bei der anderen hoffe ich, dass Sie mir hindurchhelfen.«

»Ich?«, fragte Abrams bestürzt.

»Ja. Es ist, zugegeben, nur eine geringe Hoffnung, aber ich lasse ungern etwas unversucht.«

»Was wollen Sie denn wissen?«

Liebermann nahm die Mütze vom Kopf und öffnete den Reißverschluss seiner Jacke. »Solche Treppenhäuser sind irgendwie nichts Halbes und nichts Ganzes. Zu kalt, um sich auszuziehen, und zu warm, um angekleidet zu bleiben.«

Abrams' Miene wurde verlegen. »Bitte entschuldigen Sie. Ich würde Sie wirklich gern hereinbitten; aber ich habe Besuch.« Dann zuckte er die Achseln und trat zurück. »Ach, was soll's. Es wird ja nicht ewig dauern.«

DURCH EINE MIT LEISTEN und Brettern vollgestopfte Diele führte er seinen Gast ins Wohnzimmer.

Wäre es seine Wohnung gewesen, hätte Liebermann den Raum als Schlafzimmer gewählt, denn, obwohl recht geräumig, besaß er nur ein schmales Fenster. Es sah aus, als hätte jemand etwas unmotiviert einen Schlitz in einen Schuhkarton geschnitten.

Allerdings musste er zugeben, selten einen so erlesen möblierten Karton gesehen zu haben. Der Tischler verstand sein Handwerk. Liebermann nickte ihm anerkennend zu und ging an einem zierlichen Vertiko vorbei zu zwei Frauen, die an einem ebenso zierlichen Tisch saßen und bei seinem Anblick ihre Weingläser abstellten.

Abrams überholte ihn. »Das ist Hauptkommissar Liebermann«, sagte er mit leiser Stimme zur Linken der Frauen und zu ihm: »Sonja Schüler, meine Angestellte. Sie haben ja schon miteinander telefoniert.«

Sonja errötete leicht und lächelte.

Nett, dachte Liebermann. Anfang dreißig, weder blond noch brünett, knabenhafte Figur, etwas zu weit auseinanderstehende Augen. Eine, mit der man sicher gut Gesellschaftsspiele spielen könnte. Dass sie eine Brille trug, bemerkte er erst, als sie sich an die andere Frau wandte, um die Worte ihres Chefs auf Englisch zu wiederholen.

Die andere hörte mit unbewegtem Gesicht zu. Kaum war Sonja fertig, sprang sie auf, umklammerte Liebermanns Rechte und sprudelte Unverständliches heraus.

Mit fragendem Blick sah Liebermann erst zu Sonja, dann zusammen mit ihr zu Abrams, der mit den Händen über seine Oberschenkel strich, als wolle er sie schleifen.

»Frau Pajak. Sie ist ... sie kennt Jakob.«

Liebermann hob die Brauen. »Ist er wieder da?«

»Das nicht. Und wie sich eben herausgestellt hat, ist er auch nicht in Polen.«

»Was sollte er auch in Polen?«

Abrams ging zu dem Vertiko, entnahm ihm ein Glas und trug es zum Tisch. Mit einer Geste lud er Liebermann ein, sich zu setzen.

»Habe ich erwähnt, dass Jakob einige Jahre im Ausland war?«, fragte er, während er das Glas vollschenkte und ihm hinschob.

Ach, ja, Polen.

»Nach dem Tod unseres Vaters hat er sich sein pekuniäres Erbteil auszahlen lassen und von einem Tag auf den anderen in Luft aufgelöst. Wahrscheinlich wegen irgendwelcher Schereien.«

Sonja übersetzte leise.

»Did he found Jakob?«, fragte Frau Pajak.

»No.«

»Ungefähr ein halbes Jahr später bekam unsere Mutter eine Karte aus einem Dorf in der Nähe von Danzig.«

»Suchanino«, sagte Frau Pajak, als Sonja übersetzt hatte.

»Ja«, stimmte Abrams zu. »Ein halbes Jahr Unwissenheit, Sie können sich vorstellen, was das für eine Mutter, die gerade verwitwet ist, bedeutet, und nur eine Karte mit der läppischen Mitteilung, dass es ihm gut gehe und er einen Riesenfisch an der Angel habe.«

»Fisch?«, wiederholte Liebermann.

Abrams und Sonja sahen auf die Polin, die wiederum Liebermann durch ihr Weinglas betrachtete.

»Das war Jakobs Art, zu sagen, dass er mal wieder

ein Geschäft am Laufen hatte. Im Jahr darauf, wieder zu Weihnachten, trudelte ein Päckchen ein. Derselbe Absender. Ein Jahr später noch eins. Im ersten waren Uhren. Protzige Dinger.« Abrams zog den Ärmel seines linken Pulloverärmels ein Stück nach oben und zeigte sein Handgelenk.

Die Uhr erinnerte Liebermann an Männer, mit denen er während seiner ersten Jahre im Außendienst manchmal zu tun gehabt hatte.

»Die meiner Mutter ist so ähnlich, nur etwas kleiner.«

»Und im zweiten?«

»Kaviar und Schnapspralinen. Dabei hasst unsere Mutter alles, was nach Fisch schmeckt. Die Pakete waren demnach nicht dazu gedacht, uns Freude zu machen. Sie waren pure Angeberei: Seht her, wozu ich es gebracht habe. Als ob Jakob das nötig gehabt hätte, so vernarrt, wie unsere Mutter in ihn ist.«

Sonja bedeutete Abrams, dass sie mit dem Übersetzen nicht mehr nachkam. Darauf zog er den Ärmel wieder herunter.

»Mein money, mein Kaviar«, zischte die Polin und schmetterte ihr Glas auf den Tisch.

Der Stiel brach. Ein Schwall Rotwein ergoss sich über die Platte. Sonja sprang auf, rannte aus dem Zimmer und kehrte mit einem Lappen zurück.

»Frau Pajak ist etwas aufgeregt«, sagte sie.

»Was meint sie damit, dass es ihr Geld und ihr Kaviar war?«, fragte Liebermann den Tischler.

»Ebendas. Es war ihr Geld, mit dem Jakob sein Geschäft, wie er es nennt, betrieben hat. Also war es gewissermaßen auch ihr Kaviar.«

Liebermann nickte. Es war nicht schwer, sich vorzustellen, wie Abrams der Jüngere an dieses Geld gekommen war. Davon kündeten das zerbrochene Weinglas und

Frau Pajaks glühende Augen. Neben ihr wirkte Sonja wie ein von der Sonne gebleichtes Stiefmütterchen.

»Ist sie deswegen hier? Weil sie ihr Geld wiederhaben will?«

Ausnahmsweise verzichtete Sonja auf die Übersetzung.

Der Tischler rutschte unbehaglich auf seinem Stuhl herum. »Frau Pajak ist ein kluges Mädchen, sie weiß, was es bedeutet, wenn ein Baum vom Heldbock befallen ist. Dann ist er hin, da kann kein Förster mehr was machen. Genauso, wie ein Konto sich auch nicht wieder füllt, wenn man denjenigen findet, der es geleert hat. Sie sucht Jakob, um ihn an seine Pflichten zu erinnern.«

Allmählich verlor Liebermann den Faden. Für ihn machte es keinen großen Unterschied, Wiedergutmachung von jemandem zu verlangen oder ihn an seine Pflichten zu erinnern. Den Rest hatte er verstanden. Abrams der Jüngere hatte sich in Polen an das Geld einer Frau gehängt, oder an eine Frau mit Geld, und die eine verlassen, nachdem er das andere durchgebracht hatte. Im Übrigen hatte er keine Lust auf den Ärger fremder Familien. Nur Abrams' bekümmerter Blick hielt ihn davon ab, einfach seine Frage zu stellen und abzudampfen.

»Stellen Sie sich vor, eines Abends steht eine wildfremde Frau vor Ihrer Tür und verlangt von Ihnen, dass Sie sich um eine Nichte kümmern, die Sie nie zuvor gesehen haben!«

Der Faden riss. Es folgte ein kurzer Moment zerebralen Stillstandes, ehe Liebermanns System wieder anlief und die Dinge sich wie von selbst ordneten. Bis auf die Sache mit dem Namen.

»Sie sind nicht verheiratet, nur verlobt«, antwortete Sonja an Abrams' statt. »Behauptet sie jedenfalls. Angeblich wollte er sie im Frühling heiraten.«

Und bereits im Herbst hatte Jakob gekniffen.

»Sie sprechen ein beneidenswertes Englisch.«

Sonja errötete. »Danke. Als junges Mädchen war ich einige Jahre als Au-pair in London.«

Sie wurde von Frau Pajak unterbrochen, die weniger flüssig, dafür aber umso temperamentvoller sprach. Auch ohne Dolmetscher verstand Liebermann, dass sie Jakob Abrams zuerst in Berlin gesucht hatte.

Als sie Mund und Hände wieder ruhig hielt, wandte Sonja sich an ihren Chef. »Das verstehe ich nicht: Hast du Jakob im Oktober angerufen?«

»Wie denn, ohne Telefonnummer.«

»Offenbar hat er das aber behauptet. Frau Pajak meint, du hättest ihn ans Sterbebett eurer Mutter nach Berlin zitiert. Am nächsten Morgen ist er gefahren, seitdem hat sie nichts mehr von ihm gehört.«

»Das sieht ihm ähnlich! Erst ein fremdes Vermögen in den Sand setzen und dann abhauen. Aber wie ist sie dann nach Potsdam gekommen?«

»Internet«, sagte Frau Pajak. »Potsdam – Internet.«

Sie verließ den Raum und kehrte mit einem Smartphone zurück. Liebermann, Sonja und Abrams sahen zu, wie sie eine Weile daran herumfingerte.

»Potsdam«, leierte sie, als sie es vor ihnen ablegte. »Abrams, Enno, Geschwister-Scholl-Straße... Abrams, Helene, Haselring 2.«

Abrams zwinkerte. »Telefonbuch.«

»Abrams, Jakob«, fuhr Frau Pajak fort. »Nix. Only a woman named Abrams, Susann, in Berlin, Straße der Kosmonauten. That was the address he left me. Susann is very kindly. But she don't know any Jakob.«

Lächelnd lehnte Liebermann sich zurück. Clever. Aber die Polin war noch cleverer. Er hob zwei Finger, um die Zahl seiner Gedanken anzudeuten.

»Da Sie ihr nicht weiterhelfen können«, sagte er zu

Abrams, »gibt es jemand anderen, an den sich Frau Pajak wenden könnte? Ihr Bruder wird ja irgendwo wohnen. Eine Nachbarin vielleicht, eine Freundin, Kumpels?«

Der Tischler hob die Schultern. »Vielleicht einer von seinen Wohngenossen. Er hat sich in einer WG verkrochen, gleich um die Ecke in der Sellostraße. Ich hatte noch keine Zeit, dort vorbeizugehen.«

»Geben Sie mir die Adresse, dann übernehme ich das.« Liebermann schob ihm seinen Post-it-Block entgegen.

»Ich hoffe, die Hausnummer stimmt«, sagte der Tischler, während er schrieb. »Wir haben uns immer hier getroffen oder telefoniert.«

»Und nun zu meinem Anliegen«, sagte Liebermann, nachdem er den Block verstaut hatte. »Vorhin sprach ich von zwei Türen, die uns Zugang zum Kapuzenmann verschaffen könnten. Mit der ersten haben Sie nichts zu tun. Die andere ging nur einen winzigen Spalt auf. Dahinter ist der Säuferstützpunkt zu sehen.«

Die verschlungene Sprache des Kommissars stürzte Abrams offensichtlich in Verwirrung. »Meinen Sie das Alkoholikereck neben dem Getränkeladen?«

»Genau. Zu den Männern, die sich dort die Tage vertreiben, gehörten lose auch der Kapuzenmann, ein paar Sozialarbeiter unterschiedlicher Organisationen und vereinzelte Wohltäter der Trinkgemeinschaft. Meint: Sie spendieren hin und wieder eine Runde, trinken selber auch mit und plaudern mit den Säufern.«

Sonja unterbrach ihre Übersetzung. »Warum?«

»Weil sie ungern allein trinken, möglicherweise. Oder weil ihnen die Gunst der Säufer am Herzen liegt«, antwortete Liebermann und notierte sich die Frage für Müller. Nebenbei fand er, dass Abrams mit seiner Angestellten eine gute Wahl getroffen hatte.

»Einer der besagten Wohltäter heißt Jakob. Den Nachnamen kenne ich nicht. Aber dieser Jakob scheint es zu einer gewissen Popularität am Stützpunkt gebracht zu haben, was darauf hindeutet, dass er ihn regelmäßig besucht und sich sehr spendabel zeigt.«

»Falls Sie auf meinen Bruder hinauswollen«, sagte Abrams, »sind Sie bei mir falsch. Ungefähr einmal in der Woche kam er hier vorbei, um unausgegorene Pläne für sein Hostel auszubreiten oder weil er Geld wollte, für Architekten oder irgendwelche Hirngespinste. Wo er sich sonst noch rumgetrieben hat, weiß ich nicht.«

Die Hirngespinste interessierten Liebermann.

»Gott«, meinte Abrams. »Einmal tauchte er mit der grandiosen Idee auf, sich Einweg-Schweißpads patentieren zu lassen. Sie verstehen, etwas in der Art von Slipeinlagen, nur für die Achseln. Man sollte sie an den entsprechenden Stellen in die Kleidung kleben. Ekelhaft, aber er war davon besessen, die Erfindung des Jahrhunderts gemacht zu haben. Zum Glück war Sonja gerade da und hat ihm erklärt, dass es die Erfindung des Jahrhunderts seit geraumer Zeit in der Drogerie zu kaufen gibt. Ich weiß nicht mehr, was er sich noch alles ausgedacht hat, eins war grotesker als das andere. Nur über seine Mutter hat er nicht nachgedacht, die passte wohl nicht in seine Phantasien vom erfolgreichen Geschäftsmann.«

Er brach ab, als Sonja sich räusperte. »Ich hab ihn gesehen.«

In Liebermanns linkem Zeh zuckte es. Vorsichtig bewegte er den Fuß im Schuh.

»Vorletzten Freitag. Da steige ich auf dem Weg zur Arbeit immer eine Station später aus, um im Getränkeladen Eier zu holen. Der Mann der Inhaberin hält Hühner, wissen Sie?«

»Nein«, sagte der Hauptkommissar, überrascht, nach

über einem halben Jahr noch etwas Neues über sein Wohnviertel zu erfahren.

»Er sammelt ihre Eier die Woche über, und freitags kann man sie kaufen. Bioeier wie die bekommt man nicht überall, und vor allem nicht so günstig. Jedenfalls musste ich am Stützpunkt vorbei, und da klang es, als ob Jakob hinter der Mauer lachen würde. Ich bin stutzig geworden, weil ich mir nicht erklären konnte, was er dort ... Da guckt man automatisch. Es war seine Mütze. Seit dem Frost trägt Jakob eine Russentschapka mit heruntergeklappten Ohren. Und dazu sein Lachen.«

»Sind Sie sicher?«, fragte Liebermann.

»Ziemlich.«

»Schön.« Der Tischler stand auf, holte ein neues Glas aus der Vitrine und schlurfte zu Frau Pajak.

»Er ist weg und hat mich mit unserer Mutter und dem ganzen Schlamassel sitzen lassen. Was gehen mich seine Kumpane an.«

»Nichts.« Liebermann hob den Zettel mit der Nummer von Jakobs WG und schwenkte ihn vor der Polin. »Ich lasse von mir hören, falls einer eine Idee hat, wo Jakob stecken könnte. Oder jemanden kennt, der eine Idee hat.«

»Und was ist bis dahin?«, fragte Abrams betroffen. »Soll ich Frau Pajak etwa hier in meiner Wohnung unterbringen und durchfüttern? Sehen Sie sich doch mal ihre Nägel an! Sie wird mir die ganzen Möbel zerkratzen.«

»Sie gehört zur Familie. Geben Sie ihr Handschuhe.«

## 19

MAJA DÖSTE NEBEN DER Tür, als jemand an der Klinke rüttelte. Dem Rütteln folgte ein Zetern, das sie endgültig zu sich brachte. In ihr keimte Hoffnung. Das war nicht die Stimme des Handschuhmenschen. Leider entfernte sie sich bald.

Denk nach!, mahnte sich Maja. Und sie dachte nach. Wer auch immer dort hinter der Tür war, hatte sich darüber geärgert, keinen Zugang zu ihrem Gefängnis zu haben. Das bewies das Gezeter. Es bewies gleichzeitig, dass der Handschuhmensch nicht in der Nähe war, sonst hätte er entweder aufgeschlossen oder sie auch seine Stimme gehört.

Maja ging ein paar Schritte zurück, nahm alle Kraft zusammen und warf sich gegen die Tür.

Sie brauchte nicht lange zu warten, da hörte sie Schritte. Vom Erfolg beflügelt, warf Maja sich ein weiteres Mal gegen das Holz und schrie.

*Tu etwas!*

Zu ihrem Erstaunen gehorchte das Wesen auf der anderen Seite.

Die Schritte entfernten sich, und als sie wiederkehrten, knirschte es im Schloss, wie vorhin, als der Handschuhmensch gegangen war.

Es war eine Frau. Angesichts des Pelzbündels, das an ihr vorbeischoss, sprang sie kreischend zur Seite. Maja kam bis zur Wohnungstür. Dort war Schluss. Wütend kehrte sie um. Ein gezielter Biss in die Frauenwade, ein weiteres Kreischen, und wenige Sekunden später war sie frei.

Jedenfalls fast, dachte Maja, als sie im Keller zitternd den Fingerling aufhob. Jetzt musste sie nur noch auf die nächste Öffnung der Haustür warten.

## 20

OBERKOMMISSAR MÜLLER WAR IN gehobener Stimmung, als Liebermann am Mittwochmorgen im wörtlichen Sinne verkatert von Dienstags letzter Nachtrandale im Kommissariat eintraf.

»Was meinen Sie? Kommt er freiwillig, oder soll ich ihn abholen lassen?«

»Wen?«

Jana Holzmann stellte eine dampfende Tasse auf seinem Schreibtisch ab. Daneben legte sie einen Stick.

»Sehen Sie ihn sich lieber erst nach dem Kaffee an«, sagte sie leise.

Als er ihr dankte, sah Liebermann, dass sie die gleichen Ringe unter den Augen trug wie er.

»Dieser Obersäufer, Hacke. Sie haben ihn nicht gesehen, er sieht aus wie ein trächtiges Mammut. Bewegt sich auch so, redet auch so.«

»Sie wissen, wie ein Mammut spricht?«

»Schlierige Augen«, fuhr Müller unbeeindruckt fort. »Einer von der Sorte, der alles niedertrampelt, was ihm in den Weg kommt. Die anderen Säufer buckeln vor ihm, und die werden schon wissen, warum.«

»Weil?«, fragte Liebermann und spielte mit dem Stick. Er würde den Film gar nicht ansehen, sondern sich die Zusammenfassung nachher von Kommissarin Holzmann geben lassen.

Müller neigte sich zu ihm hinunter, und der Geruch von Schweiß und chronischem Magenleiden hüllte ihn ein.

»Ich verwette meinen Pokal, dass er einer Vorladung

nicht folgen wird. Wir sollten ihn lieber gleich einkassieren.«

Liebermann ließ den Stick fallen und stieß sich vom Tisch ab. Sein Stuhl rollte aus der giftigen Wolke und prallte gegen einen Aktenschrank. Nachdem der Hauptkommissar einige Male tief geatmet hatte, sagte er: »Sie wissen, dass wir das nicht können. Dazu brauchen wir was Handfesteres als ein Paar Stiefel. Warten wir die Ergebnisse der Zigarettenkippen ab.«

Müller richtete sich auf.

»Bis dahin ist er über alle Berge. Der hat was gewittert, das habe ich Ihnen schon gesagt. Außerdem reicht es auch ohne Kippe. Von den Stiefeln wollen Sie ja nichts hören. Aber er kannte auch den Unterschlupf des Kapuzenmannes. Und er ist brutal.«

»Da ist er nicht der Einzige.« Liebermann blickte dem zornigen Oberkommissar ruhig in die Augen. »Ein Motiv.«

»Herrgott, ich habe doch gerade…«

»Nicht für den Mord, für den Schneemann.«

Müller verstummte. Er lief zu Liebermanns Fenster, starrte einige Sekunden lang hinaus und kehrte schleppenden Schrittes zurück. »Vielleicht waren es die Säufer auch zusammen. Wenn man einen im Tee hat und aus Wut oder aus Versehen einen Kumpel erschlägt, dann rennt man hinterher lieber weg. Anders ist es aber, wenn mehrere zusammen einen im Tee haben und einer von ihnen einen anderen erschlägt. Da könnte die versammelte Mannschaft durchaus auf die Idee kommen, den Schreck durch einen kleinen Scherz zu überspielen. Einer wie Hacke lässt gerade dann vor seinen Brüdern den Macker raushängen.«

»Demnach hätten die anderen den Kapuzenmann unter seiner Anleitung zum Schneemann verbaut?«

»Warum nicht? Und sich dadurch an ihn gebunden. Das würde auch ihr Verhalten erklären. Sie haben Schiss vor der Polizei, weil sie im Zweifelsfall mit Hacke zusammen hochgehen. Aber noch mehr Schiss haben sie vor ihm.« Über Müllers dauergerötete Wangen breiteten sich vereinzelt weiße Inseln aus.

»Das ist eine abenteuerliche Theorie«, wagte Jana Holzmann zu sagen.

»Haben Sie eine bessere, Verehrteste? Vielleicht eine, die mit dreckiger Kinderkleidung einhergeht?«

Unter dem Groll des Oberkommissars zog Kommissarin Holzmann den Kopf ein.

Liebermann dagegen wurde endlich wach. »Wissen Sie, ob Simon schon da ist?«, fragte er sie.

Die Kommissarin nickte, soweit es ihr zwischen den Schultern verkeilter Kopf zuließ. »Ich glaube, er brütet gerade etwas aus. Ich habe ihm geraten, zum Arzt zu gehen, aber er will nicht.«

Der Art, wie sie den letzten Satz ausschwingen ließ, entnahm Liebermann, dass er eine Botschaft enthielt. Allerdings nicht, welche.

»Ich werde behutsam mit ihm umgehen«, versprach er, hoffend, das Richtige zu sagen. »Und Sie tun, was Sie für richtig halten«, wandte er sich an Müller.

Die Stirn des Oberkommissars glättete sich. »Hacke schnappen.«

»Meinetwegen. Ich habe nur eine Bedingung.«

»Aha.« Müller klang beinahe erleichtert.

Liebermann konnte es ihm nicht verdenken. Auch er bekam einen Haken lieber gezeigt, als ihn zu wittern.

»Ich möchte, dass Sie sie alle vernehmen. Besorgen Sie sich eine Wanne aus dem Fuhrpark und sammeln Sie die ganze Truppe ein. Am besten gegen Mittag, vorher ist am Stützpunkt nicht viel los. Und erklären Sie ihnen, dass Sie

sie nur für routinemäßige Zeugenaussagen brauchen, um sie nicht aufzuregen.«

»Klar«, sagte Müller, der sich zusehends entspannte.

»Es könnte trotzdem sein, dass sie sich weigern. Und wir haben keine Befugnis, sie zu zwingen.«

Müller grinste. »Wie man's nimmt. Die sind sicher nicht erpicht darauf, dass ich den Stützpunkt schließen lasse. Der Besitzer der Hütte, aus der Hacke gestern kam, sitzt seit einem Jahr wegen Hehlerei. Er hat sie schwarz untervermietet, an zwei Damen, die dort manchmal Besuch empfangen, wenn Sie verstehen, was ich meine.«

Liebermann war baff. »Das haben Sie alles an einem Nachmittag rausgekriegt?«

»Man tut, was man kann«, sagte der Oberkommissar. »Und jetzt die Bedingung.«

»Sie wird Ihnen nicht gefallen. Ich möchte, dass Sie die feuchten Jungs nicht nach dem Kapuzenmann fragen, sondern nach Jakob Abrams.«

Müller rang um Luft, tastete nach seinen Pillen und warf sich drei davon in den Mund. »Was!?«

»Nicht *was*, sondern *wer*. Erinnern Sie sich daran, dass Sie gestern am Telefon einen Jakob erwähnten, der die Stützpunktrunde häufiger mit Getränken versorgt hat? Kurz darauf erwähnten Sie außerdem einen Verdacht von Hacke, dass der Kapuzenmann das Opfer seines Vermieters geworden sein könnte.«

»Eine blödsinnige Ausrede, um seinen Arsch zu retten, wenn Sie mich fragen. Sie selbst haben darauf hingewiesen, dass ein Obdachloser keinen Vermieter haben kann.«

»Nicht im wörtlichen Sinne. Aber er kann sehr wohl jemanden haben, der ihm Asyl gewährt.«

»Meinen Sie den krummen Typen, dem die Tischlerei gehört?«

»Ich meine seinen Bruder, der sie zu einem Hostel umbauen will. Er heißt Jakob.«

»Gott! Das meinen Sie nicht ernst.«

»Doch. Denn zufällig weiß ich, dass es sich bei unserem Stützpunktwohltäter um ebenjenen Jakob handelt, in dessen Tischlerei der Kapuzenmann sein Zelt aufgeschlagen hatte.«

Müller starrte ihn eine Weile an. Als das nichts half, starrte er Kommissarin Holzmann an, deren Hals wieder anmutig auf den Schultern saß. Sie legte sich eine Hand in den Nacken, wie um zu verhindern, dass er zurückrutschte.

»Und was soll ich über diesen Jakob herausfinden?«

»Vor allem, was er von den Trinkern wollte«, antwortete Liebermann. »Gestern Abend war ich bei Abrams dem Älteren. Um ihm den Schlüssel der Tischlerei zu bringen. Interessanterweise war ich nicht der einzige Besucher. Als ich ankam, saß in Abrams' Wohnzimmer eine Polin, von der er gerade erfahren hatte, dass sie erstens die Verlobte seines Bruders und zweitens auf der Suche nach ihm ist. Während unserer Unterhaltung bekam ich also zwangsläufig einiges über den jüngeren Abrams mit. Auf der einen Seite scheint er ein heller Kopf zu sein. Erfindet dauernd irgendwelche Sachen und schmiedet absurde Pläne, was seinen Bruder nervt. Auf der anderen leidet er unter der Neigung, Probleme zu produzieren, denen er sich, sobald sie zu groß werden, durch Flucht entzieht. Die Polin zum Beispiel sucht ihn, weil er sie erst geschwängert und dann finanziell ruiniert hat...«

»Was geht uns das an?«, fragte Müller.

»Vielleicht nichts. Es ist nur eine Idee, die auf einem losen Geflecht von Tatsachen beruht, so ähnlich wie Ihre von Hacke und seinen Spießgesellen.«

»Abgesehen davon, dass dieser Jakob zufälligerweise Miteigentümer der Tischlerei ist, sehe ich kein Geflecht.«

»Ich auch nicht«, bekräftigte Kommissarin Holzmann.

Liebermann hob eine Hand und bog nacheinander drei Finger um.

»Erstens: Er ist derjenige der beiden Eigentümer, der einen Umbau der Tischlerei plant und deshalb häufiger dort zugange gewesen ist als der andere, der sie nur als Holzlager nutzt. Demnach dürfte ihm das Nest des Kapuzenmannes in der Werkstatt kaum entgangen sein. Leider können wir ihn dazu nicht befragen, weil er zweitens: um die Mordnacht herum ohne Ankündigung verschwunden ist. Zumindest hat sein Bruder ihn seitdem nicht mehr gesehen, und ans Telefon geht er nicht. Drittens: Am vorletzten Freitag vor seinem Verschwinden ist Abrams' Angestellte auf dem Weg zum Getränkeladen Jakobs Mütze und seinem Lachen begegnet. Beide befanden sich hinter der Mauer, die den Säuferstützpunkt von der Straße abschirmt. Sie war sehr verwundert darüber. Den Beweis dafür, dass sie sich die Begegnung nicht bloß eingebildet hat, haben Sie, Kollege Müller, mir gestern Abend am Telefon höchstpersönlich geliefert, indem Sie einen Jakob erwähnten, der bei den Stützpunktleuten wegen seiner Bierspenden beliebt ist.«

Einige Sekunden lang blickte Liebermann versonnen auf seine Hand, dann fügte er hinzu: »Und jetzt nehmen Sie Jakob Abrams' spezielles Wesen dazu. Er fabriziert Probleme und haut dann vor ihnen ab. Nun, einen Toten in der eigenen Werkstatt könnte man durchaus als Problem bezeichnen.« Er ließ die Hand sinken und steckte sie in die Hosentasche. »Zugegeben, es ist ein loses Geflecht. Aber was, wenn nur einige Stränge fehlen, um es zu verdichten?«

BEVOR ER SICH MIT Simon auf den Weg nach Reesen machte, gönnte Liebermann sich eine Viertelstunde Ruhe. Trank seinen Kaffee und dachte dabei über seine und Müllers Theorien nach, die sich mit geballten Fäusten in einem unsichtbaren Boxring gegenüberstanden, während ein Moderator sie in Marktschreiermanier ausrief: »Jakob das Phantom gegen Hacke den Säufer!«

Er rieb sich die Augen. Stellte die Tasse ab, wobei er einen sauren Rest drin ließ. Vor einer Weile hatte Simon, der für die Kaffeekasse verantwortlich war, die Sorte gewechselt. Liebermann verstand nicht, warum. Der alte Kaffee hatte ihm geschmeckt, der neue erinnerte ihn, sobald er einige Minuten gestanden hatte, an Müllers Ausdünstungen. Er ging zum Fenster und goss seinen Kaktus. Bei dieser Gelegenheit stellte Liebermann fest, dass es wieder zu schneien begonnen hatte. Auf einem Ast der Eiche vor seinem Fenster hockten nebeneinander drei Krähen. Schwarzes Holz, schwarze Vögel, weißer Hintergrund, dachte Liebermann, ohne sich dessen bewusst zu werden. Er kehrte zum Tisch zurück und wählte aus einem Impuls heraus Nicos Nummer. Er hatte plötzlich das Bedürfnis, ihre Stimme zu hören, sich zu versichern, dass es ihr gut ging. Entsprechend enttäuscht war er, als der Anrufbeantworter ansprang. Natürlich arbeitete sie um diese Zeit, der Anrufbeantworter war also ein gutes Zeichen und dazu noch von ihr selbst besprochen, sodass zumindest seine Stimmensehnsucht erfüllt war.

Mehr aber auch nicht.

Mit bleiernen Händen pflückte Liebermann seine Jacke vom Haken neben der Tür und zog sie an. Etwas lag schief. Er wusste nur nicht, ob in seinem beruflichen oder in seinem persönlichen Fall.

DASS AUCH BEI SIMON gehörig etwas schief lag, war deutlich. Er hing wie ein ermatteter Mauersegler auf seinem Stuhl. Selbst Mülller sah besorgt drein. »Sparen Sie sich die Mühe. Ich hab's schon probiert. Er will nicht, der sture Bock.«

Liebermann trat vorsichtig, wie er es Kommissarin Holzmann versprochen hatte, auf den Anwärter zu und legte ihm eine Hand auf die Schulter. Die Berührung löste ein kurzes seismisches Beben aus oder einen Anfall von Schüttelfrost.

»Die beiden haben recht. Sie gehören nicht auf einen Auswärtseinsatz, sondern ins Bett.«

Der Anwärter schüttelte schwerfällig den Kopf. Er trug seine Jacke, Mütze und ein kariertes Tuch, das er statt eines Schals benutzte.

»Wenn ich erst mal liege, ist es ganz aus.«

Liebermann überlegte. Grippe und Liebeskummer. Eine schlimme Mixtur. Und eine, die noch übler wirkte, wenn die Decke über einem einzustürzen drohte.

»Gut. Dann tauschen Sie mit Kommissarin Holzmann. Sie halten hier die Stellung und überwachen das Telefon, falls der Teltowmörder unvermutet irgendeine Frau auf irgendeinem Weihnachtsmarkt überfällt. In diesem Fall ziehen Sie irgendwo ein, zwei Streifen ab und schicken sie zu der angegebenen Stelle. Darüber hinaus wird Fräulein Holzmann wahrscheinlich versuchen, Ihnen einen Teil ihres Schreibkrams überzuhelfen. Ignorieren Sie sie einfach. Telefon und Tee, das sind Ihre Aufgaben für heute. Müller passt in jeder freien Minute auf Sie auf. Sollten Sie hingegen morgen immer noch aussehen wie schimmliges Brot, bleiben Sie zu Hause, verstanden?«

»Verstanden?«, wiederholte er, als die Reaktion ausblieb.

Simon stand auf und schwankte aus dem Büro.

Liebermann überholte ihn auf dem Weg zur Treppe.

»Wo wollen Sie hin?«

Der Anwärter blieb stehen und sah ihn aus umschatteten Augen an, die womöglich noch stärker glänzten als gewöhnlich. »Ein Telefon lenkt mich nicht ab. Sorgen Sie sich nicht um mich, Hauptkommissar, mir geht's gut, ich hab nur schlecht geschlafen. Haben Sie das Foto vom Kapuzenmann und das Hemd seiner möglichen Schwester dabei?«

Liebermann war sprachlos.

»Ich bin Ihr Vorgesetzter. Und ich habe Ihnen befohlen, hierzubleiben.«

»Ich weiß«, entgegnete Simon gequält.

»Sie nutzen mir nichts, wenn Sie wie ein Zombie neben mir sitzen.«

»Bitte!«

Liebermann wusste nicht, was er tun sollte. Am liebsten hätte er Jana Holzmann geholt, damit sie die Sache klärte.

»Na schön«, sagte er schließlich. »Aber wehe, Sie kotzen ins Auto. Sobald ich auch nur eine Spur Grün um Ihre Nase sehe, schmeiße ich Sie raus, rufe den Notarzt und lasse Sie zu den Eigentumsdelikten versetzen.«

Simon lächelte.

»Verstanden.«

## 21

IRGENDETWAS STIMMTE MIT DEM Navigator nicht. Liebermann hatte ihn nach einer vorfristigen Abfahrt von der Autobahn bei Bronkow neu justiert, seitdem fabrizierte er nur Unsinn. »Ich glaube, wir fahren im Kreis«, sagte er zu Simon. »An diesem Haus mit dem illuminierten Rentier sind wir schon einmal vorbeigekommen.«

Der Anwärter schob seine Nase aus dem Rollkragen seines Pullovers. Auf seiner Stirn standen Schweißtröpfchen, was aber auch an der hochgedrehten Heizung liegen konnte. Es störte Liebermann nicht, in einem motorisierten Tropenhaus herumzufahren, bei Kälte dagegen verlangsamte sich seine Reaktionsgeschwindigkeit, und er hatte allgemein das Gefühl, dass sein Kreislauf mit jedem sinkenden Grad herunterfuhr wie der einer Schildkröte, bis er in eine lebendige Starre verfiel.

»Nein. Das letzte Rentier stand andersherum, und das Haus dahinter war rosa, nicht weiß. Außerdem kenne ich die Strecke ein wenig. Halten Sie sich einfach immer nördlich.«

Die Auskunft beruhigte Liebermann. Weniger wegen des Weges, sondern weil Simon mehrere zusammenhängende Sätze gesagt hatte. Bis hierhin hatte er einsilbig Liebermanns spärliche Fragen beantwortet und sich ansonsten darauf konzentriert, seine Nasenpartie mit einer gesunden Hautfarbe zu umgeben. Liebermann wiederum mied es geflissentlich, ihn auf das Mädchen anzusprechen, dem er seinen körperlichen Verfall verdankte. Er rechtfertigte sich damit, dass er Kommissarin Holzmann versprochen hatte, vorsichtig zu sein.

Während der verwirrte Navi sie durch eine Siedlung mit nahezu identischen Häusern schleuste, fragte er sich, woher Simon die Gegend kannte. Wegen ihrer ländlichen Reize wohl kaum. Vielleicht hatte er Verwandtschaft hier sitzen.
»Hinter der der Litfaßsäule links«, sagte Simon.
»Der Navi sagt geradeaus.«
»Vertrauen Sie mir.«
Zehn Minuten später waren sie da.

DAS HEIM WAR IN einem von den vielen Gutshäusern untergebracht, deren Eigentümer gegen Kriegsende vor den Russen geflohen oder von deutschen Funktionären enteignet worden waren. Liebermann konnte sich ihr zufriedenes Feixen beim Einreißen der herrschaftlichen Wände, Überpinseln von Deckengemälden und beim Abtragen des Parketts zugunsten strapazierfähigen Linoleums vorstellen, denn man sah dem Haus die Umgestaltung auch dreiundzwanzig Jahre nach der Wende noch an. Erst als sie über den matschigen Vorplatz stapften, bemerkte er Spuren der Neuzeit. Thermofenster, einen Carport für die Angestellten zwischen Haupthaus und einem efeuberankten Nebengelass und ein Messingschild, das die AWO als Träger auswies.

Auf den letzten Metern zum Eingang spürte Liebermann Nässe durch seine Schuhnähte sickern. »Ich glaube, hier wurde Salz gestreut«, sagte er und blickte neidisch auf die Kreppsohlen von Simons Stiefeln.

Simons fiebrige Augen huschten an ihm vorbei. »Ist das nicht verboten?«

»Nicht überall.«

Sie traten sich die Schuhe auf einem Rost unter einem entsprechenden Hinweisschild ab.

»Die unteren Fenster waren einmal vergittert«, bemerkte Simon mit gedämpfter Stimme. »Man sieht noch die Reste an den Mauereinfassungen.«

Liebermann stieg die Stufen mit schmatzenden Schuhen wieder hinunter und besah sich die Stummel, die um die Fenster aus dem gelben Putz staken. In einem übereilten Versuch, sie verschwinden zu lassen, hatte man sie kurzerhand mitgestrichen, wodurch der Rost, der wie Wundwasser aus ihren Enden sickerte, nur noch deutlicher sichtbar wurde.

»Eine alte Einbruchssicherung wahrscheinlich«, meinte er, als er Simon eingeholt hatte.

Die Eingangshalle war in derselben Farbe wie die Außenfassade gehalten. Rechts und links zogen sich Schrankreihen die Wände entlang, über denen winterliche Kinderbilder in nussbraunen Rahmen hingen. Liebermann kam nicht dazu, sie zu betrachten. Vor ihnen schwang eine Glastür auf, gefolgt von einem lachsrosa Mund.

»Hereinspaziert! Sie sind eine Stunde zu spät.«

In Liebermanns Handinnenfläche bohrte sich ein stacheliger Ring.

»Schlegel, die Sekretärin der Heimleiters. Eigentlich hatten wir Mittagessen für Sie bestellt, aber die Kinder kommen gleich aus der Schule, und dann wird's laut hier. Also bringen wir es am besten erst mal hinter uns.«

SIE FOLGTEN DER FRAU mit dem Mund durch ein Treppenhaus in ein überheiztes Büro, wo sie lächelnd auf zwei Stühle vor einem Schreibtisch deutete. Während Liebermann seine schmerzende Handfläche rieb, sah er sich unauffällig nach der Wärmequelle um. Zu seinem Leidwesen fand er sie hinter dem Schreibtisch.

»Hätten Sie etwas dagegen, wenn ich meine Schuhe unter die Heizung stelle? Sie sind draußen ziemlich durchgeweicht.«

Frau Schlegel hob die Augenbrauen, oder das, was von ihnen übrig war.

»Einen Augenblick«, sagte sie und verließ das Büro.

Als sie zurückkam, war Liebermann gerade dabei, seine Socken über die Rippen der Heizung zu drapieren. Sie reichte ihm ein Paar karierte Filzpantoffeln.

»Wir haben auch Ersatzsocken«, murmelte sie erbleichend.

»Keine Umstände. Sie streuen Salz?«

»Da müssten Sie den Hausmeister fragen. Warum?«

»Wegen dem Matsch vor dem Haus. Na ja, spielt keine Rolle«, fügte Liebermann hinzu, als er ihren Unmut bemerkte.

Verärgerte Sekretärinnen wirkten selten attraktiv. Im Gegensatz zu Künstlern, deren Züge zuweilen noch an Intensität gewannen, oder bestimmten Hebammen aus seinem persönlichen Umfeld stellte Liebermann bei grollenden Sekretärinnen oft eine Neigung zu Nasolabialfalten fest, die ihren Gesichtern etwas Verkniffenes verliehen.

Bei guter Laune bot Frau Schlegel sicher ein angenehmes Bild. Sie war mittelgroß, ausgewogen proportioniert, besaß kunstvoll geknetete Sauerkrautlocken und makellose Zähne, entweder ein Geschenk der Natur oder eines ambitionierten Dentisten. Um den Hals trug sie eine Brille an einer goldenen Kette, die sie aufsetzte, als sie ihren Platz hinter dem Schreibtisch einnahm, wobei sie peinlich darauf achtete, gebührenden Abstand zu Liebermanns fleckigen Socken zu halten.

»Nach dem Anruf Ihrer Kollegin war ich im Archiv.«

Sie schob ihnen zwei Ordner mit vergilbten Rückenetiketten zu, von denen der obere aufgeschlagen war. Liebermanns Blick fiel auf das Passbild eines Kindes, das ausdruckslos an ihm vorbeisah. Dass es sich um ein Mädchen handelte, erfuhr er erst, als er den Namen daneben las.

»Von Nora Stölzel haben wir nur noch das Aufnahme- und das Entlassungsformular«, erklärte die Sekretärin, während der Nagel ihres rechten Zeigefingers über verschwommene Schreibmaschinen-Buchstaben strich. »Alle anderen Unterlagen, ärztliche Gutachten etc. sind wahrscheinlich mit ihr in den Jugendwerkhof gewandert.«

Liebermann merkte, wie Simon neben ihm minimal zusammenzuckte.

»Warum in den Jugendwerkhof?«

Frau Schlegels Miene nahm einen bedauernden Ausdruck an. »Ich nehme an, sie hat sich danebenbenommen, da hat man früher nicht lange gefackelt. Genaueres entnehmen Sie der Überstellungsurkunde. Die Akte von Noras Bruder Roman haben wir noch in Gänze da.«

Sie schob Noras Ordner zur Seite und öffnete den unteren. Mit ihren geschmeidigen Bewegungen und der Stimme, die jeden Satz mit der dazu passenden Betonung untermalte, erinnerte sie Liebermann an eine Angestellte eines Reisebüros.

Zusammen mit Simon beugte er sich über das Dokument mit dem zweiten, dem wichtigeren Passbild. Nach einer Sekunde hob er den Kopf.

»Entschuldigen Sie, aber würde es Ihnen etwas ausmachen, mir den Vortritt zu lassen? Es ist nicht wegen Ihnen«, fügte er hastig hinzu, als der Anwärter ihn verletzt ansah. »Nur wegen Ihrer ...«

Er fuhr sich flüchtig mit der Hand über Hals und Stirn.

»Natürlich«, sagte Simon, und seine Wangen wurden noch einen Stich fahler.

Beunruhigt spähte Liebermann nach dessen Nase, fand sie ohne Befund und versprach, sich zu beeilen.

Die Familienähnlichkeit war unverkennbar. Die gleichen geraden Augenbrauen, an den Rändern leicht geflockt, die gleiche Symmetrie zwischen Nase, Augen, Ohren und Kinn, die gleiche flache Stirn. Ansonsten glichen sich die briefmarkengroßen Gesichter überhaupt nicht. Abgesehen davon, dass Roman Stölzel etwas jünger und heller als seine Schwester war, wohnte dem seinen eine beinahe entgegengesetzte Botschaft inne als Noras. Das schüchterne Lächeln unter kreisrunden Augen war eine stumme Einladung, ihn zu lieben. Die zehnjährige Nora war über diesen Wunsch bereits hinaus.

Schweigend trat er Simon seinen Platz ab und beobachtete, ob er dieselben Signale empfing. Doch zu seiner Überraschung hielt Simon sich nicht über dem Bild auf, sondern blätterte weiter.

Sorgsam legte er Seite für Seite um, warf einen Blick in eine braune Zeugnismappe, die der Akte beigefügt war, und ging dann wieder auf die erste Seite zurück.

»Helfen Sie mir«, sagte er, indem er auf eine Zeile am unteren Rand tippte. »Statt eines Entlassungsvermerks finde ich hier den handschriftlichen Hinweis: 06.10.1989: flüchtig. Bedeutet es das, was ich vermute?«

Zwischen Mund und Nasenwurzel der Sekretärin bildeten sich zwei steile Falten.

Sie drehte die Mappe zu sich herum und studierte sie so ausgiebig, als erwarte sie, dass die Buchstaben und Zahlen der Mitteilung durch hartnäckiges Starren ein verborgenes Geheimnis enthüllten. Endlich hob sie den Kopf.

»Das war vor meiner Zeit. Aber wenn Sie mich fragen, hat Roman Stölzel die Wirren der Wende für sich genutzt und ist rübergemacht, wie man so schön sagt.«

Simon verzog den Mund. »Angenommen, es wäre so, warum gibt es dann keinen Verweis auf eine Vermisstenanzeige oder Ähnliches, das erkennen ließe, dass nach ihm gesucht wurde? Er war immerhin erst sechzehn, also minderjährig.«

»Ich war damals noch nicht da«, wiederholte die Sekretärin monoton. »Die Akten hier sind alles, was wir über den Jungen und seine Schwester haben. Ich könnte mir vorstellen, dass er im Westen eine neue Bleibe gefunden und sich von dort aus gemeldet hat, womit eine Suche unnötig wurde. Das ist natürlich nur eine Idee.«

Liebermann bewegte die Zehen in seinen Pantoffeln. Er war es nicht gewohnt, mehrere Stunden im Sitzen zu verbringen, das machte ihn nervös.

»Was ist mit der Wäscherin«, fragte er, »die sich an die Stickerei in Noras Hemd erinnert hat? Im Gegensatz zu Ihnen hat sie damals offenbar schon hier gearbeitet. Wäre es möglich, sie zu unserem Gespräch hinzuzuziehen?«

Die Sekretärin spitzte die Lippen. »Leider nicht. Frau Langwitz ist gestern zu ihrem Sohn in den Weihnachtsurlaub gefahren. Ehrlich gesagt sehe ich aber auch keinen Zusammenhang zwischen Ihren Ermittlungen – es geht doch um Mord, nicht? – und der Frage, ob Roman Stölzel vor zwanzig Jahren in den Westen abgehauen ist.«

»Ich auch nicht«, entgegnete Liebermann, ohne mit der Wimper zu zucken. »Aber wir brauchen jemanden, der unseren Toten identifiziert.« Er stand auf. »Hätten Sie etwas dagegen, wenn wir die Akten mitnehmen?«

»Nein, wenn Sie sie später zurückbringen.«

Seine Socken waren immer noch feucht, daran hatten die wenigen Minuten auf der Heizung nichts geändert. Wenigstens sind meine Füße warm, dachte Liebermann, als er sie mühsam darüberkrempelte. Alles in allem war es ein sinnloser Ausflug gewesen. Als er seine Jacke anzog, bemerkte er einen silbrigen Schimmer in Simons

Augen. Gutes oder schlechtes Zeichen? Er bat Frau Schlegel um die Urlaubsadresse der Wäscherin.

Sie zuckte die Achseln. »Mexiko, mehr weiß ich auch nicht.«

»Oh, das ist ja nicht grade um die Ecke. Und was ist mit den restlichen Angestellten?«, fragte er, während er seinen Block aus der Tasche zog. »Haben die alle erst nach der Wende angefangen?«

»Alle«, seufzte sie. »Bis auf Dr. Behrend, unser Leiter.«

»Und wo finde ich den?«

Sie zwinkerte. »Bitte?«

»Dr. Behrend, wo finde ich den?«

Es waren nur Sekunden, aber in denen passierte etwas Seltsames: Liebermann sah die sauerkrauthaarige Sekretärin aus sich herausschweben, zum Fenster fliegen und den Kopf gegen die Scheibe rammen. Ein weiteres Zwinkern, und der Spuk war vorbei.

»Dr. Behrend ist auf einem Kolloquium in Hannover und leitet eine Arbeitsgruppe zur Bewältigung von Traumata der mittleren bis späten Kindheit. Das ist sein Spezialgebiet, er hat schon etliche Artikel und ein Buch darüber geschrieben.«

»Sehr schön. Wann kommt er wieder?«

»Am Wochenende.«

Liebermann reichte ihr seinen Block. »Als umsichtiger Heimvater wird er bestimmt auch in Abwesenheit erreichbar sein.«

»Ich weiß nicht ... ich kann doch nicht einfach ... ist das denn datenschutzrechtlich überhaupt zulässig?«

Liebermann versenkte seine Augen wie zwei nebelblaue Anker in den ihren. »Ich denke schon. Vermutlich ist einer seiner ehemaligen Zöglinge ermordet worden.«

Frau Schlegel schluckte. Schließlich zog sie den Blick von ihm ab und begann zu schreiben.

»Danke.« Liebermann steckte den Block ein. Simon nahm die Akten.

»Keine Ursache. Kann ich sonst noch etwas für Sie tun? Herr Bülow, unser Hausmeister, würde Ihnen sicher eine Führung durch die Einrichtung geben, und wie gesagt, wir haben Mittagessen für Sie bestellt. Hirschgulasch, mit Rosenkohl und Klößen«, fügte sie steif hinzu. »Wir haben ein Abkommen mit einem hiesigen Jäger, da bekommen wir das Fleisch frisch und günstig. Unsere Kinder werden nicht aus der Großküche ernährt.«

Liebermann wandte sich an Simon.

»Wie sieht's aus? Ich weiß ja nicht, was Ihr Magen zu Frischgeschossenem sagt, aber ich könnte ein bisschen Bewegung brauchen.«

DER HAUSMEISTER ENTPUPPTE SICH als verschmitzter Bursche, dem der Stolz darüber, zwei Beamte der Mordkommission durch die verschachtelten Flure des Heims zu führen, aus jedem Knopfloch seiner Wattejacke lugte. Wie ein Wiesel flitzte er ihnen voran, öffnete Türen und Tore und sogar einen penibel aufgeräumten Kleiderschrank, wobei er unablässig plapperte. Mitte der Neunziger war er als Jugendlicher in Reesen gelandet, und jetzt saß er immer noch hier. Oder wieder.

Grinsend zeigte er eine leere Stelle an seiner linken Hand. »Das war vor anderthalb Jahren das Ende meiner Metzgerlehre. Hat nur eine Woche gedauert, bis der Finger ab war. Stellen Sie sich mal vor, was passiert wäre, wenn ich weitergemacht hätte. Na ja, da hat Behrend mich eben als Hausmeister behalten. Der alte war nach einem Unfall gerade in Rente gegangen, und schwups hatte ich seinen Posten.«

Sie standen vor dem lang gestreckten Schuppen, der, wie Liebermann und Simon soeben erfahren hatten, eine Holzwerkstatt und den Probenraum für die hauseigene Band beherbergte. Um sich von seinen klammen Füßen abzulenken, fragte Liebermann: »Was für einen Unfall hatte Ihr Vorgänger denn?«

Bülow öffnete den Mund, runzelte die Stirn und fixierte einen Punkt in der Ferne. »Der Bus rollt an. Wenn Sie noch was essen wollen, sollten wir zusehen, dass wir reinkommen.«

MINUTEN SPÄTER WÄHNTE SICH Liebermann im Auge eines Orkans.

»Sind die immer so?«, brüllte er den Hausmeister an, der von einer vollbusigen Küchenfrau gelassen einen Teller mit Gulasch in Empfang nahm. Simon hatte sich an einen kleinen Tisch zwischen mehreren Zimmerpalmen gerettet und starrte trübe auf die Fleischklumpen auf seinem Teller.

»Nur wenn sie nach Hause kommen. Sind halt ein bisschen aus dem Häuschen nach dem ganzen Rumgesitze. Haben Sie Kinder?«

»Zwei.«

»Schaffen Sie sich noch ein paar an, das trainiert die Nerven.«

Liebermann schauderte. Er überlegte, ob er Bülow von seinem schon gesetzten nächsten Trainingstermin erzählen solle. Stattdessen folgte er ihm an Simons Tisch und wiederholte seine Frage nach dem Unfall des abgedankten Hausmeisters.

Der neue Hausmeister kratzte sich am Kopf. »Eins müssen Sie mir glauben: Egal, was die anderen sagen, ich hab nichts damit zu tun. Ich meine, ich hatte mir gerade einen Finger abgefräst, da denke ich doch nicht an so was! Dr. Behrend hat das auch so gesehen, sonst hätte er mich ja nicht eingestellt, oder?«

Liebermann wechselte einen Blick mit Simon, der wie aus einem schlechten Traum erwachte.

»Was haben Sie nicht gemacht?«

»Den Ast angesägt. Das hätte ich gar nicht gekonnt, mit meiner ramponierten Hand.«

»Ihr Vorgänger ist also vom Baum gefallen?«

»Wie ein reifer Apfel. Beim Ausästen. Wenn Sie mich fragen, hat er den Ast am Tag vorher selbst angesägt, es dann vergessen, und als er am nächsten Tag weitermachen wollte, ist er draufgestiegen, und da hat's ihm die Füße weggehauen.«

»Und die anderen behaupten, Sie hätten das getan?«

Über die Lippen des Hausmeisters kroch ein Lächeln. »Natürlich nicht. Aber die Schlegel hat so'n paar Spitzen losgelassen, als Dr. Behrend mich eingestellt hat, nach dem Motto: Manche ziehen das große Los nur, weil sie es vorher selbst in den Lostopf geworfen haben. Na, da wusste ich Bescheid.«

»Sie mögen Frau Schlegel wohl nicht besonders.«

Der Hausmeister zuckte die Achseln.

»Seit Dr. Behrend ihr den Marsch geblasen hat, hält sie die Klappe und lässt mich in Ruhe meine Arbeit machen.«

Unterdes hatte Simon vier Rosenkohlköpfe auf seinem Teller zu einem Quadrat angeordnet. Er betrachtete das Arrangement versonnen, ehe er Liebermann fragte: »Haben Sie ihm das Foto vom Kapuzenmann gezeigt?«

»Wozu? Mitte der Neunziger war Roman schon über alle Berge.«

»Schaden kann es nicht.«

Wie erwartet schüttelte der Hausmeister den Kopf. »Das ist er also«, sagte er nur. »Und der war mal hier?«

»In den Achtzigern. Zusammen mit seiner Schwester Nora. Er ist abgehauen, sie kam in einen Jugendwerkhof.«

»Was hat sie denn angestellt?«

»Wissen wir nicht.«

»Sie hat einen Erzieher angegriffen«, meinte Simon, der die Akten genauer studiert hatte als Liebermann.

Bülow runzelte die Stirn. »Echt? Also, als ich vierzehn war, ist mir mal der Kragen geplatzt, weil die Nachtwache mich nicht aufs Klo lassen wollte. Dachte, ich würde rüber zu den Mädchen wollen, speziell zu ... egal. Jedenfalls hab ich sie aus Versehen die Treppe runtergeschubst. Sie hat sich übel den Kopf geprellt, und ich bekam Taschengeldentzug und einen Monat Strafarbeit an den Hals. Aber Jugendgefängnis ... Diese Nora muss ein ziemlich schlimmer Finger gewesen sein.«

»Über den aber während Ihrer Zeit hier nie jemand von den Älteren geredet hat?«

Der Hausmeister dachte kauend nach. »Na ja, es kursieren natürlich ein paar alte Geschichten, die hauptsächlich Mattekat, mein Vorgänger, geknurrt hat, um uns zu stecken, wie verweichlicht wir sind. Früher muss es hier zackiger zugegangen sein. Als ich ankam, gab es hinter dem Haus zum Beispiel noch einen Appellplatz, da wo jetzt das Basketballfeld ist, und über der Tür konnte man den Namen ›Erich Weinert‹ lesen, weil sie zwar die Buchstaben abgenommen hatten, aber die Farbe darunter heller war. Sah ein bisschen aus wie Sprayen mit Schablone. Aber Namen, nee. Da fragen Sie am besten den Alten selbst. Er wohnt nebenan in Zug, Straße des Friedens. Die Nummer weiß ich nicht, aber vor seiner Hütte sieht's aus wie ein Spielzeugladen, ist nicht zu übersehen. Oder Tante Ingelore, unsere Wäscherin, die war damals auch schon hier.«

»Frau Langwitz?«, fragte Simon.

»Genau. Die weiß mindestens genauso viel wie der Alte.«

»Das nutzt uns nichts, weil sie im Urlaub ist«, sagte Liebermann und zerschnitt einen Kloß.

Der Hausmeister ließ sein Besteck sinken. »Wer sagt denn so was?«

»Ihre Freundin, Frau Schlegel.«

Der junge Bülow sah irritiert drein. »Also ... das verstehe ich nicht. Ich sollte heute nach der Arbeit bei ihr vorbeikommen und den Abfluss im Bad reparieren. Der tropft, wahrscheinlich ist der Flansch durch. Eigentlich wollte sie gestern, aber da hatte ich schon was vor.«

»Wenn ich Frau Schlegel richtig verstanden habe, wäre sie gestern auch schon nicht mehr da gewesen«, sagte Liebermann und sah zu Simon, der den Blick aufnahm und in sanfte Worte verwandelte.

»... obwohl unsere Kollegin gestern Vormittag noch mit ihr telefoniert hat.«

## 22

»SIE KÖNNTE NACHMITTAGS ABGEREIST sein, dann wäre es möglich, dass sie vormittags noch da war«, sagte Simon, als Liebermann von dem schmalen Asphaltweg, der zum Heim führte, auf eine Straße bog.

»Möglich, aber unwahrscheinlich«, entgegnete der Hauptkommissar. »Wenn ich nachmittags nach Mexiko fliegen würde, würde ich vormittags packen oder meine Sachen bürsten, aber ich würde kaum wie jeden Tag zur Arbeit gehen.«

»Vielleicht gab es einen Engpass.«

»In der Wäschekammer?«

So ging es, seit sie ins Auto gestiegen waren. Leider war es nicht möglich gewesen, die Sekretärin um die Antwort auf all diese Fragen zu bitten. Sie war gleich nach ihrem Gespräch mit zwei Zöglingen zum Zahnarzt gefahren.

»Und dann diese Sache mit dem Hausmeister«, fuhr Liebermann fort. »Haben Sie bemerkt, wie verdattert er darüber war, dass die Wäscherin ihre Verabredung vergessen hat?«

Simon öffnete eine Wasserflasche, die er aus dem Heim hatte mitgehen lassen, und sah sich um. »Nach Potsdam geht es in der anderen Richtung.«

»Richtig.« Liebermann deutete auf ein gelbes Schild am Straßenrand. »Aber ich dachte, wo wir schon einmal in der Gegend sind, statten wir dem Vorgänger des Hausmeisters einen Adventsbesuch ab und blättern mit ihm ein bisschen im Fotoalbum seiner Erinnerung. Wissen Sie noch, in welcher Straße dieser Makatsch wohnt?«

»Mattekat. Straße des Friedens. Der Vorgarten sieht aus wie ein Spielzeugladen«, zitierte Simon.

»Danke. Interessant, nicht? Ich meine, dass einer, der jahrelang in einem Kinderheim gearbeitet hat, sich in einem Spielzeugladen einrichtet. Man möchte doch meinen, dass er wenigstens zu Hause mal abschalten wollte.«

»Vielleicht hat er eine dekorationswütige Frau«, gab Simon zu bedenken. »Bei meiner Schwägerin sieht's zum Beispiel aus wie in einer Glasbläserei. Man kann sich die Marotten seiner Partner nicht immer aussuchen.« Er brach ab und wurde rot.

Liebermann sah es mit Genugtuung. Offenbar kam Simons Durchblutung langsam wieder in Gang. Und er hatte gerade etwas beinahe Persönliches erzählt. Jetzt fehlte nur noch einer, der den Kapuzenmann auf dem vermaledeiten Foto als Roman Stölzel identifizierte, und er würde den Schnupfen, der unbestreitbar auf seine nassen Füße folgte, demütig hinnehmen.

»UNHEIMLICH«, MURMELTE SIMON ANGESICHTS der von LED-Leuchten bestrahlten Märchenszenen zwischen toten Pflanzenstrünken. Es mussten mindestens zwanzig sein, einige gingen ineinander über. Den sorgsam gefegten Weg zum Haus säumte eine Kette von Plastik-Lkws. Auf den Pfosten der Pforte thronten Gummienten.

Dagegen wirkte das illuminierte Rentier im Nachbargarten geradezu armselig.

»Dieser Mattekat scheint einer von den Menschen zu sein, die nie erwachsen werden.«

»Vor allem scheint er nicht da zu sein«, sagte Liebermann und drückte zum wiederholten Mal die Klingel.

Alles blieb still. Dafür bewegte sich etwas hinter den Fenstern des Rentierhauses. Wenig später öffnete sich die Tür.

»Mattekat ist im Krankenhaus.«

Eine in einen graubraunen Poncho gehüllte Frau schlurfte heraus, auf dem Kopf trug sie ein violettes Tuch. Wie die Hexe aus Hänsel und Gretel trippelte sie näher, machte am Tor halt, als wäre ihr verboten, den Garten zu verlassen, und wartete, bis die beiden Polizisten herangekommen waren. Dann nieste sie.

»Was hat er denn?«, fragte Liebermann und hielt ihr seinen Ausweis unter die Nase. Nah genug, um sie einen Blick darauf werfen zu lassen, weit genug entfernt, um ihn vor den Erregern ihres Schnupfens zu schützen.

»Ach herrje!« Die Frau zog ein steifes Taschentuch unter ihrem Poncho hervor. »Leistenbruch, alte Geschichte. Er hat ewig auf 'nen OP-Termin gewartet.« Sie blinzelte. »Hat er etwa wieder wen angefahren?«

»Keine Ahnung«, sagte Liebermann. »Dafür sind wir nicht zuständig.«

Ein Klümpchen Schminke löste sich aus ihren Wimpern und wurde mitsamt dem Nasensekret beseitigt. »Wofür sind Sie denn zuständig?«

»Für Mord.«

Der Arm mit dem Taschentuch fiel herunter. »Horst«, murmelte sie mit flacher Stimme.

»Wie bitte?«

Sie zog pfeifend Luft durch die Nase. »Horst, das ist – war – mein Mann. Der war felsenfest davon überzeugt, dass Mattekat einen Knacks im Oberstübchen hat. Wegen seines Gartens, Sie wissen, was ich meine. Als wir hergezogen sind, Mitte der Siebziger, sah der schon genauso aus. Anderes Spielzeug natürlich und nicht so viele Lampen, aber ebenso ein Plunderhaufen wie heute. Trotzdem hab ich Mattekat in Schutz genommen – der macht das für seinen Neffen, der jedes Wochenende kommt, hab ich gesagt, aber Horst war nicht davon abzubringen, dass er eine Schraube locker hat. Hat ihn zwar manchmal zum Bier eingeladen und zum Grillen, wie es sich unter Nachbarn gehört, aber nur wenn er unsere Mädchen sicher im Haus wusste. Mir war das manchmal direkt peinlich. Vor Mattekat und vor allem vor seinem Neffen, der brauchte ja nun auch mal irgendwen zum Spielen, und er war ungefähr so alt wie unsere Kati, hätte also gepasst, aber da führte kein Weg hin.«

Die Frau unterbrach sich, um nach neuer Luft zu schnappen.

»Na ja, wie es so läuft: Jetzt ist Horst tot, und die Kinder kommen nur alle Jubeljahre mal vorbei. Meine Drogerie im Zentrum neben der Kirche hat vor drei Jahren Pleite gemacht. Seitdem hocke ich hier und warte auf gutes Wetter und die Lottozahlen. Und neben mir hockt der alte Mattekat in seinem Ramschladen und tut dasselbe. Na und? Soll er doch Puppen sammeln, wenn's ihm Spaß macht. Wenigstens ist er einer, mit dem man über den Zaun mal 'nen Schwatz halten kann oder der die Hühner füttert, wenn ich zu meinen Kindern fahre. Und jetzt kommen Sie daher und behaupten, dass er wen umgebracht hat.« Sie legte den Kopf in den Nacken. »Glückwunsch Horst, hast wieder mal recht gehabt. Und, fühlst du dich jetzt besser, sorgst du dafür, dass ich mich hier unten ohne dich nicht allzu wohl fühle, ja? Aber warte nur, eines Tages komme ich nach, und dann heize ich dir ein, dass...«

»Entschuldigung«, sagte Liebermann unbehaglich. »Ich habe gesagt, dass wir für Morde zuständig sind, nicht dass Herr Mattekat einen begangen hat.«

Die Frau machte den Mund zu und starrte erst ihn an, dann Simon, der sich in sicherem Abstand hielt.

»Sondern?«

»Wir haben in Potsdam einen Toten, den Herr Mattekat möglicherweise kennt, und hofften, er könne ihn anhand eines Fotos identifizieren.«

»Ach so«, sagte sie. »Da müssen Sie in ein paar Tagen wiederkommen. Kann ich das Foto mal sehen?«

Liebermann zuckte die Achseln und zog es aus der Tasche. Die Frau nahm es ehrfürchtig entgegen und betrachtete es, wie sie ein Foto ihres Enkelkindes betrachtet hätte.

»So sieht man also aus, wenn man tot ist.«

»Ja. Vorausgesetzt, man ist männlich, Mitte dreißig und wurde erschlagen.«

Die Frau beachtete ihn nicht. Ihre Augen tasteten das Foto millimeterweise ab, als scanne sie es, um es später auszudrucken und sich für den Rest ihres einsamen Lebens zur Gesellschaft zu machen.

»Mitte dreißig«, sagte sie, als sie es ihm zurückgab. »Und wie hieß er?«

»Falls es der ist, den wir vermuten, Roman Stölzel. Aber wir wissen es eben nicht, deshalb sind wir ja hier.«

Sie sprach den Namen ein paarmal vor sich hin, in unterschiedlichen Betonungen. Am Ende klang sie wie ein Schauspieler vor dem Auftritt. Zwischendurch nieste sie.

»Tja, könnte sein, oder auch nicht. Ich glaube, meistens hat er ihn bei einem Spitznamen gerufen, Löwe oder Bärchen oder irgend so was Albernes.«

Ungeachtet ihrer triefenden Nase neigte Liebermann sich ihr ein Stück entgegen. »Wer hat wen gerufen?«

»Na, Mattekat seinen Neffen. Der müsste jetzt auch so Mitte dreißig sein, genau wie meine Kati. Die Haare waren vielleicht ein bisschen heller, was aber nichts zu sagen hat, weil fast jeder im Laufe seines Lebens nachdunkelt. Später hellt man sich dann wieder auf.« Sie zog eine dünne Strähne unter ihrem Tuch hervor.

»Jedenfalls hatte der Kleine auch so ein schmales Gesicht wie der da. Wie ein Mädchen, hab ich immer gedacht. Und wenn er einen angeguckt hat, wurde einem ganz schwummerig.«

Sie hob die Hände und bildete mit den Fingern Ringe um ihre Augen.

»So groß und rehbraun. Welche Augenfarbe hat der da?«

Liebermann sah zu Simon, dessen hellblaue Augen aus der einbrechenden Dämmerung leuchteten. Hatte Dr. Genrich etwas über Augenfarben gesagt? Er zog sein Handy. Einige Sekunden und einen Anranzer später steckte er es wieder weg.

»Braun.«

»Hab ich mir gedacht«, sagte die Frau gleichmütig. »Und wissen Sie was, jetzt fällt mit auch der Spitzname ein: Römer! Er hat ihn Römer genannt. Oder nach diesem Kaiser, der mit Elizabeth Taylor zusammen war, der mit dem Blätterkranz...«

»Cäsar«, half Simon. Die Frau zeigte mit dem Finger auf ihn. »Genau. Der stumme Cäsar.«

»Cäsar war stumm?«, fragte Liebermann erstaunt.

»Nicht der echte, der vom Mattekat doch. Möglicherweise konnte er auch sprechen, aber er hat ja nie den Mund aufgemacht. Stand immer nur am Gartenzaun und hat uns angeguckt mit seinen Rehaugen. Wenn Horst außer Reichweite war, hab ich ihn manchmal angesprochen. Nichts, nur gucken. Was soll man da denken?«

»Dass das Kind stumm ist.« Liebermann sah Simon nach, der zum Auto ging. »Und er war jedes Wochenende hier?«

Die Frau zog ihren Poncho enger um sich, wobei ein Brandloch sichtbar wurde.

»Ziemlich häufig jedenfalls. Ich weiß nicht, was mit seiner Mutter war, über so was haben wir nicht gesprochen. Über Mattekat kann man sagen, was man will, für den Jungen war es ein Glück, dass er ihn hatte.«

»Demnach hat er keine eigenen Kinder?«

Die Frau betastete ihre Nase. »Nee. Er hätte, glaub ich, gern welche gehabt, aber auf einen verbeulten Topf passt kein Deckel, hat er immer gemeint. Da hat er wohl recht.« Sie deutete auf den blinkenden Garten zu ihrer Rechten, als sei damit alles gesagt.

Simon kehrte zurück, unter dem Arm den Ordner von Roman Stölzel. Er schlug die erste Seite auf und tippte auf das Passbild. »Ist er das?«

Sie nahm den Ordner mit gerunzelter Stirn entgegen und trug ihn unter eine benachbarte Laterne.

Nach einer Minute legte sie ihn zugeklappt in Simons Hand.

»Es ist etwas schwierig, weil er auf dem Bild lächelt. Aber die Augen vergisst man nicht so leicht. Ich frage mich nur, warum Mattekat nie erwähnt hat, dass sein Neffe bei ihm im Heim war.«

## 23

MAJA WAR WARTEN NICHT gewöhnt. Sie bekam zu festgesetzten Zeiten ihre Mahlzeiten, machte Besuche, wenn sie Gesellschaft brauchte, und traf sie am ausgewählten Ort niemanden an, ging sie zum nächsten. Auf etwas zu warten war verlorene Lebenszeit, und auch wenn man ihresgleichen sieben Leben nachsagte, wusste sie doch, dass sechs davon Ersatzleben waren, die sich nur während der Dauer des ersten abrufen ließen.

Und dieses erste spürte sie förmlich mit jedem Pulsschlag aus sich herausrieseln, während ihre Nerven aufs Äußerste gespannt waren. Bei jedem noch so leisen Geräusch sprang sie auf und ging in Angriffsstellung. Und jedes Mal wurde ihr bewusster, dass die Gefahr noch nicht gebannt war. Sie war den Klauen des Handschuhmenschen entwischt, ja. Und von der endgültigen Freiheit trennte sie nur eine Tür. Aber diese Tür nutzte ihr nur etwas, wenn sie geöffnet wurde, so lange war sie eine Wand. Um sie zu öffnen, bedurfte es wiederum eines Menschen, und hier wurde es gefährlich. Was, wenn dieser Mensch der Handschuhmensch war? Er hatte sie in seiner Höhle eingeschlossen und war gegangen. Daraus folgte der unweigerliche Schluss, dass er irgendwann auch wiederkommen würde.

Maja unterdrückte einen leichten Schüttelfrost. Ruhig, nicht aufregen. Wer Angst hatte, wurde zur Beute. Wer klar dachte, zum Jäger.

Was hatte die Katze namens Ko gesagt, wo sie wohnte? Im Vierten. Gut, weiter. Als Katzenbesitzer würden ihre Versorger ihr nichts tun, davon konnte man zumindest ausgehen. Sie würden ihr höchstens einen albernen Namen verpassen und sie dann, weil sie wussten, dass zwei ausgewachsene Katzen sich schlecht in einer gemeinsamen Höhle vertrugen, freilassen. Vielleicht sollte sie ihren Mut zusammenkratzen und auf dem Treppenabsatz im Vierten, zwischen den beiden Türen, Krawall schlagen. Dazu würde sie zwar am Dritten vorbeimüssen, aber auch das war zur Not vorstellbar, solange sich der Handschuhmensch auswärts befand.

Langsam wurde Maja ruhiger. Sie ließ noch einige Sekunden verstreichen, um die Muskeln zu lockern, als das Licht anging.

Eine Tür klappte, etwas knisterte, und kurz darauf bewegten sich schwerfällige Schritte zu ihr herunter.

Mit einem Schlag wurde Maja klar, dass sie etwas übersehen hatte. Sie war von einem Befreier ausgegangen, der von außen kam und nicht mit ihr rechnen würde. Der Mensch, der sich ihr schnaufend näherte, kam aber von innen und noch dazu durch gleißendes Licht.

Ihre Gedanken rasten, überschlugen sich und blieben plötzlich stehen, als ihr potenzieller Befreier um die Ecke bog. Der Alte mit dem wilden Blick aus dem zweiten Stock. Verdammt! Noch hatte er sie nicht gesehen.

Ein tiefer Ton, gefolgt von einer Flut kantiger Worte, belehrte Maja eines Besseren.

Er hatte.

Der Alte ließ den Sack fallen und stürzte die Treppe herunter. Noch ehe er zwei Stufen genommen hatte, war Maja hinter dem Eimer im Keller. Der keinen Ausweg bot, dachte sie panisch, als auf der Kellertreppe ein Paar zerschlissene Pantoffeln sichtbar wurden. Von Grollen begleitet schlurften sie an ihr vorbei. Kurz darauf ging das Licht aus. Eine Chance, die, so winzig sie war, nicht ungenutzt verstreichen durfte.

Die Augen starr auf die dämmerige Kellertreppe geheftet, setzte Maja an und sprang – direkt in die Beine des Alten.

Sein Griff nahm ihr den Atem. Nicht minder der Geruch, der seinem Mund entströmte, als er Laute des Triumphes ausstieß.

Zwei von sieben Leben, dachte Maja resigniert, als er sie die Treppe hinaufschleppte. Die anderen hatte sie vermutlich schon in ihrer Kindheit verspielt, eines an der Seite von Serrano. Der Alte legte eine seiner Klauen um ihren Hals, die andere übte den nervenlähmenden Nackengriff aus. Maja schloss die Augen.

Als sich die Hand an ihrem Hals lockerte, ahnte sie, dass er die ultimative Stelle zum Zudrücken suchte. Etwas tiefer, am Kehlkopf.

Ein Knarren, wie wenn harte Materialien aufeinanderrieben. Um ihr Gesicht strich der erste kalte Hauch des Jenseits.

Der Mann stieß ein kehliges Brüllen aus. Einen Moment später lag Maja im Schnee.

## 24

IN SIMON SCHWÄRTE ES. Seit sie aus dem Ort herausgefahren waren, bewegte er unablässig die Hände, verschränkte sie, ließ die Daumen spielen und legte sie schließlich auf die Knie, wo sie in einen lockeren Klopfrhythmus verfielen. Liebermann überholte einen kriechenden VW und wartete darauf, dass Simon die Sprache seiner Hände in eine allgemeinverständlichere übersetzte. Zehn Minuten später gab er auf.

»Was sagen Sie dazu? Wir ziehen in ein Kinderheim, um einen Toten zu suchen, und finden ihn im Vorgarten eines Hausmeisters.«

Simon hob sachte die Hände von den Beinen. »Wir haben ihn auch im Heim gefunden, an einem Säuferstützpunkt und in einem Schneemann. Es ist, als ob er uns auf Schnitzeljagd schickt. Sie verstehen, eine, bei der man Konfetti oder Papierschnipsel auf den Weg streut, damit ein anderer ihnen folgt. Die Frage ist nur: Wer ist ›man‹, und: Wo endet die Jagd?«

Liebermann lächelte. Es ging ohne Zweifel bergauf mit seinem Anwärter. Blieb zu hoffen, dass das grausame Mädchen ihn nicht wieder in die Finger bekam.

»Ersterer ist der Kapuzenmann selbst. Die Schnipsel, denen wir folgen, sind die Späne seines Lebens. Das Ergebnis ist, dass wir einerseits vorwärtsgehen, andererseits zurück. Mit etwas Glück stolpern wir unterwegs über seinen Mörder.«

»Mit etwas Pech landen wir bei seiner Hebamme«, meinte Simon. Liebermann sah ihn verdutzt an. Eindeutig, es ging bergauf.

UNGEFÄHR DREI KILOMETER SPÄTER zog Liebermann einen Zettel aus der Jackentasche und angelte sein Handy von der Ablage.

Nico hatte zwei Anrufe auf seiner Mailbox hinterlassen. Er verschob das Lesen und gab die Nummer von Kommissarin Holzmann ein.

»Ich möchte, dass Sie jemanden auf Vorstrafen überprüfen«, sagte er zu ihr. »Den Vornamen weiß ich nicht, der Nachname ist Mattekat. Männlich. Seit einer ganzen Weile, mindestens den Siebzigern, wohnhaft in Zug, Straße des Friedens, Nummer...«

»Zwölf«, raunte Simon.

»Zwölf... Ja, Zug wie Eisenbahn, ein Kaff in der Nähe von Reesen. Falls Sie etwas finden, rufen Sie mich zurück! Hat Oberkommissar Müller seine Säufer schon ausgewrungen?... Verdammt. Wir sind auf dem Weg.« Er legte auf und sah Simon an. »In Petzow ist der Teltowmörder zwei verrückten Frauen aus einer verlassenen Gärtnerei entwischt, wo er mit einer von ihnen verabredet war. Immerhin war der Oberkommissar so umsichtig, die Zugreiftruppe mitzunehmen, um das Gebiet zu durchkämmen. Wissen Sie, wo Petzow liegt?«

»Sicher«, antwortete Simon. »Südwestlich von Potsdam.«

»Fahrland und Kartzow?«

»Nördlich.«

»Und davor war er in Stahnsdorf und Babelsberg, nachdem er in Teltow seinen tödlichen Streich ausgeführt hat. Sehen Sie das Muster?«

Simon schloss die Augen. Ein paar Sekunden verharrte er reglos, dann öffnete er die Augen wieder. »Von Osten nach Westen?«

»Exakt. Wie die Sonne. Vielleicht ist ihm diese Richtung

eingegeben, wie einem Lachs, der sich zum Laichen immer stromauf bewegt, aber das schert uns nicht. Wir wissen jetzt, in welche Richtung er weiterwandern wird, falls Müller ihn heute verpasst. Nach Süden. Welche Ortschaften liegen auf dem südlichen Außenring von Potsdam, ungefähr sieben bis zehn Kilometer von Petzow entfernt?«

Simon dachte nach, aber diesmal ließ er die Augen offen. »Wilhelmshorst oder Michendorf, oder Drewitz, wenn Sie die entferntere Variante nehmen. Danach würde er sich wieder seinem Ausgangspunkt nähern, um den Kreis erneut zu beginnen. Aber das würde bedeuten, dass er sich immerfort wie ein Trabant um die Stadt bewegt. Das wäre zwanghaft. Und gefährlich für ihn.«

Liebermann fuhr von der Autobahn auf einen Rastplatz mit Toilettenhäuschen und hielt an.

»Eine Frau zu erschlagen hat auch etwas Zwanghaftes«, sagte er, als er ausstieg. »Mit Frauen zu flirten und sie dann zu überfallen hat etwas Zwanghaftes. Alle notorischen Spieler sind zwanghaft. Wir machen hier eine kurze Pause.«

Er lehnte sich gegen das Auto und zündete sich eine Zigarette an.

»Wie geht es Ihnen?«, fragte er, als Simon sich zu ihm gesellte.

»Es geht.«

»Das freut mich.« Nach kurzem Ringen fügte Liebermann hinzu: »Ich weiß, was Sie durchmachen.«

»Ja?«, murmelte Simon, ohne ihn anzusehen.

»Ja. Sie haben eine Droge gekostet und daraufhin den Himmel geschaut. Leider ist es eine Droge, die schon bei einmaligem Genuss süchtig macht. Jetzt leiden Sie unter Entzug, Ihr Körper rebelliert, und Ihr Kopf platzt vor Sehnsucht nach wenigstens einer winzigen weiteren Dosis. Das Verlangen hält Sie völlig besetzt, es raubt Ihnen den Schlaf und jedes Quäntchen Freude am Leben, so wie es bisher war. Sie werden fast wahnsinnig darüber, und wenn es so weitergeht, werden Sie es am Ende wirklich.«

»Und was kann man dagegen tun?«, fragte Simon tonlos.

Liebermann seufzte.

»Dreierlei. Entweder Sie entscheiden sich für die Droge, ihre Reize und Gefahren und werden aktiv. Das heißt, Sie gehen zum Dealer und fordern den Stoff lauthals ein. Das kann natürlich danebengehen. Oder: Sie suchen sich eine Ersatzdroge, die Sie über die schlimmste Zeit bringt. Oder Sie durchleiden alle Stadien des kalten Entzugs und sind hinterher wieder Sie selbst.«

Simon schwieg. Er schwieg auch noch, als sie wieder im Auto saßen und in Petzow einfuhren. Erst angesichts des Knäuels von Einsatzwagen vor der Gärtnerei fragte er: »Wozu würden Sie mir raten?«

Zwischen zwei schief geparkten Autos erspähte Liebermann eine Lücke.

Er stellte den Motor ab und sah aus dem Fenster auf zwei Frauen, die auf einen Beamten einredeten. »Zu gar nichts. Ich kann Ihnen nur die Möglichkeiten aufzählen, alles andere ist Ihre Sache. Aber egal, wie Sie entscheiden, ich bin auf Ihrer Seite.«

Simon sah ihn aus erloschenen Augen an.

Vor dem Fenster erschien Müllers massiges Gesicht. Der Oberkommissar bewegte die Lippen, und obwohl Liebermann nichts verstand, wusste er, dass der Teltowmörder ihnen wieder einmal durch die Lappen gegangen war.

## 25

MAJA HATTE SIE NICHT hereingebeten. Das heißt, Serrano schon, Streuner war sowieso da, aber nicht die Dürre mit den blauen Augen. Dass sie sich seit einer Weile mit Serrano herumtrieb, war noch lange kein Grund, sie zum Essen einzuladen.

Umso mehr regte es sie auf, dass Streuner das Zepter einfach an sich gerissen hatte. Wie kam er darauf, in *ihrem* Keller den Patriarchen zu spielen! Und wie er um sie herumscharwenzelte. Nach ihrem Abenteuer hatte Streuner ihr jeden Wunsch von den Augen abgelesen, was so viel bedeutete, dass er sie nach einer stürmischen Begrüßung in Ruhe gelassen hatte, und nun das.

Um sich abzukühlen, trank Maja einen Schluck Wasser. Dann sprang sie auf ihr Lager, was sie eigentlich nicht vorgehabt hatte. Aber dadurch war die andere gezwungen, zu ihr aufzusehen. Die Kater auch, ihr Pech.

Sie eröffnete die Beratung mit der Wiederholung ihrer Geschichte, samt Geiselnahme und der doppelten Flucht. Streuner kannte sie schon, Serranos Miene drückte Anerkennung aus. Auf die Dürre achtete Maja nicht.

»Wie ihr seht, ist der Handschuhmensch gefährlich. Wenn's drauf ankommt, packt er blitzschnell zu. Noch gefährlicher scheint mir aber sein Wesen: außen Samt, innen Zähne.« Sie sah auf Serrano. »Ich weiß nicht, ob dein Liebermann so einem gewachsen ist.«

»Ich bin schon froh, wenn wir ihn überhaupt bis zu ihm hingeschleust bekommen«, entgegnete Serrano.

In Majas äußerem Blickfeld bewegte sich etwas Hässliches.

»Woher nimmst du die Sicherheit, dass der Handschuhmensch seinen Fingerling nach dem Mord am Kapuzenmann verloren hat?«, erkundigte sich Wu. »Genauso könnte es ihm beim Betrachten der Schneemonster passiert sein, oder er ist irgendwo aus der Tasche gefallen, und ein Hund hat ihn verschleppt.«

»Was willst du damit sagen?«, fragte Maja scharf.

Die Siamesin flatterte mit den Wimpern. »Nur, dass wir keinen Beweis haben und uns deshalb auf Enttäuschungen einstellen sollten. Ich zweifle daran, dass ein Mann – wie groß auch immer – einen anderen erschlägt, ihn ganz allein aufrichtet und mit einer Pfote festhält, während er mit der anderen Schnee um ihn schichtet.«

Nur mit Mühe gelang es Maja, sich zu beherrschen. »Darf ich daran erinnern, dass er mich von der Treppe weg verschleppt und eingesperrt hat?«

Wu spitzte das Maul. »Vielleicht wollte er einfach gern eine Katze haben. Und als ihm plötzlich eine der attraktivsten des Viertels hinterhergelaufen ist, da ist es mit ihm durchgegangen.«

»Bei dir hätte sich eine Entführung auch kaum gelohnt«, meinte Maja genauso süß. »So dicht schließt keine Tür, dass du nicht durchgekommen wärst.«

»Das ist irrelevant. Denn mich hätte er nicht eingesperrt, sondern auf eine Goldwaage gelegt.«

»Die leider nichts angezeigt hätte.«

»Doch, eine Goldwaage wiegt in Unzen. Weißt du, was eine Unze ist?«

»Eine Art hässlicher Käfer nehme ich an.«

Die beiden Katzen saßen sich mit spöttischen Mienen gegenüber, die eine oben, die andere unten, sodass es aussah, als plauderten sie. Aber Serrano bemerkte, dass Wu die Krallen ausgefahren hatte und in Majas rechtem Maulwinkel ein Schaumbläschen wuchs.

»Falls die Stimme eines Katers hier erwünscht ist«, sagte er, »möchte ich Wu in einem Punkt zustimmen. Auch ich glaube, dass einer allein mit Mord und Schneebegräbnis überfordert gewesen wäre.«

Maja spannte sich, während Wu die Krallen einzog.

»Und ich stimme Maja zu, was den Handschuh betrifft: Er ist bestimmt nicht durch Zufall in die Nähe der Leiche geraten. Daraus schließe ich, dass der Handschuhmensch der Mörder war. Einer von mehreren«, fügte er hinzu, als Wu zu ihm herumschnellte.

»Jetzt wäre nur noch interessant zu erfahren, wie der Handschuhbesitzer an den Blaujackigen aus Streuners Traum gekommen ist.«

»Die Tischlerei«, flüsterte Streuner. »Sie kennen sie beide. Der eine wohnt ihr gegenüber, und der andere hat den Kapuzenmann dort zum Streit herausgefordert.«

»Möglich. Aber einen Schritt nach dem anderen. Jetzt ist Liebermann dran.«

MEHR AUS HÖFLICHKEIT, ALS aus der Hoffnung heraus, der Teltowmörder könne einem der Beamten, die die Umgebung der Gärtnerei und das angrenzende Dorf wie Blaubeersammler durchkämmten, ins Netz gehen, trieb Liebermann sich noch eine Weile in Petzow herum. Er schickte Simon mit der Bitte ins Dorf, irgendwo Kaffee aufzutreiben. Während er auf seine Rückkehr wartete, ließ er sich die Aussage der beiden Frauen wiederholen und erfuhr, dass die Blassere von ihnen, die ihn aus mehreren Gründen an Abrams' Angestellte Sonja erinnerte, beim Ausladen ihrer Einkäufe am Vormittag von einem jungen Mann angesprochen worden war. Er hatte sich nach dem Weg zur nächsten Postfiliale erkundigt. Auf die Antwort, dass es in Petzow keine Post gäbe, hatte er ihr kurzerhand Hilfe beim Tragen ihrer Flaschenkisten angeboten. Hinterher hatte die Frau ihn zum Kaffee eingeladen, und sie waren ins Plaudern gekommen, dabei hatte sie erfahren, dass er im benachbarten Geltow nach alten Siedlungsresten forschte und Single war. Wie sie, was ihn zu freuen schien. Da die Sympathie beidseitig gewesen war, hatten sie sich noch für denselben Abend verabredet. Stutzig gemacht hatte sie allerdings der von ihm vorgeschlagene Ort: die alte Obstgärtnerei von Petzow. Die Schlehen, die er ihr zeigen wollte, kannte sie längst, außerdem zweifelte sie daran, dass man sie nach Einbruch der Dunkelheit noch sehen konnte. Da er aber hartnäckig auf seinem »romantischen« Vorschlag beharrte und überhaupt der Erste seit Jahren war, der ihr gegenüber von Romantik sprach, hatte sie schließlich zugestimmt. Wieder allein hatte sie sogleich eine Freundin angerufen, um ihr von ihrem neuen Verehrer vorzuschwärmen. Zu ihrer Enttäuschung hatte die Freundin ihre Begeisterung nicht geteilt. Im Gegenteil, sie hatte versucht, ihr die obskure Verabredung auszureden, und als sie damit keinen Erfolg hatte, darauf bestanden, sie zu begleiten, um ihr im Falle eines Falles beistehen zu können. Sie war es denn auch gewesen, die in dem »neuen Verehrer« sofort den grünjackigen Teltowmörder erkannt hatte. Als Sportlehrerin einer Gesamtschule lief sie jeden Tag an einer Wandzeitung mit seinem Phantombild vorbei. Und letztlich war sie es auch, die ihn niedergeschlagen hatte, als er mitten in der etwas verlegenen Begrüßung auf die Blasse losgegangen war, wobei ihr ihre wöchentlichen Trainingseinheiten im Kickboxen zupassgekommen waren. Es kränkte sie persönlich, dass er ihr entwischt war. Sie hatte gerade ihren Schal abgewickelt, um ihm die Hände zu fesseln, während die Blasse verstört nach ihrem Handy kramte. Deshalb hatte sie die Polizei Sekunden später nur noch über die Flucht des Teltowmörders informieren können.

Auf Liebermanns Frage, ob während der erwähnten Begrüßung irgendetwas passiert sei, das den Teltowmörder in Rage versetzt haben könnte, schüttelten beide den Kopf.

Die Blasse zog die Nase hoch und spuckte das Ergebnis betrübt hinter sich. »Vielleicht ging ihm gegen den Strich, dass ich nicht allein war.«

Ihre Freundin reichte ihr ein Taschentuch. »Ich weiß nicht. Als er mir die Hand gegeben hat, wirkte er zwar leicht enttäuscht, aber nicht wütend. Das war erst, als ...« Sie presste die Lippen zusammen.

Liebermann fand die Freundin weitaus attraktiver als die Blasse. Ein Nico-Typ, dunkelhaarig, temperamentvoll.

»Nein ... ich komm nicht drauf. Es kam völlig grundlos. Du hattest dich wegen deines Schnupfens entschuldigt, mich vorgestellt, oder umgekehrt, und plötzlich sprang er auf dich los. Ich hab's eine Sekunde vorher in seinen Augen gesehen, daher konnte ich so schnell reagieren. Mikromimik zu deuten ist eine Grundvoraussetzung beim Boxen.« Sie lächelte Liebermann an. »Sie zum Beispiel hegen nicht die Absicht, jemanden in nächster Zukunft anzufallen. Bei dem dicken Polizisten dort«, sie zeigte auf Müller, der ein Stück weiter etwas ins Funkgerät sprach und gleichzeitig versuchte, sich eine Pille in den Mund zu schieben, »wär ich mir nicht so sicher.«

Attraktiv, temperamentvoll und klug. Liebermann wollte sich gerade zum wiederholten Mal nach ihrem Namen erkundigen, da klingelte sein Handy.

»Michael Mattekat hat keine Vorstrafen«, meldete Kommissarin Holzmann. »Allerdings hab ich einen Verweis auf eine Anzeige wegen Belästigung eines Minderjährigen in einem Ferienlager gefunden, in das er in seiner Jugend als Begleiter mitgefahren ist. Die Eltern des entsprechenden Jungen haben ihre Anzeige aber wieder zurückgezogen. Wer ist dieser Mattekat überhaupt?«

»Der ehemalige Hausmeister des Heims, aus dem das signierte Unterhemd des Kapuzenmanns stammt«, antwortete Liebermann und legte auf.

Mit schlechtem Gewissen. Aber nach einer halben Stunde Zuhören und Reden bildete sein Atem Kristalle, die sich mit spitzen Widerhaken in die Haut um seinen Mund bohrten. Seine Füße spürte er schon lange nicht mehr, wahrscheinlich würde er sie von Dr. Genrich abnehmen lassen müssen. Was ihr vermutlich großen Spaß machen würde.

Neben ihm brüllte Müller ins Funkgerät.

Liebermann tippte ihm auf die Schulter. »Brechen Sie den Einsatz ab. Der ist längst über alle Berge.«

Mit rotem Kopf fuhr der Oberkommissar herum. »Wir haben alle drei Dorfausgänge abgeriegelt. Der verkriecht sich hier irgendwo, und ich gehe erst, wenn wir ihn ausgeräuchert haben.«

»Wir können uns nicht leisten, dass sich morgen die Hälfte der Besatzung krankmeldet. Außerdem bezweifle ich, dass der Mann so blöd ist, einen der drei Dorfausgänge zu benutzen. Wie ich ihn kenne, ist er seelenruhig über die Havel marschiert, während Ihre Leute die kaputten Fenster der Gärtnerei bestaunt haben. Ich weiß ungefähr, wo er hinwill, brechen Sie die Aktion ab.«

Der Oberkommissar starrte ihn an.

»Nach Süden, Wilhelmshorst oder Drewitz«, sagte Liebermann ruhig und erklärte, was er eine halbe Stunde früher Simon erklärt hatte.

Die Reaktion des Oberkommissars war etwas rüder als die des Anwärters, aber das kümmerte ihn nicht. Zum ersten Mal hatte er das Gefühl, einen Faden in der Hand zu halten, der ihn zu dem Mörder der Frau aus Teltow führte wie Theseus zum Minotaurus. Er fragte sich nur, wie der Mann es bei der Kälte so lange im Freien aushielt und ob er noch alle Zehen an den Füßen hatte. Simon kam, zwei Becher wie Skistöcke umklammernd, die Straße herauf, derweil Müller das Funkgerät erneut zum Mund führte. Auf dem Zweitagebart des Oberkommissars lag ein Schleier aus Reif.

»Ich bin so schnell gelaufen, wie ich konnte«, entschuldigte sich Simon.

Der Kaffee, den er Liebermann reichte, war mit gutem Willen gerade noch lauwarm zu nennen. Um dem Anwärter eine Freude zu machen, trank Liebermann ihn trotzdem. In den dunklen Schlieren des Kaffeesatzes auf dem Becherboden blieb er plötzlich hängen. Er drehte und wendete den Becher, dann ließ er ihn sinken. Seine Augen waren nebeliger denn je.

»Gibt es nicht ein Fremdwort für Schwarz?«

Simon hob die Brauen. »Nero?«

»Das meine ich nicht. Oder für dunkel?«

»Okkult. Aber es beschreibt keine Farbe, sondern etwas, das im Verborgenen liegt.«

»Verborgen«, murmelte Liebermann, während er den Becher mitsamt der Kaffeeschlieren zusammenknüllte. »Wie die noch ausstehenden Katzen hinter den Fensterchen von Kommissarin Holzmanns Adventskalender.«

»Ich weiß nicht«, sagte Simon behutsam. »Da wissen wir ja so ungefähr, was uns erwartet.«

»Aber nicht, welche Rasse. Und können wir mit Bestimmtheit sagen, ob der Schöpfer des Kalenders sich nicht einen Spaß erlaubt und hinter dem Fensterchen mit der Nummer 24 einen Hund platziert hat? Mit unseren Fällen verhält es sich genauso. Wir werden ein ums andere Mal zum Teltowmörder gerufen und finden vor, was wir erwarten: Nichts.« Er machte eine Pause. »Es sei denn ... wir schlagen ihm ein Schnippchen und öffnen ein Fenster vor der Zeit.«

»Ihrem dämlichen Gleichnis nach dürften wir in diesem Fall ebenfalls nichts vorfinden«, brummte Müller und stapfte davon, um seine erfolglosen Jäger zu empfangen.

»Er hat recht«, sagte Simon.

Liebermann blickte in den Himmel. Es würde nicht aufhören mit dem verdammten Schnee.

»Ich gebe zu, dass das Beispiel mit dem Katzenkalender hinkt. Was ich sagen will, ist, dass er wie jeder andere Adventskalender die Erfüllung von Erwartungen anstrebt. In diesem Fall die von Kommissarin Holzmann. Sie erwartet auch am 24. eine Katze hinter dem Fenster. Aber gleichzeitig erwartet sie etwas Besonderes. Es ist schließlich Heiligabend, es ist das letzte Fenster, und ich habe gesehen, dass es größer ist als die anderen.«

»Ja, aber...«

»Geduld, Simon, ich bin gleich fertig. Manchmal denke ich laut, das erleichtert mich.«

Simon verstummte.

»Eben spielte sich auf dem Grund meines Kaffeebechers etwas Eigentümliches ab. Das ist oft so, wenn Sie häufiger in leere Kaffeebecher sehen, werden Sie es merken. Besonders bei Filterkaffee, in dem die Schwebeteilchen überschaubar sind. In meinem zum Beispiel war ein Kreis zu sehen, der an zwei Stellen durchbrochen war. Verstehen Sie?«

»Nein«, sagte Simon leise.

»Nicht? Dabei ist es doch sonnenklar: zwei Halbkreise, zwei Fälle. Hier der Teltowmörder, dort der Kapuzenmann. Wenn man die beiden Lücken, die die Halbkreise trennen, nun schlösse, was erhielte man dann?«

»Sie spielen Vorschule mit mir, Hauptkommissar. Einen Kreis. Aber wie sollte das denn gehen? Wir haben zwei Leichen, die unterschiedlicher nicht sein könnten.«

»Beide lebten allein und vertrauten jemandem, der es nicht verdiente. Beide wurden erschlagen.«

»Aber nur einer war in einen Schneemann eingebacken.«

»Was daran liegen könnte, dass es zur Zeit des ersten Mordes noch nicht geschneit hatte. Bei beiden fehlt jeder Hinweis auf ein Motiv.«

»In einem Fall könnte es eine pathologische Obsession sein, im anderen der Neid auf ein Paar neue Stiefel.«

Als hätte man ihn gerufen, tauchte Müller wieder auf. In seinem Gefolge drei vermummte Beamte, von denen zwei die Visiere ihrer Helme hochgeklappt hatten, damit sie Zigaretten zum Mund führen konnten.

»Weg«, grunzte der Oberkommissar mit unüblicher Gelassenheit. »Über die Havel, wie Sie vermutet hatten. Wir haben frische Spuren auf dem Eis gefunden, die quer rüber nach Geltow und dort auf die Hauptstraße führen. Da verlieren sie sich, die Straße und der angrenzende Bürgersteig sind geräumt. Aber immerhin. Ein paar unserer Leute befragen gerade die Anwohner. Irgendjemand muss ihn gesehen haben. Wenn wir den finden, wissen wir die Richtung, in die er marschiert. Außerdem haben wir das hier kurz hinter seiner Ausstiegsstelle vom Eis gefunden.« Er hielt eine durchsichtige Tüte mit einer zerdrückten Packung Zigaretten hoch. »Ein paar sind noch drin, wahrscheinlich ist sie ihm aus der Tasche gefallen, als er die Böschung hochgekraxelt ist. Erkennen Sie die Marke?«

Liebermann nickte bedächtig. »Dieselbe, deren Kippen als Knöpfe für unseren Schneemann verwendet wurden. Gute Arbeit, aber was machen Sie jetzt mit Hacke?«

»Was ich schon längst gemacht hätte, wäre mir der Teltowmörder nicht dazwischengekommen. Sie haben selbst gesagt, dass diese Marke von vielen geraucht wird. Und im Übrigen sind mir zwei Verdächtige immer noch lieber als keiner.«

»Mir auch«, stimmte Liebermann zu, womit er einen Teil der Zufriedenheit aus Müllers Gesicht radierte. »Rufen Sie mich an, wenn Sie den Teltowmörder haben. Derweil leisten wir Kommissarin Holzmann Gesellschaft, tauen unsere Zehen auf und beschäftigen uns mit der anderen Hälfte des Kreises.«

Müller ließ die Tüte sinken und sah zu Simon. »Welcher Kreis?«

»Der Kreis«, entgegnete Simon und gab dem Oberkommissar ein Zeichen, es dabei zu belassen.

»ER VERRENNT SICH«, MEINTE Liebermann, als sie wieder im Auto saßen. Er hatte Simon das Steuer überlassen, um eine Reihe von Anrufen zu tätigen. Der erste galt dem Leiter des Reesener Kinderheims.

Es klingelte ein paarmal, dann meldete sich eine sonore Bassstimme.

Liebermann stellte das Handy laut und nannte seinen Namen.

»Geht es etwa immer noch um dieses Hemd?«, fragte Dr. Behrend mit mildem Vorwurf. »Soviel ich weiß, hat meine Sekretärin Ihnen die Unterlagen über das Mädchen und ihren Bruder ausgehändigt. Ich hoffe, sie helfen Ihnen weiter, obwohl ich es mir ehrlich gesagt nicht recht vorstellen kann. Die beiden waren vor so langer Zeit bei uns, dass dieses Hemd, falls es denn wirklich das des Mädchens ist, nur durch ein Wunder noch existiert. Und Sie ermitteln doch in einem aktuellen Mord, oder?«

»Auch der aktuellste Mord hat seine Geschichte«, sagte Liebermann.

»Sicher. Aber falls Sie glauben, der an Roman liegt in seiner Kindheit begründet, nur weil Sie ein antikes Hemd gefunden haben, sind Sie auf dem Holzweg. Aus welchem Grund sollte ...« Er brach ab.

Es kehrte eine Pause ein, in der Liebermann und Simon Papier rascheln hörten.

»... Entschuldigen Sie, ich habe in zehn Minuten ein Seminar«, ließ sich Behrend wieder vernehmen. »Also wie gesagt, eine völlig abwegige Idee. Es sei denn, einer von Romans ehemaligen Heimgenossen hatte mit ihm noch eine alte Rechnung offen. In dem Fall lautet meine Antwort: keine Ahnung. Kinder machen die meisten Händel unter sich aus, als Erzieher bekommt man davon nur etwas mit, wenn sie es nicht schaffen. Bei Roman fällt mir dazu nichts ein. Er war ein ausgesprochen introvertierter Junge, so schweigsam, dass viele ihn für stumm hielten.«

»Er war nicht stumm?«, fragte Liebermann und wechselte einen Blick mit Simon, der nach dem Fahrtenbuch griff, es aufs rechte Knie legte und ein paar Worte darauf schrieb, ohne dabei die Straße aus den Augen oder das Steuer aus der Hand zu lassen.

»Nein. Jedenfalls nicht am Anfang. Es war eher so, dass er sich das Reden über die Zeit hin ... abtrainiert hat«, sagte der Heimleiter und hüstelte. »Wenn er sich unbeobachtet fühlte, tuschelte er aber manchmal mit seiner Schwester. Rückblickend würde ich sagen, dass ein frühes Trauma sich nach und nach in ihm Bahn brach, begünstigt durch seine Anlagen und die Raubeinigkeit einiger seiner Altersgenossen. Roman war sensibel, scheu, ein eher musischer Typ. Mit einer anderen Vergangenheit hätte er es zu etwas bringen können. Frau Schlegel wird es Ihnen erzählt haben: Vater wegen Republikflucht im Knast, Mutter Alkoholikerin, man hat ihr die Kinder wegnehmen müssen, bevor sie völlig verwahrlosten. Nun ja, es war eine andere Zeit. Auch heute haben wir natürlich noch Kinder von Alkoholikern oder soziopathischen Eltern, aber es fehlt ihnen an nichts, jedes ist in einer eigens auf seine Bedürfnisse abgestimmten Therapie, die Zimmerbelegung wurde drastisch reduziert, von früher zwanzig auf maximal...«

»Verstehe«, unterbrach Liebermann, während Simon neben ihm schrieb. Einhändig und nahezu blind. »Was ich dagegen noch nicht verstehe, ist, warum Roman Stölzel mit sechzehn Jahren aus dem Heim abgehauen ist, und vor allem, warum sich in seiner Akte keine weitergehende Bemerkung über seine Flucht findet. Der Junge war immerhin minderjährig. Ich hätte also wenigstens einen Vermerk darüber erwartet, welche Schritte Sie zu seiner Suche eingeleitet haben, selbst wenn sie am Ende erfolglos war.«

Knistern.

»Dr. Behrend?«

»Ich überlege, Hauptkommissar. Und das fällt mir nicht ganz leicht, weil ich in nunmehr fünf Minuten ein Seminar zu halten habe. Ja, wo Sie es erwähnen, war Roman einer von denen, die die Turbulenzen vor der Wende für sich genutzt haben. Er war der Zweite. Vor ihm gab es schon einen Ausreißer, Tom hieß er, glaube ich... Nach dem Erlebnis mit ihm haben wir natürlich Sicherheitsvorkehrungen getroffen, aber innerhalb der Belegschaft gab es Engpässe, weil wir über den Sommer hin bereits zwei Erzieherinnen und eine Putzfrau an den Westen verloren hatten. Sind Sie in der DDR aufgewachsen?«

»Ja.«

»Dann wissen Sie ja, wie es war. Leute fuhren in den Urlaub und kamen nicht wieder. Und jetzt stellen Sie sich unsere Situation vor: Wie erklärt man Kindern, wo ihre Bezugspersonen abgeblieben sind? Die beiden Erzieherinnen gehörten nun ausgerechnet auch noch zu den beliebteren, die kann man nicht einfach ersetzen, abgesehen davon, dass Heimerzieherin in der DDR auch nicht direkt als Traumberuf galt. Wir haben es mit Studenten versucht, aber von denen blieb keiner so lange, dass man ihn als eingearbeitet bezeichnen konnte, die Kinder drehten durch, das übrige Personal war völlig überlastet, dazu die allgemeine Unruhe im Land... Für einige Monate waren wir tatsächlich kaum mehr als eine Verwahranstalt, was Wunder also, wenn uns da zwei Jungs durch die Maschen schlüpften. Und die Akten – meine Güte, wer hatte denn in all dem Chaos noch Zeit für Akten! Wir waren auch so schon am Limit!«

»Sie haben die Polizei also gar nicht eingeschaltet?«

»Doch, sicher. Aber die Polizei hatte, wie Sie wissen, seinerzeit auch gut zu tun. Von Tom kam kurz nach der Wende eine Karte in grauenhafter Rechtschreibung, in der er verkündete, einen Job auf der Hamburger Werft gefunden zu haben und in einer WG zu wohnen.«

»Und von Roman?«

»Nichts«, sagte der Doktor und räusperte sich. »Wenn das alles ist, ich müsste jetzt langsam zu meinem Seminar.«

Simon hob den Kopf und formte mit den Lippen ein Wort, worauf Liebermann nickte.

»Nur eine letzte Frage: In Ihrem Heim arbeitete damals ein Hausmeister, der Roman zuweilen über das Wochenende zu sich nach Hause nahm. Sind die beiden verwandt?«

Das Rascheln, das ihre Unterhaltung die ganze Zeit begleitet hatte, hörte auf.

»Meinen Sie Herrn Mattekat? Nicht dass ich wüsste.«

»Also war es üblich, dass Angestellte Heimkinder mit zu sich nahmen?«

Eine kurze Pause, dann setzte das Rascheln wieder ein.

»Sagen wir, es kam vor. Es betraf Kinder, die nie Elternbesuch bekamen oder zu ihnen fuhren, weil sie entweder Waisen waren, die Eltern sie ablehnten oder weil sie aus diversen Gründen keinen Kontakt zu ihnen haben durften. Einige Erzieher oder andere Angestellte haben sich dieser armen Geschöpfe angenommen, damit sie wenigstens ab und zu mal aus dem Heim herauskamen. Mattekat war einer davon. Aber was hat das nun wieder mit Ihrem Fall zu tun?«

»Nichts«, sagte Liebermann. »Wir stehen nur vor einem Identifizierungsproblem. Das Foto in Romans Akte ist zu alt, um es mit unseren aus der Gerichtsmedizin zu vergleichen.«

»Ich weiß, Frau Langwitz und ich haben uns die Bilder, die Sie gefaxt haben, angesehen. Was erwarten Sie? Ihr Toter ist erwachsen, Roman, wie wir ihn kannten, war ein Kind von Hunderten Kindern des Heims. Mehr als eine gewisse Ähnlichkeit könnte ich nicht bezeugen, ohne mich eines Meineides schuldig zu machen.«

»Ich weiß. Aber vielleicht hatte er danach noch Kontakt zu jemandem von früher, zum Beispiel zu jemandem, bei dem er seinerzeit die Wochenenden verbracht hat.«

»Dann würde ich vorschlagen, Mattekat selbst zu fragen«, entgegnete Dr. Behrend mit müder Stimme. »Er wohnt in einem der Nachbardörfer von Reesen, meine Sekretärin sucht Ihnen sicher die Adresse heraus. Wenn Sie mich jetzt entschuldigen, die Zeit läuft ab.«

Liebermann schaltete das Handy aus. »Ziemlich eilig, der Herr Doktor.«

Simon zuckte die Schultern. »Er kommt eben ungern zu spät, das geht manchen Leuten so. Daneben hatte ich den Eindruck, dass ihm Ihre Fragen nach Stölzels Flucht und Mattekat nicht gefallen haben.«

»Ja, und das, obwohl die Ereignisse der Achtziger seiner Ansicht nach längst verjährt sind. Was schreiben Sie da eigentlich die ganze Zeit?«

»Worte, Fragmente. Sie werden sie nicht lesen können.«

Trotz der Warnung versuchte es Liebermann. Er fand Striche, kryptische Kürzel und ein paar Wellen.

»Was ist das, Sanskrit?«

»Stenografie. Manchmal ist es nützlich«, fügte Simon wie zur Entschuldigung hinzu.

Liebermann betrachtete den Anwärter aus den Augenwinkeln. Wie alt war Simon eigentlich: sechsundzwanzig, siebenundzwanzig? Wie auch immer, die Frau, die ihn verschmähte, konnte nicht ganz bei Trost sein. Stenografie!

Er bat ihn um eine Zusammenfassung seiner geheimen Notizen. Gleichzeitig rief er den Nachrichtenspeicher seines Handys auf. Während ihres Aufenthaltes in Petzow war ein weiterer Anruf von Nico, gefolgt von einer SMS, eingegangen.

»Die Zusammenfassung ist kurz. Sie lautet: Dr. Behrend fürchtet sich vor irgendwas.«

Liebermann ließ das Handy sinken.

»Anders kann ich mir die Widersprüche nicht erklären«, sagte Simon und bog von der Hauptstraße ab in eine Einfamilienhaussiedlung. »Erst war Stölzel für ihn nur irgendein Junge aus grauer Vorzeit. Dann erinnert sich Dr. Behrend plötzlich nicht nur an den Namen, sondern beschreibt ihn so genau, dass man denken könnte, Roman Stölzel wäre erst gestern abgehauen. Kaum kommt die Rede aber auf Mattekat, verlässt ihn sein Gedächtnis wieder. Wenn der Kleine den Hausmeister wirklich so oft besucht hat, wie die Nachbarin sagt, kann ihm das doch nicht entgangen sein. Ich rechne also zusammen, und herauskommt, dass er Mattekat aus der Geschichte raushalten will. Nur warum? Weil er um den Ruf seines Heims fürchtet?«

»Was bedeuten würde, dass er einen Grund dafür hat«, sagte Liebermann. »Darf ich mir etwas wünschen, Simon? Wenn Sie mit Ihrer Ausbildung fertig sind, kommen Sie zu uns. Verschwenden Sie sich nicht an andere Dezernate.«

Statt einer Antwort zog Simon die Schultern zusammen und gab Gas. Der Wagen raste über die vereiste Fahrbahn, schlitterte knapp an einem entgegenkommenden Mofa vorbei und fing sich mühsam.

Liebermann krallte sich an den Türgriff.

»Entschuldigen Sie«, murmelte der Anwärter. »Vielleicht sollten doch besser Sie fahren.«

Er lenkte den Wagen an den Straßenrand. Schweigend wechselten sie die Plätze. Zur Linken glitt das in seiner Illumination verzaubert wirkende Neue Palais vorbei. Liebermann zerbrach sich den Kopf darüber, was an seinem Kompliment falsch gewesen war. Dann fiel ihm ein, dass noch ein Anruf ausstand.

Allerdings erforderte er zuvor ein wenig Recherche. Er vermutete, dass Kommissarin Holzmann dafür nicht mehr als eine Viertelstunde brauchen würde. Langwitz war hierzulande schon kein besonders häufiger Name, in Mexiko galt er wahrscheinlich als Kuriosum.

Nach einem verständnislosen Blick auf Simon, der wie ein Automat mit leeren Batterien neben ihm saß, schaltete Liebermann die Mailbox seines Handys ein. Bei der ersten Nachricht wurde er blass. Bei der zweiten Nachricht zuckte sogar Simon zusammen, und trotz des Schocks registrierte Liebermann, dass das Telefon noch immer auf Mithören geschaltet war. Die dritte war ebenfalls von Nicos Handy gesendet worden, aber es war nicht ihre Stimme, sondern Bellins, die vor Ärger wie ein Bündel Reisig klang: »Scheren Sie sich zum Teufel. Ich rufe jetzt den Notarzt. Und das Jugendamt gleich hinterher, wenn Sie nicht in einer verdammten halben Stunde vor meiner Tür stehen!«

Die Nachricht war vor achtundzwanzig Minuten eingegangen.

Neben ihm regte sich Simon. »Lassen Sie mich raus. Von hier sind es nur noch dreihundert Meter bis zum LKA. Wenn Sie sich beeilen, schaffen Sie es noch.«

Liebermann hielt und sah zu, wie der Anwärter aus dem Auto glitt. Er fühlte sich seltsam leicht und trocken wie Stroh.

Zum Abschied klopfte Simon aufs Dach. Auch leicht. Mit einer Strohhand. »Beim letzten Kind hatte meine Schwester auch solche ... Probleme«, sagte er. »Sie musste wochenlang die Beine hochlegen, aber am Ende ist ein kerngesundes kleines Mädchen rausgekommen.«

Liebermann nickte seinem strohblonden Haar zu.

»Kommissarin Holzmann soll die Nummer der Wäscherin ausfindig machen. Frau Langwitz, derzeit wohnhaft bei ihrem Sohn in Mexiko.«

»Ich kümmere mich darum.«

Das Stroh entfernte sich. Ungelenk suchte Liebermann nach den geeigneten Pedalen und Knöpfen. Beim Wenden überfuhr er einen Hund. Da er keinen Laut von sich gab, war es aber vielleicht auch kein Hund, sondern nur eine am Straßenrand abgestellte Kleidertüte. Zum Jahresende warfen die Leute aus irgendeinem Grund gern ihre Sachen weg.

Erst als er sich vor einer Ampel in der Geschwister-Scholl-Straße in den Feierabendverkehr reihte, fragte sich Liebermann, woher Simon wusste, wo er wohnte.

# 26

MIT EINEM KOPF, DER so leer gefegt war wie eine Scheune im April, betrachtete er fünf Minuten später die Klingelschilder neben der Haustür. Er wusste, dass eins davon ihm gehörte und ein anderes Bellin, aber es kostete ihn Mühe, die Buchstaben in eine sinnvolle Reihenfolge zu bringen. Nach einer Weile ließ er es und versuchte es anders. Bellin wohnte im Erdgeschoss. Liebermann trat einen Schritt zurück. Im linken Balkon stand ein verschnürter Weihnachtsbaum, im rechten ein umgekehrter Schneeschieber. Er ging wieder vor und drückte auf die rechte Klingel.

Als der Alte erkannte, in welchem Zustand sein Mieter war, verkürzte er seine geplante Tirade auf ein mitleidiges »Na« und ließ ihn ein.

»Na!«, machte er wieder, als Liebermann durch seinen Korridor auf ein Zimmer zu stolperte, aus dem Klavierglimper drang. »Die Schuhe!«

Liebermann versuchte sie abzustreifen. Es ging nicht, sie waren festgewachsen.

Bellin schüttelte den Kopf. »Klopfen Sie sie wenigstens ab.« Er zeigte auf einen Teppich, der eine Art Brücke zwischen der Wohnungstür und einem rot-blau gemusterten Flurläufer bildete. Wortlos gehorchte Liebermann. Bellin wartete, bis er fertig war, dann trug er den Teppich mitsamt den Schneeresten, die der Hauptkommissar dort hinterlassen hatte, nach draußen.

»Ihre Tochter hat Talent«, meinte er, als er zurückkam. »Sie sollten sie für die Musikschule anmelden, es wäre ein Jammer, ein solches Gehör nicht zu fördern. Natürlich haben die da Wartelisten, meine Enkelin musste sich zwei Jahre gedulden, bis sie einen Platz bekommen hat. Solange könnte ich Ihrer Kleinen ja ein paar Grundlagen beibringen, was meinen Sie? Kostet nichts, es macht mir Freude, einem kleinen Mozart in die Startspur zu helfen, auch wenn's ein Mädchen ist.«

Liebermann verstand kein Wort. Er sah sie nur, wie sie eins nach dem anderen aus Bellins Mund flossen und sich auf ihn zu bewegten, ohne einen brauchbaren Eingang in seinen Kopf zu finden. Im Ergebnis schwirrten sie in feinsilbigen Formationen um ihn herum und erzeugten ein leichtes Schwindelgefühl. »Was ist mit meiner Freundin?«

Die Formationen gerieten in Unordnung und zerstoben und mit ihnen auch Bellins Eifer.

»Ich hab auf Ihre Mädchen aufgepasst, als die Sanitäter sie in den Wagen geschoben haben. Vorher sah sie käseweiß aus. Hat ja auch einiges an Blut verloren.« Er zuckte die Achseln. »Freunden Sie sich damit an, dass Ihr Nachwuchs für dieses Mal passé ist.«

Das Klaviergeklimper nebenan brach ab. Einen Augenblick später erschienen Miri und Zyra im Flur. Bellin machte eine abwehrende Handbewegung.

»In der Schrankwand steht eine silberne Pfefferkuchendose. Da drin sind noch Süßigkeiten von dem albernen Fest, bei dem ihr euch als Gespenster verkleidet und fremde Leute belästigt. Sucht euch was aus. Derweil habe ich mit eurem Vater oder Stiefvater, oder was auch immer, noch ein paar Takte zu reden. Kommen Sie mit!«, befahl er Liebermann und schlurfte voraus.

Als der Hauptkommissar widerstrebend die Küche betrat, goss der Alte Tee in zwei Tassen.

»Ich weiß, wie das ist«, sagte er, wie Liebermann einige Stunden zuvor zu Simon. »Hab's auch mehrmals durchgemacht, bis es endlich geklappt hat. Meine Frau hat schon nicht mehr dran geglaubt. Waren aber auch andere Zeiten damals: wenig Futter, viel Plackerei. Da galt ein Kind erst was, wenn's rauskam, und auch dann nur so lange, wie es gelebt hat. Zucker?«

Liebermann blieb stehen. »Nehmen Sie es mir nicht übel, aber ich würde lieber nach meiner Freundin sehen.«

»Die läuft Ihnen schon nicht weg«, sagte der Alte lakonisch und stellte ihm eine Tasse hin. »Und so wie Sie aussehen, würden Sie sie nur erschrecken. Ich sehe, wenn einer einen Tee braucht. Jetzt setzen Sie sich endlich, mein Gott!«

Liebermann wollte widersprechen, aber er merkte, dass ihm die Kraft dazu fehlte. Folgsam zog er einen Stuhl unter dem wackligen Küchentisch hervor und setzte sich.

Bellin nickte zufrieden. »Wo war ich? Ach so: Was den Umgang mit Frauen betrifft, waren die Zeiten damals allerdings auch anders. Es gab da ein paar Regeln. Eine lautete, dass man eine schwangere Frau nur arbeiten ließ, wenn man ein armer Schlucker war und auf ihren Zuverdienst dringend angewiesen. Ich weiß ja nicht, wie Ihre finanzielle Lage aussieht, meine Mieten finde ich jedenfalls sehr moderat. Also wenn Sie ein Loch in der Kasse haben, muss es an was anderem liegen.« Er legte den Kopf schräg und blinzelte Liebermann an. »Natürlich zahlen Sie zwei Mieten, und die für Ihre Wohnung aus meiner Sicht völlig unnötig, weil Sie sowieso meistens bei Ihrer Freundin hocken. Aber da mische ich mich nicht ein.«

Was das erste Mal wäre, dachte Liebermann. Bellins Geplapper strengte ihn an. Er wollte zu Nico und sich davon überzeugen, dass sie mit dem Kind und dem Blut nicht am Ende sich selbst verloren hatte.

»Was aber auf gar keinen Fall geht«, sagte der Alte und erhob die Stimme. »Man überlässt einer Schwangeren, wenn sie schon arbeiten muss, nicht auch noch den Haushalt und die Kinder! Und vor allem lässt man sie keine schweren Sachen tragen. Mir wurde jedes Mal angst und bange, wenn Ihre Freundin wie ein Packesel beladen über die vereisten Wege gewankt ist. Letztens ist sie eingeknickt und kaum wieder hochgekommen. Da hab ich schon gemerkt, dass was im Busch ist. Sie wollte es nicht zugeben, aber Schmerzen im Unterleib verursachen graue Furchen von den Nasenflügeln bis hinunter zum Kinn. Ich hab das in meinem Leben bis zum Abwinken gesehen. Na ja, am Ende eine Tochter, immerhin. Ich bezweifle allerdings, dass *Sie* die Vorboten einer Fehlgeburt bemerken würden, hab ich recht?«

Er hob seine Tasse und trank sie in einem Zug aus.

Liebermann starrte in seinen Tee. Die ölige Oberfläche kam ihm feindlich vor. Ein schwarzes Loch, ging er zu nahe heran, würde er unweigerlich hineinfallen. Auf dem Grund der Tasse würde er sich unter die Ablagerungen mischen und zwei Halbkreise zu einem Kreis verbinden, bis ihn jemand abspülte. Er sah auf.

»Hundertprozentig.«

»Na ja, nu«, meinte Bellin geschmeichelt. »Hundertprozent ist zu viel. Sagen wir neunzig. Ihr Tee wird kalt.«

»Trinken Sie ihn. Ich fahre in die Klinik.«

Bellin zog die Augen zusammen. »Na schön, wenn Sie unbedingt müssen, dann müssen Sie eben. Ich bin so weit fertig. Aber die Mädchen lassen Sie hier! Die haben für heute genug gesehen, und ich hab noch einen dreiviertelvollen Topf Frikassee auf dem Herd. Nein, danken Sie mir nicht«, fügte er hinzu, als Liebermann den Mund öffnete.

Er erhob sich mühsam, und Bellin geleitete ihn zur Wohnungstür.

»Ach, übrigens, wie ich vorhin gesehen habe, halten Sie sich drüben eine ungenehmigte Katze.« Er hob eine Hand und zeigte Liebermann drei wie mit dem Lineal gezogene Kratzer. »Falls Ihre Freundin die Wohnung behalten will, sehen Sie zu, dass Sie die loswerden. Bei dem Vieh im Vorgarten drücke ich noch ein Auge zu, aber was zu viel ist, ist zu viel.«

SERRANO SCHÄTZTE DEN ABSTAND zwischen sich und einer Meise, die am Balkongeländer über ihm an einem Meisenknödel herumpickte, als Wu fragte: »Wo ist der Fingerling?«

»Ich hab ihn ins Kellerfenster gelegt, damit er nicht dauernd einschneit.«

»Dann hol ihn. Dein Liebermann ist gerade wieder rausgekommen.«

Serrano ließ die Meise sausen und schnappte sich den Handschuh.

»Da!«, sagte Wu. »Er ist auf dem Weg zum Vierrad, mit dem er angerollt ist. Ich komme mit.«

LIEBERMANN ZOG DIE FERNBEDIENUNG aus der Tasche, als aus dem Zwielicht der Laterne neben ihm zwei Lawinen heranrollten. Erschrocken sprang er zurück. Knapp vor seinen Füßen kamen die Lawinen zum Stillstand. Schnee stob nach allen Seiten und bestäubte sein Knie, dann legte er sich, und Liebermann atmete auf. Nur zwei spielende Katzen. Eine davon war Serrano, wenn er es unter dem weißen Puder richtig erkannte, die andere ein mageres Ding mit Fledermausohren. Offenbar balgten sie sich um einen Handschuh. Er schüttelte den Kopf und ließ die Autotür aufklicken, in Gedanken wieder bei Nico. Bellin zufolge hatte man sie ins städtische Klinikum gefahren, eine Betonburg mit mehreren Nebengebäuden, die durch ein verwirrendes System aus ober- und unterirdischen Gängen miteinander verbunden waren, wo es nach Desinfektionsmittel und Großküche roch. Seit seinem Einzug in Potsdam war er zweimal dort gewesen und hatte jedes Mal unter Beklemmungen gelitten. Er hätte sich das kleinere, katholische Josefs-Krankenhaus gewünscht, das gleich um die Ecke lag, schon für Nico, aber er war nicht da gewesen, als es passiert war. Bellin war da gewesen, die Mädchen, er nicht.

Plötzlich stieß etwas gegen sein Bein. Serrano, immer noch mit dem Handschuh im Maul, dicht daneben die dürre Katze.

»Vorsicht«, sagte Liebermann, während er sich ins Auto schraubte. »Die Straße ist kein Spielplatz. Mein Bein hätte auch ein rollendes Rad sein können, dann wär's jetzt aus mit dir.«

Für Katzen gibt es keine Krankenhäuser, wollte er hinzufügen, verzichtete aber darauf, weil Serrano ihm ohnehin nicht zuhörte. Er fasste nach dem Türgriff. Im selben Augenblick flog ein Luftzug, begleitet von kaltem Geriesel an seinem Kinn vorbei, etwas dellte kurz seinen linken Oberschenkel und seinen Hals traf ein gepolsterter Schlag. Verblüfft folgte er den Berührungen. Auf dem Beifahrersitz hockte die dürre Katze und funkelte ihn an.

Liebermann stieß die Tür wieder auf.

Die Katze rührte sich nicht. Dafür erschien Serrano im Einstieg, setzte prüfend die Vorderpfoten auf den fremden Boden und knurrte. Mit einem Schlag hatte Liebermann zwei Katzen im Auto. Eine zudem, der ein Handschuh aus dem Maul hing.

»Das ist deiner nicht würdig«, meinte er zu Serrano. »Es sieht albern aus.«

Als Antwort begann nun auch die Dürre zu knurren. In Liebermann stieg Ärger auf. Knurrten die sich an oder ihn? Wie auch immer, sie mussten weg.

»Hau ab«, zischte er Serrano an. »Sonst schlag ich die

Tür zu und halbiere dich. Und nimm deine Spielfreundin mit!«

Serrano hörte auf zu knurren. Beinahe gleichzeitig auch die Dürre. Doch zu welcher Seite Liebermann auch sah, blickte er in kreisrunde Augen. Rechts blaue, links gelbe. Serrano stieß sich ab, erklomm erst das Auto, dann Liebermanns Schoß und legte den Handschuh darauf ab.

Liebermann versteifte sich. Noch nie hatte er den Kater so persönlich erlebt. Lag es an seiner Begleitung, wollte er ihr irgendetwas beweisen? Oder kürten die beiden ihn zum Schiedsrichter über den Handschuh, der auf seinen Oberschenkeln langsam zu tauen begann?

Liebermann nahm ihn auf. Grau-blau, vermutlich von einem Jugendlichen. Er warf ihn aus dem Auto. Dann packte er blitzschnell Serrano, warf ihn hinterher und knallte die Tür zu. Um die Dürre hinauszuschubsen, musste er die Beifahrertür öffnen. Ein Fauchen, ein kurzer Schmerz, und es war vollbracht. Liebermann fuhr los. Das Blut, das von seiner Hand troff, kam direkt aus seinem Herzen.

## 27

NICHTS DRÄNGTE SIMON, NACH Hause zu gehen. Dort wartete nur eine halb leere Flasche Wyborowa-Wodka auf ihn, mit der er sich gestern zwar halbwegs angeregt unterhalten, die ihm aber schließlich, statt des versprochenen Schlafes, einen Weinkrampf und Übelkeit beschert hatte. Sonst niemand. Außer dem matten Blick zweier nebelblauer Augen. Doch da er sie ohnehin überall sah, konnte er genauso gut im Büro bleiben.

Hier war es warm, zumindest so lange, bis die Heizung in den Nachtmodus fiel, es gab eine Dusche, zur Not ein Bett, eine Teeküche mit einem angeschnittenen Dresdner Stollen und vor allem Arbeit, die seine Aufmerksamkeit beanspruchte und ihn ablenkte. Mit anderen Worten: eine Ersatzdroge.

Liebermann war raus. Simon wusste es, seit er die Nachrichten auf dessen Mailbox gehört und den Niedergang des Hauptkommissars miterlebt hatte. In diesem Moment hatte er begriffen, was er eigentlich die ganze Zeit schon wusste. Aber Wissen und Begreifen war nicht immer dasselbe. Akzeptieren noch einmal etwas völlig anderes. Bis dahin fehlte Simon noch ein Stück. Er lächelte traurig und verbannte die Augen in die hinterste Ecke seines Kopfes, indem er sich die Nummer heranzog, die Jana Holzmann ihm kurz vor Dienstschluss gegeben hatte.

Er hatte extra eine Stunde gewartet, um sicher zu sein, dass er die Frau auf der anderen Hälfte der Weltkugel mit seinem Anruf nicht aus dem Bett riss. Während dieser Stunde hatte er seine Sachen gegen eine neue Garnitur aus dem Ersatzschrank gewechselt und ein kurzes Gespräch mit Oberkommissar Müller geführt, der mit vereisten Nasenhaaren hereingeschneit war, um seine Tasche zu holen. Der Oberkommissar hatte den Verdacht geäußert, dass der Teltowmörder ein Maulwurf wäre, den er beim nächsten Hügel schnappen würde.

Die Bemerkung verschluckend, dass Maulwürfe bei Minusgraden keine Hügel gruben, hatte Simon ihm eine gute Nacht gewünscht.

Nach etwas globalem Knistern in der Leitung hörte er es am anderen Ende der Welt klingeln. Nach zweimaligem Freizeichen meldete sich ein Mann mit »Hello.« Probeweise stellte Simon seine Frage auf Deutsch. Er hatte Glück.

»Meine Mutter ist noch im Bad«, sagte Langwitz junior. »Ist etwas passiert?«

»Nein, wir brauchen nur eine Auskunft über einen Vorfall älteren Datums auf ihrer Arbeitsstelle.«

»Einen alten Vorfall, für den sich die Kriminalpolizei jetzt interessiert?«

»Es ist ein Vorfall, der möglicherweise mit einem aktuellen Vorfall zusammenhängt, für den wir uns interessieren.«

»Ah«, machte Langwitz verwirrt. »Ich sehe mal nach, ob meine Mutter fertig ist.«

Zehn Sekunden später hatte Simon sie am Ohr. Und nach einer weiteren wusste er, dass sich der Ruf um die halbe Welt gelohnt hatte.

## 28

GEGEN SIEBEN KEHRTE LIEBERMANN erschöpft zurück.

Der Besuch im Krankenhaus hatte ihn noch mehr als gefürchtet getroffen. Man hatte Nico in ein Zimmer gesperrt, das zur Hälfte aus gelben Wänden bestand und zur anderen aus zwei prallbäuchigen Weibern, die sich über Kaiserschnitte unterhalten und ihre Stimmen nur gesenkt hatten, wenn ihr Blick auf das Bett mit der blassen, dunkelhaarigen Frau fiel, auf dessen Rand ein blasser, dunkelhaariger Mann hockte. Wie von Simon prophezeit, hatten Nicos Beine unnatürlich hoch gelegen. In ihren rechten Arm mündete ein Schlauch, durch den ein wehenhemmendes Medikament sickerte, auf dem Nachttisch stand eine Bettpfanne.

Eine Stunde lang hatte Liebermann versucht, seine Umgebung auszublenden, während sich alles in ihm dagegen gesträubt hatte.

Nico gehörte nicht in diesen Raum! Sie gehörte in eine Wohnung mit einem borstigen kleinen Kater, zwei reizenden kleinen Mädchen und ihm. Die ihr angemessene Ruhestätte war ein Bett und keine ergonomische Schlafvorrichtung. Einige Male war er nahe dran gewesen, ihr die Kanüle aus den Venen zu reißen und sich Nico einfach unter den Arm zu klemmen, um die natürliche Ordnung wiederherzustellen. Aber da war das Körnchen.

Am Ende war sie es gewesen, die *ihn* getröstet hatte.

»Guck nicht so betrübt. Mir geht's gut, dem Körnchen geht's gut, und es gibt hier einen Haufen Leute, die aufpassen, dass es bleibt, wo es ist.« Dann ein Lächeln. »Ich glaube, es ähnelt seinem Vater. Kennst du den zufällig? Er hat's auch nicht so mit Terminen. Dafür hat er noch zwei andere Kinder, und um die sollte er sich jetzt kümmern.«

Liebermann schälte sich aus dem Wagen. Auf dem Weg zur Haustür sah er beschämt zum Küchenfenster des alten Bellin. Dahinter aß ein glücklicher Greis mit seiner Tochter und seiner Ziehtochter Frikassee, während sich zwei Kilometer entfernt eine Frau mit Medikamenten vollpumpen ließ, nur um die widerspenstige Frucht seiner Lenden zu behalten. Bellin hatte ihn angerufen, um ihm zu sagen, dass die Mädchen bei ihm schlafen wollten, ob er einverstanden sei. Nein, mit natürlicher Ordnung hatte das nicht im Entferntesten zu tun.

Daran änderten auch die Augen nichts, die ihm wie jeden Abend aus dem Vorgarten entgegenfunkelten. Zumal es vier und nicht zwei waren.

Liebermann stockte kurz und ging weiter.

Vor Nicos Haustür lag ein Handschuh.

Nichts Besonderes, seit dem Wintereinbruch lagen überall im Viertel Handschuhe herum. Gemeinhin hob man sie auf und steckte sie auf Zaunspitzen, wo sie langsam verrottend auf ihre Eigentümer hofften. Doch als Liebermann sich nach ihm bückte, blieb sein Blick an den Augen im Vorgarten hängen. Sie verschwanden, um einen Moment später mit dem Rest ihrer Besitzer neben ihm wiederaufzutauchen. Serrano feixte ihn an, derweil die Dürre ihm um die Waden strich.

Im Licht der Haustürlampe deuchte es Liebermann plötzlich, sie von irgendwoher zu kennen. Nicht aus dem Viertel, eher aus einem früheren Fall. Konnte das sein? Darüber würde er später nachdenken. Er ließ den Handschuh über Serranos Nase baumeln.

»Warum versuchst du, mir diese traurige Hälfte eines Paars aufzudrängen? Ich hab dir schon den dreckigen

Fetzen abgenommen, den dein...« Er brach ab. Dem wir den Namen des Kapuzenmanns verdanken, fügte er still hinzu und sah auf die Dürre, die stoisch seine Beine umrundete. Beim letzten Mal hatte eine zerzauste, irgendwie obdachlos wirkende Katze Serrano dabei unterstützt, ihm ein Kleidungsstück unterzujubeln. Jetzt dieses Wesen mit dem schütteren Fell.

Manchmal fragte er sich, ob Serrano vielleicht einem ähnlichen Beruf nachging wie er.

Er besah sich den Handschuh genauer. Der Fetzen hatte sie nach Reesen geführt, da lag es zumindest im Rahmen des Denkbaren, dass es auch mit diesem Handschuh eine Bewandtnis hatte. Grau-blau, an der Innenfläche mit Kunstleder abgesetzt, ein Massenartikel, wie ihn vornehmlich junge Männer trugen. Serrano begann, Schnee zu treten. Liebermann war versucht, es ihm gleichzutun, einmal durchgefroren, hatte auch die Stunde im Krankenhaus seine Füße nicht wiederbelebt. Er musste endlich die Schuhe loswerden. Ein Bad nehmen. Dabei vermeiden, an Nico in ihrem desinfizierten, weißen Sarg zu denken. Ein weißer Sarg. Ohne sie bewusst zu steuern, schwenkten seine Gedanken aus dem Krankenhauszimmer in den Hof der alten Tischlerei. Mittendrin eine Galerie aus Schneefiguren, von denen sich eine als Sarg entpuppt hatte. Was trug einer, der Schnee um einen Toten schichtete?

Er senkte den Handschuh etwas tiefer, bis er Serranos einzelnes Ohr berührte. »Wo habt ihr den her?«

Serrano blinzelte. Durch seinen Körper ging eine Art muskuläres Seufzen. Die Dürre hörte auf, Liebermanns Beine zu umkreisen. Erst jetzt begriff der Hauptkommissar den Sinn ihrer ermüdenden Rundgänge. Sie hatte nicht um Aufmerksamkeit gebettelt, sondern ihm den Weg versperrt. Er fühlte sich missbraucht.

UMSO UNERKLÄRLICHER WAR IHM, dass er kurz darauf statt in die Badewanne wiederum durch die Kälte stieg, die Füße vorsichtig setzend, damit sie ihm nicht abbrachen, in der Hand den Handschuh. Vor ihm glitten die Katzen lautlos über den verharschten Bürgersteig und hielten vor Tante Lehmanns Lebensmittelladen.

Als wäre es abgesprochen, bezog die Dürre Posten neben Liebermann, während Serrano in einem offenen Kellerfenster verschwand.

Wenige Sekunden später erschien er wieder, im Gefolge zwei weitere Katzen. Liebermann vergaß seine Füße.

Eine der Hinzugekommenen war die Katze der Ladeninhaberin. Als er die andere genauer ins Auge fasste, durchfuhr ihn ein leichter Ruck. Der Zerzauste, der ihm das Hemd von Romans Schwester gebracht hatte. Was wurde das? Geiselnahme durch eine Haustierbande? Trotz seiner Schlagseite begann Liebermann die Angelegenheit allmählich zu interessieren. Er wünschte, dass Müller mit seinem schlichten Weltbild ihn jetzt sehen könnte oder Kommissarin Holzmann, die morgen an ihrem Adventskalender einer neuen Katze die Tür öffnen würde. Noch mehr wünschte er sich allerdings ein Paar gefütterte Stiefel der Art, die Roman Stölzel an Hacke abgetreten hatte. Wenn er sie ihm abgetreten hatte. Wenn denn der Kapuzenmann und Roman Stölzel ein und dieselbe Person waren.

Vor ihm hielten die Katzen ein stummes Gespräch. Es bestand überwiegend aus Ohren- und Schwanzkreisen und einer Grimasse der Ladenkatze zur Dürren hin. Liebermann spürte eine leichte Spannung, die die Ladenkatze schließlich brach, indem sie der Dürren einen verächtlichen Blick zuwarf, Liebermann ans Bein stieß und sich in Richtung Lennéstraße in Bewegung setzte. Ihr folgten Serrano, dann die anderen, wobei der Zerzauste sich neben der Dürren hielt, und zuletzt Liebermann.

DER TELEFONHÖRER WAR WARM und hinterließ einen Abdruck auf seinem rechten Ohr. Simon massierte seine Schreibhand, die in der letzten Stunde Höchstleistungen vollbracht hatte. Vor ihm lagen drei dicht bekritzelte Blätter. Wie Dr. Behrend hatte die Wäscherin sich strikt geweigert, ihn auf dem von Kommissarin Holzmann gefaxten Foto zu identifizieren, und ihm empfohlen, lieber Romans Schwester zu fragen.

»Daran haben wir schon gedacht. Aber es gibt bundesweit nur einen Eintrag auf den Namen Nora Stölzel, und dessen Trägerin ist zu jung.«

»Haben Sie mal daran gedacht, dass Nora geheiratet haben könnte?«, fragte Frau Langwitz freundlich. »Sogar zweimal, jetzt heißt sie Erxleben und wohnt irgendwo bei Berlin. Warten Sie, es war irgendetwas Anheimelndes ... Waldeslust oder so ähnlich, nein jetzt hab ich's: Waldesruh!«

Simon war perplex. »Sie haben noch Kontakt zu ihr?«

»Nicht noch: wieder. Mitte der Neunziger hat sie mir eine Karte geschrieben und mich zu ihrer ersten Hochzeit eingeladen. Ich konnte aus irgendeinem Grund nicht, sonst wäre ich gefahren. Das Herz einer alten Frau wird immer weich, wenn ihre Kinderchen sich an sie erinnern, dann weiß sie, dass sie nicht alles falsch gemacht hat. Ich hab meine Absage in einen Brief gepackt und den Brief in ein Päckchen, mit einigen Gläsern eingemachter Gurken. Sie hat sich artig mit einem Hochzeitsfoto bedankt, seitdem schreiben wir uns zu Weihnachten und zum Geburtstag. Nichts Weltbewegendes, aber immerhin hat sie die Trennung von ihrem Mann und die Hochzeit mit dem Neuen erwähnt, und dass er ein Haus in Waldesruh hat. Darauf war sie sehr stolz, sein Vorgänger war nämlich eher einer von der ›Komm ich heut nicht, komm ich morgen‹-Sorte. Ich hab die genaue Adresse nicht hier, aber warten Sie einen Moment, vielleicht fällt sie mir ein.«

Leider war sie ihr nicht eingefallen.

Simon war trotzdem zufrieden. Er hatte einen Nachnamen und einen Ort, der Rest war Routine.

WÄHREND ER HINTER IHNEN hertrottete, machte Liebermann sich Gedanken über die Rangfolge der pelzigen Bande, der er auf den Leim gegangen war. Dass es eine gab, war klar. Es gab immer eine, sobald sich mehr als zwei zusammentaten. Unsicher war er nur, ob sie bei Tieren, die von Natur aus Einzelgänger waren, manchmal wechselte. Im Moment zum Beispiel war deutlich die Ladenkatze der Boss. Obwohl sie ein für ihren Umfang strammes Tempo angeschlagen hatte, machte sie sich nicht die Mühe, sich umzusehen, ob die anderen hinterherkamen.

Der Einzige, dem sie sich zuweilen zuwandte, war Serrano, und dann schlug ihr Schwanz einen flachen Bogen.

Serrano hingegen machte den Eindruck, als würde er sowohl von vorn als auch von hinten gezogen. Er warf häufiger Blicke rückwärts, wobei sein Ohr zuckte, und zögerte an der Kreuzung Ossietzky-/Lennéstraße, um gleich darauf wieder an die Spitze aufzuschließen.

Die Dürre und der Zerzauste hielten sich auf Abstand. Sie trabten direkt vor Liebermann, den keiner beachtete. Doch als Liebermann probeweise stehen blieb, stockte die Dürre ebenfalls. Und gleich darauf Serrano und die Fette.

Nicht schlecht, sagte sich Liebermann und ging weiter. Die Fette kennt den Weg. Serrano hält die Dinge zusammen, kennt die Fette und vertraut ihr. Mag aber die

Dürre, was Liebermann an seinem Geschmack zweifeln ließ, ehe ihm einfiel, dass der Kater ihn sich mit den meisten Männern teilte.

Ihre Aufgabe war offenbar die des Wachschutzes. Nur aus dem Zerzausten wurde er nicht ganz schlau. Die Art, wie er sein Schritttempo dem der Dürren anpasste, deutete darauf hin, dass er ihr ebenfalls zugetan war. Ansonsten wirkte er ein wenig abwesend, sein verfilztes Fell stellte sich plötzlich auf und legte sich wieder, und alle paar Meter reckte er den Kopf, als empfinge er geheime Botschaften aus dem All. Der Zerzauste hatte ihm das Hemd gebracht. Liebermann zog seinen Block, um die Beobachtungen festzuhalten. Zur Aufmunterung für Nico, wenn er sie das nächste Mal besuchte.

Etwa dreißig Meter weiter steckte er den Block in die Tasche und zog dafür den Handschuh heraus. Die Fette hatte sich gerade unter der Gartenpforte eines Miethauses hindurchgequetscht. Ausnahmsweise folgte Serrano ihr nicht. Er wartete, bis auch die anderen herangekommen waren, warf dem Zerzausten einen scheelen Blick zu, sprang unvermittelt an Liebermanns Rechte und riss den Handschuh an sich. Erst dann schlüpfte er durch die Pforte. Die anderen folgten ihm wie kondensierte Atemwölkchen.

Liebermann nahm den offiziellen Weg. Während er die Pforte ordentlich hinter sich schloss, erkannte er, wo sie sich befanden. Dies war das letzte Miethaus des Viertels, bevor es in Kleingärten und einige Bauernhäuser und schließlich in den Park überging. Schräg gegenüber lag die Tischlerei, links daneben das Haus mit dem demolierten Briefkasten.

MIT ZWEIHUNDERTFÜNFZIG MILLILITER frischem Koffein im Magen gab Simon den Namen »Nora Erxleben«

in die Suchmaschine ein und landete bei einem amerikanischen Link, der ihm die Genealogie der Erxlebens seit dem siebzehnten Jahrhundert offenbarte. Da er für Familiengeschichten wenig übrighatte, schloss er ihn wieder und versuchte es anders. Einen Klick später wusste er immerhin, dass Waldesruh nicht bei Berlin, sondern in Berlin lag. Hoppegarten. Dort gab es zwar keine Nora, aber einen Roy Erxleben mit Mobil- und Festnetznummer.

Kurz vor neun schien Simon gerade noch legitim für einen Anruf. Einige Sekunden lang bedauerte er Roy für seinen Vornamen, dann fiel ihm sein eigener ein, und er griff nach dem Telefon. Es meldete sich ein Kind.

Simon fragte es nach seiner Mutter. Daraufhin meldete sich ein Mann.

»Ja?«

Ein Freund der knappen Sprache, dachte Simon, stellte sich vor und fragte nach Nora.

»Was wolln'sn von der?«

»Das würde ich ihr gern selbst sagen. Ist sie da?«

Als Antwort wurde etwas in den Hintergrund gerufen, von dem Simon nur »Britney« und »Mami« verstand. Dann war eine Weile Ruhe, bis jemand auf harthackigen Schuhen herangeklickert kam und Roy brummte: »Polizei.«

»Ja?«

Simon stellte sich erneut vor.

»Ja?«, fragte sie wieder, diesmal undeutlicher, so als würde sie halb zur Seite sprechen. Jetzt wurde es heikel.

Er konnte schlecht aus heiterem Himmel mit einer Leiche anfangen, die vielleicht ihr Bruder war. Also fing Simon mit ihrem Bruder an und malte erleichtert ein Häkchen auf ein weißes Blatt Druckerpapier, als Nora einen solchen bestätigte. Natürlich folgte gleich darauf die zu erwartende Frage.

»Ist etwas mit Roman?«

»Das wissen wir noch nicht. Wann haben Sie ihn denn zum letzten Mal gesehen?«

Simon hielt die Luft an und betete, dass die Antwort nicht ›Vor siebzehn Jahren‹ lautete. Er wurde erhört.

»Ich glaube…im September.« Wieder die seitwärts gerichtete Stimme. »Vielleicht auch Anfang Oktober… oder, Roy? Ja, so ungefähr.«

»Und wo?«

»Hier. Er hat eine Weile bei uns gewohnt.«

»Gehaust!«, echote es von hinten. »Der Assi! Wen hat er denn diesmal beklaut?«

»Roy!«

Simon war baff. Ein kurzer Anruf, und er hatte den Namen des Kapuzenmannes festgeklopft. Roys liebevolle Beschreibung seines Schwagers sprach für sich, den Rest tat der Zeitpunkt seines Besuchs.

Nur dass es jetzt an ihm war, mit der Wahrheit herauszurücken.

»Die Sache ist…« Er räusperte sich. »Wir haben in Potsdam einen toten Obdachlosen gefunden, vermutlich das Opfer eines Gewaltverbrechens. Leider trug er keine Papiere oder dergleichen bei sich, darum konnten wir seine Identität noch nicht zweifelsfrei feststellen. Hier nennt man ihn landläufig den Kapuzenmann, weil er bei jedem Wetter eine Jacke mit bis auf die Nasenspitze zugezogener…«

»Das ist er!«, jubelte Roy. »Eine stinkende grüne Jacke!«

»Orange«, korrigierte Simon.

»Gott, dann hat er sich eben eine neue aus dem Container gezogen, aber er ist es. Der Junge ist völlig irre. Zum Beispiel ist er felsenfest überzeugt, dass ihm kleine Satelliten aus dem All auflauern, um sein Gesicht zu scannen.

Damit sie ihn später besser wiederfinden, wenn sie ihre Auswahl unter den Versuchskaninchen, die sie zu Forschungszwecken nach Hause beamen, getroffen haben, verstehen Sie? Deshalb versteckt er sein Gesicht, und deshalb rennt er wie ein durchgeknallter Duracellhase durch die Gegend.«

Simon korrigierte sich. Roy war doch nicht maulfaul. Nur menschenfeindlich.

»Frau Erxleben«, sagte er sacht, »ich weiß, was ich jetzt von Ihnen verlange. Aber ich muss Sie bitten, sich den Toten anzusehen, um zu bestätigen oder auszuschließen, dass es sich um Ihren Bruder handelt.«

»Kriegt sie die Fahrtkosten zurückerstattet?«, fragte Roy. »Plus Abnutzungspauschale. Es ist schließlich ein hübsches Stück bis Potsdam, und der Wagen gehört mir, Nora hat keine Fahrerlaubnis. Und mit den Öffentlichen lasse ich sie bei dem Wetter nicht fahren.«

»Bestimmt«, stotterte Simon bar jeder Ahnung.

»Gut, wann?«

Simon biss sich auf die Lippen. Er hatte sich nicht mit Dr. Genrich abgesprochen.

»Wie wäre es morgen Vormittag um zehn?«, fragte er zaghaft. Die Gerichtsmedizinerin würde ihn umbringen. Oder Liebermann an ihrer statt, was fast noch schlimmer war.

»Falls Sie von Berufs wegen Probleme befürchten, Frau Erxleben, geben Sie mir die Nummer Ihrer Arbeitsstelle, dann rufe ich dort an.«

Er wartete eine Sekunde.

»Frau Erxleben?«

»...«

»Sie kommt«, sagte Roy. »Geben Sie mir die Adresse.«

»ICH HABE EUCH GEWARNT«, meinte Maja, als sie vor der verschlossenen Tür des Hauses standen. »Wir hätten bis morgen warten sollen, auf die paar Glockenschläge mehr kommt es jetzt auch nicht an.«

»Du hast gut reden«, sagte Streuner matt. »Dir sitzt auch kein Geist im Nacken.«

Maja verzog die Maulwinkel, verkniff sich aber einen Kommentar.

»Wir könnten ihn dazu bewegen, einen der schrillenden Knöpfe zu drücken«, schlug Wu vor. »In den meisten Fällen öffnet sich die Tür dann nach einer Weile.«

»Gute Idee«, lobte Maja. »Nur zu, Verehrteste!«

Ihre schlechte Laune ging Serrano auf die Nerven. Sie hielt an, seitdem sie Wu vor dem Laden neben Liebermann sitzen gesehen hatte. Er hatte vergessen, Maja darauf vorzubereiten, na und? Immerhin hatten sie schon den halben Nachmittag miteinander verbracht, da konnte man einen gewissen Gewöhnungseffekt erwarten.

Jetzt sah sie mit höhnischer Miene zu, wie Wu an Liebermanns Beinen entlangstreifte.

»Das wird ihm Schmerzen verursachen, so kantig, wie sie ist.«

»Sie versucht wenigstens etwas«, sagte Streuner halblaut.

Majas Schnurrhaare vibrierten. »Aha.« Mehr sagte sie nicht. Aber es klang, als ob Streuner soeben seine Duldung in ihrem Keller verspielt hätte. Serrano fragte sich, wohin sein Nebenbuhler in diesem Fall gehen würde.

Unwillkürlich schielte er zu Wu und hinauf zu Liebermann, der sie nicht beachtete. Er hatte dem Haus den Rücken zugewandt und starrte angestrengt auf einen Punkt zwischen der Tischlerei und dem Gebäude daneben. Vielleicht versuchte er zu denken. Blieb zu hoffen, dass er Erfolg damit hatte und zum Beispiel von selbst auf die Idee kam, einen der Knöpfe zu drücken.

Aber nein, als er sich endlich regte, zog er nur einen flachen Gegenstand aus der Tasche, tippte auf ihm herum und hielt ihn schließlich ans Ohr, wobei er gleichzeitig in die Luft redete.

Serrano beschloss gerade, Wu von ihrer Pein zu erlösen, da drehte Liebermann sich plötzlich den Knöpfen neben der Haustür zu, ging einen nach dem anderen mit den Augen ab und...

»Er drückt!«, jubelte Streuner.

Wu gesellte sich zu ihnen. Ihre blauen Augen glänzten.

»Bilde dir bloß nichts ein«, sagte Maja. »Sein Luftsprecher hat ihn drauf gebracht, nicht du.«

Derweil richtete Liebermann ein paar Worte an eine Stelle oberhalb der Knöpfe. Kurz darauf öffnete sich die Tür.

»Na dann«, sagte Serrano und packte den Handschuh.

NACH LIEBERMANNS ANRUF WAR Simon reif für etwas Stärkeres als Kaffee.

Im untersten Fach seines Schreibtischs, unter einem Stapel Sportzeitschriften, bewahrte Oberkommissar Müller eine braune Flasche auf, aus der er manchmal, etwa nach Zusammenstößen mit dem Hauptkommissar, einen tiefen Schluck nahm.

Simon erteilte der Moral für heute Feierabend und schenkte sich großzügig von dem Elixier in seine Tasse ein.

Es schmeckte scheußlich. Doch als der Würgreiz nach einer Weile abklang, herrschte in seinem Magen eine angenehme Ruhe, und seine Nerven entkrampften sich ein wenig.

Offenbar stand es um Liebermanns Freundin doch

schlimmer, als er erwartet hatte. Anders konnte er sich den abendlichen Arbeitseifer des Hauptkommissars nicht erklären. Noch dazu einen völlig sinnlosen, er selbst hatte die Nachbarschaft der Tischlerei bereits befragt und Liebermann die Ergebnisse mitgeteilt. Er würde sich höchstens ein stundenlanges Lamento des Rentners über das Recht auf Schlaf und die Tatenlosigkeit der Ordnungswächter einfangen.

Worauf Liebermann erwidert hatte, jeder Bürger habe auch ein Recht auf Lamentos, ob er die Namen eines der Zeugen parat habe. Im Übrigen habe er nicht vor, mit ihnen zu reden, er brauche nur jemanden, der ihm die Tür öffne.

»Was haben Sie denn vor?«, hatte Simon verwirrt gefragt.

»Ich folge einem Handschuh. Einem grau-blauen Fingerhandschuh, der mir signalisiert, dass er in dieses Haus hineinwill.«

Simon trank noch einen Schluck von Müllers Fegefeuer und zog mit zitternden Fingern den halb ins Reine geschriebenen Bericht der Waschfrau zu sich heran. Er hatte Liebermann von seinem erfolgreichen Anruf um die halbe Welt erzählen wollen, aber der hatte nicht zugehört. Er war völlig besessen von diesem abstrusen Handschuh gewesen. Ein Handschuh, der ihn führte. In Simons Liebeskummer mischte sich etwas Neues: Sorge. Liebermanns Freundin hatte ihr Kind verloren. Anders konnte es nicht sein. Und über dem Schmerz war er verrückt geworden.

DIE JUNGE FRAU STAUNTE nicht schlecht, als der Hauptkommissar mit seinem Gefolge bei ihr im zweiten Stock anlangte und ihr seinen Dienstausweis vor die Nase hielt.

»Sind das alles Ihre?«

»Nein. Nur der Einohrige da. Die anderen sind mir zugelaufen.«

»Ach so. Ich dachte schon, dass die Polizei jetzt Katzen statt Hunde einsetzt. Sie müssen ja eine unwiderstehliche Anziehungskraft auf die ausüben.« Sie betrachtete ihn nachdenklich. »Vielleicht riechen Sie gut. Essen Sie gern Fisch?«

»Nein«, entgegnete Liebermann mit einem flauen Gefühl im Magen. Nicht weil er leer war, sondern wegen Nicos Krankenhausdaseins. Dort gab es selten gutes Essen.

»Möchten Sie reinkommen?«, fragte die Frau. »Nur die Katzen müssten draußen bleiben. Sonst fliegen bei mir nachher überall Haare herum, und mein Kleiner kriegt sie in den Hals.«

»Vielen Dank. Wir bleiben hier draußen.«

»Von mir aus.« Sie zog die Tür in ihrem Rücken etwas heran. »Um was geht es denn? Wieder um den Toten in der Tischlerei?«

»Vermutlich.«

Sie runzelte die Stirn.

»Vermutlich werden Sie dem, was Sie meinem Kollegen erzählt haben, wenig hinzufügen können. Sie erwähnten nächtlichen Straßenlärm.«

»Straßenlärm? Sicher nicht, den haben wir tagsüber, und falls Sie mal versuchen, ein Baby zum Mittagschlaf zu bewegen, werden Sie merken, wie nervig der ist. Wovon ich Ihrem Kollegen aber erzählt habe, war ein ausgewachsener Krach. Herr Sauer aus dem Ersten wird's Ihnen bestätigen, der wollte sogar die Polizei rufen.«

»Und warum hat er nicht?«

»Weil plötzlich Ruhe war. Wahrscheinlich haben die Randalierer seine Drohung gehört und sind weitergezogen.«

Liebermann nickte. Er bückte sich und zog Serrano den

Handschuh zwischen den Zähnen hervor. Die Ladenkatze, die einige Treppenstufen weiter oben war, streckte ihren Kopf durch das Treppengeländer und fauchte. Serrano sah zu ihr hoch und malte mit dem Schwanz ein Zeichen in die Luft, worauf sie verstummte.

Liebermann beobachtete es fasziniert. Zweifellos war er eben Zeuge eines Dialogs geworden. Er hatte Lust, ihn sich zu notieren, verschob es aber auf später und hielt der Frau den tropfenden Handschuh entgegen.

»Kennen Sie den?«

Sie betrachtete ihn skeptisch. »Sollte ich?«

»Er wurde in der Nähe des Tatortes gefunden«, sagte Liebermann aufs Geratewohl. »Und da sich Ihr Haus unmittelbar gegenüber befindet, möchte ich ausschließen, dass Sie oder einer Ihrer Nachbarn ihn verloren haben und er also zufällig an die Stelle geraten ist.«

»Jeder, der hier vorbeigekommen ist, könnte ihn verloren haben«, stellte die Frau fest. »Was meinen Sie, was hier für ein Durchgangsverkehr an Studenten herrscht, die aus der Stadt zum Campus im Park wollen.«

Das klang logisch. Aber es vertrug sich schlecht mit Liebermanns Ziel und, wie er annahm, dem der Katzen. Inzwischen war er so gut wie sicher, dass sie den Handschuh nicht irgendwo in der Nähe, sondern am Tatort selbst gefunden hatten. Womit sie scharfäugiger gewesen wären als die Spurensicherung. Falls sein Verdacht sich bestätigte, würde er anregen, Hübotter durch eine Katze ersetzen zu lassen.

»Die Studenten nehmen wir uns vor, wenn wir mit der Nachbarschaft durch sind. Der Größe und Farbe nach passt der Handschuh zu einem männlichen Jugendlichen oder jungen Erwachsenen. Wohnt jemand dergleichen hier im Haus?«

»Schon. Direkt über mir leben zwei. Einer ist so um

die zwölf, der andere macht gerade Abitur. Ich glaub, eine Ihrer Katzen ist schon auf dem Weg zu ihnen.«

Liebermann drehte sich um und blickte in die blitzenden Augen der Ladenkatze. »Tatsächlich. Ich werde ihr einen Posten bei uns anbieten.«

DAS SOLLTE ICH WIRKLICH, dachte er, als er im nächsten Stockwerk ankam und die Dicke vor der angezeigten Wohnung vorfand. Eine Katze bot gegenüber seinen menschlichen Kollegen außerdem einige entscheidende Vorteile. Sie war kleiner, wendiger, unauffälliger und scharfäugiger. Zudem konnte sie auch im Dunkeln sehen und besaß sieben Leben, was ihr kugelsichere Westen ersparte. Und sie fiel einem nicht mit Geplapper auf den Wecker, weil sie überwiegend mit Schwanz und Ohren sprach. Das war gleichzeitig das einzige Problem.

Liebermann wischte mit dem Ärmel etwas Schokolade von der Klingel – jedenfalls hoffte er, dass es Schokolade war – und betätigte sie. Drinnen klappte eine Tür. Das orchestrierte Gemurmel eines Fernsehers wurde vernehmbar und eine Stimme, die etwas in die Gegensprechanlage murmelte. Liebermann klopfte.

»Ich möchte einen Handschuh zurückbringen, den Ihr Sohn verloren hat«, sagte er zu der Frau mittleren Alters, die die Tür öffnete.

Ihre Augen über den Tränensäcken senkten sich nach unten. »Sind das Ihre?«

»Nur eine. Die anderen sind mir zugelaufen.«

»Dann passen Sie auf, dass der alte Sauer von unten Sie nicht erwischt. Für den ist jedes Haustier, das nicht fünf Impfausweise und einen Stammbaum vorzeigen kann, Ungeziefer.«

Sie kniff die Augen zusammen.

»He, die dicke Schwarze da kenn ich. Die ist mir gestern aus Dennis' Zimmer entgegengesprungen. Ich stand kurz vorm Herzinfarkt, das können Sie mir glauben. War nicht das erste Mal, Dennis schleppt dauernd Katzen an, und jedes Mal bildet er sich ein, er kann sie behalten. Als hätt's nicht schon genug Ärger wegen denen gegeben.« Sie zeigte auf die Dürre. »Eine Siamesin wie die würde Sauer wahrscheinlich gerade noch durchgehen lassen. Aber die würde ich nicht wollen, sie erinnert mich zu sehr an meine magersüchtige Nichte. Na ja, danke für den Handschuh«, seufzte sie und nahm ihn Liebermann ab. »Woher wussten Sie, dass er Dennis gehört?«

»Ich weiß es eigentlich nicht. Er lag vor dem Haus, und eine Ihrer Nachbarinnen...«

»Ach so.« Sie drehte sich um. »Dennis!«

Im Inneren der Wohnung klappte etwas. Ein talghaariger Teenager schlurfte zur Tür. Er musterte Liebermann flüchtig und stutzte, als er die Katzen sah. Eine nach der anderen betrachtete er prüfend, bis er an der Fetten hängen blieb.

»Der Herr hier hat gerade einen Handschuh wiedergebracht, den du verschlampt hast. Es wäre nett, wenn du wenigstens Danke sagen würdest.«

»Danke«, sagte Dennis.

»Ist es wirklich deiner?«, fragte Liebermann.

Der Junge zuckte die Achseln.

»Wo lag er denn?«

»Im Vorgarten«, meinte seine Mutter spitz. »Wo ihn Herr Sauer demnächst entsorgt hätte. Tommi, ich komme gleich.«

Der Kopf von Dennis' jüngerem Bruder verschwand wieder im Raum mit dem Fernseher.

»Na, dann ist es wohl meiner«, sagte Dennis.

Liebermann lächelte ihn an. »Wie wäre es, wenn du

den anderen Handschuh holst und dagegenhältst. Dann wissen wir es genau.«

»Ich weiß es auch so.«

»Sicher?«

»Mann, ich werde ja wohl meine Handschuhe kennen.«

»Mir kommt er auch bekannt vor«, bekräftigte seine Mutter. »Ich hab ihn schließlich gekauft.«

Liebermanns Lächeln versiegte. Er zog seinen Ausweis hervor. »In dem Fall würde ich gern reinkommen.«

Dennis' Mutter riss die Augen auf. »Ich verstehe nicht...«

»Aber Dennis versteht es«, sagte Liebermann, als der Junge plötzlich zurückwich. »Ihm ist gerade eingefallen, seit wann er seinen Handschuh vermisst und wo er ihn wirklich verloren hat. Nämlich in der Nacht vom letzten Samstag auf Sonntag im Hof der alten Tischlerei gegenüber.«

»Blödsinn. Sonnabend war Dennis auf einer Party.«

»Das eine schließt das andere nicht aus. Wären Sie so gut, die Katzen aus dem Haus zu lassen, es wäre mir unangenehm, wenn Herr Sauer zufällig über sie stolpert, während sie hier auf mich warten.«

DEN RÜCKWEG LEGTEN SIE in derselben Formation zurück. Nur dass, statt Liebermann, Wu und Streuner das Schlusslicht bildeten und niemand sprach. Vor dem Eckladen hielt Maja. Es galt Abschied zu nehmen, ein Resümee zu ziehen, und für Streuner, sich einen Schlafplatz zu sichern. Was das betraf, rang Serrano seit ein paar Minuten mit einer Idee. Sie gefiel ihm nicht, allerdings erschien sie ihm immer noch besser als eine bestimmte andere Alternative zu Majas Keller.

»Hat er es geschluckt?«, fragte Streuner angespannt.

»Zumindest ist er in die richtige Höhle zum richtigen

Menschen gegangen«, meinte Wu. »Was sagt dein Geist? Wenn es ihm darum geht, den Mörder seines Körpers zu entlarven, dürfte man erwarten, dass er ruhiger wird, falls Serranos Freund auf der richtigen Spur ist, oder nicht?«

»Er ist nicht mein Freund«, wandte Serrano ein.

Streuner kratzte sich am Kopf. »Ich weiß nicht recht. Er klingt anders, so als ob er neue Worte benutzt, die ich genauso wenig verstehe wie die alten. Aber leiser ...«

Er schloss die Augen. Serrano und Wu warteten geduldig das Ergebnis seiner Innenschau ab, nur Maja gähnte.

»Vergesst den Menschen. Wenn ihr mich fragt, hält er den Fingerling für ein verloren gegangenes Stück Wolle, das er in unserem Auftrag seinem Eigentümer zurückgebracht hat. Er hat Serrano einfach einen Gefallen getan.«

»Der Tag, an dem er mir freiwillig einen Gefallen tut, wäre der Beginn eines neuen Zeitalters«, sagte Serrano. »Wenn Liebermann den Auftrag angenommen hat, dann einzig in seiner Funktion als Ordnungshüter, genau wie den stinkenden Fetzen davor. Und die jüngste Unordnung in der Gegend bestand in der plötzlichen Vergeistigung von Streuners Wohngefährten.«

Beim Klang seines Namens öffnete Streuner die Augen. »Nein, er ist nicht leiser. Seine Stimme schwillt an und ab, wie die Wellen, aber insgesamt ist er noch genauso störend.«

Maja hatte nicht zugehört.

»Wenn es wirklich so wäre, wie erklärt sich dann, dass er den Fingerling zuerst in der falschen Etage abliefern wollte«, fragte sie Serrano, »obwohl ich sichtbar auf dem Weg in die nächste war?«

»Wer sagt denn, dass er ihn dort abliefern wollte. Vielleicht hat die erste Frau ihm die Tür geöffnet, und er fühlte sich verpflichtet, einige Worte mit ihr zu wechseln.

Was wissen wir schon über die menschlichen Umgangsregeln.«

Ihre Bemerkung hatte ihn getroffen. Sein Optimismus bröckelte. Nur eine Kleinigkeit verhinderte, dass er ihn völlig verlor. Nachdem der richtige Besitzer den Handschuh an sich genommen hatte, war Liebermann ihm in seine Höhle gefolgt, während die ältere Frau, wahrscheinlich dessen Mutter, sie die Treppe hinunterbegleitet und ihnen die Tür geöffnet hatte. Für den Bruchteil einer Sekunde hatte Serrano dabei ihre Augen gesehen. Und in denen hatte Angst gestanden.

## 29

EINMAL IN SEINEM LEBEN hatte Liebermann Roulette gespielt.

In einem Berliner Casino während der Ausbildung, an der Seite eines Mädchens, dem er mit einer originellen Abendgestaltung imponieren wollte und die später die Mutter seiner Tochter geworden war.

Als er sich auf dem Sofa in Dennis' Jugendzimmer niederließ, fühlte Liebermann sich genau wie damals, als er sein letztes Fünfmarkstück in einen Jeton getauscht hatte. Der Rest seines Börseninhalts war nach anfänglichem Erfolg in den Kassen des Casinos gelandet. Die fünf Mark waren Liebermanns Fahrgeld. Er setzte sie auf die Null. Wenn er verlor, riskierte er seine Geliebte, weil er sie statt mit dem geplanten Bus zu Fuß nach Hause bringen musste. Thekla war damals schon ungern gelaufen. Gewann er, hatte er auf einen Schlag all seine Verluste wieder eingeholt und konnte sie nicht nur zu einer Taxifahrt, sondern auch noch zum Essen einladen. Liebermann erinnerte sich, wie ihm beim Drehen der Roulettescheibe der Schweiß ausgebrochen war und er krampfhaft auf Theklas Dekolleté gestarrt hatte, bis hinter ihm ein gelangweiltes »Zero« erklungen war.

Diesmal bestand sein einziger Jeton aus Dennis' Reaktion auf die Erwähnung des Fundortes seines Handschuhs. Darüber hinaus hatte Liebermann nur eine vage Idee, geboren aus Erfahrungen mit einem schmutzigen Kinderhemd. Er entschloss sich zu einem Schuss ins Blaue. Ohne auf Dennis' Mutter zu achten, die mit bleichem Gesicht die Zimmertür schloss, nahm er den Jungen ins Visier.

»Wie bist du auf die Idee mit dem Schneemann gekommen?«

Dennis krümmte den Rücken und wandte den Blick von den beiden Handschuhen, als bereite ihr Anblick ihm Schmerzen. Bis auf die seitenverkehrte Anordnung der Finger und den Trockenheitsgrad glichen sie sich wie ein Ei dem anderen.

»Was denn für ein Schneemann?«, flüsterte seine Mutter.

»Der, in dem Ihr Sohn einen toten Obdachlosen verschwinden hat lassen«, entgegnete der Hauptkommissar erbarmungslos.

Dennis ließ sich auf seinen Schreibtischstuhl plumpsen. Den gleichen hatte Liebermann im Büro.

»Das war ich nicht.«

»Wer dann?«

Dennis presste die Lippen zusammen.

»Na schön. Ich werde nicht versuchen, den Namen deines Kumpels aus dir rauszuschmeicheln. Du willst ihn decken, gut. Kein Name, kein Kumpel, dann warst du es eben allein. Also, warum der Schneemann?«

Mit der Härte seiner Stimme versuchte Liebermann, sein Erstaunen zu kaschieren. Er hatte richtig gesetzt, nicht zu fassen, vielleicht sollte er Nico einmal ins Casino ausführen.

»Entschuldigung, ich verstehe dich nicht.«

»... Schnapsidee«, wiederholte Dennis undeutlich. »Wir kamen von 'ner Party und waren betrunken.«

»Wir?«

»Ich.«

»Du kamst also in Begleitung deiner selbst angetütert von einer Party. Wann?«

»Sonnabend. Oder Sonntag. Irgendwas dazwischen.«

Dennis seufzte.

Seiner Mutter wich der letzte Rest Farbe in die Tränensäcke. »Junge... Wer von deinen Kumpels war es: Moritz oder Leon oder dieser unausstehliche Marco, der euch damals mal zum Rauchen angestiftet hat?«

Dennis schloss die Augen. Das wiederum beeindruckte Liebermann. Der Kerl mochte ein Mörder sein, vielleicht ein besoffener Mörder oder einer aus purer Blödheit – ein Motiv, das ihm noch nie untergekommen war –, aber er hatte Schneid.

»Wie wäre es, wenn ich es mal für dich versuche«, schlug er vor. »Du kamst also betrunken mit dir selbst und sonst niemandem Sonnabendnacht von einer Party. Kurz vor deinem Haus siehst du plötzlich jemanden durch den Hof der Tischlerei torkeln. Sieh an, einer aus meinem Besoffenenklub, sagst du dir und gehst zu ihm, vielleicht um ihn zu fragen, ob er noch was zu trinken oder zu rauchen hat, oder aus einem anderen Grund. Oder: Selbe Ausgangsszene, anderer Verlauf: Kurz vor deiner Haustür hörst du etwas im *Inneren* der Tischlerei. Normalerweise wärst du weitergegangen, aber mit dem Mut des Betrunkenen beschließt du, mal nachzusehen, was da los ist. In beiden Varianten triffst du auf einen bockigen Typen mit Kapuze von der letzten Sorte. Er hat keine Lust, mit dir zu reden – was er übrigens mit keinem tut –, ist widerspenstig und versucht, dich aus der Tischlerei zu werfen. Leider ist deine Aggressionsschwelle schon ein wenig überspült, also bockst du zurück. Es kommt zum Handgemenge, du greifst nach dem erstbesten herumliegenden Holzstück, und plötzlich geht der Typ in die Knie. Schock. Dein erster Impuls: Den Penner liegen lassen und wegrennen. Aber was, wenn einer was gehört oder gar gesehen hat und sich später an einen wie dich erinnert? Wegschleppen kannst du ihn auch nicht. So eine Leiche wiegt, die kriegt man allein, wie du ja warst, nicht so einfach weg. Tja, da ist guter Rat teuer. Im Schummer deines Restrauschs siehst du dich um: Und was erblickst du überall?«

Liebermann schnippte mit den Fingern in Dennis' Gesicht.

»Schnee. Und nicht allein Schnee, sondern auch das, was man daraus machen kann. Über den ganzen Hof verstreut stehen Schneemänner, Schneefrauen, Schneepäpste, Zwerge und so weiter. Warum diesem Panoptikum nicht einfach ein weiteres Stück hinzufügen? Die Leiche wegschleppen ist unmöglich, sie sitzend gegen einen Bretterstapel zu lehnen und mit Schnee einzubacken, geht gerade so. Und jetzt wird's interessant: Als der Kapuzenschneemann fertig ist, rauchst du vier Zigaretten hintereinander und steckst ihm die Kippen als Knöpfe an. Um vier Zigaretten zu rauchen, braucht selbst ein hartgesottener Raucher mindestens zwanzig Minuten. Zwanzig Minuten, die du diesen Unglücksort früher hättest verlassen können, zwanzig Minuten unnützes Spiel mit der Gefahr.«

Während seines Vortrags hatte Dennis ein paarmal gezwinkert und einmal den Mund geöffnet, als von der Rangelei die Rede gewesen war, die den Kapuzenmann das Leben gekostet hatte. Ansonsten hatte er gelauscht, als erzähle Liebermann ihm eine absurde Gutenachtgeschichte. Seine Mutter hingegen schälte, schwer atmend, einen Streifen Raufasertapete von der Wand.

»Ein Wort zum Rauchen. Zuweilen hat es neben den gesundheitlichen auch andere Folgen. Hättest du nicht geraucht, wäre es unnötig gewesen, die Handschuhe auszuziehen, von denen du einen anschließend vergessen oder verloren hast. Dann wäre der Fall mit etwas Glück ungeklärt bei den Akten gelandet. Sag das, wie hieß er noch... Paul?«

Dennis kratzte sich am Kinn.

»Wie sind Sie von dem Handschuh auf mich gekommen?«

»Ich bin Kriminalist.«

Das war keine Antwort, aber Dennis nahm sie hin.

»Ein kleiner Teil Ihrer Geschichte stimmt. Der Rest ist Quatsch«, sagte er, indem er sich ein wenig straffte. »Wir ... ich habe den Typen zum Schneemann gemacht. Aber da war er schon steif wie ein Brett, das müssen Sie mir glauben.«

»Ich muss gar nichts. Weiter!«

Der Junge biss sich auf die Lippe und seufzte. »Also gut. Wir waren zu viert. Wer, ist egal, ein paar Kumpel und ich halt. Wir waren wie gesagt auf 'ner Party ...«

»Wo?«

»Ist das wichtig?«

»Sonst würde ich nicht fragen.«

»In der Remise. Das ist ein Schuppen im Hof von einem Bekannten eines Kumpels. Privat. Es hatte sich rumgesprochen, dass ein Mädel dort Geburtstag feiert, da sind wir hin, um zu gucken, was abgeht. Na ja, im Grunde war's langweilig, aber die Bar war gut bestückt und die Getränke umsonst, das hat man nicht alle Tage. Ich weiß nicht mehr, wann wir gegangen sind, wir waren ziemlich dicht, jedenfalls nach Mitternacht. Wir schlingern also so die Hans-Sachs-Straße runter, und als ich mich vor der Tischlerei ausklinken will, sieht einer von uns die Schneemänner dort im Hof. Und davor 'ne aufgerissene Tüte mit Klamotten. Keine Ahnung, wer genau draufgekommen ist, aber irgendwie fanden wir, dass es doch 'ne lustige Idee wäre, die Schneemänner dort drinnen ein bisschen zu dekorieren. Jeder hat sich was aus der Tüte gekramt, und dann sind wir rein.«

Dennis zog die Nase hoch.

»Na ja, wir waren nicht die Ersten mit der Idee. Die

meisten Schneemänner waren schon dekoriert. Einer von uns ist zur Seite weg, weil er pissen musste. Plötzlich kommt der zurückgestolpert und keucht, wir sollen mal kommen. Und da haben wir ihn dann gesehen. Neben der Treppe zur Werkstatt, 'ne leere Pulle neben sich und schon ein bisschen eingeschneit.«

Dennis brach ab und sah Liebermann zum ersten Mal gerade an. In den Augen Trotz oder ein Echo des Schocks, das ließ sich schwer sagen. »Es hätte nur noch ein Grabstein neben ihm gefehlt, so sicher war der tot.«

»Hast du ihn erkannt?«

Achselzucken. »Wer kennt den nicht. Außerdem hab ich ihn ein paarmal in der Nähe der Tischlerei getroffen, wahrscheinlich hatte er dort ein Nest.«

»Das stimmt. Weiter!«

»Das andere haben Sie schon erraten«, maulte Dennis, dem an der Schwelle zum persönlichen Teil des Dramas offenbar die Erzähllaune abhandenkam. »Mir ging ganz schön die Muffe. Aber einer von uns hatte die Idee, den Kapuzenmann ein bisschen schön zu machen, statt ihn einfach so liegen zu lassen. Eine Schnapsidee, wie Sie schon gesagt haben. Ich hatte keine Lust und die beiden anderen auch nicht, aber wo die Idee nun schon mal im Raum stand, hat sich auch keiner zu kneifen getraut.«

»War es Marcos?«, fragte seine Mutter mit schneidender Stimme dazwischen. »Na klar war es seine. Wer sonst kommt auf so hirnrissigen Unfug.«

Dennis schwenkte seinen Stuhl zu ihr herum. »Halt's Maul!«

Sie erstarrte.

»Fakt ist, dass wir den Typen alle zusammen zum Schneemann verarbeitet haben. War gar nicht so einfach, weil der Schnee immer abgefallen ist, am Ende haben wir ihn mehr oder weniger einmauern müssen. Danach hatten wir alle 'ne Kippe nötig. Die Filter haben wir in den Schneemann gesteckt.«

»Pall Mall?«, fragte Liebermann.

»Kann sein. Es waren nicht meine.«

»Dennis raucht nur, wenn dieser Marco dabei ist«, versuchte seine Mutter, ihr Weltbild wieder zurechtzurücken.

»Jeder hat seinen Marco. Und danach?«

»Sind wir abgehauen. Die Luft war irgendwie raus, uns war kalt und ... na ja, ich zumindest kam mir vor wie in einem schlechten Horrorfilm. Das war's.«

»Du hast die Stiefel vergessen. Einer von euch hat einem der anderen Schneemänner ein Paar Gummistiefel geklaut.«

Dennis schielte ihn argwöhnisch an. »Was sollen wir denn mit Gummistiefeln?«

»Ihr habt sie also nicht mitgenommen?«

»Nicht dass ich wüsste. Welche Gummistiefel?«

»Na gut. Als du am nächsten Tag aufgewacht bist, kam dir die Episode da immer noch wie ein Horrortrip vor? Ich würde sagen, ja«, fuhr Liebermann fort, als Dennis die Lippen einzog. »Deshalb hast du bei uns angerufen. Sonntag noch nicht, da warst du vermutlich mit den Folgen eurer Sauforgie und deiner Familie beschäftigt, aber Montag.«

Er stand auf, ging an Dennis vorbei und hob ein Smartphone von einem Schreibtisch. »Man muss kein Spezialist sein, um zu wissen, dass diese Dinger alles Mögliche können. Und den Rest lädt man sich einfach irgendwo runter. Wie zum Beispiel einen Stimmverzerrer. Man muss ihn nur zu einer Telefonzelle tragen, sagen wir, die vor der Erlöserkirche, und schon ist man erstens erleichtert und zweitens aus dem Schneider.«

Er sah zu, wie Dennis sich versteifte.

»Tja«, sagte er. »Hättest du mal auf deinen Handschuh

geachtet. Und jetzt möchte ich gern die Namen deiner Kumpel und einiger Leute, die euren Besuch auf der Party bestätigen können. Keine Angst, wenn deine Geschichte stimmt, passiert ihnen nichts, aber sie sind Zeugen wie du. Deine Mutter wird sich derweil um deinen Bruder kümmern, der inzwischen vor dem Fernseher eingeschlafen sein dürfte. Vorher hätte ich gern noch ein Glas Wasser. Dann noch ein, zwei Fragen, die du blöd finden wirst, weil sie dich zwingen, in den Hof mit der Leiche zurückzukehren, und dann gehe ich. Einverstanden?«

»Ich würde lieber Hausaufgaben machen«, antwortete Dennis.

»Das glaube ich dir aufs Wort.«

ERLEICHTERT UND UNZUFRIEDEN ZUGLEICH kehrte Serrano in seinen Vorgarten zurück. Erleichtert, weil Maja ihren Gefährten gnädig wieder in ihr Reich aufgenommen hatte. Unzufrieden, weil Wu sich nicht nach Hause begleiten lassen wollte.

Begründung: Er solle auf Liebermanns Heimkehr warten. Wozu? Ihren Abschiedsstüber konnte man auslegen, wie man wollte: Zärtlichkeit, Gewohnheit, Almosen.

Unter dem Flieder zog es wie in einer Häuserritze. Um Wu wenigstens durch die Erfüllung ihres Auftrags nahe zu sein, hockte Serrano sich in eine Schneekuhle und wartete. Von der Kirche schlugen die Glocken. Beim Zählen verlor Serrano den Faden, aber das war ihm gleich. Ein scharfer, von vereinzelten Flocken begleiteter Wind fegte ihm ins Unterfell. Er würde sich unweigerlich einen Schnupfen einfangen und in Wus Diensten verrecken. Das hatte sie davon.

Im nächsten Augenblick fiel Serrano ein, wer noch etwas davon haben würde, und er stand wieder auf den Pfoten.

Aushalten!

Obgleich kaum anzunehmen war, dass Liebermann ihm irgendetwas erzählen würde. Wie auch: Seine Ohren waren stumm wie Fische, einen Schwanz hatte Serrano an ihm noch nicht entdeckt, und wenn er, was selten vorkam, knurrte, klang es wie: »Komm hier bloß weg!«

Was sollte er damit anfangen?

Serrano stand eben im Begriff, in der Summe seiner Überlegungen zu ertrinken, da wischte von der anderen Straßenseite etwas Zerzaustes herüber.

»Ich habe einen Verdauungsspaziergang vorgetäuscht. Maja meint, dass sie mich in dem Moment rausschmeißt, in dem ich die Worte ›Geist‹, ›tot‹ oder ›Kapuzenmann‹ benutze.«

Es hatte also Abendbrot gegeben im Ladenkeller, dachte Serrano neidisch.

»Du hast aber das dringende Bedürfnis, diese Wörter zu benutzen?«

Streuner schob sich durch den Zaun.

»Hübsch windig unter deinem Flieder, warum gehen wir nicht rein?«

»Ich warte auf Liebermann«, erwiderte Serrano abweisend.

Streuner schien nicht verärgert. Er plusterte nur sein Fell etwas mehr auf und hockte sich neben ihn. »Die Sache ist Folgende: Ich hab's mich vorhin nicht zu sagen getraut, aber seit der Handschuh bei seinem Besitzer ist, attackiert mich der Geist des toten Kapuzenmanns noch stärker als vorher.«

»Du hast gerade alle drei verbotenen Wörter in einem einzigen Satz untergebracht«, bemerkte Serrano trocken.

»Entschuldige. Ich stehe im Moment etwas neben mir. Der Geist macht mich fertig. Er schwimmt vor, packt meine Gedanken und zieht sie von mir weg. Dann schleudert er sie irgendwohin und tut, als würde er mich in Ruhe lassen, aber im nächsten Moment kommt er schon wieder angekrochen. An Schlaf ist nicht zu denken, das lässt er nicht zu, meine Nerven sind völlig hinüber.« Ein Zucken sprang vom rechten Ohr abwärts bis in seine Schwanzspitze, als hätte er Flöhe. »Siehst du? Noch ein Tag und ich bin ein sabberndes Wrack!«

Serrano dachte an Bismarcks Geist und seine verhaltene Gesprächskultur. Aber Bismarck war auch an Altersschwäche gestorben, er hatte keinen Grund, sich in einem lebenden Wirt auszutoben. »Beruhige dich. Wir werden deinen Kapuzenmann schon zum Schweigen bringen.«

Streuner heftete seine flehenden Augen auf ihn. »Wie?«

»Nun, wie mir scheint, sind ihm unsere Bemühungen nicht verborgen geblieben.«

»Aber er lehnt sie ab!«

»Das zu behaupten wäre voreilig. Immerhin gibt es ja offensichtlich Phasen, in denen seine Stimme leiser wird. Nach meinem Dafürhalten ein Zeichen dafür, dass er unsere Ermittlung prinzipiell gutheißt.«

»Er ist stinkwütend, Serrano. Er wird mich umbringen.«

»Nein, so dumm ist er nicht, denn du bist seine einzige Chance, seinen Mörder zu entlarven und ihm die himmlische Ruhe zu schenken, nach der er sich sehnt. Ich würde eher sagen, er wütet, weil wir zwar in die richtige Richtung gerannt, aber knapp am Ziel vorbeigeschrammt sind.«

»Das heißt, der Fingerling war ein Irrtum?«

»Wahrscheinlich. Aber ebenso wahrscheinlich war es wichtig, sich um ihn zu kümmern. Nur dürfen wir, wenn ich den Kapuzenmann richtig deute, nicht dort stehen bleiben, sonst entwischt uns der wirkliche Mörder.« Serrano sah seinen Kumpel und Konkurrenten scharf an.

»Überleg! Fällt dir im Zusammenhang mit dem Fingerling noch etwas ein, etwas, das du womöglich als unwichtig erachtet hast, irgendeine Kleinigkeit?«

Wiederum ging Streuner in sich. Nach kurzer Zeit schüttelte er den Kopf. »Komisch. Kaum befiehlst du mir nachzudenken, hält er den Mund.«

»Na also«, sagte Serrano, von sich selbst beeindruckt.

Insgeheim hoffte er, dass Streuner sich mit dem Nachdenken beeilte und damit fertig wurde, ehe ihm die Ballen anfroren. Um sich von der Kälte abzulenken, beobachtete er eine Krähe, die sich bemühte, auf dem Weg vor dem Zaun eine Nuss zu knacken, indem sie sie ein ums andere Mal auf den Boden fallen ließ. Eine lange Minute verging.

»Da ist tatsächlich etwas«, meinte Streuner endlich. »Ich bekomme es nur nicht zu fassen.«

»Versuch's! Hat es mit dem Fingerling zu tun?«

»Ich weiß nicht, nein. Oder?«

Serrano seufzte. Wie hielt Maja das aus?

»Nicht so sehr mit dem Fingerling selbst«, fuhr Streuner bedächtig fort, »mehr mit dem Kapuzenmann. Als diese Menschen ihn ausgegraben haben, ist mir einen Flügelschlag lang etwas aufgestoßen, ohne dass ich es hätte benennen können. Er sah aus wie immer, wenn man davon absieht, dass ihm in jeder Ritze Schnee hing ... und doch war irgendetwas verändert.«

»Meinst du, es war etwas hinzugekommen? Oder es fehlte ihm etwas? War er geschrumpft, gewachsen, verrenkt? So etwas findet man bei Kadavern häufig. Es hängt damit zusammen, dass die Muskeln sich im Sterben verkrampfen.«

»Ich weiß«, erwiderte Streuner abwesend.

»Oder roch er anders?«

»Er roch überhaupt nicht. Er war quasi gefroren.«

Wieder verstrich eine Weile. Die Krähe hatte die Nuss

demoliert und hielt sie mit einer Klaue fest, während sie ihren Schnabel in die Mittelnaht hackte.

»Es liegt ganz dicht vor mir«, klagte Streuner. »Aber jemand hat einen Napf darübergestülpt, deshalb sehe ich es, ohne es zu sehen, verstehst du?«

»Ja. Wie wär's, wenn du den Napf entfernst?«

»Aber das ist es ja eben: Sobald ich ihn berühre, rutscht er weg!«

Serrano verging die Lust. »Langsam beschleicht mich der Verdacht, dass dir gar nicht an Hilfe liegt, sondern nur an Mitleid. Wenn du wirklich was erreichen willst, dann sieh dir die Krähe dort an! Sie hat ihre Nuss mindestens hundertmal auf den Boden geknallt, bevor sie ihr Inneres preisgegeben hat.«

Gehorsam blickte Streuner zur Krähe hinüber. »Immerhin hat sie die Nuss in ihren Klauen«, sagte er finster. »Eine Nuss ist keine Schüssel.«

»Und du bist keine Krähe. Dir stehen andere Wege offen. Jag deine Schüssel so lange vor dir her, bis sie über eine Kante kippt, treibe sie in die Enge. Mir egal, nur lass sie nicht los. Der Kapuzenmann wird es dir danken.«

Und ich auch, dachte er, als Streuner deprimiert davontrottete.

EINIGE MINUTEN SPÄTER TAUCHTE Liebermann auf. Er schien nicht sonderlich erstaunt, Serrano vor seiner eigenen Haustür zu treffen. Mit gleichförmiger Stimme sagte er etwas Unverständliches. Auch seine Miene war schwer zu deuten. Serrano las Müdigkeit darin, gepaart mit einer Spannung, die entweder langsam wuchs oder langsam nachließ. Einmal mehr bedauerte er, dass sie so grundverschiedenen Sprachgemeinschaften angehörten.

Auch Liebermann schien sich dieses Problems plötzlich bewusst zu werden. Er verstummte und starrte einige

Sekunden in die Dunkelheit zwischen zwei Straßenlampen.

Dann beugte er sich zu Serrano hinunter, deutete auf die gespreizten Finger seiner rechten Hand und strich, als er sich seiner Aufmerksamkeit sicher war, leicht mit der linken darüber, als zöge er einen Fingerling an.

Der Kater blinzelte verblüfft.

Noch verblüffter war er, als Liebermann sich aufrichtete und die Kapuze seines Wechselfells über den Kopf zog. Sie besaß kein Band, mit dem man sie zuziehen konnte, und verbarg das Gesicht deshalb nur minimal, dennoch war unschwer zu erkennen, wen er darstellen wollte. Liebermann hob die Hand mit dem fiktiven Fingerling und zog sie in einer zähen Bewegung über seinen Hals.

Serrano hielt den Atem an.

Die Hand fiel herab, ebenso der mit der Kapuze bedeckte Kopf. Eine Weile verharrte Liebermann so, dann richtete er sich wieder auf, deutete mit der unbekleideten Hand auf die mit dem fiktiven Fingerling und schüttelte den Kopf.

Ein abschließendes Wort, begleitet vom Knirschen des Türschlosses, und er verschwand im Haus.

Serrano blieb auf der kalten Schwelle zurück.

Es fiel ihm schwer zu glauben, was er gesehen hatte, wenngleich die Botschaft eindeutig war. Den tödlichen Strich auf dem Hals kannte er nur zu gut von den Schweinen des Fleischers, bei dem er bis zum Frühjahr gewohnt hatte. War der Kapuzenmann wirklich auf eine so martialische Weise gestorben?

Aber wer immer ihn auf dem Gewissen hatte, auch in dieser Hinsicht war Liebermann deutlich gewesen: Der Besitzer des Fingerlings war es nicht.

Leicht benommen trabte Serrano zu seinem Flieder zurück.

Vor der Schneekuhle, unter der Bismarck Grab lag, blieb er stehen.

»Du wirst es nicht glauben«, murmelte er in sie hinein. »Ich habe gerade einen Menschen verstanden.«

Vom Rand der Kuhle löste sich ein Brocken Schnee und rollte hinein.

Ohne Zweifel kommentierte Bismarck die ungeheure Nachricht. Doch statt sich darüber zu freuen, spürte Serrano nur ein saures Ziehen in der Magengegend.

Er hatte keine Ahnung, was Bismarck ihm mitteilte.

## 30

ES MUSSTE DAS JÜNGSTE Gericht sein.

In der Dunkelheit um Liebermann schrien Menschen, die er nicht kannte, in ohrenbetäubende Detonationen hinein. Dicht vor ihm splitterte etwas, doch als er aufspringen wollte, fand er seine Füße gebunden. Er stürzte und schlug mit der Schulter auf etwas Hartes. Der Schmerz riss ihm die Augen auf. Er lag neben dem Couchtisch in Nicos dunklem Wohnzimmer, nur der Fernseher flimmerte. Von dort ortete sein wiederkehrendes Bewusstsein die Schreie, die allmählich in einer schwülstigen Musik versanken. Die Splitter hingegen waren echt.

Wie es aussah, stammten sie von einem Weinglas. Verwirrt blickte Liebermann sich um und traf auf zwei schwefelgelbe Augen unter dem Fernsehschrank, die ihn beobachteten.

Er versuchte, seine Schulter zu bewegen. Es ging. Solcherart ermutigt machte er sich daran, aus der Decke zu steigen, in die er seine Füße gewickelt hatte, ehe er mit einer Flasche Wein vor dem Fernseher versumpft war. Todmüde, reumütig und einsam – nicht einmal die Mädchen leisteten ihm Gesellschaft. Sie hatten es vorgezogen, bei Bellin zu nächtigen, waren seinem Greisencharme auf den Leim gegangen, seinen Greisenmärchen und seinen Greisenpralinen, deren Verfallsdatum vermutlich mit dem Ende der DDR zusammenfiel.

Ein Blick zur Uhr sagte ihm, dass es kurz nach elf war. Er hatte kaum mehr als eine Stunde geschlafen, ehe der Weltuntergang ihn geweckt hatte.

Vorsichtig umging er die Scherben. Dienstag folgte ihm greinend ins Bad.

»Untersteh dich, auch noch zu heulen!«, drohte er ihm und schlug dem Kater die Tür vor der Nase zu.

Beim Öffnen des Gürtels fiel Liebermann ein, dass er vergessen hatte, Serrano zu füttern, wie Nico ihm aufgetragen hatte.

Er schnallte den Gürtel wieder zu und ging in die Küche. Als er das Kühlfach öffnete, in dem die abendlichen Schnitzel des Katers lagerten, klingelte sein Handy.

»Was machen Sie noch im Büro?«, fragte er Simon. »Haben Sie kein Zuhause, es ist nach elf!«

»Es gab noch ein paar Dinge zu erledigen. Der Anruf bei der Wäscherin, Sie erinnern sich? Wenn wir Dienstbeginn haben, geht sie schlafen, ich fand es höflicher, sie zu einer anständigen Tageszeit zu belästigen. Außerdem habe ich Roman Stölzels Schwester gefunden und sie für morgen früh in die Gerichtsmedizin bestellt.«

So viel Eifer erschütterte Liebermann. Zumal bei einem, der den Tag als Halbtoter begonnen hatte.

»Im Gegenzug weiß ich, wer Stölzel in den Schneemann gebacken hat«, konterte er. »Vier Jugendliche aus der Nachbarschaft, die sich gegenseitig ihren Mut beweisen wollten. Sie sind nicht die Mörder«, kam er Simons Frage zuvor. »Was uns auf der Suche nach dem oder den wirklichen Mördern einer Facette beraubt. Wir brauchen nicht mehr nach hervorstechender Originalität zu suchen, es könnte jeder gewesen sein. Und jetzt ab ins Bett. Ich möchte Sie morgen gesund und munter neben mir haben, wenn die Schwester unseren Toten identifiziert.«

Eine Weile hörte er Simon nur atmen.

»Falls Sie noch etwas Lektüre brauchen«, sagte Simon schließlich. »Ich habe Ihnen die Aussage der Wäscherin gemailt.

»Danke. Mir ist nicht nach Lesen ... Simon?«
»Ja.«
»Denken Sie an meinen Rat.«
»Welchen? Sie haben mir nur Möglichkeiten aufgezählt.«
»Stimmt. Denken Sie trotzdem dran. Es ist mir persönlich wichtig.«
Schweigen.
»Wie geht es ... Ihrer Freundin?«
»Schlecht. Sie muss sich ein Zimmer mit zwei gackernden Hennen teilen, die kurz vor der Eiablage stehen.«
»Und das Kind?«
»Ist noch da. Beten Sie, dass es so bleibt, um Ihretwillen. Mein Gebet würde Gott nicht erhören.«
»Sie verlangen mir ganz schön was ab«, murmelte Simon. »Gute Nacht.«

LIEBERMANN FÜHRTE SEINE BADGESCHÄFTE zu Ende, zog sich um und ging mit einem Umweg über Kühlschrank und Dienstags Futternapf ins Bett. Nach einer Stunde bleierner Munterkeit stand er wieder auf und siedelte ins Wohnzimmer über, sorgsam darauf bedacht, nicht in die noch immer verstreuten Scherben zu treten. Vielleicht suchte der Schlaf ihn dort, wo er ihn zuletzt verlassen hatte, auf dem Sofa.

Um ihm noch ein Stück entgegenzukommen, schaltete Liebermann den Fernseher ein. Der Weltuntergang war inzwischen von einer Reportage über den Untergang ukrainischer Dörfer abgelöst worden. Auch nicht optimistischer, aber wenigstens verzichteten die Ukrainer auf Explosionen und Schreie.

Dafür erklang unter Liebermanns Kopf ein hakendes Kratzen. Dienstag war lautlos herangetänzelt und wetzte seine Krallen an der Sofalehne. Er stand auf, packte den

Kater am Nacken, trug ihn ins Mädchenzimmer und verriegelte die Tür. Bei der Gelegenheit holte er Handfeger und Kehrschaufel aus der Küche, um die Scherben zu beseitigen.

Danach lag Liebermann auf dem Rücken und wartete. Er vermied es, an Nico zu denken, die ebenfalls auf dem Rücken lag, während ihr inneres Auge auf dem rebellischen Körnchen in ihrem Bauch ruhte. Ein Körnchen, das – gerade erst dem Kaulquappenstadium entronnen – schon alle sperrigen Eigenschaften seines Vaters aufwies.

Stattdessen stellte er sich vor, wie Dennis und drei besoffene Freunde Schnee um einen starren Körper schichteten und fluchten, wenn er wieder abfiel. Wie sie nach vollbrachter Tat ihre Nerven mit Zigaretten beruhigten und die Kippen zu Knöpfen erklärten. Ihm war egal, wer von den vieren auf diese geschmacklose Idee gekommen war.

Ihn interessierte eher, wer auf die Idee gekommen war, dem Mann mit dem Arbeitstitel »Roman Stölzel« die Kapuze abzuziehen und ihm auf den Kopf zu schlagen. Und womit.

Ächzend wälzte Liebermann sich auf die Seite. Nico besaß ein Faible für Sperrmüll. Wenn sie ein Möbelstück fand, das ihr gefiel, gab sie ihm in behutsamer Kleinarbeit seinen früheren Glanz zurück. Durch ihr Geschick war das Sofa eine rotsamtene Augenweide, für einen empfindlichen Rücken war es die Hölle.

Er fragte sich, ob der Teltowmörder eine bequemere Schlafunterlage hatte. Dann, ob Simon seinem Befehl gefolgt und nach Hause gegangen war. Und wenn ja, ob er schlief oder an einer Ersatzdroge köchelte.

Ein kurzer Anruf würde Auskunft bringen. Und Simon im Zweifelsfall wecken. Liebermann seufzte. Der Punkt war überschritten. Von jetzt an würden seine Gedanken immer blödsinnigere Wege gehen, um dem einen, den er fürchtete, auszuweichen. Genauso gut konnte er also auch aufstehen.

Mühsam hievte er sich vom Sofa, stakte in die Küche und bewehrte sich mit einem Plastikbecher. Sicher war sicher.

Er stakte zurück, schenkte sich Wein nach und klappte seinen Laptop auf. Ganz oben in der Liste der Posteingänge fand er Simons Mail.

Er öffnete sie mit dem tröstlichen Gefühl, dass irgendwo auf der Welt um diese Zeit heller Tag war.

ALS LIEBERMANN AUS SEINER Lektüre wiederauftauchte, war sein Becher leer. Er konnte sich nicht daran erinnern, daraus getrunken zu haben. Erstaunt goss er den Rest aus der Flasche nach und stand auf, um den Fernseher auszuschalten. Er brauchte Ruhe. Der Niedergang der ukrainischen Kultur war bedauernswert, aber da er sich außerstande fühlte, sie wiederzubeleben, überließ er sie sich selbst und konzentrierte sich auf den Niedergang Roman Stölzels, den Simon zu einer beinahe poetischen Erzählung zusammengefasst hatte.

Er holte sich Schreibzeug und begann, die in seinen Augen interessanten Fakten herauszuschälen, indem er den Stift wie ein Skalpell handhabte.

- 1981, Ankunft von Nora (10 J.) und Roman (8 J.) Stölzel im Kinderheim Reesen, nach zweimonatigem Aufenthalt in einem Durchgangsheim
- kein Kontakt zur Mutter (untersagt), Vater in Haft
- Ca. nach einem Jahr erhält Langwitz die Erlaubnis, ihn und Nora an Besuchswochenenden zu sich zu nehmen (Familienersatz).
- Als sie wegen eines Pflegefalls in der eigenen Familie

ausfällt, übernimmt Hausmeister Mattekat Roman, Nora bleibt im Heim (!).
- Mitte der Achziger: Verhaltensauffälligkeiten bei Roman (beginnt wieder einzunässen, Hospitalismus, verweigert Kommunikation)
- Einweisung in Jugendpsychiatrie
- leichte Besserung bei Entlassung (Einnässen, Hospitalismus)
- Da sich das Pflegeproblem gelöst hat, übernimmt Langwitz wieder die Wochenendbetreuung der Geschwister.
- 1987: Langwitz, ein Erzieher (Behrend, heute Leiter der Einrichtung!), Roman und andere Kinder werden Zeugen eines tätlichen Angriffs von Nora auf Mattekat.
Laut Langwitz versucht sie, Mattekat mehrmals in eine bestimmte Körperregion zu treten (!), bis Behrend eingreift.
- Kurz darauf: Verlegung von Nora in den Jugendwerkhof Torgau
- Zusammenbruch Romans – abermals Überweisung in Psychiatrie, auch nach Rückkehr apathisch und weiterhin stumm. Einziger Gesprächspartner: ein zurückgebliebenes Hemd Noras, von dem er untrennbar ist (!). Man lässt es ihm, um ihn ruhig zu halten. Schulische Leistungen unterdurchschnittlich
- September 1989: Flucht eines Jugendlichen während eines Ausflugs, laut Langwitz (von Dr. Behrend bestätigt) große Aufregung unter Heimbewohnern und Personal
- 7. Oktober 1989: Roman verlässt das Heimgelände (vermutlich während eines Lagerfeuers zum Republikgeburtstag), Suche (Mattekat, Behrend, eine studentische Hilfskraft, Langwitz) bleibt erfolglos,

ebenso die Suche durch die Polizei (in der Akte nicht verzeichnet!)
- Seit Mitte der Neunziger sporadischer Briefwechsel zw. Langwitz und Nora Stölzel (zum zweiten Mal verheiratet, wohnhaft Waldesruh, Berlin), die nichts über den Verbleib ihres Bruders weiß (?).

MIT DEM LETZTEN WORT seiner Zusammenfassung war der Stift heruntergeschrieben. Liebermann warf ihn weg und las sie sich noch einmal von vorn bis hinten durch.

Ein Drama. Eigentlich zwei, wenn er Noras Geschichte dazunahm.

Aber ein Motiv für einen Mord?

Liebermann trank Wein aus seinem Becher, meinte einen Rest Zahnpasta zu schmecken und fuhr sich über die Augen.

Von einer Kapuze war nicht die Rede gewesen, was bedeutete, dass Romans Verfolgungswahn jüngeren Datums war. Aber von wem fühlte er sich verfolgt?

In seinen Schläfen begann es zu summen. Er zog sich das Blatt heran und las es ein drittes Mal. Diesmal blieb er an den Ausrufungszeichen hängen.

Er hatte sie ohne bestimmten Plan hinter Ausführungen der Wäscherin gesetzt, die ihm aus unterschiedlichen Gründen bemerkenswert erschienen waren. Als er sie jetzt einzeln vor sich entlangexerzieren ließ, fiel ihm auf, dass sie sich, mit Ausnahme der Erwähnung von Noras Hemd, allesamt um den ehemaligen Hausmeister drängten, bis hin zu der Markierung hinter dem Namen des ehemaligen Erziehers und jetzigen Heimleiters Dr. Behrend, der Nora daran gehindert hatte, Mattekat die Leibesmitte zu zertrampeln.

Eine Weile kaute Liebermann an seiner Entdeckung herum. Seit ihrem Ausflug nach Zug hatte er Mattekat ohnehin auf dem Schirm, aber das war etwas anderes, als ihn hier aus einer Collage von unbewusst gesetzten Ausrufungszeichen hervortreten zu sehen wie das Ergebnis einer Rechenaufgabe. Mit Dr. Behrend als erster Stelle hinter dem Komma. Der, wie Simon glaubte, etwas verschleierte. Es war nicht besonders schwierig, sich vorzustellen, was.

An dieser Stelle jedoch endete das mathematische Wunder.

Denn selbst wenn Mattekat Roman Stölzel etwas angetan hatte, ergab dessen Tod keinen Sinn. Umgekehrt hätte es einen ergeben.

Liebermann stand auf und wanderte einige Runden durch die Wohnung, um mit der Blutzirkulation auch sein Gehirn auf Trab zu bringen.

Nach der vierten Runde klaubte er sich einen neuen Stift aus Nicos Ablage und schrieb »Unfall« unter seine Aufzeichnungen. Vor ungefähr anderthalb Jahren war Mattekat von einem Baum gefallen, weil er auf einen angesägten Ast gestiegen war.

Der Wein war alle. Für Liebermann eröffneten sich damit zwei Möglichkeiten: Er konnte eine neue Flasche öffnen oder einen neuen Einschlafversuch starten.

Eingedenk des Befehls, den er Simon erteilt hatte, entschied er sich für Letzteres.

## 31

ALS FRANZISKA GENRICH AM nächsten Morgen zur Arbeit kam, sank ihre ohnehin miserable Laune in den Keller. Auf dem Parkplatz der Gerichtsmedizin stand Liebermanns Dienstwagen. Sie zwang den Impuls nieder, das Skalpell zu holen und es einmal rund um den Autolack wandern zu lassen. Stattdessen lud sie ihre Wut an dem Portier ab.

»Ist der Hauptkommissar angemeldet?«

Der Mann zuckte zusammen. »Vor einer halben Stunde kam der Anruf.«

»Vor einer halben Stunde? Das ist keine Anmeldung, das ist die Ankündigung eines Überfalls! Wozu sitzen Sie hier überhaupt?«

Der Portier schwieg. Er kannte die Anfälle der Medizinerin und wusste, dass man ihnen am besten begegnete, indem man, wie bei einem plötzlichen Unwetter, den Kopf einzog und wartete, bis es vorbei war.

Als Dr. Genrich die Tür zum Gemeinschaftsraum aufriss und brüllte, schaltete er das Radio an.

IM GEGENSATZ ZU DEM Wachmann schien Liebermann gegen Unwetter immun. Er trank geruhsam Kaffee, während Dr. Genrichs Tirade an ihm herunterrann und in irgendeinem unsichtbaren Abfluss versickerte, was sie noch mehr auf die Palme brachte. Nur der Anwärter sah betroffen aus. Dabei war er der Einzige aus dem unausstehlichen Haufen der Mordkommission, für den die Medizinerin so etwas wie Sympathie empfand, weil er in ihren Augen noch kein richtiger Mann war.

Nach fünf Minuten freier Rede gingen ihr endlich die Worte aus.

Liebermann betrachtete die schlierige Neige in seiner Tasse.

»Ich verstehe Ihren Unmut«, sagte er schließlich so friedlich, als hätte sie das Lied vom Heideröslein rezitiert. »Aber in einem Ihrer Kühlfächer liegt ein junger Mann, der auf seinen Namen wartet. Und in einer halben Stunde kommt eine junge Frau, die ihm diesen Namen geben kann. Finden Sie nicht, dass Ihre Befindlichkeiten angesichts dieser frohen Botschaft zurücktreten sollten?«

Unter der Sandpapierstimme des Hauptkommissars stellten sich auf Franziskas Armen schlagartig die Härchen auf. Sie öffnete den Mund, um ihm eine Ladung Galle entgegenzuspucken, da hob der Anwärter den Kopf.

Klare Augen, bekümmertes Lächeln, offene Handflächen.

»Hauptkommissar Liebermann kann nichts dafür. Ich habe mich gestern Abend zu diesem Termin hinreißen lassen, ohne Ihnen rechtzeitig Bescheid geben zu können. Verzeihen Sie mir.«

Franziska schluckte bitter. Der alte Groll verschwand und machte umgehend einem neuen Platz. Darauf, dass sie sich plötzlich wie eine egoistische Zicke fühlte.

Sie verließ den Raum und polterte in den Obduktionssaal hinüber, wo Dr. Gerlach schon an dem Toten herumpfuschte. Franziska glaubte, ihren Augen nicht zu trauen. Mit einem Puderquast!

»Was machen Sie da?«, herrschte sie sie an.

Dr. Gerlach fuhr auf. »Der Hauptkommissar sagt, dass die Schwester des Toten kommt. Da dachte ich...«

»Da dachten Sie, sie erkennt ihn leichter, wenn Sie ihn wie eine Tunte anpinseln?«, fragte Franziska und zeigte auf einen Hauch Rosa, den Dr. Genrich gekonnt über die bleichen Wangen gestreut hatte.

»Packen Sie Ihr Schminkköfferchen ein und kümmern Sie sich um Ihren eigenen Kram!«

Gehorsam zog Dr. Gerlach sich zurück. Sie sparte sich, zu bemerken, dass der Kapuzenmann durchaus auch zu ihrem Kram gehörte. Ein Blick genügte, um die Wetterzeichen zu deuten. Und die standen auf Sturm. Besser, man zog den Kopf ein und wartete ab.

»Wo wollen Sie hin?«, bellte Dr. Genrich, als sie sich rückwärts gen Tür bewegte.

»Den Bericht über den Hochhausspringer schreiben«, flüsterte Dr. Gerlach. »Gestern Nachmittag sind die Laborergebnisse gekommen.«

»Die können warten! Hier auf dem Jochbein schimmert noch was von dem Hämatom durch, das der Junge sich vor seinem Tod gefangen hat. Wenn Sie schon an ihm rummalen, dann machen Sie es wenigstens ordentlich!«

ZWANZIG MINUTEN SPÄTER SAHEN Liebermann und Simon vom Standaschenbecher im Foyer aus einen silbernen Mercedes vorfahren. »Pünktlich wie die Maurer«, sagte Liebermann und sah zur Uhr. »Nur besser ausgestattet. Haben Sie den Schriftzug auf dem Wagen entziffert?«

»Irgendetwas mit Immobilien«, antwortete Simon.

»So weit war ich auch. Vielleicht sollten wir die Leute empfangen.«

Simon drückte seine Zigarette aus.

Zusammen stapften sie zum Parkplatz.

Während Simon Nora Erxleben, geborene Stölzel, begrüßte, kritzelte Liebermann etwas auf seinen Block.

»An wen wende ich mich wegen der Fahrtkostenerstattung?«, erkundigte sich Roy Erxleben, während er dem Hauptkommisar die Hand reichte.

Liebermann sah zu Simon, der ihm ein verlegenes Zeichen machte.

»Schicken Sie uns eine Rechnung«, sagte er. »Unsere Verwaltung wird sie begleichen, sobald sie sie geprüft hat.«

»Prüfen? Das klingt, als würden Sie uns misstrauen.«

»Wir sind von der Polizei. Es ist unsere Aufgabe, zu misstrauen. Und die Aufgabe einer Verwaltung ist es, zu prüfen. Sie sind in der Immobilienbranche?«, fragte Liebermann und deutete auf die Türen des Mercedes.

»Indirekt. Wir schätzen den Wert von Grundstücken und Häusern.«

»Auch in Potsdam?«

Roy Erxleben grinste. »Warum, haben Sie etwas zu verkaufen? Wenn ja, her damit! Potsdam ist nach wie vor groß im Kommen, und die Zinssätze sind niedrig wie nie. Das lockt die Käufer.«

Liebermann grinste zurück. »Ich werde darüber nachdenken.« Dann wurde sein Gesicht von einer Sekunde auf die andere sachlich. »Wie fühlen Sie sich?«, fragte er Nora, die blass neben ihrem Mann stand.

»Sie hat schlecht geschlafen«, antwortete Roy an ihrer Stelle. »Na ja, verständlich. Aber zum Glück ist es das letzte Mal, dass sie unter ihrem missratenen Bruder leiden muss. Danach ist ein für alle Mal Schluss damit, und wir fangen ganz von vorn an.«

Ganz von vorn, dachte Liebermann, als sie ins Haus gingen. Was sollte das bedeuten? Wiedergeburt, Scheidung und erneute Hochzeit mit Roy, eine Lobotomie, die Noras Erinnerungen an die dunklen Kapitel ihres Lebens auslöschte? Der Mann wurde ihm zusehends unsympathischer. Nicht weil er böse, sondern weil er dumm war.

Man konnte vielleicht einen Spaziergang auf der Hälfte unterbrechen, zum Ausgangspunkt zurückgehen und die

Wanderung in anderer Richtung von vorn beginnen. Aber selbst dann würde man die schon abgeschrittene Hälfte ebenso wenig aus der Erinnerung seiner Muskeln tilgen wie eine Mutter ein verlorenes Kind aus ihrer Seele.

Ein mieser Vergleich. Wie kam er ausgerechnet darauf? Er hatte Nico am Morgen angerufen und erfahren, dass sein Doppelgänger die Nacht friedlich in seiner Höhle verbracht hatte. Nur der Nacken tat ihr vom dauernden Rückenliegen weh.

»Sie können hier warten«, sagte er in der Teeküche zu Roy.

Roy sah ihn empört an. »Ich denke nicht daran. Ohne mich steht Nora das nicht durch. Außerdem kenne ich Roman genauso gut wie sie, er hat schließlich wochenlang bei uns gehaust!«

Liebermann wandte sich an die Frau. »Was sagen Sie? Zur Not würden zwei Männer und zwei Ärztinnen an Ihrer Seite stehen, um Sie aufzufangen.«

Nora öffnete den obersten Knopf ihres Mantels. Dann beugte sie sich vor, um eine Vase mit Tannenzweigen exakt in die Mitte des Kaffeetisches zu rücken, begutachtete ihre Hände, als prüfe sie sie auf Schmutz, und steckte sie ein.

»Roy soll dabei sein«, sagte sie zu einem Schirm, der an der Heizung lehnte.

Der Gutachter tätschelte ihr strahlend den Rücken. »Da haben Sie's: in guten, wie in schlechten Zeiten.«

Die beiden Medizinerinnen erwarteten sie bereits. Dr. Genrich mit gewohntem Grimm, Dr. Gerlach lächelnd wie eine Milchspeise, vor ihnen der entkleidete Kapuzenmann.

Liebermann grüßte ihn stumm und stellte überrascht fest, dass das Totsein ihm bekommen war. In seine Wangen war ein zartes Rot zurückgekehrt, das sogar das

Hämatom auf seiner rechten Wange überlagerte. Das groteske Y der Obduktionsnarbe verdeckte ein Laken, das ihm Ähnlichkeit mit einem schlafenden Römer verlieh.

Roy baute sich vor dem Tisch auf, während Nora an Simon gelehnt stand und knapp über die Leiche hinwegsah.

»Wo sind seine Sachen?«

»Bei den Asservaten«, sagte Dr. Gerlach süß.

Dr. Genrich schnitt ihr mit einer Handbewegung das Wort ab. »Also?«

»Haarfarbe, Größe, Nasenspitze ... könnte sein.«

»Das wissen wir«, sagte Liebermann. »Die Frage lautet: Ist er es?«

»Gott, ja. Ich glaube. Hat er gestunken, als sie ihn gefunden haben?«

»Er war Kühlfleisch«, sagte Dr. Genrich. »Kühlfleisch riecht nicht. *Jetzt* riecht er.«

Das hätte sie nicht sagen sollen. Roy wich zurück, bis er sich vor den Dämpfen, die seinem Schwager entströmten, einigermaßen in Sicherheit wähnte.

Liebermann, dem im Obduktionssaal ohnehin immer schlecht war, wandte sich an Nora. »Ist er es?«

»Ich weiß nicht«, sagte sie zu einer Steckdose an der Wand gegenüber. »Ich habe Roman lange nicht gesehen.«

Simon berührte sie am Arm. »Sagten Sie nicht, er habe bei Ihnen gewohnt?«

»Da trug er seine Kapuze. Er hat sie nie abgesetzt, nicht einmal, als ich ihm, wie früher, die Haare waschen wollte. Verstehen Sie, so etwas kommt vor, dass man jemanden jeden Tag um sich hat und ihn trotzdem nicht sieht.«

»Wohl wahr«, brummte Dr. Genrich und nahm Nora etwas milder in Augenschein als zuvor. Ihre Miene war beinahe freundlich, als sie fragte: »Hatte Ihr Bruder Zahnfüllungen?«

»Ja.«

»Wann und wo hat er die denn bekommen?«

Nora runzelte die Stirn. »In Spremberg, beim Zahnarzt: Jede Gruppe musste einmal im Jahr dorthin zur Kontrolle. Er war ein Kinderquäler.«

Ihre Augen ließen die Steckdose los und senkten sich auf die kleine Ärztin mit der Brille und dem beigefarbenen Haar. Der Themenwechsel schien sie zu entspannen.

»Bevor er losgelegt hat, hat er uns immer an den Stuhl geschnallt. Angeblich, damit wir nicht mit den Füßen ausschlagen. Aber ich glaube, er hat es einfach genossen. Soweit ich weiß, ist der alte Perversling inzwischen gestorben, und ich hoffe, dass man ihm am Ende ans Bett fixiert hat, damit er im Todeskampf nicht ausschlägt.« Ihre Stimme wurde mit jedem Wort fester.

Als sie fertig war, wirkte selbst die hartgesottene Genrich erschüttert. »Ich meinte eigentlich, in welchen Zähnen Ihr Bruder die Plomben hatte.«

Nora blinzelte. »Keine Ahnung. In den Backenzähnen wahrscheinlich.«

Roy starrte seine Frau an, als sähe er sie zum ersten Mal.

»Finden Sie raus, wo die Akten dieses alten Zahnarztes sind«, befahl Dr. Genrich Liebermann, der daraufhin brav seinen Block zog.

»Und Sie«, sagte sie in neutralem Tonfall zu Nora, »sehen bitte nach unten. Wenn es so sein sollte, dass dieser junge Mann hier den längsten Teil seines Lebens gelitten hat, helfen Sie ihm, wenigstens jetzt Frieden zu finden.«

Sie konnte selbst kaum glauben, was sie gesagt hatte.

Nora rang mit sich, dann warf sie einen flüchtigen Blick auf die Leiche.

»Der Mund«, spornte die Medizinerin sie an. »Was ist mit dem Mund? Jeder ist ein wenig anders geformt, es gibt keine zwei völlig gleichen Lippenpaare auf der Welt. Gehört dieser hier Ihrem Bruder? Stellen Sie ihn sich offen vor, in Bewegung, beim Reden.«

»Mein Bruder hat selten geredet.«

»Na gut, dann eben unbewegt, wie er hier liegt.«

Mit schwimmenden Augen sah Nora auf die weißen Lippen.

»Als Roman im Herbst bei uns war, hatte er einen Bart. Ich bin nicht sicher. Die... die Oberlippe, können Sie die ein wenig anheben?«

Dr. Genrich zögerte keine Sekunde.

Erneut versank Nora in Betrachtungen.

»Die Schneidezähne sind etwas zu gerade. Bei Roman standen die äußeren ein wenig vor. Vielleicht hat er nach meiner... nachdem ich weg war, seine Spange getragen. Er hatte eine, aber die lag meistens irgendwo herum, weil sie ihn genervt hat.«

»Überprüfen Sie das mit der Spange«, befahl Dr. Genrich Liebermann und wandte sich wieder zurück. »Himmel, Sie sind seine nächste Verwandte. Ist er es nun oder nicht?«

»Komm schon!«, sagte Roy aus dem Off.

Durch Nora ging plötzlich ein Ruck. Sie warf noch einen Blick auf das stille Gesicht und richtete sich auf. »Er braucht einen Namen, damit er beerdigt werden kann, richtig?«

»Und damit wir die Ermittlungen kanalisieren können«, bestätigte Liebermann.

»Sicher. Aber auch, damit er, wie die Ärztin sagt, zur letzten Ruhe gebettet werden kann und nicht in einem Kühlfach versauert.«

»Präzise ausgedrückt«, knurrte Dr. Genrich.

»Gut. Die Zähne haben mich ein bisschen irritiert. Aber er ist es.« Sie drehte sich um und ging hinaus.

»Sind Sie sicher?«, rief Liebermann ihr hinterher.

»Ja«, sagte sie, ohne anzuhalten. »Die Ärztin hat seine Oberlippe hochgeklappt. Das Lippenbändchen fehlt. Mit sieben hat unsere Mutter es Roman wegschneiden lassen, damit er nicht dieselbe Zahnlücke bekommt wie sein Vater.«

An der Tür überholte Liebermann sie. Wie ein sensorgesteuerter Automat blieb Nora stehen.

»Trinken Sie einen Kaffee mit mir«, bat er.

»Wozu?«

»Um wenigstens eine Geschichte fertig zu schreiben.«

»Wozu?«, fragte sie, bog zur Teeküche ab und setzte sich dort an den Tisch.

»Und Sie rechnen meinem Kollegen derweil die Kilometer vor, die Sie hierher gefahren sind«, sagte Liebermann zu Roy, der ihnen nachstrebte. »Einen nach dem anderen, und zwar in Ihrem Auto. Ordnung muss sein.«

NORA ERXLEBEN LEGTE DIE Arme auf den Tisch und den Kopf auf die Arme, während Liebermann eigenmächtig die halb volle Kaffeemaschine leerte.

»Das da drüben ist nicht Ihr Bruder«, sagte er und gab ihr eine Tasse.

Mit müdem Lächeln nahm Nora sie entgegen.

»Also, ich weiß nicht, was das für einen Sinn haben soll, wenn Sie sich erst Leute zur Identifizierung holen und ihnen dann doch nicht glauben. Haben Sie Milch? Danke, und jetzt zu Ihrer Geschichte«, sagte sie, als er ihr das Kännchen reichte. »Um was geht's?«

»Um Ihren Bruder und Herrn Mattekat.«

Keine Reaktion. Sie trank und sah ihn über den Rand ihrer Tasse hinweg an.

»Und, was haben Sie da rausgeschnüffelt?«, fragte sie endlich.

»Zu viel, um die Sache auf sich beruhen zu lassen, zu wenig für einen Mord.«

Sie gab ein undefinierbares Geräusch von sich. »An wem: Roman oder Mattekat und Behrend?«

Liebermann zögerte. Er wog seine Worte ab.

»Die beiden Letzteren leben noch, auch wenn Herr Mattekat sich gerade einer Operation unterzieht.«

»Dann hoffe ich, dass die Station, auf der er liegt, von einem tödlichen Keim heimgesucht wird.«

Da er nicht sicher war, wie er auf diesen Wunsch reagieren sollte, fragte Liebermann: »Mattekat hat Ihren Bruder missbraucht, nicht wahr?«

Sie lächelte geringschätzig.

»Wie lange?«

»Seit er zehn war. Ungefähr. Roman hat's mir erst später gesagt.«

»Und Dr. Behrend seinerseits hat Mattekat gedeckt.«

»Wie ein Hengst seine Lieblingsstute.« Sie trank noch einen Schluck.

Verwundert folgte Liebermann der Veränderung, die mit der jungen Frau seit ungefähr einer Viertelstunde vorging. Sie war als paralysierter Schatten ihres Mannes hier angekommen, jetzt gewannen ihre Züge zusehends an Form und ihre Stimme an Festigkeit. Erstaunlich, was die Begegnung mit einem Toten auslösen konnte. Als hätte dessen entschwundenes Leben sie plötzlich an das ihre erinnert und an eine alte Aufgabe, die sie erfüllen musste.

»Gott, wie konnte ich nur so blöd sein, zuzulassen, dass dieser Kerl Roman mitgenommen hat. Waren Sie mal bei ihm, Kommissar?«

»Ich bin nur bis zu seinem Garten gekommen«, gestand Liebermann.

»Das ist kein Garten. Das ist ein Pädophilenparadies,

und da hat er sich meinen Bruder gehalten, meinen kleinen, vertrauensseligen Bruder, das Schwein. Und keiner hat was dagegen getan. Im Gegenteil, sie haben ihm die Jungs quasi mit der Kutsche nach Hause gefahren.«

Liebermann hob eine Hand. »Die? Also noch andere?«

»Na klar, er saß doch an der Quelle. Wenn einer zu alt war, das Heim aus irgendeinem Grund verlassen hat oder störrisch wurde, brauchte er nur gemütlich abwarten, bis irgendwann wieder ein Kleiner ankam, der in sein Beuteschema gepasst hat. Lieb, schüchtern und ohne Elternkontakt, so wie Roman.«

»Das ist eine schwerwiegende Behauptung«, sagte Liebermann ernst. »Können Sie sie beweisen? Wenn ja, gibt es noch immer die Möglichkeit, den Mann zur Verantwortung zu ziehen. Aber dazu brauche ich Namen.«

»Herrgott! Thomas, Uwe, Bubi – woher soll ich wissen, wie die Jungs hießen. Zu meiner Zeit war es Roman, das ist der einzige Name, den ich Ihnen geben kann. Aber es ist ja wohl anzunehmen, dass ein Pädophiler sich vor einer ständig wechselnden Schar schnuckeliger Jungs genauso verhält wie ein Schokoladensüchtiger vor einem Pralinenkasten. Der greift nicht nur einmal zu.«

Liebermann seufzte. »Was ist mit Dr. Behrend? Ist es auch nur eine Annahme von Ihnen, dass er Mattekat gedeckt hat?«

Nora richtete sich abrupt auf.

»Sehe ich aus, wie die *Bild*?«, zischte sie, und Speicheltröpfchen benetzten ihre Lippen. »Ich bin keine, die aus einer Monatsblutung einen Mord macht. Dazu fehlt mir erstens der Ehrgeiz, und zweitens nützt es Roman nichts, denn er ist ... tot. Er war schon tot, als ich diese Sauerei aus ihm herausgeholt habe, und das war ein hartes Stück Arbeit, das können Sie mir glauben! Und warum? Weil er eine beschissene Angst hatte. Mattekat muss ihn irgendwie unter Druck gesetzt oder ihm ein irres Abhängigkeitsgefühl eingeimpft haben. Im Gegenzug hab ich Roman ebenfalls unter Druck gesetzt, und von mir war er mindestens genauso abhängig. Hinterher hab ich es bereut, denn die Doppelschrauben haben ihn so zerrieben, dass er in die Klapse musste. In der Zeit, als er dort drinnen war, hab ich mir geschworen, den Alten fertigzumachen. Kurz darauf hatte er einen Unfall. Als er eines Abends nach Hause radeln wollte, ist ihm auf dem Hügel hinter dem Heim der Bowdenzug gerissen. Blöderweise lag auch noch ein Ast auf dem Weg, und er ist über den Lenker gegangen, wobei es ihm die Schulter zertrümmert hat.« Nora grinste gleichgültig. »Jedenfalls fiel er für ein paar Wochen aus. Und als Roman aus der Klapse kam, hat Frau Langwitz uns am Wochenende wieder aufgenommen.« Sie tunkte ihren rechten Zeigefinger in den Kaffee und zog Kreise darin. »Ich glaube, die hat auch was geahnt, sie hat sich aber nicht getraut, den Mund aufzumachen.«

»Warum nicht?«

»Weil Mattekat der Exschwager und Saufkumpel von unserem damaligen Heimleiter Herrn Moos war. Das wusste jeder, auch der Behrend, der den Moos nach der Pensionierung in seinem Amt beerben wollte, was wiederum auch jeder wusste. Die hingen alle zusammen. Man braucht nicht viel Phantasie, um sich vorzustellen, was passiert, wenn eine kleine Wäscherin inmitten eines solchen Klüngels auf reinen Verdacht hin mit dem Finger auf Mattekat zeigt. Außerdem liegen Ahnung und Zweifel dicht beieinander, vor allem wenn es um Leute geht, die man jeden Tag trifft. Mattekat hat ja dauernd Kinder um sich gehabt, und trotz oder gerade wegen seiner schrulligen Art war er eigentlich ziemlich beliebt. Es war ja nicht so, dass er beim Anblick eines Jungen gesabbert hätte, im Gegenteil. Wenn er schlechte Laune hatte, hat er alle zusammengeschnauzt, und am nächsten Tag hat er mit uns Fußball gespielt oder Fahrräder repariert. Der Teufel geht nicht ohne Hut spazieren.«

Eine interessante Metapher. Liebermann zog unauffällig seinen Block.

»Irgendwann war er jedenfalls wieder gesund, wollte Roman zurück und war stocksauer, als Frau Langwitz ihn abgewiesen hat. Selbst der Behrend und der Chef waren der Meinung, dass Roman bei ihr besser aufgehoben sei, zumal die Langwitz mich auch genommen hat, der Mattekat aber – welch Überraschung – nicht. Eines Tages vor dem Abendbrot hat er mich auf dem Hof abgefangen, um mir zu erklären, wie wichtig für einen Jungen in Romans Alter Freizeitbeschäftigungen wie Angeln und Fußball wären und dass die Langwitz meinen Bruder nur verweichlichen würde.«

»Ich nehme an, das war der Tag, an dem Sie Herrn Mattekat mehrfach in die Leibesmitte getreten haben.«

»Leider nicht fest und nicht häufig genug«, sagte Nora eisig. »Der Behrend ist dazwischengegangen. Am liebsten hätte ich bei ihm gleich weitergemacht.«

»Haben Sie ihm gesagt, warum Sie Mattekat angegriffen haben?«

»Ach, das hat er bestimmt schon im Haus gehört. Alle haben es gehört, nur gebracht hat es nichts, außer dass Behrend mich zum Chef geschleppt hat, der natürlich entsetzt und tief enttäuscht von mir war und verlangt hat, dass ich mich öffentlich bei Mattekat für meine Ungeheuerlichkeit entschuldige.«

»Was Sie nicht getan haben.«

»Worauf man mich umgehend nach Torgau verfrachtet hat. Sie wissen, was dort war?«

»Ein Jugendwerkhof.«

»Falsch. *Der* Jugendwerkhof. Der Horror aller Heimkinder. Immer wenn einer was ausgefressen hat, lautete die schlimmste Drohung Torgau. Torgau war in unserer Vorstellung ungefähr mit der Vorhölle zu vergleichen. Nachdem ich zwei Jahre lang dort gewesen bin, weiß ich, dass das Unsinn ist. Es war die Hölle. Dort kam niemand wieder so heraus, wie er reingekommen ist.«

»Und Sie?«

Nora presste die Lippen zusammen und stand auf.

»Seien Sie nachsichtig mit Roy«, sagte sie. »Er ist nicht so übel, wie's manchmal wirkt. Ein bisschen engstirnig vielleicht, und er lässt gern den Macker raushängen, aber eigentlich tut er das nur, weil er sich in den Kopf gesetzt hat, mich zu beschützen und zu heilen, wie er es nennt. Deshalb ist er auch so schlecht auf Roman zu sprechen. Roy beschwört immer den Neuanfang, und da taucht mein verkommener Bruder eines Tages auf und schleppt tonnenweise schimmlige Vergangenheit ins Haus. Ein stummer Penner, der ihm noch dazu den Ruf ruiniert. Wir leben in einer Ecke, in der jeder jeden kennt. Da bleibt einer wie Roman natürlich nicht verborgen, und Roy war, wie Sie sich denken können, wenig scharf darauf, zum Dorftratsch zu werden. Schon wegen seines Jobs.«

»Jeder Kater verteidigt sein Revier«, sagte Liebermann aufs Geratewohl, worauf Nora ihm einen traurigen Blick sandte.

»Immerhin hat Roy ihn meinetwegen nicht rausgeworfen. Er durfte im Gästezimmer im Keller wohnen, wo er zielstrebig unser Weinregal geplündert hat. Tagsüber ist er rumgerannt. Vermummt wie ein Eskimo, obwohl noch Badewetter war, abends hat er sich mit einer Pulle in sein Zimmer verzogen, es sei denn, Roy war außer Haus, dann kam er manchmal rauf und hat mit mir ferngesehen. Aber auch dabei hat er seine Kapuze aufbehalten. Er ... war vollkommen anders als früher. Kaum dass ich mal seine Hand nehmen durfte.«

Sie sah auf die Bahnhofsuhr, die über der Tür des Pausenraums angebracht war, und zuckte zusammen. In Bruchteilen von Sekunden beobachtete Liebermann, wie Nora Stölzel sich wieder in Nora Erxleben verwandelte. Ihre Wangen erschlafften, wodurch ihre Augen zugleich größer als auch stumpfer wurden, die Schultern fielen ein.

Bevor sie ihm völlig entglitt, fragte er: »Warum hat er Sie wieder verlassen, nachdem er Jahre gebraucht hat, um Sie zu finden?«

»Ein Ultimatum«, murmelte Nora mit einem nervösen Blick zur Tür. »Roy hat es mit den Kindern begründet. Er hat Roman eine Woche gelassen, sich zu waschen, zu rasieren, seine Kleidung zu wechseln und sich erst beim Einwohnermeldeamt und dann beim Arbeitsamt zu melden. Am Ende dieser Woche war Roman weg. Und mit ihm die beiden letzten Weinflaschen und Roys Brieftasche. Ich muss los. Roy hat um elf einen Termin für eine Besichtigung.«

»Den schafft er sowieso nicht«, sagte Liebermann. »Es ist Viertel vor elf.«

»Doch, er ist hier in Potsdam.«

Sie nickte ihm zu und ging.

Eine halbe Minute später fiel Liebermann etwas ein. Er stürzte ihr nach und erwischte sie gerade noch, als sie ins Auto stieg. Roy hielt ihr die Tür auf, davor stand Simon mit einem Zettel zwischen blau gefrorenen Fingern.

»Vor anderthalb Jahren hatte Mattekat noch einen Unfall«, keuchte er.

»Er ist auf einen Baum gestiegen und von einem angesägten Ast gefallen.«

Aber das Licht in Noras Augen war bereits erloschen.
»Offensichtlich hat er es ja überlebt«, sagte sie.
Roy schlug die Tür zu.
»Ich hoffe, Sie haben meiner Gattin keinen nachhaltigen Schaden zugefügt.«
»Selbst wenn ich es wollte«, entgegnete Liebermann trocken, »käme ich dafür wohl zu spät.«

DIE HÄNDE IN DEN Taschen vergraben, sahen sie zu, wie der Mercedes den Parkplatz verließ.
»Vergessen Sie die Fahrtkostenerstattung«, sagte Liebermann zu Simon, »Herr Erxleben hätte sowieso nach Potsdam gemusst, weil er einen Termin hatte.«
»Umso besser.« Simon zerknüllte den Zettel. »Was hat sie erzählt?«
»Die Geschichte der Wäscherin. Um ein paar Details ergänzt, zum Beispiel durch Dr. Behrend, der seine schützende Hand über Mattekat gehalten hat, um den damaligen Heimleiter in seinem Amt zu beerben.«
Simon verzog das Gesicht.
»Leider haben wir nur die Aussage von Nora«, fuhr Liebermann bitter fort, »der man schon damals nicht geglaubt hat. Und wie damals werden Behrend und Mattekat zusammenhalten. Eine Krähe hackt der anderen kein Auge aus. Etwas anderes wäre es, wenn einer oder beide in den Mord verwickelt wären.«
Im Haus fragte Simon: »Haben Sie schon einmal daran gedacht, dass er hinter Mattekats Unfällen stecken könnte?«
Liebermann blieb auf halbem Weg zur Teeküche stehen. »Das ergibt keinen Sinn.«
»Doch, falls Mattekat zu Recht um sein Leben gefürchtet hätte und wüsste, von wem die Gefahr ausging. Was liegt da näher, als sie auszuschalten.«

Eine Weile sah Liebermann dem Anwärter in die Augen.

»Woher sollte Mattekat wissen, dass Roman in Potsdam war? Noch dazu bis zur Unkenntlichkeit vermummt, ohne Namen und Adresse?«

»Ich könnte versuchen, es herauszufinden«, murmelte Simon errötend. »Im Übrigen gibt es seit einem Jahr ein Büro in Potsdam, in dem Heimkinder aus der DDR, die an Körper oder Seele zu Schaden gekommen sind, Hilfe beantragen können. Es wäre denkbar, dass Mattekat nicht nur Roman missbraucht hat.«

Liebermann dachte an Noras Gleichnis von der Pralinenschachtel.

»Auch wenn Sie es jetzt vielleicht nicht hören wollen«, sagte er, »werde ich mich dafür einsetzen, dass Sie nach Ihrer Ausbildung bei uns bleiben. Sie sind besser als ich. Vorerst möchte ich Sie bitten, sich mit diesem Büro in Verbindung zu setzen, verstanden? Geht es Ihnen gut?«, fügte er erschrocken hinzu, als Simon plötzlich nach Luft schnappte und in Richtung der Toiletten davonhetzte.

ALS LIEBERMANN DEN PAUSENRAUM der Gerichtsmedizin betrat, traf er Dr. Genrich an der Kaffeemaschine.

»Wer hat Ihnen eigentlich erlaubt, sich hier einfach zu bedienen?«

»Die Schwester des Toten brauchte dringend etwas für den Kreislauf.«

»Na und, aber Sie nicht. Wenn Sie was für den Kreislauf brauchen, bringen Sie es sich gefälligst selber mit!«, knurrte Dr. Genrich und schaufelte Kaffee in eine Filtertüte.

»Komische Gegenüberstellung übrigens vorhin. Ich hab noch nie erlebt, dass jemand einen Verwandten an einem fehlenden Lippenbändchen erkannt hat.«

Liebermann setzte sich vorsichtig. »Sie hat vor allem erkannt, dass ihr Bruder tot ist.«

Dr. Genrich hielt im Schaufeln inne und machte dann langsam weiter.

»Räumen Sie wenigstens die Tassen weg.«

Gehorsam stellte Liebermann sie in den Ausguss. »Ihr Mann hat ihn auch erkannt.«

»Ihr Mann«, sagte sie und stopfte eine Filtertüte in die Maschine, »könnte nicht mal eine Gans von einer Ente unterscheiden.«

Simon kam herein, mit nassem Gesicht, das er sich am Ärmel abtrocknete.

»Brauchen Sie auch was für den Kreislauf?«, fragte Dr. Genrich ihn milde.

ZURÜCK IM LKA BERIEF Liebermann eine Beratung im Konferenzraum ein.

Müller erschien finster wie ein Souterrain, was darauf hindeutete, dass der Teltowmörder noch immer unbehelligt um Potsdam kreiste, und ließ sich auf dem einzigen gepolsterten Stuhl nieder, der umgangssprachlich der »Chefsessel« genannt wurde. Um ihn ein wenig aufzuheitern, warf Liebermann ihm einen trüben Blick zu.

Kurz darauf erschienen Simon und Kommissarin Holzmann mit dem obligatorischen Tablett. Liebermann wartete, bis alle mit Getränken versorgt waren, und quetschte sich am Tisch vorbei zu der Schultafel an der Stirnseite des Raumes, wobei er schon zu reden anfing. Er hatte das Gefühl, dass ihnen die Zeit wegrannte, während die Zahl der Spuren stetig zunahm. Eine skurrile Situation, die ihm neu war.

Mit fliegender Kreide schrieb er mehrere Namen untereinander, tippte auf den ersten und zwinkerte Simon zu, der draufhin wie eine Fackel aufleuchtete.

»Gestern Abend bin ich einem anonymen Hinweis aus meinem Viertel nachgegangen und bei diesem Jungen hier gelandet. Dennis Lindner. Die Speichelspuren, die das Labor von den Zigarettenkippen aus unserem Schneemann extrahiert hat, gehören weder zu Hacke noch dem Teltowmörder, sondern zu ihm und dreien seiner Kumpel. Die vier haben Roman Stölzel in der Nacht auf Sonntag voll wie Rumrosinen in der Tischlerei gefunden und in Schnee gehüllt. Das heißt, sie waren besoffen, Roman war tot.«

Er zog einen Zettel aus der Tasche und trug ihn zum Oberkommissar. »Hier sind Namen und Adressen der Jungs, quetschen Sie sie ruhig ordentlich aus. Allerdings glaube ich, dass Dennis die Wahrheit gesagt hat. Er hat geschlottert wie Espenlaub, nur bei der Erinnerung an den Toten, und er liebt Katzen.«

Müller öffnete den Mund.

»Außerdem war er der anonyme Anrufer, der die Leiche gemeldet hat. Es ist doch vollkommen unsinnig, einen Mann erst umzubringen, ihn dann unter Schnee zu verstecken, um ihn einen Tag später bei der Polizei zu melden.«

»Und wenn es einer seiner Kumpels war?«, fragte Kommissarin Holzmann.

»In dem Fall hätte Dennis ihn wohl verpfiffen. Sie kennen sich mit jugendlichen Bruderschaften nicht so aus, sonst würden Sie wissen, dass so etwas einer Todsünde gleichkommt. Es war schwierig genug, ihre Namen aus ihm herauszukitzeln. Trotzdem müssen wir seine Aussage überprüfen.«

»Und was ist mit Hacke?«, knurrte Müller.

Liebermann zuckte die Achseln und sah zur Uhr. »Um diese Zeit dürfte er sich mit seinen Leuten am Stützpunkt zum ersten Bier versammeln. Ihr Einsatz, Oberkommissar. Denken Sie vor allem daran, sie zu fragen, was Jakob Abrams von ihnen wollte.«

Unter Müllers Stirnrunzeln wandte er sich wieder der Tafel zu.

»Des Weiteren haben wir Mattekat, den ehemaligen Hausmeister des Kinderheims, in dem Roman Stölzel, der vermutliche Kapuzenmann, einen Großteil seiner Kindheit zugebracht hat. Romans Schwester Nora behauptet, dass Mattekat ein Faible für schüchterne kleine Jungen hatte, im Speziellen für ihren Bruder. Möglicherweise ist Mattekat am letzten Sonnabend einer befürchteten Rache seines ehemaligen Lustknaben zuvorgekommen, vielleicht hat Roman ihn bedroht, das wissen wir nicht, weil Mattekat sich im Krankenhaus gerade einen Leistenbruch nähen lässt. Sobald er wieder rauskommt, nehmen Sie ihn sich vor, Simon. Von Ihnen, Jana, möchte ich, dass Sie herausbekommen, ob Roy Erxleben in den letzten beiden Wochen Termine in Potsdam hatte. Er ist Immobiliengutachter.«

»Wozu?«, knurrte Müller.

»Nur so, weil es mich interessiert.«

»Aha. Und da Sie uns jetzt alle mit Beschäftigungstherapien versorgt haben, darf man fragen, was Sie eigentlich tun?«

»Ich«, entgegnete Liebermann, »kümmere mich um meine Kinder und Jakob, den verschollenen Abrams.«

»Keiner von denen hat mit unserem Fall zu tun.«

Liebermann lächelte.

»Ich hoffte, das würde Sie beruhigen«, sagte er und ging in sein Büro.

DORT RIEF ER ABRAMS den Älteren zurück, der während der »Konferenz« einen Spruch auf seiner Mailbox hinterlassen hatte.

Ob man ihm in Jakobs WG hatte weiterhelfen können, fragte der Tischler, kaum dass Liebermann ihn am Ohr hatte. Er klang, als stünde er kurz vor einem Nervenzusammenbruch. Liebermann gestand ihm, dass er noch nicht dort gewesen war. Die Ereignisse hätten sich überschlagen. Dabei dachte er an Nico in dem weißen Bett. Unwillkürlich begannen ihm die Finger zu schmerzen. Warum die Finger?

Er schlug Abrams vor, selbst in der WG vorbeizuschauen.

»Das geht nicht. Ich arbeite bis sechs, und danach fahre ich nach Wilhelmshorst, um Parkett zu verlegen. Ich hab kaum die Zeit, zwischendurch nach meiner Mutter zu sehen. Und wenn ich spät am Abend heimkomme, wartet diese Polin auf mich und behackt mich wegen der Schulden, die mein Bruder bei ihrer Familie hat, und der Zukunft, die ihr und ihrem Kind gestohlen wurde. Sie macht mich fertig, Hauptkommissar, sie hat sich in den Kopf gesetzt, das Kind zu holen und bei mir einzuziehen. ›Irgendwann wird er kommen‹, sagte sie immer in ihrem grauenhaften Englisch, ›und solange bleibe ich bei dir. Familie ist Familie.‹ Welche Familie, frage ich Sie? Ich kenne diese Frau überhaupt nicht, und ihr Balg habe ich nie gesehen. Ich flehe Sie an, reden Sie mit ihr und machen Sie ihr klar, dass es völlig unmöglich ist, was sie vorhat! Auf Sie hört sie vielleicht, Sie sind von der Polizei.«

Liebermann wechselte das Telefon in die andere Hand, um sein überreiztes Ohr zu entlasten. Er hatte weder Lust noch Zeit, noch fühlte er sich dazu berufen, den Familientherapeuten für Abrams zu spielen.

Andererseits hatte er ihm und Müller versprochen, sich um Jakob zu kümmern.

»Hören Sie«, sagte er. »Wenn ich hier fertig bin, gehe ich zu den Mitbewohnern Ihres Bruders, danach komme ich auf einen Sprung zu Ihnen und rede mit der Polin, einverstanden?«

Während er sprach, wanderte Liebermann durch das Büro. Vor der Pinnwand blieb er stehen und besah sich zerstreut die bunten Zettel, die wie Schuppen eines Regenbogens rings um das Phantombild des Teltowmörders angeordnet waren.

»Wann ungefähr wird das sein?«, erkundigte sich der Tischler.

»Das hängt von verschiedenen Faktoren ab, meinem Arbeitstempo, dem Schnee, den WG-Leuten, in anderthalb bis drei Stunden.«

»Gut. Nur für den Fall, dass ich gerade unterwegs sein sollte, können Sie Sonja alles genauso sagen wie mir. Sie wird Ihnen auch die Polin holen.« Er seufzte. »Gib Gott, dass Sie Erfolg haben.«

Liebermanns Augen ruhten inzwischen auf dem Phantombild.

Nicht zum ersten Mal fragte er sich, wie jemand anhand eines solchen Bildes jemanden erkennen wollte. Von der Jacke abgesehen, konnte der Mann dort jeder sein, mit etwas Phantasie sogar er selbst.

Das Einzige, was sich mit Sicherheit sagen ließ, war, dass der Porträtierte brünett bis dunkel und unter sechzig war, keine Haken- oder Knollennase besaß und ein ovales Allerweltsgesicht. Und dass er aus heiterem Himmel Frauen überfiel und sogar tötete, nachdem er sie zuvor für sich eingenommen hatte. Was bedeutete, dass er über eine beträchtliche Portion Charme verfügen musste. Alle Frauen, die sich nach einem solchen Überfall gemeldet hatten, hatten ihn an der Jacke erkannt. Und im Gegensatz zu jener aus Teltow war keine von ihnen ernsthaft verletzt worden, manche gar nicht. Warum? Erstere, weil ihnen im Augenblick des Angriffs jemand zu Hilfe gekommen war, Letztere vermutlich, weil sie sich seiner entledigt hatten, bevor es zum Auslöser seines plötzlichen Wechsels von Jekyll zu Hyde gekommen war.

Er nahm das Bild behutsam ab.

»Besitzt Ihr Bruder eine grüne Jacke?«, fragte er Abrams, der gerade zur Verabschiedung ansetzte.

»Möglich ... warum?«, stotterte Abrams.

»Weil ein Nachbar der Tischlerei gestern Nachmittag jemanden dort gesehen hat, wie er hineinging«, log Liebermann, der keine Lust hatte, seine verschwommene Idee vor ihm auszubreiten. »Ein Mann Mitte dreißig, dunkelhaarig, und er trug eine grüne Jacke mit Fellkragen.«

»Und er hatte einen Schlüssel zur Tischlerei?«

»Offensichtlich«, antwortete Liebermann und ohrfeigte sich innerlich.

Abrams schwieg einige Sekunden. »Wie lang war die Jacke?«

»Ungefähr bis zur Taille«, meinte Liebermann mit einem Blick auf das Phantombild. »Dort endet sie in einem Gummizug.«

Wieder verstrichen einige Sekunden.

»Jakob besitzt eine Jacke dieser Länge mit Fellkragen. Aber ich bin mir nicht sicher, ob sie direkt grün war. Mir schien sie eher oliv. Andererseits steht es doch ohnehin so gut wie fest, dass dieser Mann mein Bruder war, wenn er einen Schlüssel zur Tischlerei hatte. Könnten Sie nicht jemanden dort postieren, falls er noch einmal dort auftaucht?«

»Ich fürchte, das übersteigt unsere Kapazitäten«, murmelte Liebermann.

»Aber es wäre hilfreich, wenn Sie ein Foto von ihm hätten. Dann könnten wir gezielter nach ihm suchen.«

»Natürlich. Ich glaube nicht, dass ich ein aktuelles ... aber ich könnte bei meiner Mutter nachsehen.«

»Tun Sie das. Bis später.«

Liebermann legte auf und trug den Teltowmörder in Kommissarin Holzmanns Büro hinüber. »Das Bild ist Mist. Einen wie den hier gibt es entweder nicht, oder es könnte jeder Zweite sein. Sogar der Kapuzenmann ohne Kapuze, falls er vor der orangen eine grüne Jacke getragen hätte. Überhaupt taugt auch das Grün hier nichts. Der Zeichner hat es nur auf vage Beschreibungen zusammengemixt, und beim Drucken wurde es vermutlich abermals verfälscht.«

»Und was soll ich da tun?« Die Kommissarin legte die Hände übereinander.

»Haben Sie noch Nummern der Frauen, die dem Teltowmörder begegnet sind?«

Sie deutete stumm auf eine gelbe Mappe in der obersten ihrer Ablagen.

»Gut. Wenn Sie mit der Überprüfung von Roy Erxlebens letzten Terminen fertig sind, rufen Sie alle an und lassen sich von jeder noch einmal eine genaue Beschreibung des Mannes und seiner Jacke geben. Ich will wissen, ob sie möglicherweise einen Stich ins Olive hatte. Außerdem möchte ich, dass Sie sich von denjenigen, die er angegriffen hat, die Szene schildern lassen, die dem Angriff vorausging.«

»Nichts. Er fiel aus völlig heiterem Himmel über sie her, ich habe die Aussagen hier.«

»Die Aussagen taugen nichts. Natürlich kommt einem eine Attacke ohne vorangegangenen Streit wie aus heiterem Himmel vor. Es muss aber etwas geben, irgendetwas, vielleicht nur eine Lappalie aus unserer Sicht, die den Teltowmörder so auf die Palme bringt, dass er mitten in einer Begrüßung oder auf einem Parkplatz, umringt von anderen Einkäufern, von einer Sekunde auf die andere die Kontrolle verliert. Vielleicht ein vorbeifliegendes Blatt, ein bestimmter Blick. Zwingen Sie die Frauen, sich noch einmal in die Minute vor dem Angriff zu versenken, so als würden sie sie noch einmal erleben. Und notieren Sie alles, was ihnen einfällt.«

Die Kommissarin zog die Wangen ein.

»Und als Letztes«, Liebermann klopfte ihr auf die Schulter, »möchte ich, dass die Frauen sich selbst beschreiben, oder noch besser ein Foto von sich mailen.«

»Wo...«, begann Kommissarin Holzmann.

»Um zu sehen, ob sie etwas gemein haben. In der Regel folgt jeder seinem Beuteschema. Sie nicht?«

## 32

NACH EINER SCHWER VERDAULICHEN Pilzpfanne in der Kantine und einem erleichternden Telefonat mit Nico klingelte Liebermann an einem baufällig wirkenden Haus der ansonsten frisch sanierten Sellostraße. Auf dem Klingelschild standen drei Namen, der des jüngeren Abrams war einfach mit einem Schnipsel Gaffaband danebengeklebt worden.

Jemand hatte die Hausnummer vier mit roter Lackfarbe groß über die Klingelleiste gemalt, eine Gegensprechanlage gab es nicht. Nach einer Weile öffnete sich irgendwo über Liebermann ein Fenster.

»Ja?«

»Polizei«, rief Liebermann.

»Scheiße. Moment!«

Zwanzig Sekunden später fiel ein Schlüssel neben die Füße des Hauptkommissars.

»Sie müssen die Tür zu sich heranziehen, das Schloss klemmt!«

Es klemmte beträchtlich. Erst als Liebermann das Gefühl hatte, die Tür mitsamt Angeln aus der Hauswand zu reißen, knirschte es, und sie sprang auf.

Oben erwartete ihn ein Junge von Mitte zwanzig mit einer selbstgedrehten, aber noch nicht angezündeten Zigarette im Mundwinkel. Als Liebermann seinen Dienstausweis zückte, steckte er sie sich hinter das Ohr.

»Ist was passiert, ohne dass ich's bemerkt hätte?«

»Der Kapuzenmann wurde erschlagen«, sagte Liebermann.

»Ach so, das. Das war ja schwerlich nicht zu bemerken.

Aber was wollen Sie da von mir?«, fragte er grinsend. »Ich war's nicht.«

»Gut, dann streiche ich Sie von meiner Liste, vorausgesetzt, Sie sagen mir, welcher von den Namen an der Klingel Ihnen gehört.«

»Schawan, Rufus.«

Liebermann zog einen unsichtbaren Block heraus, machte die Geste des Durchstreichens. »Darf ich reinkommen?«

Achselzuckend trat Rufus einen Schritt zurück. »Die anderen sind noch an der Uni, beziehungsweise Lisa ist auf dem Weihnachtsmarkt. Sie hat da 'nen Job am Flammkuchenstand. Kaffee? Ich hab grade welchen fertig.«

»Gern«, sagte Liebermann und folgte ihm in einen größeren Raum, der offenbar Küche, Wohnzimmer und Bad in einem war. Hinter der Spüle ragte eine Duschkabine hervor, und zwischen einem Sofa und einem bunt bezogenen Sessel stand ein bis auf den letzten Millimeter behängter Wäscheständer, auf den ein Ventilator gerichtet war.

Am interessantesten fand Liebermann einen Herdofen, von dem ein angenehmer Wärmestrahl auf seinen Rücken traf, als er sich auf einen ebenfalls bunt bemalten Stuhl hockte.

Mit routinierten Handbewegungen schwenkte Rufus eine Thermoskanne einmal im Kreis, schraubte den Deckel ab und goss in einem flachen Winkel Kaffee in zwei Gläser.

»Ist türkisch, stört Sie hoffentlich nicht.«

»Im Gegenteil.«

»Ich kann den Propeller ausmachen, wenn er zu laut ist.«

»Das wäre nett, er rauscht mir ein bisschen in den Ohren.«

»Mir auch, aber wir sind hier drei Leute, ein Mädchen dabei, Sie wissen, was das bedeutet: Die Wäsche muss schnell trocknen, denn es kommt immer neue nach.«

Liebermann setzte die Tasse an. Er fühlte sich wohl in dieser Studentenbude, und der Kaffee roch stark genug, um die Pilzpfanne in seinem Magen zu zersetzen. Als er ihn gerade zu ihr hineinschicken wollte, fiel ihm etwas auf.

»Drei? Auf dem Klingelschild stehen vier Bewohner.«

Rufus zog einen Stecker. Es wurde ruhig im Raum.

»Stimmt«, meinte er und warf sich auf das Sofa. »Wir haben Jakobs Namen noch nicht abgemacht. Gut, dass Sie mich daran erinnern.«

»Dann wohnt er nicht mehr hier?«

»Nee«, sagte der Junge finster. »Wir haben ihn vor ein paar Tagen rausgeschmissen.«

»Warum?«

»Weil er seine Miete nicht gezahlt hat, darum. Kein einziges Mal, wenn Sie's genau wissen wollen. Dafür hat er sich generös von unserem Zeug aus dem Kühlschrank bedient. Wir haben ihn vor die Wahl gestellt: Er zahlt bis zum ersten Advent seine ausstehende Miete, einschließlich der für Dezember, und übernimmt einen Großputz, sozusagen als Wiedergutmachung, oder er fliegt raus.«

»Und er hat es vorgezogen, rauszufliegen?«

Rufus tastete nach seiner Zigarette. »Er ist uns zuvorgekommen. Letzten Freitag hat er noch groß getönt, dass er uns die Mietschulden spätestens Sonntag mit Zinsen zurückzahlen und noch eine Stolle obendrauf packen würde. Und Sonntag war er weg. Nur seinen Krempel hat er dagelassen. Jetzt haben wir zu den Schulden auch noch seinen Sperrmüll am Hals.«

»Und er hat mit keinem Wort angedeutet, wohin er sich abgesetzt haben könnte?«

Geräuschvoll schlürfte Rufus Kaffee. »Natürlich nicht. Jakob ist unzuverlässig, verlogen und ein Weiberheld vor dem Herrn. Aber blöd ist er nicht. Sie können sich doch selbst an fünf Fingern ausrechnen, was passiert wäre, wenn er uns seinen nächsten Unterschlupf verraten hätte.«

Liebermann nickte und stellte sich drei Studenten mit Küchenmessern bewaffnet vor Jakob Abrams' neuer Wohnung vor.

»Warum suchen Sie Jakob eigentlich?«, erkundigte sich Rufus. »Hat er was mit dem Tod vom Kapuzenmann zu tun? Wundern würd's mich nicht.«

»Warum nicht?«, fragte Liebermann und beugte sich vor.

Sofort machte Rufus einen Rückzieher. »Ich hab die ganze Zeit geplappert, jetzt sind Sie dran.«

Das sah Liebermann ein.

Während er von der Tischlerei und der Polin erzählte, begannen Rufus' Augen zu glimmen.

»Sagen Sie der Polin, wenn sie Hilfe bei ihrer Jagd braucht, kann sie auf uns zählen«, knurrte er, als der Bericht zu Ende war. »Der Typ ist ja noch schlimmer, als ich angenommen hatte. Ich könnte mich treten, dass wir so blauäugig waren. Wir haben ihn sogar noch verteidigt.«

»Gegen wen?«

»Lisa. Kurz nach Jakobs Einzug ist sie eines Nachts davon aufgewacht, dass jemand neben ihr liegt und an ihr rumfummelt. Am nächsten Morgen hat sie Jakob die Kündigung entgegengeknallt. Eigentlich sprechen wir so etwas vorher ab, aber sie war völlig aus dem Häuschen. Jakob hat sich entschuldigt und behauptet, dass er Nachtwandler ist und beim Aufwachen genauso erschrocken gewesen wäre wie sie. Lisa hat ihm kein Wort geglaubt, aber wir wollten ihm noch eine Chance geben. Jakob war witzig, wenn er wollte, wir hatten einige lustige Abende in der ersten Zeit, mal abgesehen davon, dass er uns auch mit der Aussicht auf 'nen Job in seiner Tischlerei geködert hatte.«

»Als Bauarbeiter? Wie ich hörte, wollte er die Tischlerei zu einem Hostel umfunktionieren.«

Rufus zog seine Zigarette hinter dem Ohr hervor, betrachtete sie sehnsüchtig und steckte sie hinter das andere. »Aber erst im Frühling. Bis dahin wollte er in Kaminholz machen. Für die Yuppies hier in der Gegend und anderswo. Kamine sind bei denen gerade der letzte Schrei. Holz hatte Jakob ja genug, und außerdem lief ein Deal mit der Gartendirektion von Sanssouci. Für einen Apfel und ein Ei wollte die ihm zig Festmeter Baumschnitt überlassen, unter der Bedingung, dass er es zeitnah abholt. Das heißt, wir. Wir sollten es auch sägen, hacken und zum Trocknen stapeln, er wollte sich um den Vertrieb kümmern.«

»Gute Idee.« Liebermann fragte sich, ob Abrams der Ältere davon wusste.

Rufus zog die Nase hoch. »Ja, an der Idee hing es nicht.«

»Woran dann?«

»Was würden Sie sagen? Jakob verspricht uns das Einkommen unseres Lebens und pumpt uns im nächsten Augenblick an, weil er weder die Knete für das Holz noch einen Lieferwagen hat, um es abzuholen. Vorleistungen hat er es genannt, er wollte uns das Geld später auf den Lohn draufzahlen. Zum Glück hat's bei mir da endlich geklickt. Sonst säßen wir jetzt nicht nur auf der Miete.«

Rufus stand auf, um eine Schale mit Spekulatius zu holen.

»Nach uns hat er sich die Irren vom Säuferstützpunkt rangezogen. Jedenfalls hab ich ab und zu ein paar von denen beim Joggen im Park getroffen. Mit Handwagen, die bis zum Abwinken vollgestapelt waren. Ich glaub, die haben auch gehackt. Obwohl, genau weiß ich's nur vom Kapuzenmann, den hab ich mal gesehen. Weiß der Geier, was Jakob dem armen Kerl dafür versprochen hat.«

In Liebermanns Kopf schloss sich lautlos eine Lücke. »Vielleicht eine Beteiligung am Gewinn. Mit ziemlicher Sicherheit aber eine Unterkunft. Und dieses Versprechen hat er bis auf Weiteres gehalten.«

Als Rufus ihn wenig später zur Tür brachte, blieb Liebermann im Flur vor einer Wäscheleine stehen, die sich über eine Wand des WG-Flurs zog und statt mit Kleidung mit Postkarten behängt war.

»Lisas ›Kalender‹«, sagte Rufus. »Sie sammelt diese Karten, die umsonst in Kneipen auslegen. Ihre jeweilige Lieblingskarte des Monats hängt sie hier auf. Zu Silvester kommen sie weg, und dann geht's wieder von vorn los. Ganz lustig, wie?« Er deutete auf eine Lücke. »Die von Oktober hat wahrscheinlich Jakob geklaut. Hat er natürlich nicht zugegeben, aber wer soll's sonst gewesen sein.«

»Ja, wer sonst«, murmelte Liebermann. »Besitzt Jakob eigentlich eine grüne Jacke mit Fellkragen?«

Rufus runzelte die Stirn. »Meinen Sie die russische Armeejacke, die er zum Holzmachen getragen hat? Die hat einen Fellkragen. Aber die war mehr so kakifarben.«

»Kaki, nicht olive?«

»Ist das nicht dasselbe?«, frage Rufus und zog seine Zigarette hinter dem Ohr hervor.

WÄHREND DER ZWANZIG MINUTEN in der WG hatte es wieder zu schneien begonnen. Obgleich zwischen der ehemaligen WG des jüngeren und dem Laden des älteren Abrams nur wenige Hundert Meter lagen, zog Liebermann seine Kapuze über den Kopf, um sich vor dem Ansturm der Flocken zu schützen. Praktische Erfindung, diese Kapuzen.

Über ihm saß Rufus im offenen Küchenfenster und rauchte endlich seine Zigarette. Liebermann hatte ihm seine Karte zurückgelassen. Er zweifelte keine Sekunde daran, dass der Junge anrufen würde, sobald ihm irgendwo auf der Straße Jakobs Schatten begegnete.

Genauso sicher war er, dass er und seine Freunde ihrem nächsten Mitbewohner die Miete für einen Monat im Voraus abknöpfen würden.

Wenn es denn einen gab. Noch in der Küche hatte Rufus ihm trübe eine Ankündigung für eine Wohnungsbegehung gezeigt. Was eine solche Begehung bedeutete, war klar. Das Haus war das letzte unsanierte in der Straße.

In Gedanken noch mit der Frage beschäftigt, wohin es die drei Studenten nach der Sanierung verschlagen würde, gab er Müllers Nummer ins Handy. Nach einer Weile meldete sich Simon. Der Oberkommissar sei im Konferenzraum. Mit Hacke.

»Und im Flur lungern die anderen. Ich muss aufhören, man hat mich beauftragt, belegte Brötchen zu besorgen.«

»Schicken Sie sie nach Hause. Ich weiß jetzt, dass Jakob Abrams ihr Bierlieferant war und auch, was er von ihnen wollte.«

»Und was wollte er von ihnen?«

»Dass sie Holz hacken.«

LIEBERMANN STECKTE DAS TELEFON weg und eilte weiter. Er hatte den Eindruck, dass die Temperatur mit jedem Meter abnahm, während aus den Schneeflocken scharfgratige Kristalle wurden. Von irgendwoher drang Weihnachtsmusik. Das erinnerte ihn an die von Nico diktierte Liste für den Nikolaus am nächsten Morgen. Die Liste wiederum erinnerte daran, dass er Serrano dank Simons Anruf am vergangenen Abend noch ein Schnitzel schuldete.

DAS LACHEN VON ABRAMS' Angestellter wirkte wie ein Fön, als er mit einer Schneewehe in den Laden gefegt wurde. Liebermann schlug die Kapuze zurück.
»Sie haben keine Ahnung, was da draußen los ist. Der Weltuntergang naht.«
»Andere nennen es Weihnachten«, sagte sie und legte einen Lappen beiseite, mit dem sie die Platte eines kniehohen Tischchens poliert hatte.
Auf seine Frage hin erfuhr Liebermann, dass ihr Chef irgendwo im Umland eine Küche vermaß und die Polin einkaufen gegangen war.
»Mit dem Geld aus der Kaffeekasse! Das wird ein Spektakel geben, wenn Enno zurückkommt. Aber was hätte ich machen sollen? Ich hab versucht, sie daran zu hindern, da hat sie mir beinahe die Augen ausgekratzt und gekreischt, dass der Vater seiner Tochter wenigstens ein Geschenk schuldet, wenn er sie schon an den Bettelstab gebracht hat. So ungefähr, sie hat's natürlich simpler ausgedrückt. Wollen Sie auf sie warten?«
Liebermann hob die Hände. »Vielleicht können Sie ihr ausrichten, dass sie Verbündete gefunden hat. Jakobs ehemalige WG-Kumpels sind bereit, Jakob an ihrer Seite bis ans Ende der Welt zu jagen, um ihm drei ausstehende Monatsmieten aus der löchrigen Jacke zu klauben.«
Sonja blinzelte. »Drei Monatsmieten?«
»Exakt. Des Weiteren, und das dürfte Ihren Chef interessieren, war er dabei, das abgelagerte Holz aus der Tischlerei neben frischem aus dem Park Sanssouci als Kaminholz an betuchte Zeitgenossen zu verscherbeln. Als Zuarbeiter hatte er sich einige der Trinker vom Stütz-

punkt erkoren, unter anderem den Kapuzenmann. Zweite Wahl, zugegeben, denn seine Mitbewohner waren abgesprungen, nachdem ihnen aufgegangen war, dass der Zug seiner neuen Geschäftsidee einem Sackbahnhof entgegenstrebte.«

»Sackbahnhof«, sagte Sonja verwirrt. »Ich verstehe nicht...«

»Zumindest wissen wir jetzt, dass Sie wirklich Jakob dort am Stützpunkt lachen gehört haben. Sie haben ein gutes Gedächtnis für Stimmen.«

»Wie ich schon sagte, sein Lachen ist einzigartig.« Sonja wurde rot.

»Was soll ich Enno nun ausrichten?«

»Dass man in der WG nicht den geringsten Schimmer hat, wo sich sein Bruder aufhält, ihm aber so gut wie alles zutraut. Sogar den Mord am Kapuzenmann.«

Aus dem Rot wurde Purpur.

Liebermann betrachtete sie interessiert. »Das meine ich nicht wörtlich.«

Sie lächelte.

Liebermanns Interesse wuchs. »Wann genau haben Sie Jakob zum letzten Mal gesehen oder gehört?«

Soja griff wieder nach dem Tuch und wischte ohne jedes System über den Tisch.

»Vergangenen Sonnabend. Ob Enno ihn danach noch mal gesehen hat, weiß ich nicht. Aber da er nichts gesagt hat, wohl nicht.«

»Letztens waren Sie nach Dienstschluss noch oben in seiner Wohnung«, sagte Liebermann vertraulich. »Sie stehen sich wohl auch außerhalb der Arbeit recht nahe, wie?«

Sie wich seinem Blick aus. »Könnte man so sagen. Wir sind seit drei Jahren verlobt.«

Verlobt. Liebermann hatte diese Art des Heiratsadvents

für längst ausgestorben gehalten. Aber auf der anderen Seite erweckte Enno Abrams auch nicht gerade den Eindruck eines Avantgardisten. Und im Übrigen ging es ihn nichts an.

»Also Samstag«, nahm er den Faden wieder auf. »Und aus welchem Anlass kam das Treffen zustande?«

Das Purpur, das gerade einem zarten Scharlach gewichen war, flammte wieder auf. Sonja warf den Lappen beiseite.

»Trinken wir einen Tee? Ich hole nur schnell die Post.«

Neugierig folgte Liebermann ihr durch eine Schneise zwischen Brettern und Holzleisten in allen erdenklichen Formen und Ausprägungen in eine winzige Teeküche, mehr eine Zotte der Schneise als ein wirklicher Raum. Sonja deutete auf zwei Schemel an einem kleinen Klapptisch.

»Jakob kam Samstag kurz nach Ladenschluss«, sagte sie, während sie die Post auf den Tisch warf und einen Wasserkocher in Betrieb setzte.

Samstag, rekapitulierte Liebermann, war der Kapuzenmann gestorben.

»Und was wollte er?«

Sie sah sich erstaunt nach ihm um. »Geld natürlich.«

»Ach so.«

»Und umgekehrt wollte Enno Hilfe bei der Pflege seiner Mutter. Er ist damit neben der Arbeit heillos überlastet. Dauernd stellt sie etwas an, aber er braucht nur die Worte ›Heim‹ oder ›Pflegedienst‹ in den Mund zu nehmen, dann rastet sie aus. Mich will sie auch nicht. Enno fand, dass es an der Zeit wäre, dass auch Jakob seinen Teil ableistet. Das alte Lied.« Sie schüttete Tee in eine Filtertüte. »Es war ihre Sache. Ich hab oben die Abrechnung gemacht, und erst, als ich fertig war, bin ich zu den beiden, um Tschüss zu sagen. Jakob war auch gerade am Gehen.

Besonders glücklich sah er nicht aus.« Sie verschloss die Filtertüte mit einer Haarklemme, warf sie in eine bauchige Kanne und goss den Tee auf.

»Enno hat später gesagt, dass er ihm die Pistole auf die Brust gesetzt hat. Geld gegen Leistung. Ich meine, ich finde es schlimm genug, dass er Jakob für die Pflege seiner eigenen Mutter bezahlen wollte, aber selbst das hat Jakob abgelehnt. Mögen Sie den Tee dünn oder stark?«

»Heiß.«

»Dabei kann er so ein netter Kerl sein.«

Ohne den Filter aus der Kanne zu fischen, schenkte sie ein.

Liebermann probierte den Tee und verbrannte sich die Lippen.

»Wann war das?«, nuschelte er hinter vorgehaltener Hand.

»Was?«

»Wie spät war es, als Jakob gegangen ist?«

Sonja drehte ihre Tasse in der Hand. »So gegen acht.«

»Sie wissen nicht zufällig, wohin er wollte?«

»Nein.« Sie überlegte. »Er ist nach links gegangen, vom Laden aus gesehen.«

Also nicht in seine WG, die ihm ebenso die Pistole auf die Brust gesetzt hatte wie sein Bruder. Vielleicht zum Säuferstützpunkt. Oder zur Tischlerei. Oder hinter die Grenzen der sichtbaren Welt, weil sie sich gegen ihn verschworen hatte. Das wäre ungünstig, besonders falls er *vorher* in der Tischlerei gewesen war. Im Geiste fügte Liebermann seinem Tafelbild aus dem Konferenzraum einen neuen Namen hinzu.

»Enno sagt, dass Sie für Ihre Suche nach Jakob Fotos brauchen.« Sonja deutete hinter sich. »Dort auf dem Regal über dem Wasserkocher. Ich soll Ihnen ausrichten, dass es die einzigen sind, die er finden konnte. Fall sie Ihnen nichts nützen, schaut er bei seiner Mutter noch mal nach, warnt Sie aber vor zu großen Hoffnungen. Jakob war lange weg, und auch davor wurde in seiner Familie nur zu Jahrestagen fotografiert.«

Liebermann folgte dem Wink und fand auf dem besagten Regal zwei Fotos. Das eine war ein Kinderbild eines dunkelhaarigen Knirpses, der mit breiter Zahnlücke und einer Schultüte im Arm verschmitzt in die Kamera grinste.

Das andere war offenbar an einem der besagten Jahrestage aufgenommen worden. Es befanden sich mehrere festlich gekleidete Menschen darauf, unter anderem ein jugendliches Paar mit Sektgläsern. Leider hob der männliche Teil des Paars sein Glas gerade an den Mund, wodurch die untere Partie verdeckt wurde, die obere befand sich zu einem Drittel hinter einer Sonnenbrille. Immerhin konnte man sehen, dass er dunkle Haare, zwei Ohren und ein schmales Gesicht hatte. Wie der Teltowmörder, Roman Stölzel, er selbst und Millionen andere, die nicht zur Debatte standen. Liebermann drehte das Foto um und las: Silberne Hochzeit 1997. Es war zehn Jahre alt und genauso nutzlos wie das andere. Er steckte die Fotos trotzdem ein und kehrte an den Tisch zurück, wo Abrams' Angestellte die Post durchging. Wie es aussah, bestand sie hauptsächlich aus Rechnungen und Werbung. Er hatte sich gerade niedergelassen, als sie im Sortieren innehielt und ihre Augen an einer Karte hängen blieben. Sie überflog sie und stieß einen unterdrückten Laut aus.

»Schlechte Nachrichten?«

Sie hob den Kopf, die Wangen röter denn je. Zögernd reichte sie ihm die Karte über den Tisch. Liebermann las sie aufmerksam. Dann drehte er sie um.

Es war eine poppige Werbekarte für eine Filmnacht in irgendeinem Studentenklub, vergangenen Oktober. Obwohl sie offensichtlich mit der Tagespost gekommen war, trug sie weder Stempel noch Marke.

»Sie dürfen das nicht falsch verstehen«, sagte Sonja bebend.

»Zunächst einmal verstehe ich, dass der Bruder Ihres Verlobten im Lande ist. Das halte ich für eine gute Nachricht.«

»Ich meine das andere.«

»Das andere verstehe ich als Verabredung.« Liebermann drehte die Karte abermals um und las: »Zwanzig Uhr im ›Mea Culpa‹. Was ist das ›Mea Culpa‹?«

»Ein spanisches Restaurant. Wir ... haben uns schon früher dort getroffen.«

»Kuss, Jakob«, las Liebermann weiter. »Ist daran irgendetwas falsch zu verstehen?«

Sonja stellte die Tasse ab und vergrub ihr Gesicht in den Händen.

»Enno darf das auf keinen Fall erfahren«, murmelte sie. »Er und ich ... und er und Jakob ...«

»Und Sie und Jakob«, ergänzte Liebermann. »So etwas passiert in den besten Familien, dagegen hilft auch keine dreijährige Verlobungszeit.«

Sie seufzte tief. »Es ist schon passiert, als er das erste Mal in den Laden kam. Er hat hemmungslos geflirtet, und ich ... wusste ja nicht, wer er ... Als ich es dann wusste, hab ich ihm natürlich die kalte Schulter gezeigt. Aber er war so hartnäckig und sah so gut aus, und er war immer so fröhlich, ganz anders als Enno.«

»Und Ihr Verlobter hat vom erfolgreichen Werbefeldzug seines Bruders rein gar nichts mitbekommen?«

Sonja nahm die Hände vom Gesicht und starrte in ihren Tee. »Ach Enno. Der würde eher einen Holzbock sehen, der sich unter ihm durch eine Diele nagt. Nach seinem dritten Besuch im Laden hab ich Jakob angerufen und ihm die Lage erklärt. Von da an hat er sich nichts mehr anmerken lassen, wenn er kam. Es hat sich alles nach Feierabend abgespielt, wir waren so vorsichtig wie Achtklässler auf dem Schulhof.«

»Ehrlich gesagt finde ich es nicht besonders vorsichtig, Karten an Sie in einen Briefkasten zu stecken, der Ihrem Chef gehört«, merkte Liebermann an. »War es übrigens das erste Lebenszeichen seit seinem angeblichen Verschwinden?«

»Ja. Bis eben habe ich mich genauso um ihn gesorgt wie Enno. Und was den Briefkasten betrifft: Jakob weiß, dass ich den Briefkastenschlüssel habe und täglich die Post leere. Das hat sich irgendwann eingebürgert und ist so geblieben. Eherituale ohne Ehe sozusagen.« Sie lächelte freudlos.

»Wer weiß. Was hätten Sie getan, wenn Enno Ihnen während der letzten drei Monate überraschend einen Heiratsantrag gemacht hätte?«

»Keine Ahnung. Mich aus dem Fenster gestürzt? Mit beiden gebrochen? Ihn geheiratet und die Affäre weitergeführt? Aber die Überlegung ist müßig, denn erstens fragt Enno mich nicht, weil er der altmodischen Vorstellung anhängt, dass ein Mann seiner Frau ein sicherer Versorger sein sollte, keinesfalls aber ihr Chef, und zweitens«, sagte sie, und ihre Miene wurde hart, »weil mir die letzte Woche in Hinblick auf Jakob die Augen geöffnet hat. Genauso verlobt wie ich, Vater eines kleinen Mädchens sogar, das Kapital seiner Frau in spe verspielt, Schulden gemacht und abgehauen. Vielleicht hätte ich es sogar hingenommen, wenn Jakob es wenigstens mal erwähnt hätte, der Feigling.« Sie nahm die Karte und zerriss sie.

»Nicht!«

»Wieso? Ich gehe sowieso nicht hin. Höchstens, um ihm meine Meinung zu sagen.«

Liebermann schnappte sich die beiden Hälften, ehe sie sie in ihrer Wut zu Schnipseln verarbeitete. Dann setzte er sich ihr gegenüber, nahm vorsichtig einen Schluck Tee und betrachtete sie genauer. Bis auf die Röte der Erregung und etwas feinere Konturen glich Sonja beinahe einem Abziehbild der blassen Frau aus Petzow.

»Ich verstehe Ihre Enttäuschung vollkommen. Trotzdem möchte ich Sie bitten, zu dieser Verabredung zu gehen. Von mir aus sagen Sie Jakob, was Sie wollen, aber erst nachdem Sie ein bisschen mit ihm geplaudert haben. Zum Beispiel darüber, wo er in den vergangenen Tagen so unterwegs war, wo er zurzeit wohnt und wie es um seine Tischlereipläne steht. Diese drei Dinge sind wichtig, können Sie sie sich merken? Erzählen Sie ihm ruhig auch vom Tod des Kapuzenmanns und meinem Besuch. An einem der Nebentische werden zwei Beamte sitzen, die Jakobs Reaktionen genau verfolgen und Ihnen zur Hilfe eilen, falls er aus irgendeinem Grund ausfällig werden sollte.«

Sonjas Augen hinter den Brillengläsern wurden schmal. »Sie wollen mich als Lockvogel benutzen, wie in einem dieser Filme?«

»Ich würde eher sagen, als Zucker, der einem Pferd das Maul öffnet, ohne es zu verschrecken.«

»Und warum, wenn ich fragen darf? Verdächtigen Sie Jakob etwa, diesen Obdachlosen umgebracht zu haben? Er mag ja ein Hallodri und ein Feigling sein – aber das ist absurd!«

Liebermann legte eine Hand auf ihre. »Wenn ich vor einer Woche behauptet hätte, dass Ihr Geliebter mit einer Polin liiert ist, ein Kind hat und von mehreren Schuldnern gesucht wird, was hätten Sie mir wohl geantwortet?«

Ihre Augen kreuzten sich. Sonjas waren hellblau, von einem feinen Adernetz umgeben.
»Sie bürgen dafür, dass Enno nichts erfährt!«

## 33

DAS WIRKLICHE AUSMASS DER Katastrophe, die ihn mit dem Ausbruchsversuch seines korngroßen Sohnes getroffen hatte, wurde Liebermann bewusst, als er, Nicos Liste in der Hand, durch den neu eröffneten Supermarkt am Rande seines Viertels irrte.

Er hatte es erst in Tante Lehmanns Eckladen versucht, ein trauriges Erlebnis. In einem Korb neben der Eingangstür lagen Marzipanbrote zwischen Hohlkörpern, denen als Menschen Schwerbeschädigtenausweise zugestanden hätten, und japanfarbenen Fondants. Es war Liebermann schleierhaft, weshalb man diese Süßigkeit, die ihn seine Kindheit über verfolgt hatte, noch immer herstellte.

»Das haben Sie davon, wenn Sie auf den letzten Pfiff kommen«, hatte Tante Lehmann gemault und ihn in den Supermarkt geschickt.

Nach zehn Minuten und der Hilfe einer freundlichen Angestellten fand Liebermann endlich die gesuchte Abteilung und stellte fest, dass er schon mehrmals an ihr vorbeigegangen war, ohne sie zu bemerken. Nicht, weil sie unauffällig gewesen wäre, sondern weil seine Augen das bunte Zentralmassiv zu seiner Rechten aus Sicherheitsgründen ausgeblendet hatten.

Wie sollte er in diesem Gebirge die Artikel finden, die Nico ihm diktiert hatte?

Um seiner Panik Herr zu werden, beobachtete er, wie andere Kunden mit der Bedrohung umgingen und was passierte, wenn man dem Massiv einen Baustein entriss.

Nichts, es hielt.

Etwas beruhigter steckte Liebermann die Liste ein und trat an das Regal. Es erstreckte sich ungefähr zwanzig Meter in der Länge, zweieinhalb in der Höhe, der Schrecken war also endlich.

Langsam schritt er es ab, während er ab und zu eine Hand ausstreckte und einpackte, was sie gerade zu fassen bekam. Zack: eine Tüte Marzipankugeln. Zack: Mandeltrüffel. Zack: zehn Nikoläuse am Stiel. Zack: eine Packung Fondants, nun ja.

Aus dem Albtraum wurde ein Spiel, das Liebermann allmählich Spaß zu machen begann. Der Nikolaus als Zufallsgenerator.

Vor der Kasse machte er Inventur, befreite seinen Korb von ein paar Lübecker Spezialitäten, die er schon bei Tante Lehmann verschmäht hatte, erinnerte sich eines Regals mit Katzenfutter und hetzte dorthin zurück. Gleich neben dem Katzenfutter befand sich das Bier. Bei anderer Gelegenheit hätte Liebermann über Kausalitäten von Warensortimenten nachgedacht, so klemmte er sich ein Sixpack unter den Arm und hetzte zurück.

Erschöpft, aber zufrieden langte er kurz vor den Mädchen zu Hause an und verstaute seine Schätze, von Dienstag neugierig beäugt, im Küchenschrank.

Dann rief er Nico an. Sie klang erleichtert, das Körnchen hatte ihr beim Ultraschall zugewinkt. Besuch wollte sie nicht.

»Mit etwas Glück komme ich morgen oder übermorgen raus«, sagte sie, während die Mädchen schnatternd hereinschossen und ihre Schultaschen in die Ecke schmissen. »Wenn nicht, entführe mich! Hast du eingekauft?«

»Alles«, sagte Liebermann.

»Gut. Steck ein paar Zweige mit in die Stiefel, für die Optik. Und denk an Serranos Schnitzel.«

Liebermann versprach es, übergab das Telefon an Zyra und Miri, ging in die Küche und rief Simon an.

»Gibt's Neues vom Teltowmörder?«

»Da müssen Sie Kommissarin Holzmann fragen. Die telefoniert schon den ganzen Nachmittag mit den Zeuginnen. Aber das Büro für DDR-Heimkinder, von dem ich Ihnen erzählt habe, vermeldet zwei Anträge von ehemaligen Zöglingen aus Reesen. Einer wurde abgelehnt, weil man keinen Zusammenhang zwischen dem Aufenthalt im Heim und den aktuellen Problemen der Antragstellerin feststellen konnte. Der andere könnte etwas für uns sein. Leider dürfen die Angestellten des Büros uns ohne Einwilligung des Betroffenen keine Auskünfte erteilen. Aber die Art, wie sie meine Fragen beantwortet haben, spricht für sich. Ich hab sie gebeten, die Einwilligung einzuholen.«

In letzter Sekunde verkniff sich Liebermann ein Kompliment. Stattdessen berichtete er Simon von seinen Besuchen in der WG und Abrams' Laden, wobei er sich einmal unterbrechen musste, um Dienstag von seinem Hosenbein zu schütteln, und endete bei der Postkarte.

Simon zeigte sich angemessen beeindruckt. »Was ich noch nicht verstehe, ist, was Sie sich davon versprechen, wenn Kommissarin Holzmann und ich diese Sonja heute Abend beschatten. Warum überlassen Sie es nicht einfach ihr, die Adresse von Jakob Abrams' derzeitiger Unterkunft einzuholen und an uns und die Polin weiterzuleiten?«

»Erstens, weil Sonja momentan weniger eine Frau als ein schnaubendes Ross ist. Sie geht nur zu der Verabredung, um Jakob die Leviten zu lesen, und vermutlich, um sich an seinem Schreck zu weiden, wenn sie ihm von der Polin erzählt. Es kann sein, dass sie Jakob schon einen Teller ins Gesicht wirft, ehe die ersten beiden Sätze gefallen sind. In dem Fall möchte ich, dass Sie ihm folgen, sobald er das Lokal verlässt. Und zweitens, weil sie der Frau aus Petzow ähnelt, die gestern mit dem Teltowmörder verabredet war, der wie Jakob Abrams eine grüne Jacke mit Fellkragen trägt.«

Aus Simons Zögern schloss Liebermann, dass er sich seine Theorie durch den Kopf gehen ließ.

»Sie wollen also, dass wir eher darauf aufpassen sollen, dass diese Sonja Jakob Abrams nichts tut, als umgekehrt.«

»Exakt. Und vergessen Sie nicht, ihm zu folgen, falls sie es nicht schafft, ihm seine neue Adresse zu entlocken.«

Er nannte Simon den Namen des Restaurants und gab ihm ein paar Instruktionen: Kommissarin Holzmann und er sollten etwas nach acht kommen, wenn das andere Paar bereits saß, und den nächstgelegenen Tisch in Beschlag nehmen. Falls der belegt war, den übernächsten. Einer von ihnen sollte sich so setzen, dass er unauffällig in Jakob Abrams' Gesicht lesen konnte. »Und wenn es sich einrichten lässt, streicheln Sie hin und wieder Kommissarin Holzmanns Hand.«

»Wozu das?«, stammelte Simon.

»Es wirkt vertraut und lenkt die Aufmerksamkeit der anderen von Ihnen ab. Anständige Leute sehen Liebespärchen nicht beim Kuscheln zu. Und jetzt verbinden Sie mich bitte mit Ihrem Date für heute Abend.«

Kommissarin Holzmann war genauso überrascht wie Simon, stellte dieselben Fragen, schien mit den Antworten aber weniger zufrieden als der Anwärter, bis Liebermann die Ähnlichkeit zwischen Sonja und der Frau aus Petzow benannte.

»Vielleicht ist doch etwas an Ihrer kruden Theorie«, meinte sie nach einer Pause. »Ich habe inzwischen die Fotos von zwei Frauen. Der, die den Teltowmörder bis Kartzow im Auto mitgenommen hat, und der, die auf dem Parkplatz des Supermarktes angefallen wurde. Dazu natürlich das von der Ermordeten aus Teltow. Die anderen haben zumindest bestätigt, was ich auf diesen drei Fotos auch sehe: Alle sind der Typ graue Maus – aschblond, unauffällig, Brillenträgerinnen und zwischen dreißig und vierzig.«

»Haben Sie sie auch gefragt, was den Anfällen des Teltowmörders vorausging?«

»Ja, aber wie befürchtet, erinnern sich die wenigsten genau an die Sekunden davor. Am ehesten noch die, die *nicht* überfallen wurden. Den anderen hat vermutlich der Schreck die Sicht vernebelt. Oder ihre Erkältung. Die Überfallenen hatten allesamt Schnupfen, von den anderen nur die Erste, die im letzten Moment noch einen Geistesblitz hatte, nachdem ihr der Teltowmörder nach Hause gefolgt war.«

»Schnupfen«, wiederholte Liebermann, als hörte er das Wort zum ersten Mal.

»Ja. Das soll vorkommen bei diesem Wetter. Bei mir ist auch einer im Anmarsch.«

»Dann passen Sie auf, dass Sie nicht versehentlich eine Brille aufsetzen. Und färben Sie vorsorglich Ihre Haare.«

GRÜBELND GING LIEBERMANN INS Wohnzimmer zurück, um zu sehen, wie weit die Mädchen in ihrer Plauderei mit Nico gekommen waren. Vielleicht könnte er noch einen letzten Gruß hinzufügen, ein »Gute Nacht, Liebste«, aber sie hatten das Telefonat schon beendet, lümmelten bäuchlings auf dem Teppich und spitzten Buntstifte an. Liebermann beneidete sie um die Leichtigkeit, mit der sie das Leben nahmen. Nico lag im Krankenhaus und trug das Körnchen noch im Bauch, alles war also in Ordnung. Jetzt galt es, dieselbe Ordnung in die Malutensilien zu bringen.

Im Grunde verhielt es sich bei ihm nicht anders. Nur

dass seine Stifte Frauen mit Schnupfen und Verdächtige im Fall Roman Stölzel waren, die er mithilfe seiner Leute einen nach dem anderen anspitzte, bis sie mit etwas Glück alle nebeneinander in eine Federtasche passten. Warum also sah er dem Ende der Aufräumaktion nicht gelassen entgegen? Weil er befürchtete, dass einer der Stifte dabei abbrechen könnte?

Mit dem Gefühl, zwischen zwei turmhohen Wellen zu stehen, die sich stetig näher zusammenschoben und die er selbst beschworen hatte, bereitete Liebermann das Abendbrot, brachte die Mädchen ins Bett und las ihnen eine Geschichte vor. Am Ende wies Miri ihn höflich darauf hin, dass er geleiert hätte und Nico für jede sprechende Figur eine eigene Stimme erfand.

Zyra wollte das Nikolauslied singen, weil Nico es jedes Jahr am 5. Dezember mit ihr sang. Nach der ersten Strophe wusste Liebermann nicht weiter. Er ließ die Mädchen mit den restlichen Strophen allein und vergrub sich vor dem Fernseher.

Nach einer halben Stunde klingelte mitten im hölzernen Dialog zweier Serienkommissare sein Handy.

»Er kommt nicht«, sagte Kommissarin Holzmann. »Was sollen wir jetzt tun?«

Mühsam zog Liebermann sich aus seiner Melancholie und sah zur Uhr.

Zehn nach halb neun.

»Haben Sie mitbekommen, ob er sich bei Sonja gemeldet hat?«

»Jean-Pierre hat sie gerade gefragt, sie sagt, nein.«

»Fragen Sie sie, ob sie sich etwas davon verspricht, noch zu warten!«

Eine Weile hörte Liebermann nur von diffuser Musik untermaltes Gemurmel und Geschirrgeklapper.

»Sie will nicht mehr. Sie meint, dass Jakob immer etwas

spät war, aber so lange hat er sie noch nie sitzen lassen. Mit einem Wort: Sie ist stocksauer.«

»Verständlich. Bitten Sie sie, ihn anzurufen.«

»Schon passiert. Er geht nicht ran, und die Mailbox ist voll. Könnte es sein, dass er irgendwie Wind von unserem Plan bekommen hat?«

»Ich wüsste nicht, wie, außer Sonja hätte ihn vorgewarnt.«

Einen Moment herrschte Schweigen. Sie begriffen beide, dass sich in diesem Fall eine völlig neue Baustelle auftat, auf die keiner von ihnen Lust hatte.

»Dazu sieht sie zu deprimiert aus«, sagte Jana Holzmann schließlich. »Vielleicht hat er Simon oder mich erkannt und ist wieder abgedreht. Wir beide waren bei der Bergung der Leiche dabei.«

»Aber er nicht.«

»Nicht in der Tischlerei«, stimmte sie zu. »Wie Sie sich aber erinnern, drängelte sich hinter den Flatterbändern ein ansehnlicher Haufen Schaulustiger. Wir alle sind mehrmals daran vorbeigelaufen. Simon, Sie, ich, Müller, Dr. Genrich, die Leute von der Spusi, alle.«

Liebermann war plötzlich, als hätte ihm jemand Juckpulver in den Kragen gestreut. »Wissen Sie, was Sie da sagen? Und zu welchem Schluss man zwangsläufig kommen muss, wenn man Ihrer Kausalkette folgt?«

»Ja. Aber diesen Schluss haben Sie doch längst selbst gezogen, sonst säßen wir nicht hier.«

DER NÄCHSTE ANRUF ERREICHTE ihn, als er mit ungelenken Fingern und juckendem Rücken die Stiefel der Mädchen füllte. Simon teilte ihm mit, dass Sonja nach Hause gegangen sei, und bat um die Aufhebung der Beschattung mangels eines Beschattungsobjekts. Liebermann gewährte sie. Er stellte fest, dass Simon munter klang, vielleicht hatte Kommissarin Holzmann ihn ganz beiläufig geheilt. So wie sie beiläufig einen Stift mit abgebrochener Spitze aus seiner Stifteablage gefischt hatte.

Jetzt wo er vor ihm lag, verstand Liebermann nicht, warum sie sich so umständlich mit der Machete in die graue Vorzeit des Toten geschlagen hatten, statt – wie von Hauptkommissar Müller gefordert – erst einmal vor der Haustür zu fegen.

Er stopfte in jeden Stiefel noch einen Apfel und trug sie in den Flur. Dabei fielen die Äpfel herunter.

»Weg da!«, raunzte er Dienstag an, der herangetrabt kam. Zwei der Äpfel hatten Druckstellen. Liebermann drehte sie so zurecht, dass man sie nicht mehr sah, schob die Stiefel zu Paaren zusammen und balancierte auf jedem einen Beutel Pfefferkuchen.

Als er sein Werk kritisch betrachtete, stellte er eine gewisse Ähnlichkeit mit zwei Geröllhaufen fest. Irgendwie fehlte das Festliche. Vielleicht die von Nico empfohlenen Zweige.

Auf dem Küchentisch stand seit dem Totensonntag ein mit Strohsternen geschmückter Tannenstrauß. Doch als Liebermann vorsichtig an einem der Sterne zupfte, entledigte sich der dazugehörige Zweig auf einen Schlag sämtlicher Nadeln.

Seufzend zog Liebermann sich die Jacke über und verließ die Wohnung.

Kaum hatte er die Haustür geöffnet, riss sie ihm ein schneidender Wind beinahe aus der Hand.

Er änderte seinen Plan, in den Park zu sprinten und sich bei einem der dortigen Nadelbäume zu versorgen, und sah sich um. Linker Hand ein entlaubter Flieder, auf der anderen Seite ein hartlaubiger Busch. Der gleiche Busch stand in zweifacher Ausführung auch im Vorgarten des Nachbaraufgangs.

Die gefrorenen Zweige brachen wie Eiszapfen und stachen ihm in die Handflächen. Zudem war er gezwungen, sich in eine äußerst verdächtige Position zu begeben, um ihrer habhaft zu werden. Keine Zeit für eine Auswahl nach ästhetischen Gesichtspunkten. Liebermann knackte blind drauflos und floh mit seiner Beute ins Haus zurück, ehe der alte Bellin womöglich auf die Idee eines Abendspaziergangs kam und ihn auf frischer Tat ertappte.

NACHDEM ER DIE WOHNUNGSTÜR so lautlos wie nur möglich hinter sich zugezogen hatte, traf ihn der Schlag.

Die Stiefel waren umgerissen, und seine mühselig errichteten Geröllhaufen verteilten sich in einer Art höckerigem Teppich über den halben Flur. Auch unter seinem linken Fuß spürte Liebermann eine Unebenheit. Mit aufflackerndem Hass hob er ihn von einem zertretenen Pfefferkuchenherz.

»Dienstag!«

Den Kater unter dem Sofa hervorjagen, am Schlafittchen packen und aus der Wohnung werfen war eines. Das andere, das Geröll wieder einzusammeln und erneut zu drapieren. Etliche Marzipankugeln trugen Bissspuren, einer der Äpfel war nicht mehr zu gebrauchen, offenbar hatte Dienstag ihn als Fußball benutzt, und ein Nikolaus spähte verschämt aus den Resten seines Papiers.

Fluchend kleidete Liebermann ihn notdürftig wieder ein, holte einen neuen Apfel, warf die Hälfte der Marzipankugeln in den Mülleimer und machte sich zum zweiten Mal ans Werk. Draußen vor der Tür rumorte der Kater. Ihm egal.

Als er endlich das Hartlaub zwischen das sanierte Geröll schob, klingelte es.

»Ich glaube, der Kleine möchte rein«, sagte Nicos Nachbarin mitfühlend, während Dienstag an Liebermann vorbei ins Wohnzimmer stolzierte.

»Danke.«

Liebermann schlug die Tür zu, packte den »Kleinen«, ehe er sich verstecken konnte, und verfrachtete ihn ins Bad.

»Hier hört dich keiner«, knurrte er, nachdem er die Tür abgeriegelt hatte.

»Und wenn du dich ausgetobt hast, denk über deine Sünden nach und bereite dich schon mal auf ein Leben im Freien vor.«

Dienstag warf sich gegen die Tür. Liebermann grinste ihr grimmig zu und ging ins Bett.

## 34

MAJA HATTE IHM ANGEDROHT, Schluss zu machen. Was das bedeutete, war Streuner selbst in seinem erbärmlichen Zustand klar. Deshalb war er zu beinahe allem bereit, was sie verlangte.

Allerdings fragte er sich, als er mit stechenden Pfoten aus dem Viertel schlich, warum sie ihn im tiefsten Frost zur Havel schickte. Er brauchte Majas Gunst nicht zuletzt wegen der Wärme ihres Kellers.

»Na und! Hast du ein Winterfell oder nicht? Alles was ich tue ist, ein bisschen für dich mitzudenken, solange dein Hirn von diesem Geist verkleistert ist. Und dabei ist mir Lomo eingefallen.«

Lomo war ein Silbergrauer, der auf einem der Hausboote unten am Fluss wohnte. Ein verquerer Typ mit einer schönen Stimme, für den Maja normalerweise nicht viel übrighatte.

»Aber schräge Situationen verlangen zuweilen schräge Maßnahmen. Wenn einer sich mit Kopfgeschichten auskennt, dann Lomo, der sich selbst unentwegt Würmer aus dem Schädel zieht. Und wenn nicht, tja, dann hätte ich wenigstens mal eine Stunde Ruhe.«

Maja hatte ihm das entsprechende Boot beschrieben. Als Streuner am Ufer ankam, fand er es dort jedoch nicht. Überhaupt lagen dort weniger Boote, als er vom Sommer her in Erinnerung hatte. Dafür fauchte ein strähniger Wind über die gefrorene Havel und riss an seinem Fell, während er ihn gleichzeitig vom Fluss zurückdrängte.

Diesmal gehorchte Streuner gern.

Er verzog sich hinter einen niedrigen Wall längs der

Uferpromenade. Dort, spärlich geschützt vor der Brutalität des Dezembers, vertrat er sich die Beine und rang mit dem Geist, der neuerdings zu einem zischelnden Geflüster übergegangen war.

Vor Ablauf der Stunde zu Maja zurückzukehren kam nicht infrage. Streuner dachte an die schöne, schmale Wu. Sie wohnte hier irgendwo in der Nähe, in einer der stattlichen Menschenhöhlen in Flussnähe. Leider wusste er nicht, in welcher.

Was er aber wusste, war, dass er Bewegung oder einen Unterschlupf brauchte, wenn er sich nicht den Tod wegholen und selbst fortan als Geist herumstreunen wollte.

Er begann wieder zu laufen. Laufen war immer gut. Wer nicht lief, kam schon deshalb nirgendwo an. Außerdem setzte er der Erdbewegung einen Widerstand entgegen und forderte sie dadurch heraus. Noch einen Feind konnte Streuner nicht gebrauchen.

Beschäftigt mit derlei halbgefrorenen Gedanken, die in regelmäßigen Abständen vom Gezischel des Geistes ergänzt wurden, trabte er geradeaus. Nach einer Weile wurde der Wall flacher und vereinigte sich mit einem Weg, der hinter einer sonst lockeren, jetzt brettharten Sandfläche neben einer vernagelten Hütte zum Viertel hin abbog.

Streuner übersprang ihn und blieb in der Spur. Er erinnerte sich, dass linker Hand der Promenade, genau genommen zwischen ihr und dem Fluss, irgendwann ein hölzerner Pavillon kam. Der untere Teil war geschlossen und enthielt Bänke, oben war er offen. Kein Vergleich zu Majas Wollhöhle, aber ausreichend, um die Nacht zu überleben.

Allerdings hatte Streuner den Weg dorthin kürzer im Gedächtnis. Als er unterhalb des Pavillons ankam, glich sein Deckfell den Stacheln eines Igels, und zu allem Übel überschlug sich der Geist in seinem Kopf. Streuner schüttelte sich und begann, den kleinen Pavillonhügel emporzuklettern.

Nach kaum zwei Schwanzlängen zog der Geist ihm die Beine weg. Streuner schloss die Augen und atmete ein paarmal tief ein und aus, um bei Besinnung zu bleiben. Noch nie im Leben hatte er solche Qualen gelitten. Die Stimme war jetzt so schrill, dass sie Stahlbürsten glich, die kreisförmig seine Schläfen schmirgelten.

Dazu die Kälte und der Wind. Steif wie eine Scholle rutschte Streuner den Hügel hinunter, zurück auf den Weg.

Zu seiner eisigen Unterlage gesellten sich einige spitze Steine, dafür nahm das Rotieren der Stahlbürsten ab. Benommen rappelte sich Streuner auf und sah sich um.

Bäume, ein niedriger Zaun, dahinter eine verschneite Ebene. Und mitten darin ein halbrunder Unterstand. Als Streuner einen Schritt in dessen Richtung machte, schwieg sein geistiger Okkupator plötzlich. Das hieß, er war mit ihm einverstanden. Streuner lauschte in sich hinein. Dann blickte er probeweise zum Pavillon. Aha.

Den Geist gelüstete es also nach dem Unterstand, der – wie er zugeben musste – auch um einiges beständiger aussah als die Hütte auf dem Hügel.

Und um einiges schmerzloser zu erreichen war.

Den ganzen Weg dorthin hielt der Geist die Luft an. Wie leicht es sich über den Schnee lief! Zwar pfiff der Wind noch, aber er schob, statt zu rempeln. Er stichelte, schnitt aber nicht mehr. Noch zwei Sätze, und Streuner entwischte ihm in sein neues Asyl.

Sofort kehrte Ruhe ein. Der Wind heulte vor der offenen Seite des Unterstands weiter, ohne ihn zu erreichen. Erleichtert wandte Streuner sich um und begegnete dem abgeklärten Grinsen eines Toten.

## 35

MIT EINEM ROTEN BADEMANTEL bekleidet buddelte sich Liebermann durch einen Geröllhaufen aus Süßigkeiten. Sein Ziel war die Quelle eines Marmeladengerinnsels, das wie der Nachzügler eines Vulkanausbruchs vom Gipfel des Haufens herablief und Pfefferkuchen und Schokolade unrettbar miteinander zu verkleben drohte. Doch je verzweifelter er grub, desto mehr Marmelade sickerte ihm über die Finger, schon versank die rechte Seite des Haufens im zähflüssigen Gallert, und noch immer sprudelte es rot, nun nicht mehr nur vom Gipfel, sondern aus allen möglichen Öffnungen. Die Marmelade kam stoßweise, und mit Schrecken gewahrte Liebermann, dass es sich gar nicht um Marmelade, sondern um Blut handelte. Blut aus einer Nabelschnur.

»Hol eine Klemme!«, schrie er Dienstag zu, der am Fuß des Haufens eine Marzipankugel verzehrte. Dienstag mauzte gelangweilt. Statt seiner kam wie aus dem Nichts Serrano angerast, im Maul ein schmutziges Stück Stoff. Besser als nichts.

Liebermann stopfte es in das Loch, aus dem es am stärksten sprudelte, und atmete auf, als der Strom versiegte.

»Danke.«

Der Kater verzog geringschätzig das Maul. »Dank ist nicht fressbar. Du schuldest mir zwei Schnitzel.«

Dann zog er zwei Weihnachtsmänner aus dem Haufen und legte sie nebeneinander vor Liebermann ab.

»Zwei Schnitzel, zwei Schokoladenmänner. Wenn du sie sauber wischst, kann man sie noch verwenden.«

»Womit denn?«, fragte Liebermann, ohne einen Gedanken daran zu verschwenden, dass er mit einem Tier sprach. »Ich wage es nicht, den Lappen aus dem Loch zu ziehen.«

Serrano überlegte kurz. »Nimm mein Fell!«

ALS LIEBERMANN AUFWACHTE, BEGLEITETEN ihn noch immer die starren Augen der beiden Weihnachtsmänner. Serranos Fell hatte sich als erstaunlich saugfähig erwiesen. Nur waren beim Wischen einige seiner schwarzen Streifen daraus verschwunden, als hätten er und die Weihnachtsmänner sich gegenseitig gereinigt.

Mit schweren Gliedern stolperte er in den Flur und sah erleichtert, dass die vier Haufen unversehrt waren. Im Bad randalierte Dienstag. Liebermann ließ ihn zappeln und weckte die Mädchen.

Barfuß und in ihren Nachthemden kamen sie in den Flur gestürmt.

»So viel!«, schrie Miri.

Zyra zog einen Zweig mit ledrigen ovalen Blättern aus dem linken ihrer Stiefel und betrachtete ihn eingehend. »Der Nikolaus hat dieses Jahr keine Tanne gefunden«, bemerkte sie.

Liebermann stahl sich davon, um Dienstag aus dem Bad zu befreien.

Der Kater fauchte ihn an. Im Flur Kindergelächter.

So weit war alles in Ordnung.

»VERGISS ES«, SAGTE SERRANO zu Streuner. »Ihn mit einem Handschuh ein paar Straßen weiter in ein Haus zu locken ist eine Sache. Mit nichts zu einem Toten am äußersten Rand des Reviers eine andere.«

»Bedenke, dass er mittlerweile Übung darin hat, uns zu folgen«, entgegnete Streuner stur. »Und außerdem, wer sagt, dass wir ihn mit nichts locken? Irgendwo wird sich schon ein Fetzen oder ein altes Fußfell finden, das du ihm unter die Nase halten kannst.«

Blöd war er nicht, das musste Serrano zugeben. Trotzdem schüttelte er den Kopf. »Du überschätzt meinen Einfluss. Und seine Fähigkeiten«, setzte er in Erinnerung an vorangegangene Spektakel hinzu. Seine Lust, sich Derartiges noch einmal anzutun, ging gegen null. Andererseits ließ sich eine neuerliche Leiche im Viertel, selbst wenn sie an dessen Rand lag und menschlich war, schlecht völlig ignorieren. Zumal es eine besondere Leiche war, denn sie hatte es geschafft, Streuners Geisterstimme zu einem Flüstern hinunterzuzwingen.

»Na schön«, sagte er. »Ich glaube, ich weiß, wie du Liebermann dazu bekommst, sich um die Leiche zu kümmern.«

Streuners Ohren legten sich flach. »Ich?«

»Ja. Wenn es stimmt, dass diese zweite Leiche den Geist der ersten in Schach hält, ist es nur gerecht, dass du dich dafür erkenntlich zeigst und nicht ich.«

Streuners Ohren signalisierten Missmut. »Und wie?«

»Indem du zu ihr zurückgehst und ihr Gesellschaft leistest, bis ein Mensch auftaucht. Irgendwann wird irgendwer seinen Hund am Havelufer ausführen. Dann machst du dich bemerkbar und lockst ihn zu dem Toten in den Unterstand. Mehr nicht, alles andere wird sich von selbst ergeben.«

Der Blick seines Kumpels blieb skeptisch.

»Mir wäre lieber, wenn ich nicht den Umweg über den Hund gehen müsste.«

»Sicher«, sagte Serrano. »Aber sieh es mal so: Was ist ein Hund gegen einen brüllenden Geist?«

MANCHMAL MACHTE LIEBERMANN SICH den Spaß, anhand der ersten Person, die er beim Betreten der Mordkommission traf, den Tagesverlauf zu orakeln. Die Möglichkeiten variierten dabei von erfolgreich und angenehm bei einem primären Zusammenstoß mit Simon über allerhand Unspektakuläres (Jana Holzmann, Besucher anderer Dezernate, Putzfrauen) bis zu Tagen, die man am sichersten mit verriegelter Tür in seinem Büro verbrachte. Zum Glück begegnete Müller ihm vor zehn selten, weil er da über seiner Zeitung saß oder okkult anmutende Linien und Zahlen auf karierte Blätter kritzelte.

Als er um kurz nach halb neun auf der Treppe über ihn stolperte, war Liebermann deshalb doppelt erschrocken. »Was ist? Hat der Teltowmörder zum Frühstück geladen?«

Mit steinerner Miene drängte der Oberkommissar an ihm vorbei.

»Leiche im Luftschiffhafen«, grunzte er, jedes Wort einzeln ausstoßend.

Dennoch dauerte es eine Sekunde, bis Liebermann ihren Sinn erfasst hatte. »Und warum weiß ich nichts davon?«

Mit einer halben Drehung seines Bauches brachte Müller den Engpass hinter sich und polterte die Treppe hinunter. »Simon ruft Sie an.«

Im selben Moment klingelte Liebermanns Handy.

»Guten Morgen, Hauptkommissar«, sagte Simons sanfte Stimme. »Eben ist uns ein Leichenfund im Luftschiffhafengelände gemeldet worden. Wie es aussieht, wieder ein Obdachloser. Oberkommissar Müller und die Spurensicherung sind schon auf dem Weg. Wollen Sie direkt dorthin kommen, oder sollen Jana und ich Sie irgendwo auflesen?«

»Lesen Sie mich auf der Treppe auf.« Liebermann

lehnte sich ans Geländer. »Und falls Sie schon Kaffee gekocht haben, wäre ich Ihnen sehr verbunden, wenn Sie ihn mitbrächten.«

BEI IHRER ANKUNFT WAR das Theaterstück schon in vollem Gange. Über die mit Flatterbändern gesäumte Bühne streunten die üblichen Haupt- und Nebendarsteller in ihren üblichen Kostümen und gaben ihre übliche Vorstellung. Auch Publikum war vorhanden, wenngleich spärlich. Rentner mit und ohne Hunde, ein paar dampfende Jogger und eine Schulklasse, die sich den Aufforderungen ihrer Lehrerin zum Weitergehen hartnäckig widersetzte. Liebermann überließ ihr Kommissarin Holzmann zur Unterstützung und kroch mit Simon unter der Absperrung hindurch. In die darauf folgenden Entrüstungsrufe der Kinder hörte er Kommissarin Holzmann sagen: »Das sind Kommissare, die dürfen das.« Und die Lehrerin: »Alle anderen kommen dafür ins Gefängnis.«

Auf halbem Wege begegneten sie Hübotter von der Spurensicherung.

»An Ihrer Stelle würde ich warten«, sagte er und zeigte über die Schulter auf Oberkommissar Müller, der vor einem Unterstand aus Wellblech auf der Stelle trat. »Die Genrich ist gerade drinnen.«

Liebermann blieb stehen und zog seine Zigaretten heraus.

»Wer hat die denn schon gerufen?«

»Ihr Kompagnon«, entgegnete Hübotter und schnalzte den Zigaretten zu. Liebermann gab ihm auch eine. »Wahrscheinlich bereut er's gerade. Bisschen übereifrig, der Gute.«

»Er wird seinen Grund dafür gehabt haben«, sagte Simon.

Hübotter sah ihn überrascht an. »Sicher. Der Grund

ist der Hinterkopf des Toten. Ich meine nur, er hätte sich in seinem eigenen Interesse Zeit mit dem Anruf lassen sollen. Wen die Genrich einmal in ihren Klauen hat, den lässt sie so schnell nicht los.«

Liebermann zuckte die Achseln. Mehr fiel ihm zu diesem Allgemeinplatz nicht ein. »Und was ist mit dem Hinterkopf?«

»Eingedellt wie letztes Mal. Man kriegt langsam den Eindruck, dass jemand durch Potsdam wandert, der einem verkorksten Ordnungssinn Rechnung trägt, indem er Obdachlose abmurkst. Na, allzu viel hat er da ja nicht mehr zu tun«, sagte er und inhalierte genussvoll.

Liebermann spähte an ihm vorbei zu Müller, der noch immer seine Standfläche planierte. »Wissen wir, wer er ist?«

Hübotter nahm die Zigarette aus dem Mund. »Nein, es gibt wieder keine Papiere. Auch sonst nichts, wenn man von einer leeren Schnapsflasche und den Resten eines Feuerchens absieht. Der Typ muss irgendwo ein bisschen Holz gefunden haben, vielleicht im Unterstand selbst. Den Rückständen nach hat es höchstens für eine halbe Stunde gereicht. Möglicherweise ist er in dieser Zeit eingeschlafen und dann...« Er hob den Arm.

Liebermann fragte sich, wie fanatisch ein Ordnungsapostel sein musste, um nachts an der Havel entlangzustreifen. Denn daran, dass er nachts zugeschlagen hatte, bestand kein Zweifel. Tagsüber gab es für Obdachlose bessere Möglichkeiten, sich zu wärmen, als ein Minifeuer in einem Sportplatzunterstand. Außerdem fiel ihm kein Grund ein, aus dem ein mörderischer Pedant seinen Opfern die Papiere klauen sollte, es sei denn, er sammelte Dokumente wie Briefmarken. Der Gedanke an die Unannehmlichkeiten einer weiteren anonymen Leiche schickte ihm einen stechenden Schmerz durch die Schläfen.

»Was ist mit Spuren?«

»Eingeschneit«, sagte Hübotter zufrieden. »Demnach ist es nicht letzte Nacht passiert, abends hat es mit dem Schneien aufgehört. Vielleicht die Nacht davor. Aber so trostlos, wie es hier um die Jahreszeit ist, kann er auch schon Tage hier liegen.« Er nahm noch einen Zug und ließ den Rauch gemächlich aus den Nasenlöchern strömen. »Hätte die Alte ihren Hund besser im Griff gehabt, wäre er wahrscheinlich erst zu Beginn des Trainings im März gefunden worden. Glück für die Mädchen.«

Liebermann nickte. Simon hatte ihn über den Fundort und die Finderin aufgeklärt. Ersterer befand sich an der Stirnseite des Fußballplatzes für die Potsdamer U-21-Frauenmannschaft, am südlichen Rand des alten Luftschiffhafens, und wurde im Winter nicht benutzt. Letztere war gegen acht Uhr morgens mit ihrem Dackel auf dem Pfad zwischen dem Platz und dem Havelufer spazieren gegangen, als der Dackel plötzlich davongeschossen war. Vor dem Unterstand hatte die Alte ihn erwischt und gleichzeitig den Grund für seinen cholerischen Anfall entdeckt. Eine Katze, die mit gesträubtem Fell auf etwas saß. Die alte Frau hatte sich an die Brust gefasst, dann an den Kopf, unschlüssig, welches von beidem gerade gefährdeter war. Am Ende hatte sie sich für den Dackel entschieden, ihn angeleint und einen bebenden Schritt auf die Katze zugemacht. Die Katze fauchte um ihr Leben. Aber das, worauf sie saß, war auch für eine Gleitsichtbrillenträgerin zweifellos tot.

Die Alte war daraufhin nach Hause gehetzt, hatte die Polizei angerufen und anschließend einen Schwächeanfall erlitten.

Hübotter entfernte sich, um seine Leute zu beaufsichtigen, die innerhalb der Absperrung den Schnee absuchten, Liebermann und Simon gingen zu Müller.

Vorsichtig lugte der Hauptkommissar an ihm vorbei in den Unterstand, wo ein Wesen in Schutzanzug Gerätschaften in einem Koffer verstaute.

»Sie ist noch nicht fertig«, warnte ihn Müller.

»Aber fast. Wir hingegen haben noch nicht mal angefangen«, antwortete Liebermann. »Außerdem sind wir in der Übermacht.«

DR. GENRICHS REAKTION AUF Liebermanns Erscheinen fiel wie erwartet aus.

Er ließ sie wettern und beugte sich über den Toten. Mit einem Satz war die Medizinerin bei ihm.

»Wehe, Sie fassen ihn an!«

Der Mann lag dicht neben der von Hübotter erwähnten Feuerstelle, hier und da von Fetzen eines dünnen Schneeschleiers bedeckt. Darunter schimmerte das Olivgrün einer alten Armeejacke mit Fellkragen hervor. Kunstpelz. Liebermann ging in die Hocke und besah sich den Kopf. Dunkle, teilweise verfilzte Haare. Relativ weit oben, unweit der Schädelnaht, wirkten sie feucht. Unwillkürlich dachte Liebermann an die Marmelade aus seinem Traum.

»Wenig Blut«, sagte er zu Dr. Genrich. »Entweder war der Schlag nicht sehr stark, oder er hat nach innen geblutet.«

»Kümmern Sie sich um Ihren Kram«, entgegnete die Medizinerin und hackte etwas in ihren Laptop. Dr. Gerlach hinter ihr lächelte entschuldigend.

Liebermann richtete die Augen wieder auf den Toten, um sich das morbide Stillleben einzuprägen. Bei Bildern gelang ihm das zuweilen, bei Namen oder einzelnen Details selten. Vorsorglich zog er seinen Block und kritzelte ein paar Zeichen darauf.

Dann hieß er Dr. Genrich freundlich, sich um ihren

Kram zu kümmern und ging. Er hatte gesehen, was es zu sehen gab. Einen männlichen Clochard, Anfang, Mitte dreißig mit Kopfverletzung, dunklen Haaren, Gummistiefeln und Blasen auf der Nase, an einem erloschenen Feuer. An einem hundekalten Nikolaustag. Nach den Blasen würde er Dr. Genrich später fragen, wenn sie heruntergekocht war. In Anwesenheit eines frischen Toten war sie nicht zu gebrauchen. Ansonsten erweiterte sich seine Sammlung dunkelhaariger, schmalgesichtiger männlicher Mittdreißiger einfach um ein Exemplar. Das deprimierte ihn.

Gestern Abend hatte er kurz den Rausch eines bevorstehenden Durchbruchs erlebt. Umso heftiger traf ihn jetzt der Absturz. Unter Simons besorgtem Blick massierte er seine Schläfen.

»Tut Ihnen der Kopf weh, Kommissar?«

Die sanfte Stimme des Anwärters legte sich wie ein Pflaster um Liebermanns Stirn. Er hatte noch gar nicht gefragt, wie das Tête-à-Tête mit Kommissarin Holzmann ausgegangen war. Erst jetzt fiel ihm ein, dass sie trotz der Kälte einen Rock trug.

Er lächelte Simon zu. »Überlassen wir das Feld den Spezialisten und ziehen uns ins Warme zurück.«

LEIDER WAR ES IM Konferenzraum nicht warm. Irgendein Idiot hatte die Heizung abgedreht. Um die Grade, die der Luft fehlten, irgendwie zu kompensieren, schluckten Kommissarin Holzmann, Simon und Müller unablässig Heißgetränke, während Liebermann wie ein Marathonläufer um den Tisch rannte und der neuen Sachlage einen Sinn abzuringen versuchte.

»Lassen Sie's«, brummte Müller, als der Hauptkommissar wieder einmal an ihm vorbeihechelte.

»Freunden Sie sich mit der Tatsache an, dass da draußen ein Irrer herumläuft, der es auf Obdachlose abgesehen hat. Der eine bringt gern Huren um, ein anderer Stadtstreicher, am Ende ist es dasselbe. Jemand will die Gegend sauber halten. Es ist nicht Ihre Schuld, dass wir jetzt erst darauf kommen, ein Serientäter verrät sich immer erst durch die Wiederholung.«

Für den Oberkommissar war das eine ausgesprochen rücksichtsvolle Zusammenfassung. Nur war Liebermann gerade nicht in der Stimmung, sie zu würdigen.

»Zwei Morde sind keine Serie, sondern ein Paar.« Er beendete seine Raumwanderung vor der Tafel, nahm ein Stück Kreide, ein zweites und betrachtete beide versonnen. Dann schloss er die Augen. Die Gesichter vor ihm verschwanden, stattdessen erschien das Stillleben aus dem Unterstand. »Woher wissen wir so sicher, dass der Tote vom Sportplatz obdachlos war?«, fragte er, als er die Augen wieder öffnete.

»Weil er so aussah«, antwortete Simon.

»Schon, aber er trug Gummistiefel. Bei minus zehn Grad in der Nacht. Kommt Ihnen das nicht seltsam vor? Seine Füße müssen lange vor ihm tot gewesen sein.«

Kommissarin Holzmann zog die Teekanne zu sich. »Wer weiß, Obdachlose arbeiten gern mit Zeitungspapier und Lumpen.« Ohne ihn zu fragen, schenkte sie auch Simon nach. »Am besten warten wir den Bericht der Gerichtsmedizin ab.«

Dr. Genrichs Bericht, dachte Liebermann gereizt, Hübotters Bericht, Berichte über noch ausstehende Laborergebnisse, der WG-Küchenbericht von Rufus über Kaminholz und Unzuverlässigkeit, überall Berichte, die wie die Walzen einer Wäschemangel über die Wahrheit rollten und sie immer dünner machten. Wie kam er ausgerechnet auf eine Wäschemangel? Egal. Kommissarin Holzmanns und Simons Bericht über den vergangenen

Abend im »Mea Culpa« zählte nicht mehr, er war von einem Toten in olivgrüner Armeejacke überboten worden. Sollte Abrams selbst sehen, wie er mit seiner Polin klarkam. Liebermanns Gedankenstrudel erlahmte und saugte sich selbst in die Tiefe.

Er sah, wie Kommissarin Holzmann den Mund bewegte. Offenbar sagte sie etwas, wobei sich an ihrer Oberlippe ein kleiner Zipfel bildete. Süß. Ob der Mörder es beim Reden auch zu solchem Zipfel brachte? Ein Teil von Liebermanns Verstand hoffte nicht, der andere lenkte ihn zur Tür hinaus und ans Telefon in seinem Büro, ließ die Hand zum Hörer greifen und gab eine Nummer ein.

»Können Sie sich heute Nachmittag eine Stunde freinehmen?«, fragte er Abrams statt einer Begrüßung.

»Heute Nachmittag liefere ich ein Klappbett nach Caputh.«

»Verschieben Sie die Lieferung, oder kommen Sie vorher. Es dauert nicht lange. Sagen wir um drei. Und trinken Sie vorher einen Schnaps.«

»Einen ... Gott, Kommissar! Sind etwa die Verwandten meiner unerträglichen Schwägerin bei Ihnen eingeritten?« Er brach ab. »Nein«, sagte er heiser. »Sie haben Jakob gefunden. Oder er hat Kontakt zu Ihnen aufgenommen.«

Liebermann drückte den Hörer ans Ohr, um den Tischler, der mit jedem Wort leiser wurde, zu verstehen.

»Sagen wir so: Wir haben *jemanden* gefunden. Ob es Ihr Bruder ist, müssen Sie uns sagen, denn er kann sich nicht ausweisen.«

»Aber was behauptet er denn, wer ...«

»Er behauptet gar nichts. Er liegt in der Gerichtsmedizin.« Liebermann nannte Abrams die Adresse. »Egal, wie es ausgeht, es tut mir leid«, fügte er hinzu.

Aber Abrams hatte schon aufgelegt.

Liebermann öffnete das Fenster, atmete einen Zug kalte Luft und wählte die nächste Nummer.

Während er darauf wartete, dass jemand abnahm, stellte er sich vor, ein Regenschirm zu sein, an dem jeder Guss abtropfte.

Freizeichen. Freizeichen. Vielleicht steckte sie mit ihrer neuesten Eroberung im Stau. Freizeichen.

»Genrich!«

»Hallo, Liebermann hier. Meinen Sie, Sie schaffen es, den Toten bis fünfzehn Uhr für eine Identifizierung herzurichten?«

SERRANO TRAF STREUNER AN der Abfalltonne des Fleischers. Die letzten beiden Abende hatte Liebermann sein Schnitzel vergessen, und man konnte nicht davon ausgehen, dass er heute dran dachte.

Streuner wirkte etwas bereift, aber durchaus zufrieden. Nein, dachte Serrano, als er ihn näher betrachtete, er wirkt erleichtert.

»Es hat gedauert. Aber endlich kam eine Alte mit einem Hund. Furchtbarer Köter.«

»Und dein Geist?«

»Er nuschelt noch dann und wann leise, kein Vergleich zu vorher.« Streuner trat von der Tonne zurück. »Nach dir.«

»Nein, nach dir, du hast mehr durchgemacht.«

»Auch wahr«, sagte Streuner und sprang auf den Fenstersims der Fleischerei, von dem er sich einen Fleischklumpen aus der Tonne angelte. »Übrigens ist mir eingefallen, was am Kapuzenmann nicht gestimmt hat.« Er warf den Klumpen auf den Boden und sprang hinterher. »Es schlug wie der Blitz in mir ein, als ich die Finger des neuen Toten gesehen hab.«

»Und, was war's?«

»Die Pfoten. Der Tote vom Sportplatz hatte seine Krallen abgenagt, wodurch sie unregelmäßig lang waren, wie bei meinem Kumpel. Beim Kapuzenmann, erinnerst du dich...«

»Waren sie gestutzt?«, fragte Serrano.

ALS LIEBERMANN SEIN TELEFONAT mit der Gerichtsmedizinerin beendete, stand Kommissarin Holzmann neben ihm.

»Es klang nach Sturm, da habe ich lieber an der Tür gewartet«, sagte sie. »Dr. Genrich?«

»Ja.«

»Und was sagt sie?«

»Dass ich impertinent bin.«

»Hm.«

»Dass sie Leichen nicht auf Zuruf herrichtet.«

»Haben Sie das verlangt?«

»Ja. Ich möchte unseren aktuellen Toten gern dem Bruder von Jakob Abrams zeigen.«

Die Kommissarin hob die Brauen und legte ein Blatt auf den Tisch. »Sie glauben nicht an die Theorie vom mordenden Obdachlosenhasser.«

»Sagen wir, ihr kommt eine grüne Jacke in die Quere. Was ist das?«

»Die Adressen der Potsdamer Häuser, für die Roy Erxleben in den letzten beiden Monaten Gutachten angefertigt hat. Der Ehemann von Nora Stölzel, der Schwager vom Kapuzenmann«, fügte sie hinzu, als Liebermann die Stirn krauste. »Sie hatten mich beauftragt.«

Um ihr einen Gefallen zu tun, nahm Liebermann die Liste und überflog sie. Achtzehn Adressen, alle von der akkuraten Kommissarin durchnummeriert. Den Postleitzahlen nach befanden sich zwei Drittel jenseits der Havel im Süden der Stadt oder in Babelsberg. Einige in der Innenstadt, wenige im Norden. In Potsdam West nur eine in der Sellostraße. Liebermann stutzte. Er legte die Liste ab, nahm seine Jacke von der Stuhllehne und begann in den Taschen zu kramen. Eine Handvoll zerknitterter Zettel kam zum Vorschein. Konzentriert strich Liebermann einen nach dem anderen glatt, ehe er endlich einen grünen aufhob und neben die Liste hielt.

»Wie finden Sie das«, murmelte er und trat zur Seite, damit die Kommissarin besser lesen konnte. »Dass Roy Erxleben vor acht Tagen im Auftrag einer Immobilienfirma namens Hirsch & Betzel eine gutachterliche Besichtigung des Hauses vorgenommen hat, in dem Jakob Abrams' WG wohnt. Was sagen Sie dazu?«

»Nichts. Ich recherchiere bloß. Es ist Ihre Aufgabe, Schlüsse zu ziehen. Aus diesem Grund sind Sie in einer höheren Gehaltsklasse als ich.« Die Kommissarin errötete. »Entschuldigung.«

»Wofür, Sie haben völlig recht. Tun Sie mir den Gefallen und recherchieren Sie, ob Roy Erxleben für den Abend des letzten Samstags ein Alibi hat.«

»Na ja, wie man's nimmt. Er saß mit seiner Frau in der heimeigenen Sauna. Offenbar auch eine andere Gehaltsklasse.«

Als Liebermann sie erstaunt ansah, winkte sie ab.

»Es hat mich nur einen Anruf gekostet. Ich kann Lücken im Protokoll nicht leiden.«

Liebermann wusste nicht, ob er erfreut oder erschüttert sein sollte über die zunehmende Selbstständigkeit seiner Untergebenen.

»Roy hat, ohne mit der Wimper zu zucken, sein Alibi für letzten Samstag heruntergespult?«

»Nein, seine Frau. Und sie hat durchaus mit der Wimper gezuckt, soweit man das über vierunddreißig Kilometer hinweg sagen kann«, meinte Kommissarin Holzmann, während sie ihren Rock straff zog. »Unter anderem deshalb überzeugt mich die Serienmordtheorie auch nicht. Vielleicht denkt Nora Erxleben gerade dasselbe wie ich: Es ist schon ein bemerkenswerter Zufall, dass ihr Mann, der Schwager ihres toten Bruders, kurz vor dessen Ermordung einen Termin im Haus des Mannes hatte, dem ein Teil des Fundortes gehört und der gleich darauf verschwindet.«

»Und vielleicht gerade wiederaufgetaucht ist«, ergänzte Liebermann. »Sie vergessen, dass wir seit heute noch einen Toten haben.«

»Nicht im Mindesten. Aber da wären wir wieder bei den Gehaltsstufen«, sagte Kommissarin Holzmann, bevor sie Liebermann mit einem Lächeln verließ.

## 36

IHR MANN GING FREMD. Es hatte eine Weile gedauert, bis Franziska diese Erkenntnis gekommen war, und praktisch gesehen änderte sie auch nichts. Sie konnte nicht einmal behaupten, dass ihr Mann eine andere vögelte, ohne dabei den seifigen Beigeschmack einer halben Lüge zu schmecken. Vielmehr vögelte er überhaupt mal wieder jemanden. Zwischen ihnen hatte sich in dieser Hinsicht schon seit Jahren nichts Nennenswertes mehr ergeben. Und wenn, dann hatten sie es ohne persönlichen Einsatz hinter sich gebracht und anschließend sofort vergessen.

Woran Franziska sich deutlicher erinnerte, waren die Berge von steif gefalteten Hemden, die Delle auf dem Sofa, die Mokkalöffelstiele, mit denen er seine Ohren gereinigt hatte, die feuchten grauen Haarknäuel im Badewannenabfluss und der Geruch nach saurer Milch, wenn sie zufälligerweise zusammen in einem Raum gewesen waren. Nein, dass ihr Mann seine Gastprofessur in Córdoba genutzt hatte, um sich eine Spanierin zu angeln, brachte sie nicht um, es verwunderte sie eher. Deutsche Professoren mussten in Spanien wirklich hoch im Kurs stehen.

Was Franziska störte, war, dass sie seit ihrem ersten keimenden Verdacht an chronischer Schlaflosigkeit litt, ihren Zigaretten- und Alkoholkonsum verdoppelt hatte und, vermutlich aus diesen Gründen, unentwegt abnahm.

Zum ersten Mal in ihrem Leben fühlte sie sich ohnmächtig, ein Zustand, der sie abwechselnd schlaff und aggressiv machte und für den sie sich stellvertretend an allem Männlichen rächte, das über den Weg lief. Nicht dass sie vorher viel von Männern gehalten hatte. Aber bis zum feigen Abdanken ihres eigenen hatte sie ihnen zumindest eine gewisse evolutionäre Existenzberechtigung zugestanden. Seit einigen Wochen jedoch dachte sie häufig über die Vorteile des Klonens nach. Besonders wenn sie Liebermann und seinen nebligen Augen begegnete.

Und ganz besonders, wenn er etwas von ihr verlangte.

Sie bellte Dr. Gerlach an, die Leiche aus dem Kühlfach zu holen. Die junge Ärztin eilte davon. Als fände sie es normal, dass die Bullen ihrem Neuzugang eine Stunde nach der Einlieferung schon Besuchserlaubnis erteilten. Der Bulle, korrigierte sich Franziska und fummelte ihre Zigaretten aus der Hosentasche. Die Pest sollte ihn holen.

SIE DRÜCKTE GERADE DIE Kippe aus, als sie eintrafen. Liebermann wie immer mit schwankendem Gang und einer Miene, die Nachdenklichkeit oder eine Frühform von Parkinson ausdrückte, und ein dünner Typ in Blaumann und Steppjacke, der offenbar unter einem nervösen Tick litt. Sein linkes Auge zuckte, als er der Ärztin die Hand gab. Sie zeigte auf die Fußmatte hinter der Tür.

»Treten Sie sich die Schuhe ab!«

Während sie den Männern dabei zusah, wie sie artig die Matte bestiegen, entspannte sie sich allmählich. Und noch mehr, als sie die säuerlichen Ausdünstungen von Liebermanns Begleiter wahrnahm. Erregung, Spannung, Angst – das altbekannte Aroma. Zum ersten Mal hatte sie es als Kind im Wartezimmer eines Zahnarztes gerochen, jetzt gehörte es zu ihrem Leben.

»Stellen Sie sich einfach vor, dass er schläft«, sagte sie zu dem Dünnen. »Und danken Sie Gott bei der Gelegenheit, dass Sie es nicht sind.«

Der Dünne starrte sie mit zuckendem Auge an. Musste störend sein, so ein Tick, aber aus irgendeinem Grund versöhnte er Franziska mit Liebermanns Überfall. Der da würde keine Frau einlullen und hinterher wie eine alte Kartoffel fallen lassen.

DER DA VERHIELT SICH im Übrigen angenehm dezent. Kein Gequatsche, kein Zaudern, keine Inszenierung von Tapferkeit. Nur ein kurzes Schnappatmen vor der Leiche und verstärktes Zwinkern beim Anblick der blasigen Nase.

»Nein.« Liebermann verschob sein Gesicht, was Franziska ein schadenfrohes Lächeln entlockte.

»Nein was?«

»Das ist er nicht. Jakob«, setzte er hinzu.

»Und auch sonst haben Sie keine Ahnung, wer es ist?«, fragte Liebermann.

Abrams wandte die Augen von dem Toten.

»Warum sollte ich?«

»EIN UMWELTFREUNDLICHER MENSCH«, sagte Franziska, als er weg war. »Setzt keine unnötigen Plapperimmissionen frei, die Luft hier ist fast so sauber wie vorher.«

Die Luft roch nach Reinigungsmittel und einer Ahnung von kaltem Rauch, fand Liebermann, der zum Leidwesen der Ärztin keine Anstalten machte, Abrams zu folgen. Ihre Kollegin lächelte ihn zaghaft an und verließ den Raum. Zurück blieben ein toter Mann, ein lebender und eine Standarte mit Brille und Kittel.

»So long«, knarrte die Standarte. »Warten Sie auf meinen nächsten Film, bis dahin gibt es hier nichts mehr zu sehen. Wie hat Ihnen der letzte eigentlich gefallen?«

Liebermann schob die Hände in die Hosentaschen.

»Gut«, log er. »Was ist mit seiner Nase?«

»Was soll mit der sein? Ihre würde auch so aussehen, wenn Sie sie an ein Feuer legen würden.«

»Kaum. Ich würde vorher aufwachen und sie wegnehmen. Es sei denn, ich könnte nicht, weil ich zum Beispiel tot bin.«

»Oder ohnmächtig«, sagte Franziska und presste eine Hand auf die Stelle, unter der ihre Galle lag. Es half nichts, weder gegen den Gallenstein, der ihr gerade wuchs, noch gegen den Bullen ihr gegenüber. Sie entschied sich für einen Deal. »Passen Sie auf: Ich gebe Ihnen jetzt ein paar Bonbons, und Sie nehmen sie, bedanken sich höflich und dampfen damit ab. Ob Sie sie gleich in den Mund stopfen oder im LKA in Ihr Naschgläschen legen, ist mir egal, Hauptsache, Sie verschwinden, einverstanden?«

»Haben Sie schlecht geschlafen, Doktor?«

»Einverstanden?«, wiederholte Franziska.

»Ja.«

»Schön. Erster Bonbon: Wie Sie selbst bemerkt haben dürften, war unser Jüngelchen hier kein Stammgast auf Staatsempfängen oder in Wellnessbädern. Im Gegensatz zu ihm wirkt der Kapuzenmann beinahe wie Barbie-Ken. Die Haare speckig und verfilzt, beginnende Räude am Hals und vielleicht auch unter der Kleidung und...« Sie nahm eine Hand des Toten auf und zeigte sie Liebermann. »... die Nägel abgefressen. Der andere hat zumindest eine Schere benutzt, wenn auch keine Feile. Das sagt uns, dass selbst Obdachlose unterschiedliche Ansichten über Körperpflege haben. Der hier ist seit Wochen, vielleicht Monaten nicht mit Seife in Berührung gekommen, ich tippe Hundert zu eins, dass wir unter seinen Klamotten ganze Staaten von Milben, Sackratten, Pilzen und...«

»Ich habe verstanden, dass er ein Streuner war.« Die Erwähnung der Besiedlung des Toten löste einen Juckreiz auf Liebermanns Rücken aus, aber unter den wachsamen Augen der Medizinerin mochte er sich nicht kratzen. »Was ist mit seiner Kopfwunde?«

»Die gucke ich mir genauer an, wenn er aufgetaut

ist. Aber mich würde wundern, wenn sie tödlich gewesen wäre. Zweiter Bonbon. Vermutlich hat ihm einer die Flasche, die dieser Einfaltspinsel von Hübotter am Feuer gefunden hat, über den Schädel gezogen und ihm eine hübsche Platzwunde in Verbindung mit einem kleinen Trauma verpasst, jedenfalls hätte unser Mann am nächsten Morgen einen doppelt so schweren Kater gehabt wie sonst, wenn er denn aufgewacht wäre.«

»Und warum ist er es nicht?«

»Dritter Bonbon: Weil er tot war, Sie Idiot!«

Liebermann überhörte die Beleidigung. Mit dem älteren Abrams hatte sich soeben eine Idee verflüchtigt, die sich gestern Abend lose skizziert und angesichts Roy Erxlebens Potsdamer Terminliste verdichtet hatte. Nur ein Wölkchen von einer Idee, aber sie hatte das Zeug für einen befreienden Regen gehabt, wäre die vermilbte Leiche dort Jakob Abrams gewesen. Auch so blieb noch genug, Müller und seinem Serientäter das Ruder nicht kampflos überlassen zu müssen, doch der Regen würde nun höchstens ein mittleres Rinnen sein. Vorausgesetzt, er schaffte es, sein Restwölkchen zu halten.

»Er ist erfroren«, tippte er und trat einen Schritt zurück, um genug Spielraum im Falle eines Angriffs zu haben.

Hinter ihren Brillengläsern kniff Franziska Genrich die Augen zusammen.

»Warum bewerben Sie sich nicht einfach um meinen Job?«

»Zu viel Leichensäfte. Ist er erfroren?«

»So weit sind wir noch nicht.«

Also ja.

»Er hat eins mit der Flasche über den Schädel bekommen, ist mit dem Gesicht zum Feuer eingeknickt und hat sich vorn die Nase verbrannt, während er hinten schon zu erfrieren begann.«

Sie verdrehte die Augen und atmete tief durch. »Haben Sie keine Freunde, die Sie mit Ihren Geschichten langweilen können?«

Also ja.

»Danke.« Liebermann wandte sich zum Gehen. Kurz vor der Tür kehrte er noch einmal um. »Haben Sie ihm schon mal die Gummistiefel ausgezogen?«

Über Franziska Genrichs Züge lief ein Zucken, als hätte sie ein kaputtes Kabel berührt. Liebermann begriff, dass er soeben die Grenze ihrer Geduld überschritten hatte, aber darauf konnte er jetzt keine Rücksicht nehmen.

»Aus einem bestimmten Grund möchte ich Sie bitten, es zu tun. Einer genügt«, fügte er hinzu.

»Nur fürs Protokoll, Hauptkommissar: Sie wollen, dass ich ein halb gefrorenes winkelförmiges Steak aus einem halb gefrorenen winkelförmigen Futteral schäle«, sagte sie mit hohler Stimme. »Oder sagen wir lieber: breche.«

Liebermann besann sich, dann ging er zu einem Tisch, auf dem in einer Schale mehrere Instrumente lagen, griff eine Art schlanke Geflügelschere und hielt sie ihr entgegen.

»Es ist Ihr Refugium. Aber mein Fall. Wenn Sie wollen, nehme ich Ihnen die Arbeit ab, überlegen Sie sich's.«

Die Medizinerin war zu einer Stele des Hasses erstarrt. Oder sie stand unter Schock. Eher Letzteres, dachte Liebermann, als sie die Schere nahm, war aber dennoch froh über deren gebogene Form.

Wortlos schnitt sie den linken Stiefel auf. Es gab ein knirschendes Geräusch, und eine zerlöcherte Socke von undefinierbarer Farbe wurde sichtbar. Durch das zerfranste Gewebe schimmerte es grau.

Kein Zeitungspapier, keine vier Paar Wollstrümpfe, nur nekrotisches Gewebe.

Am Morgen nach dem Schlag wäre der Mann vielleicht mit einem doppelten Kater, dafür aber ohne Füße aufgewacht.

»Ich stehe in Ihrer Schuld«, sagte Liebermann und verließ die Gerichtsmedizin in dem Bewusstsein, dass er diese Schuld in Dr. Genrichs Augen erst einlösen würde, wenn er selbst in einem ihrer Kühlfächer lag.

Vor der Tür traf er die andere Medizinerin.

Sie stand in einen dünnen Wollmantel gehüllt und rauchte. Liebermann wunderte sich kurz, dass sie nicht die für Raucher ausgewiesene Ecke im Foyer benutzte, und zog seine eigenen Zigaretten heraus.

»Sie holen sich noch den Tod.«

Sie lächelte. »Der Tod wohnt hier. Sind Sie fertig?«

»Sagen wir, Dr. Genrich ist fertig mit mir«, antwortete Liebermann und kramte nach seinem Feuerzeug. Sie gab ihm ihres. Gerlach, fiel ihm ein, als er sich bedankte.

»Behandelt sie Sie auch, als hätten Sie es auf ihr Tafelsilber abgesehen?«

»Nein, mich lässt sie es putzen.«

Eine originelle junge Frau. Und schlagfertig, offenbar brachte der dauernde Umgang mit Toten einen besonderen Humor hervor.

Dr. Gerlach nahm noch einen Zug und ließ ihre Kippe in den Schnee fallen, wo sie sie verscharrte.

»Nehmen Sie ihre Ausfälle nicht persönlich«, sagte sie. »Sie müssen sie sich wie einen lädierten Duschkopf vorstellen, der in alle Richtungen heißes Wasser spritzt statt in die Badewanne. Besonders in die Richtungen, in denen Männer stehen.«

»Ist mir aufgefallen. Aber warum?«

»Weil sie von einem enttäuscht worden ist, darum. Und weil sie von einem auf alle schließt. Deshalb sucht sie Trost bei den Toten, die können sie nicht enttäuschen. Deshalb bewacht sie sie wie ein Drache sein goldenes Ei.«

»Irgendwann werden ihre goldenen Eier begraben«, wandte Liebermann ein.

»Sicher. Aber bis dahin sind es ihre allein. Hat sie Ihnen das Lippenbändchen unseres Neuzugangs gezeigt?«

Liebermann runzelte die Stirn. »Nein, was ist damit?«

»Sehen Sie, was ich meine, wenn ich sage, dass sie ihre Toten hütet?«, fragte Dr. Gerlach und stemmte die Tür auf. »Sogar ihre kleinen Geheimnisse. Es gibt kein Lippenbändchen. Weggeschnitten, wie bei dem anderen.«

BEI SEINER RÜCKKEHR ERWARTETE Liebermann neben einigen Fotos des Obdachlosen mit den erfrorenen Füßen ein brandneues Phantombild des Teltowmörders. Kommissarin Holzmann und der Zeichner hatten ganze Arbeit geleistet. Diesmal ähnelte es tatsächlich einem Menschen, dem man die Verrichtung alltäglicher Dinge zutraute. Vielleicht auch nicht alltäglicher, wie Mord.

Er heftete die Neuzugänge an seine Pinnwand neben die Fotos von Jakob und dem Kapuzenmann, von dessen Spitznamen er sich aus Gewohnheit nicht trennen mochte. Nachdenklich betrachtete er die kleine Ausstellung und nahm schließlich das Foto ab, auf dem Jakob Abrams ihm durch eine Zahnlücke hindurch zugrinste. Liebermann wog es eine Weile in der Hand, dann steckte er es ein und verließ das Büro.

Er streifte durch die Flure der Mordkommisson, warf einen Blick in den verwaisten Konferenzsaal, der ihm zwei Grad wärmer vorkam als vor seinem Ausflug in die Gerichtsmedizin, und besuchte seine Leute.

Müller hockte wie ein übergewichtiger Kondor am Faxgerät und streute wieder einmal Bilder in die Futterkrippen der Obdachlosenvereine, während Simon, den

Telefonhörer zwischen Kinn und Schulter geklemmt, stenografische Zauberkunststücke vollführte.

Im Büro nebenan protokollierte Kommissarin Holzmann mit fliegenden Fingern den von Hübotter eingetroffenen Erstbefund vom Tatort.

So viel emsige Betriebsamkeit lähmte Liebermann. Er kehrte in sein eigenes Büro zurück und rief Nico an, um festzustellen, dass auch sie ihre Energie zurückgewonnen hatte.

Die Rebellion des Körnchens lag zwei Tage zurück, seitdem verhielt es sich ruhig und planschte vergnügt im Fruchtwasser. Bei der Visite hatte der Arzt ihr einen abschließenden Ultraschall für zwei Uhr nachmittags verordnet.

Sie lud ihn ein, dabei zu sein.

»Vielleicht winkt er dir auch zu, dein kleiner Klon. Und im Anschluss kannst du mir gleich die Tasche tragen.«

Zum ersten Mal seit Tagen tauchte Liebermann in eine frische Brise.

»Sie entlassen dich?«

»Was soll *abschließender Ultraschall* sonst bedeuten? Außerdem habe ich keine Blutungen mehr, keine Wehen, der Muttermund ist geschlossen, und mir ist langweilig. Wenn das Kind uns ein Zeichen gibt, schwirren wir ab.«

Gott, wie er sie vermisste!

Liebermann sah zur Uhr. Ihm blieb noch eine knappe Stunde. Eine knappe Stunde wofür? Zwei Fälle aufzuklären? Sich auf die Begegnung mit seinem Kind vorzubereiten?

Er strich sich durchs Haar, sammelte die Fotos von der Pinnwand und wiederholte seine Bürorunde, diesmal um sich zu verabschieden und um telefonische Übermittlung etwaiger Neuigkeiten zu erbitten.

»Falls ich nicht rangehe, sprechen Sie mir aufs Band. Ich rufe zurück, sobald ich aus dem Krankenhaus komme.«

Simon ließ vor Schreck den Stift fallen. »Ist etwas passiert?«

Liebermann lächelte. »Nein, ich habe ein Rendezvous mit meinem Sohn.«

ER WAR IMMER NOCH etwa drei Zentimeter groß, hatte einen riesigen Kopf, der nicht so recht zu seinen marginalen Händen und Füßen passte, und sah ihm auch sonst in keiner Weise ähnlich, fand Liebermann. Er winkte auch nicht, paddelte höchstens ein wenig. Über einen Lautsprecher hörte Liebermann laut und regelmäßig das Echo des Herzens. Für seinen Geschmack schlug es zu schnell. Da aber sowohl Nico als auch die Ärztin mit zufriedenen Mienen am Bildschirm hingen, verkniff er sich einen entsprechenden Hinweis und tat, als teile er ihre Begeisterung. Er murmelte »Ah!«, als der Cursor auf das vermeintliche Kinn zeigte, »Oh!« zum Durchmesser des Schädels (angeblich normal) und »Unglaublich« zu etwas, das man ihm als Mageninhalt verkaufen wollte, wobei er sich fragte, ob eine Verdauungsschau wie diese mit dem Artikel 1 des Grundgesetzes vereinbar war, und atmete auf, als die Ärztin Nico ein Tuch gab, um sich das Kontaktgel vom Bauch zu wischen.

»Sehr schön. Wenn es so bleibt, feiern Sie den dritten Advent schon wieder zu Hause.«

»Den zweiten«, verbesserte Nico.

Die Ärztin gab ihr lächelnd einen Ausdruck, auf dem ein verschwommener Umriss zu sehen war. »Na, so eilig marschieren die Franzosen nicht. Ein paar Tage verwöhnen wir Sie noch, päppeln Ihre Eisenwerte hoch und passen auf, dass das Kleine es sich nicht noch mal anders überlegt.«

»Und wenn ich nicht aufgepäppelt werden will?« Nico sprang auf, japste und erstarrte.

Noch bevor Liebermann irgendetwas begriff, hatte die Ärztin sie zurück auf die Liege gedrückt.

»Sie wollen, glauben Sie mir!«

NIEDERGESCHLAGEN FUHR LIEBERMANN NACH Hause. Ohne Tasche, ohne Nico, die er nach dem Abklingen der Wehe in ihr Zimmer gebracht und wie ein Verräter an eine Schwester mit Warzen am rechten Ellbogen und einer Magnesiumpille in der Hand übergeben hatte. Beim Abschiedskuss hatte sie geweint. Lautlos und ohne Tränen, er hatte es nur an ihrem Zittern gemerkt.

An ihrer Stelle heulte er. Schlimmer als ein Verräter war ein überflüssiger Verräter, dachte er, als er halb blind auf die Breite Straße bog, die das Viertel mit dem Rest der Stadt verband. Und schlimmer als ein überflüssiger Verräter war einer, der sich in Selbstmitleid ertränkte.

Zum Glück waren die Mädchen noch nicht zu Hause. Nur der alte Bellin passte ihn vor der Tür ab, neben sich einen neuen Salzeimer.

»Wie geht's dem Kind?«

»Gut«, sagte Liebermann tonlos.

»Na also. Was soll, das soll, haben Sie übrigens über mein Angebot nachgedacht?«

Liebermann sah auf.

»Der Klavierunterricht für Miri«, half der Alte nach.

»Nein. Ich meine, wenn sie möchte, habe ich nichts dagegen.«

»Sehr gut. Was halten Sie von Montagnachmittag?«

Liebermann hatte sich noch nie eine Meinung über Wochentage gebildet, und er hatte auch keine Ambitionen, jetzt damit anzufangen. Er versprach, Miri den Vorschlag zu übermitteln, und verabschiedete sich.

»Versuchen Sie's mal mit Kamillenkompressen«, rief Bellin ihm hinterher. »Mit der Bindehaut ist nicht zu spaßen, Ihre scheint es ja ordentlich erwischt zu haben.«

NACH EINEM MINUTENLANGEN GESICHTSBAD in kaltem Wasser ohne Kamille waren Liebermanns Bindehäute wieder klar. Das Erste, was er deutlich sah, war eine Spur aus Bettfedern, die sich vom Küchenschrank, Dienstags bevorzugtem Versteck, bis ins Schlafzimmer zog. Der Kater selbst stand zu einem Bild des Vorwurfs erstarrt neben seinem Futternapf.

Ohne ein Wort packte Liebermann ihn am Schlafittchen, klaubte mit der anderen eine angebrochene Dose Katzenfutter aus dem Kühlschrank und trug beide aus dem Haus.

»Der rechte Vorgarten gehört Serrano«, knurrte er, als er die Dose durch die Zaunstreben des linken schob. »Lass dir von ihm ein paar Manieren beibringen. Heute Abend hole ich dich wieder rein. Und so werden wir es von jetzt an immer handhaben.« Er warf Dienstag über den Zaun und preschte ins Haus zurück.

Bis zur Ankunft der Mädchen lag Liebermann auf Nicos Bett, neben sich die Fotos aus dem Büro, im Kopf Kraut und im Herzen ein Loch.

Als sie die Tür öffneten, dachte er, dass er zu allem Überfluss auch noch ein schlechter Vater sei. Und ein mieser Bulle. Im nächsten Moment hörte er ein vertrautes Nörgeln. Mit einem Satz war er auf den Beinen.

Er schaffte es gerade noch, Dienstag zu schnappen, ehe er unter dem Schrank verschwand.

»Der Kater kommt raus!«

Legitimiert durch seine unterdurchschnittlichen Fähigkeiten als Vater, schritt er an den entsetzten Mädchen vorbei und entsorgte den Kater erneut.

»Er randaliert«, erklärte er bei seiner Rückkehr.
»Er spielt«, berichtigte Zyra erbost.
»Weil er noch ein Kind ist«, fügte Miri ebenso erbost hinzu.
»Auch Kinder spielen draußen. Stellt ihm einen Schlitten hin, wenn ihr wollt. Außerdem sind Katzen für ungeborene Babys gefährlich.«
Das saß.
»Warum?«, fragte Zyra nach einer Weile.
»Sie übertragen Krankheiten.«
»Welche?«
»Toxoplasmose, um nur ein Beispiel zu nennen.«
Angesichts eines so gewaltigen Wortes verstummte sie. Dennoch verfolgte der Unmut seiner weiblichen Wohngenossen Liebermann den Rest des Nachmittags und darüber hinaus, obgleich es Fischstäbchen mit Kroketten zum Abendbrot gab und er zur Feier des Nikolaustags eine Partie Uno mit ihnen spielte, die er verlor, weil er statt der Zahlen wahlweise dunkelhaarige Phantomköpfe oder eine dunkelhaarige Frau auf seinen Karten sah.
Als sie endlich vor ihrer Kindersendung saßen, atmete er auf.
Jenseits der Fenster schwebten Flocken durch den Abend, legten sich weiß auf ihre Brüder, den frisch gesalzten Weg, das Geröll in Liebermanns Kopf und kühlten die pochende Entzündung in seiner Brust. Zeit, den kleinen Widerling ins Warme zu holen und Serrano sein Schnitzel zu bringen.

SCHON ALS JUNGES HATTE es Serrano genossen, über Neuschnee zu laufen. Schlug man das richtige Tempo an, merkte man die Kälte nicht, nur die sanfte Federung, die ihn an die Wanderungen über das Fell seiner Mutter erinnerten. Der einzige Nachteil bestand in den Spuren, die jedem Trottel verrieten, in welchen Geschäften man unterwegs gewesen war: Die Abfalltonne des Fleischers, wo sie sich in einem Delta anderer Spuren vereinigten, oder der Garten des Katzenhauses, wo er Wu nach der Abendfütterung zu einem Gegenbesuch überredet hatte. Sie lief hinter ihm, lautlos, aber er spürte ihren Atem.

Der Stachel war aus seiner Brust verschwunden. Jetzt, danach, war Serrano unerklärlich, wie er überhaupt dorthin gekommen war. Er schämte sich. Das war das Mindeste. Und dass er durch das Geständnis seiner Eifersucht zur Erheiterung von Wus Perserfreundinnen beigetragen hatte. Seinetwegen hätten sie die ganze Nacht über ihn lachen können, solange Wu nur bei ihm war.

Nur Wu, dachte er, als er ihr voran durch den Zaun schlüpfte und auf ein ekelhaft bekanntes Augenpaar traf.

Was tat der kleine Bastard hier? Soviel Serrano wusste, lebte er oben bei der Schnitzelfrau, Liebermanns Freundin. Vor drei Monaten hatte er selbst ihn dort abgeliefert, seitdem hatte er ihn nur einmal im Hintergrund gesehen, als Streuner und er Liebermann den schmutzigen Fetzen aufgedrängt hatten. Hinter ihm knisterten Zweige.

»Was ist?«, fragte Wu.

Serrano bedeutete ihr zu warten, als die Tür des Hauses aufging. Kurz darauf kündeten leises Rascheln und Klirren von der Ankunft des Schnitzels.

Er erkannte Liebermann an der steifen Beinkluft und der Stimme, die etwas in den linken Vorgarten hineinrief. Im abgehackten Tonfall einen Namen, aber nicht seinen. Und nicht besonders freundlich.

»Das gilt dir«, sagte Serrano zum Bastard. »Ab ins Körbchen!«

Der Bastard duckte sich und verschwand. Doch nicht um Liebermann in die Hände zu laufen. Dazu hätte er sich weiter rechts halten müssen. In Serrano verklumpte sich etwas: Sein Ziel war das Schnitzel!

Zwei Sprünge und etliche abgeknickte Fliederzweige später stand er neben ihm. »Wage es nicht!«

Der Bastard knurrte. Sein schwefliger Blick ging von Serrano zu Liebermann, der den Geräuschen folgend vom linken Vorgarten abließ und herankam.

»Rühr das Schnitzel an, Kleiner, und ich beiße dir die Kehle durch, ehe dein Beschützer die Pfote nach dir ausgestreckt hat«, fauchte Serrano, während er den anderen umschlich.

Das Knurren des Bastards verstummte. »Das wäre dumm von dir, Großer. Statt dein Abendmahl ausnahmsweise mit einem armen Vetter zu teilen, würdest du für den Rest deines Lebens darauf verzichten müssen. Und dabei ist noch nicht einmal klar, ob du es schaffst, mir die Kehle durchzubeißen.«

So viel Frechheit verblüffte Serrano. Der Kleine war zwar drahtig und der Sohn eines gefährlichen Schlächters, aber er reichte ihm nur bis zur Schulter. Und von seinem Vater, den Serrano im Herbst geschlagen hatte, wusste er nichts. Er sah zu Wu. Dann zu Liebermann, der untätig vor dem Zaun stand, und schüttelte den Kopf.

»Bravo. Dein Papi wäre stolz auf dich. Mich langweilst du ein wenig.«

Er packte das Schnitzel, um es zu Wu zu tragen. Im nächsten Augenblick lag es auf dem Boden.

»Pardon«, sagte der Bastard. »Ich an deiner Stelle würde lieber hier fressen. Und da das Schnitzel aus diesem Haus stammt, sind Auswärtige von der Mahlzeit ausgeschlossen. Besonders so hässliche wie die da, auch wenn sie zu dir passt«, fügte er mit Blick auf Serranos Ohrruine hinzu. »Der Einohrige und das Skelett.«

Liebermann war endlich in die Knie gegangen. Doch

bevor er zufassen konnte, schoss Wu auf den Bastard zu und versetzte ihm eine Ohrfeige. Verblüfft taumelte er zurück. Der nächste Hieb schmetterte ihn gegen eine Zaunstrebe.

Wu betrachtete ihre Pfoten, trat sie im Schnee ab und setzte sich neben Serrano.

»So redet man nicht mit Erwachsenen«, sagte sie.

WIE EINGEFROREN HOCKTE LIEBERMANN vor dem Zaun und versuchte die Szene, der er gerade beigewohnt hatte, zu begreifen. Vielleicht gab es gar nicht viel zu begreifen. Revierkämpfe, Kämpfe um Weibchen, das gab es auch in seiner Welt. Obwohl Dienstag keineswegs den Eindruck erweckt hatte, scharf auf Serranos dürre Gefährtin zu sein. Eher schon auf sein Schnitzel. Dreist. Aber genau das, was man von ihm erwartete.

Schade, dass Nico es nicht gesehen hatte. Wie aber passte die Dürre ins Bild? Irgendetwas hatte sie in Rage gebracht, aus ihrer Zuschauerposition gelockt und wie eine Furie auf Dienstag gehetzt. Um ein Haar hätte sie ihn ausgeknockt und ihm beim Erwachen einen doppelten Kater hinterlassen. Wie bei dem Toten vom Fußballplatz, der ihn dank seines zwischenzeitlichen Ablebens nicht mehr mitbekommen hatte. Ebenso wenig wie die grauen Stumpen, die seine Füße gewesen waren.

Manchmal war der Tod gnädig.

Manchmal erwischte er den Falschen.

Hinter Liebermanns Schläfen begann es wieder zu summen. Er beruhigte sie durch kreisende Fingerbewegungen, schnappte sich den verwirrten Dienstag und stand auf.

»Wenn ich in den letzten drei Minuten etwas gelernt habe«, sagte er zu Serrano, »dann, dass man niemanden nach dem ersten Eindruck beurteilen sollte. Deine Freundin hat Biss.« Halte sie dir warm, dachte er, denn morgen ist dein Gegner wieder draußen.

MIT GRIMMIGER GENUGTUUNG SETZTE er Dienstag in der Küche ab. Eine Weile stand der Kater da und glotzte blöde in die Luft, ehe ihn die Erinnerung befiel. Im nächsten Augenblick war er unter dem Schrank verschwunden. Kinder erziehen sich am besten gegenseitig, hatte irgendjemand in jüngster Vergangenheit gesagt. Offenbar war es bei Katzen nicht anders.

Seine Schläfen massierend ging Liebermann zu den Mädchen und assistierte ihnen zerstreut beim Rest ihrer Kindersendung. Ein dunkelhäutiger Junge, ein dicker Mann und eine sprechende Mischung aus Hund und Echse flogen mit einer Lok durch die Luft, was den Jungen in regelmäßigen Abständen zu Schreien oder manischem Gelächter veranlasste. Der Film war eine Zumutung. Darüber hinaus auch gefährlich, denn er konterkarierte nicht nur die Erdanziehungskraft, sondern auch die Evolution, was die Mädchen allerdings nicht zu stören schien. Sie hatten sich zwischen Kissen verkeilt, hielten ihre Nikolausteller auf dem Schoß und knabberten Pfefferkuchen.

Liebermann entzog sich dem medialen Grauen, indem er Augen und Ohren schloss und sich zum Ausgleich die Bilder ansah, die sich zuletzt auf seine Netzhäute gebrannt hatten:

Dienstag vor dem Schnitzel, fauchend umschlichen von Serrano. So weit, so klar. Serrano beanspruchte das Fleisch, möglicherweise auch seinen Stammplatz für sich. Dienstag hatte zurückgefaucht, auch klar, aber kühn. Serrano überragte ihn um einen Kopf und war der Erfahrenere von beiden. Dennoch hatte Dienstag keinerlei Zeichen von Angst gezeigt, wie Liebermann es erwartet hätte. Kein Buckel, nur halb zurückgelegte Ohren, und selbst sein

Knurren hatte nachlässig geklungen, beinahe amüsiert. Mögliche Erklärung: Er, Liebermann, von dem er im Falle eines Kampfes Beistand erwartete. Da hatte er auf Sand gebaut. Liebermann wäre erst kurz vor dem Auszählen eingeschritten, und auch das nur seinen Frauen zuliebe. Doch zu Kampf und Rettung war es nicht mehr gekommen, weil die Dürre wie der Strahl eines Wasserwerfers aus dem Off geschossen war und Dienstag gegen den Zaun geworfen hatte. Warum?

Weil auch sie um das Schnitzel fürchtete? Nein, dann wäre sie früher eingeschritten. Außerdem hatte sie es nach ihrem Angriff kaum mehr beachtet. Liebermann hielt seinen inneren Film bei Dienstags Flug gegen den Zaun an und ließ ihn dann in Zeitlupe weiterlaufen. Die Dürre wich langsam zurück, die Pfoten über den Schnee schleifend wie über einen Fußabtreter. Ein knappes Murren, dann gesellte sie sich zu Serrano.

Liebermann öffnete die Augen und sah, wie der dicke Mann im Fernsehen den dunkelhäutigen Jungen umarmte, der gerade wieder einen seiner Lachanfälle hatte. Unwillkürlich fielen ihm der ehemalige Hausmeister des Kinderheims und Roman Stölzel ein. Dann wieder die Katzen, und von dort war es nicht weit zu Kommissarin Holzmann.

Er ging in den Flur und rief sie an. »Wissen Sie noch, was heute in Ihrem Adventskalender war?«

»Zwei Burmesen«, sagte sie überrascht.

»Sonst nichts?«

»Nein, wenn man davon absieht, dass sie Nikolausmützen trugen. Heute ist Nikolaustag.«

»Danke.«

WIE JEDER ALBTRAUM GING auch der Film mit dem dicken Hausmeister und dem sprechenden Evolutionsfehler einmal zu Ende. Liebermann scheuchte die Mädchen ins Bad. Während sie duschten, suchte er im Internet nach Burmesen. Nicht, dass ihn Katzenrassen interessierten, aber er hatte das Bedürfnis nach übergeordnetem Beistand, und sei es nur das eines Katzenorakels. Warum nicht, andere legten Karten.

Er klickte auf eine Bildergalerie und war enttäuscht. Blonde Plüschtiere mit dunklen Gesichtern, sozusagen die langhaarige Variante von Serranos Gefährtin. Trotzdem druckte er ein Bild aus, legte es zu den anderen. Dann wappnete er sich für die Gutenachtzeremonie.

DIE ABENDGESCHICHTE WAR ÄHNLICH enttäuschend wie der Film, nur dass diesmal von fliegenden Besen statt Lokomotiven die Rede war und noch unwahrscheinlicheren Kreaturen als der Hundeechse. Wenn die Jugend mit derlei Unterhaltung aufwächst, dachte Liebermann, während er sich die Zunge an einem lateinischen Zauberspruch brach, sehe ich für die Zukunft der Menschheit schwarz. Leider gehörten dazu auch zwei zarte Geschöpfe, die er liebte.

Als er sie auf die Scheitel küsste, hatte er die Zukunft schon wieder vergessen. In seinem Kopf löste sich seit einer halben Stunde ein Pfropf.

Zum ersten Mal hatte er es nach dem Katzenstreit gemerkt. Nur war es da vom Summen in seinen Schläfen überlagert gewesen.

Dann wieder vor dem Fernseher. Als wenn am Ende einer Erkältung die Schleimhäute zurückschrumpften und sich zwischen ihnen und dem Rotz ein Spalt bildete, so war die Zugluft in seinen Schädel geschossen, während er in Zeitlupe den Angriff der dürren Katze abgerufen hatte. Er war förmlich zusammengezuckt. Warum?

Liebermann setzte sich an den Schreibtisch und breitete die Fotos mitsamt den Burmesen vor sich aus, die mit ihrem hellen Fell und den dunklen Gesichtern wie Negative ihrer menschlichen Bildnachbarn aussahen. Er versuchte, sie sich mit Nikolausmützen vorzustellen, wie die in Kommissarin Holzmanns Kalender. Grotesk. Die Kommissarin fand sie sicher niedlich. Er schloss die Augen. Zwei Mützen auf Katzenköpfen, zwei Nikoläuse aus Schokolade, halb ausgewickelt. Oder ganz? So genau erinnerte er sich nicht mehr an den Traum, aber egal. Solange das Papier intakt war, konnte man es ihnen wieder anziehen. Den stilisierten Gesichtern darunter machte das nichts aus.

Sein Handy klingelte. Mechanisch zog Liebermann es aus der Tasche.

»Ich weiß, dass es spät ist«, entschuldigte sich Simon. »Aber ich wollte warten, bis bei Ihnen Ruhe eingekehrt ist. Ist denn schon Ruhe eingekehrt, sonst…«

»Was gibt's«, schnitt Liebermann ihm das Wort ab.

»Vorhin hat die Leitern dieses Büros für Heimkinder angerufen. Der ehemalige Zögling, von dem ich Ihnen erzählt habe, ist bereit, mit uns zu reden.«

»Schön.«

»Dafür ist Mattekat, der ehemalige Hausmeister, gestorben.«

»Wie, an seinem Leistenbruch?«

»Nein, an einer Embolie. So etwas kommt vor, wenn aktive ältere Leute zum ersten Mal längere Zeit liegen.«

Liebermann betrachtete zerstreut die Zahnlücke auf dem Foto des sechsjährigen Jakob Abrams.

»Rufen Sie Nora Erxleben an«, sagte er. »Ich glaube, Sie bereiten ihr mit der Nachricht ein vorfristiges Weihnachtsgeschenk.«

»Uns entfällt damit ein Verdächtiger.«

»Als solcher ist er uns schon heute früh entfallen, als

wir die zweite Leiche gefunden haben. Mattekat hat Roman Stölzels Seele auf dem Gewissen, und jetzt hat Gott ihn nach langer Überlegung dafür bestraft. Seinen Vasallen Behring können wir getrost den Kollegen und diesem Büro für Heimkinder überlassen. Sind Sie etwa noch im Büro?«

»Ja«, sagte Simon kleinlaut. »Aber nur…«

»Bleiben Sie dort«, unterbrach ihn Liebermann. »Es könnte sein, dass ich Sie heute noch brauche. Wenn nicht, rufe ich Sie in spätestens zwei Stunden an.«

Simon schwieg einige Sekunden.

»Folgen Sie wieder einem Handschuh?«, fragte er dann.

»Nein, diesmal sind es zwei Nikoläuse. Wussten Sie übrigens, dass man Jakob Abrams, genau wie Roman Stölzel, als Kind das Lippenbändchen entfernt hat?«

## 37

WIE SCHON BEIM LETZTEN Mal zeigte Abrams der Ältere sich wenig erfreut, den Kommissar vor der Tür seiner Privatwohnung zu finden.

Murrend ließ er ihn ein.

»Haben Sie denn nie Feierabend?«

»Erst wenn ein Fall geschlossen ist«, sagte Liebermann und trat sich die Schuhe ab.

Aus der Küche zu seiner Linken duftete es nach Gebratenem.

»Hühnchen?«, riet er.

»Ente«, antwortete der Tischler und ging ihm voran ins Wohnzimmer. »Wenn Sie schon mal da sind, können Sie auch gleich mit uns feiern.«

»Was feiern?«

»Dass die Polin uns verlassen hat. Mit den Tageseinnahmen von gestern, der Spieluhr meiner Großmutter und noch ein paar Kleinigkeiten, aber sie ist weg. Und wenn ich mir eines auf der Welt wünsche, dann dass jemand sie hundertmal um sich selbst dreht, damit sie den Weg hierher nicht wiederfindet. Sonja«, rief er hinter sich, »wir brauchen noch einen Teller für den Kommissar!«

Er wies Liebermann einen Platz an dem festlich gedeckten Tisch zu, brachte ihm ein Glas und schenkte Champagner aus einer bauchigen Flasche ein, wobei er über die Strapazen klagte, die Frau Pajak ihm während der letzten Tage bereitet hatte.

Sonja kam mit der Ente und dem Teller.

»Ein Traum!«, sagte Abrams, als er die Kruste aufschnitt. »Kommissar, Ihnen gebührt der Bürzel.«

»Das bezweifle ich«, entgegnete Liebermann verlegen. »Noch warten zwei Tote darauf, dass ich ihnen zu ihrem Recht verhelfe.«

Die Hand mit der Geflügelschere zuckte zur Seite und trennte einen der Entenflügel zu weit vom Rumpf ab.

»Sie dürfen nicht immer nur an die Arbeit denken, Kommissar! Davon bekommen Sie Verspannungen, Kopfschmerzen und irgendwann einen Burnout, und was haben Ihre Toten davon? Außerdem schulden wir dieser Ente Respekt, den wir ihr erweisen, indem wir sie mit Genuss und Dankbarkeit verspeisen, nicht mit schlechtem Gewissen.«

Der Tischler legte die Schere ab und hob sein Glas.

»Ich mache Ihnen einen Vorschlag: Solange wir essen, reden wir nur über die schönen Dinge des Lebens. Liebe, Freiheit, Musik, Polen, die nicht zur Familie gehören, und was Ihnen so einfällt, einverstanden? Der Rest kann warten.« Er sah Liebermann in die Augen. »Wenn ja, stoßen Sie an.«

Liebermann erwiderte den Blick, hob sein Glas ebenfalls und stieß es erst gegen Abrams', dann gegen Sonjas, das ein wenig zitterte.

»Der Ente zuliebe.«

Es wurde eine beinahe ungezwungene Mahlzeit. Die Ente war nicht umsonst gestorben, sofern man das von einem Tier sagen konnte, dessen Erfüllung darin bestand, irgendwann auf einem Teller zu landen. Sonja war eine vorzügliche Köchin. Sie hatte das Beste aus ihr herausgeholt, ohne es ihr zu nehmen. Und Abrams erwies sich als überraschend wendiger Conférencier. Jeden Bissen spickte er mit Anekdoten und Witzen, die zudem allesamt amüsante Pointen besaßen. Hin und wieder streifte Sonjas Blick ihn mit einem sonderbaren Glanz. Sie aß wenig und langsam. Liebermann hatte den Eindruck, dass sie nur aus Höflichkeit an ihrem Champagner nippte, während Abrams sich alle paar Minuten nachschenkte und ihm zuprostete. Je redseliger er wurde und je knochiger die Keule auf seinem Teller, desto sicherer wurde sich Liebermann, dass seine Gastgeber mehr als den Abgang der Polin feierten. Sonja trug ein Kleid aus grünem Samt, das ihren zierlichen Körper wie ein Futteral umgab, und einen Ring, den er an ihr noch nie gesehen hatte. Dazu der Champagner, Kerzen. Alles eine Nummer zu hoch für die Freude über den wiedergewonnenen Hausfrieden.

Heute Vormittag noch hatte Abrams einer Leiche gegenübergestanden.

Vor weniger als einer Woche einer anderen. Sein Bruder galt nach wie vor als verschollen. Liebermann biss auf einen Knorpel und legte sein Besteck nieder, Messer und Gabel gekreuzt.

Der Tischler tat es ihm gleich.

»Also Ende der Spiele«, sagte er und rutschte in sein altes Gesicht zurück. Das Gesicht eines Handwerkers in schlechten Zeiten. »Sie sind nicht wegen Frau Pajak gekommen.«

Liebermann faltete seine Serviette auseinander. »Nein.«

»Sondern?«

»Wegen der Leiche heute Morgen.«

Abrams nickte. »Und weiter?«

»Und wegen der Leiche aus dem Hof Ihrer Tischlerei.«

»Was soll ich dazu sagen?« Abrams griff nach der Flasche. »Sie müssen mir schon ein bisschen mehr geben, Kommissar.«

Liebermann zog Jakobs Kinderfoto aus der Tasche und legte es auf den Tisch.

»Zahnlücken können reizvoll sein, besonders in diesem Alter. Später würde eine wie diese hier mit ziemlicher Sicherheit jeden Kieferorthopäden alarmieren. War es bei Jakob auch so?«

Abrams zuckte die Achseln.

»Nicht nötig. Unser Zahnarzt hat ihm einfach das Lippenbändchen entfernt. Das geht ruck, zuck.«

»Ruck, zuck«, wiederholte Liebermann. »Wie bei dem Toten in der Tischlerei.«

»So etwas kommt häufiger vor, als Sie denken.«

»Kann sein. Trotzdem möchte ich, dass Sie ihn sich morgen ansehen, nur um jeden Irrtum auszuschließen.«

»Wozu«, fragte Abrams gedehnt. »Ich habe ihn schon gesehen.«

Liebermann lächelte. »Ich weiß. Aber nicht am Montag. Da haben Sie wie alle anderen nur einen Toten in einer steppdeckenartigen Jacke mit bis auf die Nasenspitze zugezogener Kapuze gesehen. Und wie alle anderen haben Sie den zu dieser Vermummung gehörenden Spitznamen heruntergeleiert: Kapuzenmann. Denn Wahrheit eins ist, es hätte auch ein Affe drin stecken können, es hätte niemand gemerkt. Jedenfalls nicht am Tatort. Und auch die Gerichtsmedizinerin konnte letztlich nur den Affen ausschließen. Nun ja, oder eine Frau. Nicht den Kapuzenmann. Denn Wahrheit zwei lautet: Niemand wusste, wie er wirklich aussah. Er war einfach ein verpacktes Phantom mittlerer Größe mit Nase. Um ihn nachträglich von einem Phantom in einen Menschen zu verwandeln, hätte es eines Ausweises bedurft oder irgendeines anderen Dokuments, das seinen Namen enthielt, aber zufälligerweise hatte er nichts dergleichen bei sich. Dafür aber etwas anderes: einen blauen Fleck unter dem Auge und eine Katze.«

Der Tischler sah zu Sonja, die ausdruckslos und mit gekreuzten Armen dasaß. »Es tut mir leid, Kommissar, aber ich verstehe nicht, worauf Sie hinauswollen. Jakob hatte keine Katze.«

»Womit wir uns dem springenden Punkt nähern.« Liebermann fummelte eine übersehene Fleischfaser von seiner Entenkeule. »Der Kapuzenmann hatte eine. Ich erspare Ihnen das Wie und Warum, um Sie nicht anzuöden, jedenfalls hat diese Katze uns etwas gebracht, das beinahe ebenso gut wie ein Ausweis war und uns zu seinem Namen und seiner Herkunft geführt hat.«

»Na also. Dann haben Sie ihn doch, wo liegt das Problem?«

»Darin, dass der Name und der tote Kapuzenmann nicht identisch sind.«

»Weil er sein Lippenbändchen noch hatte?«, tippte Abrams.

»Nein, er hatte auch keins.«

Abrams hob resigniert die Hände.

»Der Kapuzenmann«, fuhr Liebermann fort, »ist der Tote, den Sie heute Vormittag ganz richtig nicht zu Ihrem Bruder erklärt haben, obgleich er ihm in Statur, Alter, Haarfarbe und sogar Gesichtsform ähnelt. Was Sie vergessen haben zu erwähnen, war, dass er aus demselben Grund sterben musste.«

Liebermann machte eine Pause, bevor er mit einem bedauernden Lächeln fortfuhr. »Leider haben Sie die Kleiderordnung vermasselt. Wenn man zwei Tote schon die Sachen tauschen lässt, dann richtig. Sie haben Ihrem Bruder zwar die Schuhe des Kapuzenmanns angezogen, was wahrscheinlich problemlos ging, so zerfleddert, wie sie waren, außerdem waren sie ihm etwas zu groß. Andersherum war es schwieriger. Der Kapuzenmann hatte Schuhgröße vierundvierzig, die Schuhe Ihres Bruders Größe zweiundvierzig, außerdem nehme ich an, dass sie solider gearbeitet waren, wie im Übrigen auch der Rest seiner Kleidung. Es kam nicht infrage, sie dem Kapuzenmann überzuziehen, das hätte Ihren Plan durcheinandergebracht. Den nämlich, ihn später irgendwo als weiteren erfrorenen Obdachlosen auffinden zu lassen. Bis auf die Unterwäsche mussten Sie ihn also völlig neu ausstatten. Tja. Woher bekommt man ein Obdachlosenkostüm?«

Abrams wechselte einen Blick mit Sonja, die blass geworden war.

»Woher soll ich das wissen?«

»Ganz einfach: entweder aus dem eigenen Fundus oder aus der Altkleidersammlung. Wie es der Zufall will, war für Montag gerade eine solche Sammlung angekündigt, und ein paar Eilige hatten schon am Sonnabend ihre Tüten an den Straßenrand gestellt. Ich war selbst anwesend, als am Sonnabendnachmittag einige Schneemänner im Tischlereihof mit ihrem Inhalt dekoriert wurden. Zum Beispiel mit einem Paar schwarzer Gummistiefel. Am Montag stand der betreffende Schneemann plötzlich barfuß da, dafür hockte ein neuer an einem Holzstapel, der zwar auch keine Stiefel, dafür aber einen menschlichen Kern hatte. Na schön, möglich, dass nach dem Wettbewerb jemand vorbeigekommen war und die Stiefel, weil sie ihm gefielen, einfach mitgenommen hat. Aber es wäre schon ein seltsamer Zufall, wenn dieser Jemand ausgerechnet der Tote gewesen wäre, den wir heute Morgen zwei Kilometer von der Tischlerei entfernt gefunden haben.«

»Weshalb?«, fragte Abrams mit gefrorenem Grinsen. »Mir erscheint es logisch. Während der Kapuzenmann in der Tischlerei gehaust hat, bekam er sicher ab und an Besuch von anderen armen Schluckern. Einer davon fand die Stiefel, nahm sie mit in seinen Unterstand, und dann schlug irgendwann die Kälte zu.« Er schlürfte die Neige aus seinem Glas. »Finden Sie nicht, dass das plausibel klingt?«

Liebermann schwieg.

»Sie sehen irgendwie komisch aus, Kommissar, ist Ihnen nicht gut? Vielleicht war der Bürzel doch zu fett. Warten Sie, ich hole Ihnen einen Schnaps.«

Es war seltsam mit den Erwartungen. Blieben sie unerfüllt, war man enttäuscht. Wurden sie erfüllt, erwartete man sofort etwas Besseres. Was Liebermann betraf, wünschte er sich, dass Sonja nicht so blutarm auf ihrem Stuhl hockte und dass die Tür aufging und Jakob Abrams vital und reuig mit einem unterschriebenen Geständnis für den Mord am Kapuzenmann hereinkam. Er sah auf die sperrigen Reste der Ente. Gestorben für zwanzig Minuten Wohlbehagen mit anschließendem Sodbrennen.

An der Wand gegenüber tickte eine Kuckucksuhr.

»Wie kommen Sie darauf, dass der Mann mit den Stiefeln erfroren ist?«

Abrams war schon aufgestanden und ging ruhigen Schrittes zu seinem Vitrinenschrank.

»Mir ist, als hätten Sie es heute Vormittag erwähnt. Ist er etwa nicht erfroren?«

Mit einer Flasche und drei Gläsern kehrte er zurück.

»Doch. Aber ausnahmsweise bin ich mir sicher, nichts dergleichen erwähnt zu haben. Wissen Sie, warum? Weil ich bis zu unserer Verabschiedung in der Gerichtsmedizin davon überzeugt war, dass der Mann erschlagen wurde. Und zwar just in dem Unterstand, von dem Sie eben sprachen«, fügte er hinzu. »Und den ich ebenfalls nicht erwähnt habe.«

Mit eckigen Bewegungen stellte Abrams die drei Schnapsgläser nebeneinander, füllte sie und schob jedem eines hin.

»Ich hätte gern ein Haar von Ihnen«, sagte Liebermann.

»Wozu?«

»Um es mit den Rückständen unter den Fingernägeln des Kapuzenmanns abzugleichen. Des echten.«

Er deutete auf den verschorften Kratzer auf dem rechten Handrücken des Tischlers.

Abrams schwenkte die ölige Flüssigkeit in seinem Glas. Dann seufzte er. »Na schön, Sie kriegen Ihr Haar. Und wenn Sie wollen, sehe ich mir auch den Toten aus der Tischlerei an, und vermutlich wird mir dabei übel. Oder ich fange an zu heulen, wenn mir einfällt, wie Jakob als Knirps mit Zahnlücke war. Nicht viel anders als später, aber niedlicher und vor allem respektvoller seinem großen Bruder gegenüber. Ich bin es leid, vor Ihnen im Dreieck zu springen, um meinen Hals aus der Schlinge zu ziehen. Sie haben gewonnen. Ich möchte nur, dass Sie wissen, dass es ... passiert ist. Jakob hat's drauf angelegt, als er letzten Sonnabend hier war, er hat jede Unterstützung bei der Pflege unserer Mutter verweigert, stattdessen hat er sich über mich lustig gemacht, mich beleidigt und mir mit der Demolierung meines Ladens gedroht, falls ich seine Schulden nicht übernehme ... da ist es mit mir durchgegangen.«

»Wo war das? Dieser Streit, wo hat der stattgefunden?«

»Ist das denn wichtig?«, fragte Abrams. »Unten im Laden. Er kam gegen acht, und ich bin mit ihm runtergegangen, um Sonja nicht zu stören, die hier oben die Abrechnung gemacht hat. Und, ach was soll's, ich wollte nicht, dass sie sich begegnen. Jakob hatte ein Auge auf sie geworfen und umgekehrt ...«

»Enno!«, rief Sonja. Ihre Wangen hatten sich verfärbt.

Abrams lächelte sie an. »Ich bin vielleicht hässlich, aber nicht blind. Und aus diesem Grund hätte ich alles drangesetzt, die Geschichte abzuwürgen. Jakob hat Frauen wie Taschentücher gebraucht. Ein paarmal reingeschnaubt und dann weggeworfen. Jeder Schnupfen eine Neue. Das beste Beispiel ist die Polin. Von der wusste ich da noch nichts. Schade eigentlich.«

»Wir waren im Laden«, erinnerte Liebermann behutsam.

»Stimmt. Trinken Sie Ihren Schnaps, Kommissar. Sie sind zwar bei der Arbeit, aber nicht im Dienst, also wissen Ihre Kollegen nichts davon, oder sehe ich das falsch?«

Liebermann lächelte und trank. Im nächsten Moment japste er nach Luft.

»Was ist das?«

»Grüner Chartreuse. Räumt den Magen auf, aber Sie dürfen ihn nicht so stürzen. Atmen Sie tief ein und aus. Gut so. Zum Laden gibt es nicht viel zu sagen. Wir waren zu dritt: Jakob, ich und ein billiger Obstbrand, mit dem er mir wahrscheinlich das Geld aus der Tasche schwemmen wollte. Während er ihn mehr oder weniger alleine getrunken hat, wurde klar, dass die Fronten auf beiden Seiten verhärtet waren, es kam zum Streit, den Beleidigungen, bis es eine zu viel war und Schluss.«

»Er hat ein Hämatom unter dem rechten Auge.«

»Ach ja, vor dem Vierkant ist mir die Faust ausgerutscht.«

»Wegen der letzten Beleidigung?« Liebermann atmete tief durch.

»Hm«, sagte Abrams.

ERST ALS LIEBERMANN SICH bereit erklärte, noch einen Chartreuse zu trinken, willigte er ein, mit ihm in den Laden hinunterzusteigen, damit der Kommissar sich, wie er meinte, die Szene bildlich vorstellen konnte.

Das zweite Glas brannte weitaus weniger. Vielleicht lag es daran, dass von seinen Verdauungsorganen ohnehin nicht mehr viel übrig war und der Chartreuse ihm direkt in die Beine floss. Und in die Finger, wie Liebermann feststellte, als er unterwegs eine SMS an Simon schrieb. Telefonieren mochte er nicht, das kam ihm pietätlos vor. Für einen Brudermörder war Abrams ziemlich entgegenkommend, und die Ente war wirklich ausgezeichnet gewesen.

Hintereinander schlängelten sie sich durch die mit Brettern vollgestellte Diele an der Küche vorbei zum Hintereingang des Ladens.

Drinnen war es finster, wegen des Rollladens vor dem Schaufenster. Abrams schaltete das Licht ein, und Liebermann sah dieselben Möbel wie beim letzten Mal. Sauberer Boden, keine Kasse. Die hatte Sonja wahrscheinlich schon mit nach oben genommen. Sie stand schmal in der Tür des Hintereingangs, als scheue sie sich, den Ort zu betreten, an dem ihr ehemaliger Geliebter das Zeitliche gesegnet hatte.

Liebermann bat den Tischler, ihm zu zeigen, wo er und Jakob sich während des Streits aufgehalten hatten, was dieser etwas unbeholfen tat. Langsam zeigte sich auch bei ihm die Wirkung des Alkohols.

»Erst haben wir gesessen und getrunken«, sagte er und deutete auf zwei schlichte Hocker mit runden Beinen, die einen ebenso schlichten Tisch umstanden, und dann auf seinen Chartreuse, den er mitgenommen hatte. »Wollen Sie noch einen?«

»Warum nicht.«

Sie nahmen jeder einen ordentlichen Schluck aus der Flasche. Diesmal schmeckte Liebermann sogar etwas.

»Gut, nicht? Man nennt ihn auch das ›Elixier des Lebens‹.«

»Wie viel Prozent hat der?«, fragte Liebermann. Er lallte schon ein bisschen.

»55. Der Gelbe hat weniger, also Vorsicht«, antwortete

Abrams und kippte noch einmal nach. Seine Aussprache klang ebenfalls leicht verwaschen. »Als es heftiger wurde, sind wir aufgestanden und zum Kassentisch rüber. Weiß nicht, warum. Um im Notfall was zwischen uns zu haben, glaub ich. Jakob mit dem Rücken zur Wand.«

»Also zur Hintertür.«

»Ja, na ja, aber die war zu. Ungefähr da ging's mit den Beleidigungen los. Schade, dass Sie ihn nicht kennengelernt haben. Im Beleidigen war er nämlich klasse, wusste genau, wohin er treffen musste, damit es richtig wehtat. Besonders, wenn er besoffen war. Noch ein Schlückchen?«

»Lieber nicht.«

»Sehr klug, Sie haben meinen Rat beherzigt, ich tu mich da schwerer.«

Etwas Flüssigkeit rann an Abrams' Kinn herab, die er mit dem Ärmel auffing.

»Was war denn nun die letzte Beleidigung?«, fragte Liebermann. »Ging es da auch um Ihre Mutter?«

Der Tischler stutzte plötzlich und blickte zu Sonja, die immer noch schweigend in der Tür stand.

»Nein, um sie.«

Dünn, dachte Liebermann. Und nicht sonderlich hübsch auf den ersten Blick. Aber irgendwie apart. Er brauchte dringend etwas Brot oder Wasser.

»Als er mit dem Vandalismus anfing, fing ich mit Sonja an. Hab ihm gesagt, dass ich ihr alles erzählen würde. Von der Polin wusste ich noch nichts, aber von einem Haufen anderer Weiber, die er...«

»...wie Taschentücher benutzt hat«, ergänzte Liebermann.

»Genau. Blöd, wie ich war, hab ich ihm auch erzählt, dass wir seit drei Jahren verlobt sind und sie ihn nur für den Übergang nimmt, bis ich den Heiratstermin festsetze.

Da lachte er sein dreckiges Lachen und fragte, was ich denn denke, wozu er *sie* genommen hat. Nämlich nur, um mir eins auszuwischen, weil er gleich gemerkt hat, was zwischen uns läuft. Dann hat er mir Sachen erzählt...«
Wieder ein Blick zu Sonja, die sich langsam spannte. »... und dass ich sie zehnmal heiraten könnte, sie würde ihn sowieso nicht vergessen. Er sie schon. Er habe sie sogar manchmal *dabei* vergessen. Und dann hat er mir viel Spaß gewünscht mit meinem...«

»Mauerblümchen«, sagte Sonja von der Tür her.

Abrams machte eine müde Geste in ihre Richtung.

»Sie haben es gehört?« Liebermann schlingerte zu ihr hinüber.

»Zufällig. Eigentlich wollte ich mich nur verabschieden. Und nebenbei hab ich auf eine Gelegenheit gehofft, Jakob zu fragen, warum er auf meine Anrufe nicht mehr reagiert. Enno hat untertrieben. Genau genommen hat Jakob mich als fleischloses Brett beschrieben, das er erst nach ein paar Bieren besteigen konnte. Da hat Enno ihm eine reingehauen.«

»Aber erschlagen nicht«, sagte Liebermann, der jetzt *dringend* einen Schluck Wasser wollte. »Es gibt hier nämlich weit und breit nichts, was eine kantige Kerbe im Schädel hinterlässt, es sei denn, er hätte einen der Tische genommen.«

Sie zuckte die Achseln. »Nein. Aber hinter der Tür hier lagert jede Menge Holz. Nach Ennos Schlag ist Jakob zurückgewichen. Dann hat er gelacht und ihn zu seiner Secondhandhochzeit beglückwünscht. Da hab ich hinter mich gegriffen.«

In ihren schmalen Händen lag ein Kantholz der Sorte, die man vielleicht für solide Tischbeine benötigt.

Zu spät erinnerte Liebermann sich daran, weshalb er eigentlich hergekommen war.

Nicht wegen der Gummistiefel oder eines Lippenbändchens, obwohl die natürlich eine Rolle spielten.
Sondern hauptsächlich wegen einer dürren, verteidigungsbereiten Katze.

## 38

ALS ER AUFWACHTE, FLIRRTE über ihm eine Neonlampe, die ihm abscheuliche Kopfschmerzen verursachte, und ihm war übel.

»Da ist er ja wieder«, sagte eine Stimme, und für einen Moment verschwand das grausame Licht hinter einem Gesicht, das er nicht kannte oder an das er sich nicht erinnerte. Meinte es ihn? War er weg gewesen? Auch daran erinnerte Liebermann sich nicht.

Das Gesicht zog sich zurück, und das Licht rammte ihm einen Bolzen zwischen die Augen. Besser, man schloss sie wieder.

BEIM NÄCHSTEN MAL WAR die Lampe weg und die Übelkeit etwas abgeklungen. Sein Schädel fühlte sich an, als wäre er mit gärendem Hefeteig gefüllt, aber immerhin ließ sich inmitten der Gärung ein konkreter Schmerz lokalisieren. Er saß im oberen Drittel seines Hinterkopfes, wie ein eifriger Zwerg mit einer Spitzhacke. Als Liebermann versuchte, ihn durch Handauflegen zu beruhigen, fasste er auf gepolstertes Gewebe. Erschrocken nahm er von weiteren Untersuchungen Abstand. Stattdessen drehte er den Kopf ein wenig, was die Gärung zu beschleunigen schien und den Zwerg zu einer wahren Hacksession veranlasste. Eine hellgelbe Wand schob sich in sein Sichtfeld, durchbrochen von einer weißen Türfüllung. Und noch etwas anderes, das wie der obere Rand von einem Gestell aussah. Gegen alle Vernunft zwang er sich noch ein Stück weiter und traf auf ein weißes Bein, das in einem spitzen Winkel in der Luft hing.

»Sie hat's ja hart erwischt«, sagte jemand ein Stück oberhalb des schwebenden Körperteils. »Tückisches Eis, wie? Ist meinem Kumpel auch mal passiert. Ohne Mütze beim Eishockey, dann bei voller Fahrt ein Schläger zwischen die Füße und – aus. Das Geräusch vergesse ich nie. Wir dachten alle, das war's. Blut aus der Nase, starre Augen, weiß wie ein Quarkbecher. War dann aber doch nur eine Hirnerschütterung. Hier sagen sie ›Trauma‹ dazu. Das Blut kam von geplatzten Äderchen in der Nase, nicht aus dem Kopf, aber woher soll man das wissen? Tja, bei mir war es eine Wette. Mit Langlaufskiern die Eierberge runter. Kennen Sie die, die am Schloss Sanssouci, auf denen das Rodeln verboten ist. Rodeln aber trotzdem alle. Da bin ich runter. Also fast. Die Wette hab ich jedenfalls gewonnen.«

Liebermann drehte den Kopf wieder zurück. Er bedauerte, den anderen nicht wie ein Radio ausschalten zu können. So redete das Radio einfach weiter.

»Sie haben um ein Haar das Mittagessen verpasst. Macht aber nichts, es war scheußlich, wie immer. Bohnensuppe mit Speckklumpen, die aussahen wie Reste aus dem – na lieber nicht, sonst kommt's Ihnen hoch, und das muss ich jetzt nicht haben. In zwei Stunden ist Besuchszeit. Da können Sie sich schon mal auf was freuen. Mal sehen, wer heute zuerst kommt, die kleine Süße oder *der* kleine Süße. Gestern war ... oh, heute ist *sie* es!«

Leichte Schritte und gleich darauf eine ebenso leichte Hand auf seiner.

»He«, sagte sie, und mehr als diese Silbe sagte ihr Ton. »Du hast uns ganz schön warten lassen.«

»Sie mich auch!«, rief es aus dem anderen Bett.

Nico ignorierte es.

»W...was...«, stammelte Liebermann.

»Psst. Dein Schädel ist angeknackst wie eine Eierschale.« Sie lächelte.

»Zum Glück ist er so hart, deshalb ist dem Dotter darunter nicht viel passiert. Dass man dich aber auch nicht mal drei Tage allein lassen kann.« Auch ihre Stimme lächelte.

Sie bewirkte, dass Liebermann angenehm müde wurde. »Red weiter«, murmelte er.

SO VERGINGEN DIE NÄCHSTEN Stunden. Oder Tage. Oder Jahre. Mal waren die Augen über ihm grau, mal blau, einmal auch von einem schlierigen Braun. Mal gab es keine Augen. Einmal weckte ihn der Geruch von Weihrauch, und er verzog das Gesicht, worauf die Rauchquelle entfernt wurde. Irgendjemand nestelte an seinem Handgelenk herum. Mit jedem Mal wurden die Wachphasen etwas länger, und er verstand mehr von dem, was seine jeweiligen Besucher ihm erzählten.

Nico hatte sich gegen den Willen der Ärzte selbst aus dem Krankenhaus entlassen, um sich den Mädchen widmen zu können. Zu Liebermanns Beruhigung halfen ihr ihre Mutter und ein ganzer Stab von Freunden dabei, unter anderem der alte Bellin, der Miri, ohne Liebermanns Widerstand, tägliche Klavierlektionen verpasste. Sogar seine Exfrau war den dornigen Berg aus ihrer Buddhistenkommune herabgestiegen, um sich um ihre gemeinsame Tochter zu kümmern.

Der Tischler und seine Verlobte hatten unabhängig voneinander Geständnisse abgelegt, was zunächst für Verwirrung gesorgt hatte, weil jeder der beiden darauf bestand, Jakob Abrams erschlagen zu haben. Was das betraf, wusste Liebermann es besser, denn mit dem erwachenden Bewusstsein kehrte auch die Erinnerung zurück.

»Sonja war's«, sagte er zu Simon. »Sie hat es mir an jenem Abend selbst vorgeführt. Angesichts der Demütigungen seines Bruders verlor Abrams die Fassung und schlug ihn – das Hämatom auf der Wange. Jakob taumelte zurück, wobei er in die Nähe der Hintertür kam, in der Sonja stand, fing sich wieder und schleuderte, vielleicht aus Trotz, den vorangegangenen Beleidigungen noch eine besonders saftige hinterher. Da brannte bei ihr die Birne durch. Mitzubekommen, dass man sich in seinem Geliebten geirrt hat, tut weh. Wenn dieser falsche Geliebte einen aber auch noch vor dem eigenen Verlobten in den Dreck zieht, kann schon mal ein Draht durchschmoren. Sie griff einfach neben sich in einen Stapel Kanthölzer, nahm das erstbeste und schlug ihn nieder. Nicht um ihn zu töten, glaube ich, sondern einfach, um ihn zum Schweigen zu bringen. Dass sie dabei so gründlich war, hat sie sich wahrscheinlich auch nicht träumen lassen. Hier kommt Abrams der Ältere ins Spiel. Er liebt Sonja, er braucht sie und sieht nebenbei nicht ein, dass sie für etwas büßen soll, das Jakob verschuldet hat. Als Praktiker, der er ist, fällt ihm nur eins ein.«

Simon sah Liebermann ruhig an. »Seine Verlobte sagt, dass es ihre Idee war.«

»Sie lügt.« Liebermann bettete seinen Kopf um. Der Zwerg darin schwieg seit einer Weile, wenn er ihn vorsichtig behandelte. Lag er aber zu lange in einer Position, wurde sein Nacken steif. »Also, vergraben kann Abrams seinen Bruder nicht, denn der Boden ist einen halben Meter in die Tiefe gefroren. Aus demselben Grund fällt auch die Havel aus. Er will ihn aber schnell aus dem Haus haben. Wo wäre eine unliebsame Leiche, zumindest eine Zeit lang, sicher, ohne zu stark zu verwesen?«

»In der Tischlerei«, antwortete Simon mitgerissen.

»Exakt. Aber allein kriegt er ihn dort nicht hin. Aufruf zum zweiten Akt für Sonja. Und ab hier fängt die Geschichte an, sich zu verselbstständigen. In den beiden Tagen vor meinem durch Sie vermasselten Heldentod habe ich mir etwas zusammengereimt, das alle Indizien aufnimmt, ohne zu phantastisch zu wirken. Ich bin gespannt, inwiefern es mit den Aussagen von Bonnie und Clyde übereinstimmt. Als sie am späten Samstagabend in der Tischlerei ankommen, ereilt sie ein Schock. Jakob, der Dussel, hat das Tor offen gelassen, wodurch sich irgendjemand eingeladen fühlte, den Hof der Werkstatt mit Schneemännern zu schmücken. Und die wiederum mit abgelegtem Fummel aus Säcken für eine Kleidersammlung. Na gut, er hat auch einen Schlüssel, mit dem er den Hof nach vollbrachter Tat wieder in Privatgelände verwandeln kann. Für die Entsorgung der Leiche hat er den Keller der Tischlerei vorgesehen. Vielleicht auch nicht, aber es scheint mir logisch. Ein Keller wird noch seltener betreten als der Rest eines leer stehenden Gebäudes, der Zugang ist ebenerdig, und wie ich bemerkt habe, fehlen einige Scheiben in den Fenstern, die gerade groß genug sind, um einen Menschen längs hindurchzuschieben.

Irgendwann während der Aktion stellt sich allerdings heraus, dass die Tischlerei bewohnt ist. Auftritt Kapuzenmann. Entweder kommt er gerade nach Hause, oder er wird durch die Geräusche aufgeschreckt, jedenfalls kommt es zur Rangelei, wie der Kratzer auf Abrams' Hand beweist, die damit endet, dass Sonja oder er ihm die Kapuze runterreißt und eine Flasche über den Schädel zieht. Vermutlich sogar seine. Der Kapuzenmann fällt um. Nicht tot wie der andere, nur ohnmächtig wie ich, aber als er da liegt, hat einer der beiden eine Erleuchtung.

Der Kapuzenmann ähnelt Jakob in einigen wesentlichen Merkmalen und ist dank seiner Marotte, auch bei Sonne wie eine Mumie rumzulaufen, bekannt wie ein bunter Hund, obwohl niemand weiß, wie er unter der Kapuze aussieht. Wenn man also einen Mann seiner Größe und seiner Statur in seinen Sachen fände, wäre jedem klar, wen er vor sich hat. Ein Ausweis wäre wegen des Fotos hinderlich, also weg damit, falls er überhaupt einen hatte.

Als Eigentümer der Tischlerei durfte Abrams damit rechnen, dass man ihn zum Tatort rufen und nach dem Toten fragen würde, und dann konnte er in aller Ruhe bestätigen, was ohnehin alle dachten: klar, der Kapuzenmann. Keine Ahnung, wie der hierherkommt. Danach konnte sich die Polizei die Zähne ausbeißen, was sie eine Weile vergeblich tun würde, ehe der Fall ungeklärt bei den Akten landet.

Und Jakob war eben einmal mehr untergetaucht.

Aber da wird es heikel. Der entkleidete echte Kapuzenmann muss natürlich ebenfalls verschwinden, wenn der Plan aufgehen soll.

Am besten zieht man ihm irgendeinen anonymen Fummel an und legt ihn irgendwo ab. Klamotten gibt es genug, in der Tischlerei und in den Kleidersäcken, nur Schuhe nicht. Die von Jakob sind zu klein und zu auffällig. Aber einer der Schneemänner im Hof trägt Gummistiefel. Sie stülpen sie ihm über, legen den neuen Kapuzenmann in einer Ecke des Hofs ab, den Abrams nun doch lieber offen lässt, packen den anderen ins Auto und bugsieren ihn in den Unterstand am Fußballplatz. Da ist im Winter nichts los, mit etwas Glück wird er, falls er stirbt, erst im Frühling gefunden. Zeit genug, um sich was auszudenken.«

Liebermann brach ab und verlangte etwas zu trinken.

Simon flößte ihm fürsorglich etwas Wasser ein. »Was, wenn er überlebt hätte?«, fragte er sanft. »Zugegeben, die Chancen standen bei den Minusgraden und einer Hirnerschütterung schlecht, aber es hätte passieren können.«

»Ja, was?« Liebermann hob die Hände. »Wäre er ohne Papiere in seinem Clochardaufzug zur Polizei gelaufen, um

Anzeige zu erstatten? Einer, der normalerweise alles dransetzte, sein Gesicht zu verbergen? Oder wäre er einfach aufgestanden und hätte weitergemacht wie bisher? Darüber haben Abrams und Sonja sicher auch nachgedacht. Vielleicht haben sie es sogar gehofft – deshalb das Feuer.«

»Ich an seiner Stelle hätte zuerst versucht, mir eine neue Kapuzenjacke zu besorgen.«

Darüber grübelte Liebermann mit waberndem Kopf eine Weile nach.

»Ja«, gab er zu. »Das wäre eine Gefahr gewesen. Wenn der Kapuzenmann nach seinem Tod wiederauferstanden wäre. Aber nicht das Ende der Welt. Jede verrückte Idee zeugt Anhänger. Wie war ich?«

»Nahe dran«, sagte Simon. »Wie sind Sie auf Abrams gekommen?«

»Über eine dürre Katze. Sie hat mit einer Ohrfeige einen Pfropfen gelöst, der zwischen den Dingen und meinen inneren Augen hing.«

»Welchen Dingen?«

»Ein Kratzer auf Abrams' Hand«, murmelte Liebermann und gähnte. »Ich hab ihn erst für eine Berufsverletzung gehalten, obwohl es in diesem Fall viel eher eine Schnittwunde hätte sein müssen. Dann die Karte von Jakob mit der Verabredung. Es war eine Werbekarte, wie sie oft in Kneipen ausliegt, in diesem Fall warb sie für ein Filmfestival im Oktober. Zufälligerweise sammelt eine ehemalige Mitbewohnerin von Jakob solche Karten und hängt sie wie einen Kalender in ihrer WG auf. Jeden Monat kommt eine neue dazu. Bei meinem Besuch dort waren es zehn, der Dezember fehlte und der Oktober. In der WG ist man sich einig, dass Jakob die Oktoberkarte, kaum dass sie hing, aus dem Kalender geklaut hat. Und zwar, um Sonja eine Einladung zu schicken, wie wir jetzt wissen. Da langes Fragen ihm nicht lag, hat er einfach die letzte Karte der WG-eigenen Sammlung genommen. Sonja war klug. Indem sie mir die Karte, die sie irgendwann erhalten hatte, mit der Tagespost unterjubelte, suggerierte sie mir, dass Jakob zwar abgetaucht, aber wohlauf war und sich sogar mit ihr treffen wollte. Als er sie dann ›versetzte‹, hätte ich aufwachen müssen. Sattdessen war ich erst recht überzeugt, dass er in die Sache mit dem Kapuzenmann verwickelt war. Gott, war ich ein Idiot. Vertrauen Sie nie einer Frau, Simon! Und zuletzt das Kantholz. Obwohl wir es in der Tischlerei nicht gefunden haben, war jedermann sicher, dass es von dort stammte. Dabei waren die Balken dort allesamt zu groß und angefroren. Erst nach der Episode mit der dürren Katze fiel mir plötzlich ein, wo es noch jede Menge Holz gab. Nämlich in Abrams' Laden, in seiner Wohnung und in seiner Heimwerkstatt.«

Während der letzten Worte hatte Liebermann die Augen geschlossen. Simon bemerkte es und schrak auf. »Oh, Entschuldigung, Hauptkommissar, ich ...«

»Keine Ursache. Ich bin nur etwas müde.«

Liebermann überlegte, ob er Simon nach dem Stand seiner Drogengeschichte fragen sollte. Er kam nicht mehr dazu.

Nach einem langen Blick auf den schlafenden Hauptkommissar verließ Simon auf Zehenspitzen das Krankenzimmer.

EINE DER LETZTEN BESUCHERINNEN war Kommissarin Holzmann.

Liebermann saß im Schneidersitz auf seinem Bett und las in Kopien der beiden Vernehmungsprotokolle, als sie verlegen etwas Hellgrünes mit Schleife vor ihm ablegte.

»Da Sie morgen rauskommen, dachte ich, dass Blumen nicht mehr viel Sinn machen.«

»Danke.« Liebermann zog die Schleife ab und drehte das grüne Ding unschlüssig in den Händen. Eine Mütze. Oder ein zu groß geratener Eierwärmer. Da er nicht recht wusste, was er sagen sollte, bedankte er sich nochmals.

»Ich hab sie nach einer Zeitungsanleitung gestrickt. Gefällt sie Ihnen?«

»Sehr.« Liebermann ließ die Mütze sinken. »Wie geht es Ihnen?«

»Gut«, antwortete die Kommissarin überrumpelt.

»Und Simon?«

Sie zögerte. »Besser, seit er weiß, dass Sie über den Berg sind. Ich habe ihm ein Buch geliehen, ›Der Spatz in der Hand‹. Er trägt es immer mit sich herum.«

»Ein Buch über Vögel?«

»Nicht über Vögel. Es geht um die Freude an den kleinen Dingen, die man beim Streben nach den großen meist übersieht.«

Liebermann dachte an die drei Therapievorschläge gegen Liebeskummer, die er Simon vor einiger Zeit gemacht hatte. Der mit dem Spatz war nicht dabei gewesen.

»Wissen Sie«, sagte die Kommissarin. »Es ist nicht leicht, das unerreichbare Objekt seiner Sehnsüchte ständig vor Augen zu haben.«

Ihr ernster Ton und der eindringliche Blick irritierten Liebermann. Unerreichbares Objekt? Er hatte nie den Eindruck gehabt, dass Kommissarin Holzmann den hübschen Simon von der Bettkante stoßen würde, falls er sich mal versehentlich darauf niederließ. So konnte man sich irren.

Vorsichtshalber wechselte er das Thema.

»Glückwunsch zum Teltowmörder. Ich hab's in der Zeitung gelesen. Wie es scheint, sind Sie ohne mich besser dran«, fügte er lächelnd hinzu.

Ihr Gesicht hellte sich auf. »Gar nicht, die entscheidenden Tipps kamen von Ihnen. Das Beuteschema, der Schnupfen. Im Hinblick darauf waren auch Ihre Überlegungen zu Abrams' Angestellter gar nicht so falsch. Sie war genau sein Typ, eine unauffällige, aschblonde Brillenträgerin. Und andersherum ähnelte Jakob Abrams dem Teltowmörder: viel Charme in grüner Jacke. Dazu seine Abwesenheit. Für einen Moment hab ich ihn auch für den Teltowmörder gehalten. Wer sollte darauf kommen, dass seine Geliebte ihn umgebracht hat.«

»Ja, wer«, wiederholte Liebermann versonnen und dachte darüber nach, dass im Grunde keiner der Mörder, die ihm bislang über den Weg gelaufen waren, wie einer ausgesehen hatte. Er merkte, dass er sich in psychologische Betrachtungen zu verlieren drohte, und riss sich zusammen.

»Wie haben Sie's angestellt?«, fragte er. »In der Zeitung stand, Sie hätten ihn in Wilhelmshorst vor einem Zeitungsladen gefasst.«

Kommissarin Holzmann räusperte sich und sah verstohlen über die Schulter auf das lebende Radio, das kerzengerade in seinem Bett saß und sie ermunternd angrinste.

»Gibt es hier einen Aufenthaltsraum?«, murmelte sie.

Der Aufenthaltsraum war voll. Stattdessen setzten sie sich an ein Tischchen unter dem Fenster am Ende des Stationsgangs, auf dem medizinische Zeitschriften ausgebreitet lagen.

»Simon erinnerte sich daran, dass Sie Wilhelmshorst als eine der nächsten Stationen des Teltowmörders prophezeit haben. Das haben wir einfach als gegeben genommen.«

»Mit Zustimmung des Oberkommissars?«, fragte Liebermann erstaunt.

Sie zog eine Grimasse. »Na ja. Aber letztlich hatte er auch keine bessere Idee, und es kam auf einen Versuch an. Der Rest war einfach. Von einem Tag auf den anderen tauchte in Wilhelmshorst eine bieder gekleidete, aschblonde Frau mit Brille auf, ging einkaufen, besuchte Restaurants, den Friedhof...«

»Wo wohnte sie?«, fragte Liebermann, von ihrem Bericht zunehmend gefesselt.

»Zur Untermiete bei einem älteren Ehepaar. Als sie am vierten Tag im Zeitungsladen nach Briefmarken fragte, stand plötzlich ein junger Mann in grüner Jacke neben ihr und versuchte sie lächelnd zum Kauf einer bestimmten Sondermarke zu überreden, die nach Tannenduft riechen sollte, wenn man daran rieb. Der Zeitungshändler wusste nichts von solch einer Marke, aber als die Frau den Laden verließ, begleitete sie der junge Mann und schwor, dass er eine solche gerade erst auf einem Brief bekommen habe.« Komissarin Holzmann errötete. »Dann machte er ihr ein Kompliment und fragte, ob sie Lust hätte, einen Kaffee trinken zu gehen. Die Frau war nicht abgeneigt. Sie wollte es ihm gerade sagen, da überkam sie ein Niesanfall, so plötzlich, dass sie es gerade noch schaffte, die Hände vor die Nase zu halten. Und weil sich ihr Schnupfen durch das Niesen gelockert hatte, musste sie hinterher die Nase hochziehen. Eine Sekunde später lag sie am Boden, und auf ihr kniete der Mann mit der grünen Jacke. Und noch einen Augenblick später hat Oberkommissar Müller ihm die Handschellen umgelegt. Sie sehen, es war gut, dass ich Ihrem Rat, mir die Haare zu färben, nicht gefolgt bin.«

Liebermann lächelte.

»Woher hatten Sie die Brille?«

Sie hob ihre Umhängetasche vom Boden, zog ein Etui heraus und zeigte ihm eine filigrane goldene Brille.

»Lesebrille. Aus dem Supermarkt. Die hier hat nicht mal fünf Euro gekostet.«

Liebermann betrachtete seine Kommissarin mit neuer Hochachtung. »Eins muss man dem Teltowmörder lassen. Er hat Geschmack. Schade, dass er eine Allergie gegen Schnupfen hat.«

»Er hat eine Allergie gegen das Unreine«, entgegnete sie. »Deshalb zieht es ihn zu den Unauffälligen, die sonst kaum ein Mann angucken würde, weil sie das Unschuldige, Unverdorbene repräsentieren. In seiner verschrobenen Vorstellung erhebt er sie zu Madonnen. Es wird Sie vielleicht interessieren, dass er früher einige Semester in einem Priesterseminar war, bis er erfahren hat, dass seine männlichen Kommilitonen sich wie alle anderen Jungs ihres Alters zuweilen selbst befriedigen, ergo auch die Religion verunreinigt ist. Und nun haben ihn auch seine Madonnen enttäuscht. Vielleicht, wenn er die eine gefunden hätte, die sich niemals erkältet und auch sonst fern alles Vulgären wäre...« Sie brach ab. In ihrem Blick lag Bedauern.

Der Teltowmörder musste wirklich ein charmanter Kerl sein, dachte Liebermann betroffen, wenn selbst seine sachliche Kommissarin um ihn trauerte.

»Ich möchte meinen Rat zurücknehmen«, sagte er sanft. »Lassen Sie Ihre Haare um Himmels willen, wie sie sind. Nicht, weil es der Mordkommission an Madonnen mangelt, sondern weil Sie keiner Verschönerung bedürfen. Es liegt bei uns Männern, dass wir immer so lange brauchen, um so etwas zu bemerken.«

Um ihre Mundwinkel zuckte es.

»Danke. Aber einer hat es schon vor Wochen bemerkt.«

»Ja. Umso trauriger, dass die Liebe in diesem Fall nicht gegenseitig ist.«

Kommissarin Holzmann glühte auf. »Vielleicht haben

Sie es nur noch nicht bemerkt, weil Erik und ich versuchen, Arbeit und Privatleben zu trennen.«

»Erik?«, stotterte Liebermann. »Erik Hübotter von der Spurensicherung?«

Sie schob verlegen ein paar der medizinischen Zeitschriften zusammen.

»Ich weiß, er ist ein Stück älter als ich. Aber ich bin noch nie einem so aufmerksamen Mann begegnet.«

»Aha. Ja, vielleicht ist er das, warum nicht, ich bin keine Frau.«

Hübotter!

»Und ich glaube, jetzt begreife ich auch Simons Problem besser. Er weiß vermutlich von Ihrer Beziehung?«

Kommissarin Holzmann starrte ihn einige Sekunden ausdruckslos an, dann packte sie mit einem Ruck ihre Tasche und stand auf.

»Entschuldigen Sie Hauptkommissar, aber Sie begreifen leider gar nichts. Ein Jammer.«

Mit offenem Mund sah Liebermann ihr nach, wie sie aufrecht davonmarschierte.

Vor ihm auf dem Tisch lag die goldene Brille. Er legte sie ins Etui und sah aus dem Fenster in den dichten Flockenwirbel.

Er erinnerte ihn an das zeitweilige »Schneegestöber« im Fernseher seiner Großeltern, wenn sie versucht hatten, einen der drei Westsender zu empfangen. Und genauso fühlte er sich: wie eine Empfangsstörung.

## 39

»DU SCHON WIEDER«, SAGTE Maja, als Serrano durch das Fenster zu ihr in den Keller sprang.

»Ja, und ich hab noch jemanden mitgebracht.« Er winkte Wu herein. »Es macht dir doch nichts aus?«

Unwillkürlich fuhr Maja die Krallen aus und warf einen Blick zu Streuner, der unter einem Regal mit Büchsen gerade aus seinem Schlummer erwachte. Und ob ihr das was ausmachte! Aber sie bezwang sich und zog die Krallen zurück.

»Ich vergebe keine weiteren Schlafplätze. Gelinde gesagt ist mir ein Untermieter auf Dauer bereits zu viel.«

Streuner zog den Kopf ein. Was konnte er dafür, dass man die Tischlerei bis aufs letzte Mauseloch mit Brettern verrammelt hatte?

Serrano inspizierte seelenruhig die Handschuhsammlung auf Majas Lager. Sie hatte sie neu sortiert, die Fingerlinge lagen jetzt am Schwanzende, die Fäustlinge oben.

Wu übersprang das Lager elegant und hockte sich auf den Boden.

»Wir möchten dir einen Vorschlag machen«, sagte Serrano zu Streuner. »Das heißt, Wu hatte die Idee.« Das stimmte nur halb. Serrano hatte dieselbe Idee schon vor Wochen gehabt, nur wusste niemand davon. »Da du nun schon zum dritten Mal in diesem Winter dein Obdach verloren hast, was hältst du davon, zu mir zu ziehen?«

Streuner kam zögernd aus seiner Ecke gekrochen. »Im Ernst?«

»Im Ernst?«, fragte Maja und schielte zu Wu, die bescheiden auf ihre Pfoten sah.

»Natürlich nicht in meinen Keller, sondern in den daneben. Er ist kleiner und weniger gemütlich, und du müsstest ihn dir mit einer Rattenfamilie teilen, aber damit wirst du klarkommen, denke ich. Die Ratten sind Stress gewöhnt.« Serrano verzog das Maul. »Im Übrigen wäre mir lieb, wenn du im Frühling wieder verschwindest.«

»Ist klar«, sagte Streuner immer noch ungläubig. »Ja dann, ich verabschiede mich nur noch von Maja.«

»Tu das.«

Es würde eine Tortur werden, so redselig und verquer, wie Streuner war. Aber was tat man nicht alles für ein Weibchen. Zumal, wenn es so klug war wie Wu. Sie hatte ihm alles vorgerechnet, die Vor- und Nachteile. Am Ende hatte sie die Angelegenheit mit einer leichtfertigen Bemerkung entschieden: »Wenn mich nicht alles täuscht, beabsichtigen dein Liebermann und seine Gefährtin, den Enkel des Schwätzers zum Freigänger zu machen. Und so, wie ich die Sache sehe, könnte es nicht schaden, wenn du jemanden bei eurer nächsten Begegnung an deiner Seite hast.«

Sie hatte ihm einen Stüber gegeben. »Ich kann schließlich nicht dauernd auf dich aufpassen.«

## Danksagung

Man schafft zwar viel ohne Hilfe, aber in der Regel wird es dann nur halb so gut. (nach Bismarck)

In diesem Sinne danke ich von Herzen:
Anne Beck, Fabian Halle, Falk Noack, Jan Morgenstern, Pete Heuer, Anne Schulz, Dirk (Chaingang) Becker, Dr. Carsten Herzberg
und Gudrun, meiner geduldigen Agentin.

## Mordkommission

HAUPTKOMMISSAR HENDRIK LIEBERMANN, Vater, Katzenfeind und, dank eines Versetzungsgesuchs aus Berlin nach Potsdam, seit drei Monaten Chef der Mordkommission des LKA Brandenburg, sehr zum Ärger von
OBERKOMMISSAR HENRY MÜLLER, einem schwergewichtigen Pragmatiker mit Magenleiden, der sich ebenfalls um den Posten beworben hatte und nun als sein widerspenstiger Stellvertreter fungiert.
JEAN-PIERRE SIMON, zartfühlender, gewissenhafter Kriminalanwärter, auf den Liebermann große Stücke hält. Zu Simons Leidwesen nur fachlich.
KOMMISSARIN JANA HOLZMANN, Recherche-Ass und bemüht um die Harmonie in der Dienststelle, was sie zuweilen an den Rand der Verzweiflung treibt.

## Das Viertel (zweibeinig)

NICO, Liebermanns Freundin, Mutter von ZYRA (6) und im dritten Monat schwanger.
MIRI, Liebermanns Tochter aus erster Ehe, beste Freundin der gleichaltrigen Zyra. Manchmal klappt Patchwork.
DER ALTE BELLIN, sowohl Nicos als auch Liebermanns Vermieter und als solcher nahezu vierundzwanzig Stunden täglich im Dienst, weshalb er über jede Bewegung in seiner Straße (und darüber hinaus) bestens informiert ist.
JÜRGEN, ESTRELLA, RALPH, Nachbarn und Stammtischfreunde von Nico und Liebermann, in früheren Fällen

auch Ermittlungshelfer. Diesmal bauen sie nur Schneemänner.

## Das Viertel (vierbeinig)

SERRANO, ein einohriger, grau gestromter Halbkartäuser. Nach einem tragischen Vorfall im Frühsommer hat er sein Amt als Revierfürst an seinen Sohn CÄSAR abgetreten und sich unter den Flieder in Nicos Vorgarten zurückgezogen, wo ihm der Geist seines verstorbenen Freundes BISMARCK Gesellschaft leistet. Leider macht das Leben, bzw. der Tod, auch vor dem Flieder nicht halt. Seit seiner Kastration geht er Menschen aus dem Weg. Ausnahmen: Nico, die ihn allabendlich mit Schnitzel versorgt, und Liebermann, den er nach zwei gemeinsam gelösten Fällen für halbwegs harmlos (wenn auch unheilbar begriffsstutzig) hält.

STREUNER, zerzauster Freigeist mit gewöhnungsbedürftigen kulinarischen Vorlieben. Einen Teil des Jahres geht er im Umland auf »Reisen«, den Rest verbringt er in einem ehemaligen Imkerwagen am Rande des Parks von Sanssouci.

MAJA, Streuners aktuelle (und Serranos ehemalige) Gefährtin, Spezialistin für Handschuhe und eifersüchtig auf

WU, eine ebenso kluge wie stolze Siamesin (von unsensiblen Zeitgenossen auch »die Dürre« genannt), mit der Serrano sich während seines letzten Falls angefreundet hat.

DIENSTAG, vier Monate alt, verwöhnt, süß und heimtückisch. Man müsste ihm Grenzen setzen, was außer Liebermann aber keiner tut. Er weiß nicht, dass er ein Enkel des berüchtigten SCHWÄTZERS ist, eines inzwischen zur Legende avancierten größenwahnsinnigen Katers aus Serranos Jugend.

## Weiteres Ermittlungspersonal

DR. FRANZISKA GENRICH, Gerichtsmedizinerin, Kettenraucherin und Misanthropin. Besonders Männer hält sie für einen Fehler der Natur. Am wohlsten fühlt sie sich in der Gesellschaft von Toten, am unwohlsten in der von Liebermann. Als Medizinerin ist sie unschlagbar. Das weiß auch ihre Kollegin

DR. GERLACH, die sich deshalb der undankbaren Aufgabe verschrieben hat, zwischen ihrer zynischen Chefin und Liebermann zu vermitteln.

HAUPTKOMMISSAR ERIK HÜBOTTER, Chef der Spurensicherung.

# Jede Seite ein Verbrechen.

Die kostenlose Zeitung für Krimiliebhaber. Erhältlich bei Ihrem Buchhändler.

Online unter www.revolverblatt-magazin.de

www.facebook.de/revolverblatt